Alexander Kent
Das letzte Gefecht

Alexander Kent

Das letzte Gefecht

Admiral Bolitho vor Malta

Roman

Ins Deutsche übertragen
von Dieter Bromund

Ullstein

Die Deutsche Bibliothek – CIP-Einheitsaufnahme

Kent, Alexander:
Das letzte Gefecht: Admiral Bolitho vor Malta;
Roman/Alexander Kent.
[Ins Dt. übertr. von Dieter Bromund]. –
Berlin: Ullstein, 1999
ISBN 3-550-08283-5

Titel der englischen Originalausgabe:
Sword of Honour
© 1998 by Bolitho Maritime Productions
Ins Deutsche übertragen von Dieter Bromund
Übersetzung © 1999 by Ullstein
Buchverlage GmbH & Co. KG, Berlin
Alle Rechte vorbehalten
Satz: MPM, Wasserburg
Druck und Verarbeitung: Graphischer Großbetrieb
Pößneck GmbH, Pößneck
Printed in Germany
ISBN 3 550 08283 5

Gedruckt auf alterungsbeständigem Papier
mit chlorfrei gebleichtem Zellstoff

In Hochachtung für Chris Patten,
den Ehrenmann

Segle nun weiter – auf die offene See hinaus,
Tollkühn, meine Seele – du und ich zusammen.
Denn wir fahren, wohin sich noch kein Seemann wagte.
Und wir wagen das Schiff, uns selbst – und alles.

Walt Whitman

Inhalt

I Entscheidungen 11
II Mehr als die Pflicht 34
III Adam 55
IV Der längste Tag 76
V Der Preis 94
VI Kenne deinen Feind 114
VII Keine Wahl 136
VIII Eine Hand für den König 155
IX Für Reue zu spät 177
X Ein Kriegsschiff 203
XI Die Frau eines Seemanns 220
XII Von Angesicht zu Angesicht 240
XIII Gespräche 259
XIV Am Rande der Dunkelheit 281
XV Der nächste Horizont 303
XVI Die Rettungsleine 321
XVII Bis die Hölle einfriert 338
XVIII Letzte Umarmung 358
Epilog 380

I
Entscheidungen

Vizeadmiral Sir Graham Bethune legte seine Feder auf den Schreibtisch und wartete, bis der ältliche Sekretär der Admiralität die eben unterzeichneten Briefe eingesammelt hatte. Nachdem sich hinter ihm die großen Doppeltüren geschlossen hatten, stand Bethune auf und schaute zum nächstgelegenen Fenster. Die Sonne schien. Selbst durch den großen Raum hindurch konnte er ihre Wärme spüren. Der Himmel war durchsichtig, fast ganz ohne Färbung.

Bethune hörte eine Uhr schlagen und fragte sich, wie wohl die Besprechung in dem Raum am Ende des Flures ablief. Hohe Offiziere, Lords der Admiralität und bürgerliche Berater waren dorthin gebeten worden, um über den Zustand der Werften und die Bedürfnisse des Sanitätsdienstes zu beraten. Für die Admiralität war es ein gewöhnlicher Tag wie jeder andere.

Unruhig trat er ans Fenster und öffnete es. Von unten grüßten ihn der Lärm Londons, das Klappern von Hufen, das Klingeln von Zaumzeug und die Rufe eines Straßenhändlers, der den Passanten seine Waren anbot und dabei den Zorn der Türwächter der Admiralität riskierte.

Bethune sah sein Spiegelbild im Fenster und lächelte. Vor langer Zeit hatte er nicht einmal zu hoffen gewagt, dieses Amt zu bekleiden, jetzt konnte er sich ein Leben ohne diese würdevolle Position nicht mehr vorstellen. Nach den Jahren auf dem Meer war ihm das Amt zunächst ein wenig fremd erschienen. Er legte die Hand auf den Rock: Graham Bethune, Vizeadmiral der Blauen

Flotte, einer der jüngsten Flaggoffiziere der Marine. Die Uniform paßte ihm jetzt so wie das Amt.

Er beugte sich aus dem Fenster und beobachtete die Vorübergehenden und Vorüberfahrenden. Viele Kutschen rollten im Sonnenschein mit zurückgekipptem Verdeck, und er entdeckte Frauen in feinen Kleidern und bunten Hüten. Doch im April 1814 war der Krieg leider noch immer von grausamer Aktualität.

Wie alle langgedienten Offiziere hatte auch Bethune sich an die übertriebenen Beteuerungen und die Versprechungen eines nahen Endsieges gewöhnt. Jeden Tag erreichten ihn Nachrichten, daß Wellingtons Armee eine nach der anderen von Napoleons Stellungen aufrollten; es hieß, der unbesiegbare Kaiser sei auf der Flucht, von allen verlassen – bis auf seine treuen Marschälle und seine alte Garde.

Bethune fragte sich, was das gewöhnliche Volk von all dem wohl wirklich glaubte. War der Friede, nach all den Kriegsjahren mit dem mittlerweile vertrauten Feind, nur noch ein Traum? Er trat ein paar Schritte vom Fenster zurück und starrte auf das Gemälde an der Wand. Es zeigte eine Fregatte im Kampf, ihre Segel waren von Kugeln durchlöchert, doch sie spie dem Gegner eine volle Breitseite entgegen. Das Motiv zeigte Bethunes letztes Kommando auf See. Er stand damals zwei großen spanischen Fregatten gegenüber, was selbst für einen solchen Draufgänger wie ihn eine ziemlich hoffnungslose Situation bedeutete. Doch nach einem kurzen Schußwechsel hatte er eine spanische Fregatte auf Grund laufen lassen und die andere erobert. Fast sofort war er daraufhin zum Flaggoffizier befördert worden.

Er schaute auf die Uhr mit ihren schwebenden Cherubinen und mußte an einen Mann denken, den er – wie keinen anderen – bewunderte, ja beneidete. Sir Richard Bolitho war wieder in England, war gerade aus diesem Krieg mit den Vereinigten Staaten zurückgekehrt. Bethune hatte den Brief gelesen, den der Erste Lord der Admiralität Bolitho nach Cornwall geschickt hatte, um ihn nach London zurückzubeordern. Vor vielen, vielen Jahren war Bolitho sein Kommandant auf der Sloop *Sparrow* gewesen. Das war damals ein ganz anderer Krieg, obwohl er auch gegen die Amerikaner ging, die revoltiert hatten und eine eigene Nation gegründet hatten.

Der Befehl, nach London zurückzukehren, war ohne Begründung erteilt worden. Dabei hatte Sir Richard Bolitho doch sicherlich Ruhe verdient nach seinem aufopferungsvollen Dienst! Bethune mußte auch an die schöne Lady Catherine Somervell denken, die ihn zu einem Gespräch in diesem Büro aufgesucht hatte. Seine Gedanken liefen oft in diese Richtung.

Wenn das Unmögliche wirklich wahr werden und endlich Frieden herrschen würde, von Dauer oder auch nicht – was dann? Was würde aus Bolitho werden und aus all den anderen Männern, denen er auf seinem Weg vom Midshipman zum Admiral begegnet war? Und was wird aus mir? dachte er. Er kannte keine andere Lebensform, sie war seine Welt.

Häfen und Straßen waren voll von verkrüppelten und verstümmelten Überbleibseln des Krieges. Man hatte sie alle, deren Leben ruiniert war, einfach aus Heer und Marine ausgestoßen. Bethune war manchmal noch überrascht, wie sehr er sich darüber aufregen konnte. Vielleicht hatte er dieses Mitgefühl damals vom jugendlichen Kommandanten der *Sparrow* übernommen.

Aus dem Nebenraum, in dem sein Sekretär die ungebetenen Besucher warten ließ, hörte er Stimmen. Wieder sah er auf die Uhr. Es war noch zu früh für ein Glas. Bethune trank nicht zuviel und aß auch nicht übermäßig. Er hatte zu viele Zeitgenossen zugrunde gehen sehen. Er kümmerte sich um seine Gesundheit und machte Leibesübungen, wann immer er Gelegenheit dazu fand – ein Luxus nach der jahrelang erduldeten

Enge auf Schiffen. Und er fand sein Vergnügen an Frauen, wie diese auch ihr Vergnügen an ihm fanden. Dabei ging er sehr diskret vor, oder bemühte sich jedenfalls darum. Er redete sich ein, das geschähe seiner Frau und seiner beiden Kinder wegen.

Der Diener stand in der Tür.

Bethune seufzte: »Was ist los, Tollen?«

»Kapitän MaCleod möchte Sie sprechen, Sir!«

Bethune sah zur Seite. »Bitten Sie ihn herein!«

Was beunruhigte ihn? Schuldgefühle? Dachte er an Bolithos Geliebte, die einen Skandal erduldet und als Siegerin daraus hervorgegangen war?

Der große Kapitän trat ein. Er schaute melancholisch und irgendwie starr aus. Bethune konnte sich nicht vorstellen, wie dieser Mann auf See einen Sturm abwetterte oder einen Gegner niederkämpfte.

»Neue Nachrichten?«

Der Kapitän drehte den Kopf hin und her. »Aus Portsmouth, Sir. Über den Telegraphen. Es kam eben an.« Er sah nach oben, als wolle er die Decke mit seinen Blicken durchbohren. Auf dem Dach darüber stand das Gerät, das das Gebäude der Admiralität mit der Südküste viel schneller verband als jeder berittene Bote. Dazu mußte allerdings das Wetter klar sein wie heute.

Bethune öffnete den Umschlag und zögerte. Die Schrift war rund wie die eines Schulkindes. Doch nachdem er die Seiten gelesen hatte, schien ihm, als sei jedes Wort mit Flammen geschrieben oder mit Blut.

Er ging an seinem Diener vorbei und an seinem Sekretär, der am Schreibtisch saß. Im leeren Korridor hallten seine Schritte ungewöhnlich laut. Er passierte die großen Ölgemälde an den Wänden. Sie zeigten Seeschlachten: Mut und Heldentum, doch nichts von dem Leiden der Menschen. Das sah man viel zu selten auf den Bildern.

Ein Leutnant sprang auf. »Es tut mir leid, Sir, aber die Besprechung ist noch nicht beendet.«

Bethune sah ihn nicht einmal an. Er stieß einfach die große Tür auf und blickte in überraschte, verärgerte, ja auch ängstliche Gesichter.

Der Erste Lord sah ihn stirnrunzelnd an: »Ist es so verdammt eilig, Graham?«

Bethune wollte sich die Lippen anfeuchten, wollte gleichzeitig lachen und weinen. So etwas wie jetzt hatte er noch nie erlebt.

»Vom Hafenadmiral in Portsmouth, Mylord. Die Nachricht traf gerade eben ein.«

Ganz ruhig meinte der Admiral: »Lassen Sie sich Zeit.«

Bethune nahm sich zusammen. Es war ein großer Augenblick, den er da erlebte. Und doch empfand er nichts als Trauer. »Die Armee von Marschall Soult ist bei Toulouse vom Herzog von Wellington geschlagen worden – vollständig. Napoleon ist abgedankt, hat sich den Alliierten ergeben – vor vier Tagen.«

Der Admiral erhob sich und blickte sehr langsam um den Tisch. »Das ist der Sieg, meine Herren.« Seine Worte schienen in der Luft schweben zu bleiben. »Wenn nur unser tapferer Nelson das noch erleben könnte.« Dann wandte er sich wieder an Bethune. »Ich werde sofort zum Prinzregenten gehen. Kümmern Sie sich bitte um das Weitere.« Er senkte seine Stimme, damit niemand von den anderen ihn hören konnte. »Das könnte heißen, daß Sie nach Paris müssen, Graham. Ich würde mich viel wohler fühlen, wenn Sie dort wären!«

Bethune fand sich in seinem eigenen Büro wieder, ohne sich an den Rückweg erinnern zu können.

Als er wieder aus dem Fenster blickte, hatte sich nichts verändert, weder die Leute noch die Kutschen oder Pferde. Selbst der Straßenhändler stand mit seinem Bauchladen noch an derselben Stelle.

Der ältliche Sekretär wartete gespannt an seinem Schreibtisch. »Sir?«

»Sagen Sie bitte dem Wachhabenden, er soll die Kutsche und die Eskorte für den Ersten Lord kommen lassen.«

»Sofort, Sir!« Der Mann zögerte. »Schwer zu begreifen, Sir. Zu glauben, daß jetzt ...«

Bethune lächelte und legte ihm die Hand auf den Arm, so wie Bolitho es getan hätte.

Schwer zu begreifen? Es war unmöglich!

Leutnant George Avery brachte sein Mietpferd zum Stehen und lehnte sich im Sattel zurück, um den Blick zu genießen. Was für ein schönes Haus! Großartig ist der einzig passende Ausdruck dafür, dachte er. Und es war sicherlich größer als das Gebäude, in dem er die letzte Nacht verbracht hatte.

Der Ritt von der City von London zu diesem Haus am Ufer der Themse war angenehm gewesen. Er hatte Zeit gehabt, nachzudenken und sich auf das Gespräch mit seinem Onkel, Lord Sillitoe von Chiswick, vorzubereiten. Avery spürte die fröhliche Stimmung um sich herum, hatte das Lächeln auf den Gesichtern der Menschen gesehen und ihr fröhliches Winken bemerkt, als er zwischen ihnen hindurch geritten war. Offensichtlich waren sie den Anblick eines Marineoffiziers zu Pferde nicht gewöhnt.

Aber das war natürlich nicht alles gewesen. Das Unmögliche war wahr geworden! Jeder Mann und jede Frau war in der Stadt auf der Straße, wie um sich zu vergewissern, daß das Ganze nicht nur wieder ein Gerücht war: Napoleon, der Tyrann, der Unterdrücker, der einen ganzen Erdteil versklaven wollte, war endlich geschlagen.

Heute morgen hatte die Frau seines Herzens ihm zugeschaut, wie er sich anzog und auf das Treffen vorbereitete. Avery spürte immer noch die Macht ihrer Leidenschaft. Würde diese Verbindung mehr als nur ein vorübergehender Traum bleiben?

Er sah zu der Kirchturmuhr hinauf. Er kam fünf Minuten zu früh. Sein Onkel würde das von ihm erwarten, obwohl er selber großen Wert darauf legte, zu seinen eigenen Verabredungen immer zu spät zu kommen.

Eigentlich kannte Avery seinen Onkel kaum. Sir Paul Sillitoe, wie er damals noch hieß, hatte seinem Neffen nahegelegt, sich als Flaggleutnant bei Sir Richard Bolitho zu bewerben. Als der Termin für das erste Gespräch kam, hätte Avery seine Bewerbung beinahe zurückgezogen, weil er wußte, daß sie wieder einmal in einer Enttäuschung enden würde. Er war bereits verwundet worden und in Kriegsgefangenschaft geraten. Nachdem man ihn ausgetauscht hatte, stellte man ihn wegen des Verlustes des Schiffes vor ein Kriegsgericht, obwohl es durch Fehler seines Kommandanten verloren gegangen war. Er selber – verwundet und hilflos – war nicht in der Lage gewesen, seine Männer daran zu hindern, die Fahne vor einem weit überlegenen Gegner zu streichen.

Noch immer erinnerte er sich lebhaft an dieses erste Treffen mit Bolitho, dem Helden, der Legende. Er würde es nie vergessen. Ihre Verbindung hatte ihn wieder aufgerichtet und aus ihm etwas gemacht, was er allein wie geschafft hätte.

Und sein Onkel? Der Mann, der schon lange über enorme Macht und großen Einfluß verfügte, war kürzlich zum persönlichen Berater des Prinzregenten ernannt worden. Jetzt fürchtete man ihn, wo man ihn nicht respektierte.

Avery klopfte dem Pferd die Flanke und wandte sich an den Stallburschen, der herbeigeeilt war, um die Zügel zu halten.

»Kümmere dich um die Stute. Ich werde sicher nicht lange bleiben!«

Türen öffneten sich, ehe er sie erreicht hatte, Sonnenlicht strömte durch das Fenster auf der Seite zur Themse, und er sah, wie sich Masten von kleinen örtlichen Handelsschiffen langsam in der Tide bewegten. Eine schöne Treppe, elegante Pfeiler, doch überall fehlten Ornamente und Gemälde – sein Onkel fand diese spartanische Umgebung sicher angenehm und passend.

In der großen Halle stand ein Diener mit unbewegtem Gesicht, die Livree mit Goldknöpfen geschmückt. Avery hatte irgendwo mal gehört, daß die meisten von Sillitoes Dienern wie Preisboxer aussahen. Auf diesen Mann traf das einwandfrei zu.

»Wenn Sie bitte in der Bibliothek warten würden, Sir!« Der Lakai senkte seinen Blick nicht, hielt die Augen auf den Besucher gerichtet wie ein Kämpfer, der einen hinterhältigen Angriff erwartet.

Avery nickte zustimmend. Der Mann fragte ihn nicht nach seinem Namen. Es gehörte zu seinen Pflichten, einen Besucher wie ihn zu erkennen.

Avery betrat die Bibliothek und blickte aus dem Fenster über den Fluß hinweg. Frieden! In seiner verwundeten Schulter meldete sich der Schmerz wieder, eine Erinnerung an den Krieg, falls er denn eine brauchte. Er dachte zurück an den Körper der Frau, der sich gegen seinen gepreßt hatte. Sie wollte seine tiefe Narbe sehen und hatte sie so sanft geküßt, daß er überrascht und gleichzeitig sehr bewegt war.

Er entdeckte sich in einem großen Spiegel und kam sich irgendwie fremd vor. An diese einzelne Epaulette auf seiner Schulter hatte er sich noch immer nicht gewöhnt. Er hatte bisher so viel erduldet. Doch als er versuchte, sich die Zukunft vorzustellen, über diesen Tag und über die Woche hinaus, fühlte er sich verloren wie in einem dichten Nebel.

Der Krieg war zu Ende. Kämpfe gab es nur noch an der Grenze zwischen den Vereinigten Staaten und Kanada, doch auch die würden nicht mehr lange dauern.

Und was wird dann aus uns? dachte er.

»Einen Kreis verschworener Brüder« hatte Bolitho die Männer oft genannt. Adam Bolitho war immer noch in Halifax als Flaggkapitän von Konteradmiral Keen. Kapitän James Tyacke wartete auf ein neues Kommando, die Fregatte *Indomitable* war außer Dienst gestellt worden und sah ihrem Ende entgegen.

Avery starrte weiter auf sein Spiegelbild. Er war immer nur noch Leutnant. Graue Streifen im Haar zeigten, was ihn der Krieg gekostet hatte. Er war jetzt fünfunddreißig Jahre alt. Als er überrascht feststellte, daß er ein Leben ohne großartige Zukunft führen würde, wenn Richard Bolitho endgültig an Land gegangen war, mußte er grinsen. Er wußte, daß Bolitho ein Landleben anstrebte, und war stolz darauf, diesen Mann so genau zu kennen. Bolitho war mutig in seinen Entscheidungen und führte sie zielsicher aus. Aber wenn die Kanonen dann schwiegen und die Flagge des Feindes im Rauch niedersank, dann hatte Avery die andere Seite dieses Mannes entdeckt, den Mann voller Mitgefühl, der um die Gefallenen trauerte.

Avery blickte voller Unsicherheit nach vorne. Würde er ein eigenes Kommando übernehmen? Vielleicht so einen kleinen Schoner wie die einstige *Jolie*, obwohl das unwahrscheinlich war? Die Marine würde schnell Männer und Schiffe loswerden wollen, wenn die Bedingungen des Friedens zwischen den Verbündeten erst einmal fixiert worden waren. Unzählige Soldaten und Matrosen würde man auszahlen und alle, die man nicht mehr brauchte, sich selbst überlassen. So war es immer gewesen und so würde es immer bleiben.

»Wenn Sie mir bitte folgen würden, Sir!«

Avery verließ die Bibliothek und war sich der Stille im

Haus sehr bewußt. Sie machte ihm klar, wie menschenleer es war. Nach einem lauten übervollen Schiff mußte er das wohl so empfinden. Doch auch verglichen mit Bolithos Besitz in Cornwall und dem ständigen Kommen und Gehen der Menschen, die zu dem Hof und dem Gut gehörten, von all den Nachbarn und Gratulanten, war dieses großartige Haus still wie ein Grab.

Sillitoe erhob sich bei Averys Eintritt und schloß eine umfangreiche Akte auf dem Schreibtisch, die er offenbar gerade studiert hatte. Doch Avery glaubte zu spüren, daß sein Onkel bereits eine Weile nur auf die Tür gestarrt hatte. Um sich zu sammeln? Das schien wenig wahrscheinlich. Wohl eher, um schnell mit der Angelegenheit hier fertig zu werden, basta, und das wäre es dann.

Sie schüttelten sich die Hand, und Sillitoe sagte: »Das ist im Augenblick alles, Marlow!«

Ein kleiner Mann, den Avery bisher nicht bemerkt hatte, erhob sich hinter einem zweiten Schreibtisch und eilte davon. Marlow war wahrscheinlich Sillitoes Sekretär, doch der Onkel hielt es bezeichnenderweise nicht für nötig, ihn vorzustellen.

Er sagte nur: »Ich habe einen guten Bordeaux, der dir gefallen wird.«

Wieder sah er ihn an, und Avery spürte die dunklen, zwingenden Blicke unter den halb geschlossenen Lidern, denen nichts entging. Er verstand jetzt, warum die Leute seinen Onkel fürchteten.

»Ich freue mich, daß du hier bist. Man hat immer weniger Zeit.« Er runzelte die Stirn, als ein anderer Diener mit Rotwein und Gläsern eintrat. »Wir hatten Glück, daß du in London warst und meine Nachricht sofort erhieltest.« Sein Blick ließ ihn nicht los, doch es lagen weder Triumph noch Verachtung darin. »Wie geht es übrigens Lady Mildmay?« fragte er scheinbar nebenher.

»Es geht ihr gut, Sir. Wie es scheint, gibt es in London keine Geheimnisse mehr!«

Sillitoe lächelte leicht. »Natürlich nicht. Aber du hast dir auch nicht viel Mühe gegeben, die Angelegenheit geheimzuhalten. Welche Sprachregelung wollen wir finden? Für eine Liaison mit einer Dame, die die Ehefrau deines letzten Kommandanten war? Natürlich wußte ich davon. Ich bin mir nicht sicher, ob ich die Sache gutheißen soll. Und ob du dir aus meiner Meinung etwas machst!«

Avery setzte sich. Kam es darauf an? Diesem Mann schuldete er gar nichts.

Er dachte an Bolitho. Dem verdanke ich alles.

»Du wirst dies sicher noch nicht gehört haben.« Sillitoe nahm ein Glas und sah ihn ernst an. »Sir Richard Bolitho ist nach London zurückbeordert worden. Er wird gebraucht.«

Avery trank den Wein, ohne ihn zu schmecken. »Ich dachte, er solle aus dem aktiven Dienst entlassen werden, Sir!«

Sillitoe sah ihn über den Rand seines Glases an, schien durch die deutlichen Worte etwas irritiert. Er mochte seinen Neffen und fühlte sich veranlaßt, etwas für ihn zu tun, nachdem er aus französischer Kriegsgefangenschaft entlassen worden war, um sofort vor ein Kriegsgericht zitiert zu werden. Eine schlimme, durchaus unnötige Angelegenheit.

Wie auch immer, Sillitoe hatte wenig Zeit, sich um die Gewohnheiten und Traditionen der Marine zu kümmern. Sein älterer Bruder war Kapitän gewesen und im Kampf gefallen. Er war der Mann gewesen, der den jungen Avery bewogen hatte, in die Marine einzutreten, und der ihn auch als jungen Midshipman gefördert hatte. Aber Averys Worte überraschten ihn nun, und Überraschungen liebte er nur, wenn sie von ihm ausgingen.

Avery sagte jetzt wie zu sich selbst: »Dann wird er mich immer noch brauchen.«

Sillitoe runzelte die Stirn. »Ich habe sehr viel Einfluß. Ich bin auch ein wohlhabender Mann, ja manche meinen, sogar ein sehr wohlhabender. Ich bin hier an Geschäften beteiligt und auch in Jamaika und Westindien. Ich brauche jemanden von untadeligem Charakter.« Er lächelte kurz. »Und wenn du so willst: einen Mann von Ehre.«

Avery setzte sein leeres Glas ab. »Bieten Sie mir eine solche Position an, Sir?«

Sillitoe schritt zum Fenster und zurück. »Ein neues Leben – das wäre die bessere Bezeichnung.«

Avery beobachtete ihn und spürte plötzlich, daß Sillitoe sich gar nicht wohl fühlte. Er war beunruhigt, und dieses Gefühl war ihm neu.

»Warum mir, Sir?«

Ärgerlich wandte sich Sillitoe ihm zu. »Weil du irgendeinen Ausgleich verdienst für dein gebrachtes Opfer und für die unfaire Behandlung, die man dir angetan hat.« Er schüttelte den Kopf, als wolle er eine innere Stimme zum Schweigen bringen. »Und weil ich vorhabe, dich zu meinem Erben zu machen.« Wieder sah er ihn an. »Mein Halbbruder stirbt gerade am Fieber und an einer Selbstzufriedenheit, die seinen Vater krank gemacht hätte, obwohl er ein harter Mann war.«

Die Tür öffnete sich einen Spalt breit.

»Die Kutsche steht in fünfzehn Minuten vor der Tür, Mylord.«

Sillitoe erklärte: »Ich muß zu Seiner Königlichen Hoheit. Ludwig von Frankreich kommt gerade durch London auf dem Weg nach Frankreich, wo er Rechte auf den Thron anmelden wird.« Dann grinste er. »Es gibt also weiter viel zu tun!«

Avery fand sich plötzlich an der Tür stehend wieder, den Hut in der Hand.

Sillitoe hielt die Hand schützend über die geblendeten Augen und schaute auf den Fluß. »Genieß deine Freiheit mit der schönen Susanna.« Dann packte er Averys Handgelenk wie in einer stählernen Klammer. »Und dann komm zurück und sag mir, wie du dich entschieden hast.«

Avery hörte, wie die Pferde unruhig stampften. Er war von seiner eigenen Ruhe überrascht. Es war wie damals, als die *Indomitable* im Duell von Kanone zu Kanone mit dem Gegner gelegen hatte und Männer keine Hand weit entfernt neben ihm starben. Bolitho hatte neben ihm gestanden, hatte sich auf ihn verlassen.

Und wenn Sillitoe Susanna falsch einschätzte? Vielleicht gab es zwischen ihnen doch mehr als das lodernde Feuer geschlechtlicher Freuden.

Er sagte: »Ich danke Ihnen, Sir, aber ich glaube nicht, daß ich Ihr Angebot verdient habe.« Er drückte dem Pferdeknecht eine Münze in die Hand. »Ich bin Sir Richard immer noch eng verbunden!«

Sillitoe sah ihn kühl an. »Dann bist du ein Narr!«

Avery rückte im Sattel zurecht und blickte auf ihn herab. »Wahrscheinlich haben Sie recht, Sir.«

Er hätte noch mehr sagen können, doch als er an den Zügeln zog, sah er seinen Onkel so wie nie zuvor: Es war ein Mann mit Macht und Einfluß. Ein Mann ganz und gar auf sich gestellt.

Bryan Ferguson sprang von seinem zweirädrigen Wägelchen und vergewisserte sich, daß das Pony das Wasser leicht erreichen konnte.

»Du bleibst hier, Poppy.« Er blickte auf den Futtersack und entschied sich dagegen. Das Pony wurde ohnehin schon zu dick.

Dann drehte er sich um und sah sich das weiße, niedrige Gasthaus an, das »Old Hyperion«. Das Wirtshausschild, das ein Schiff am Wind mit den Wellen kämpfend zeigte, bewegte sich kaum. Weil es das einzige Gasthaus am Rande des Dorfes Fallowfield war, hatte es viele Stammgäste. Aber an diesem warmen Aprilabend würde das Gasthaus sicherlich leer sein, weil alle Männer noch spät auf ihren Höfen arbeiteten. Ferguson konnte durch die Bäume hindurch das Wasser des Flusses Helford glänzen sehen, was für ein angenehmes Fleckchen Erde.

Früh am Morgen war er in Falmouth gewesen. Ihm war aufgefallen, daß sich vieles geändert hatte, seit die Nachricht von Napoleons Ende das Land erreicht hatte. In den Straßen waren viel mehr junge Männer als sonst zu sehen, ein sicheres Zeichen, daß die gefürchteten Preßkommandos nicht mehr ausgeschickt wurden. Es würde dauern, bis man sich an die neue Lage gewöhnt hatte. Ferguson bewegte grimmig seinen einzigen Arm. Ihm war in letzter Zeit kaum noch bewußt geworden, daß er nur einen Arm hatte. Und er dachte auch kaum noch daran, daß er einst zusammen mit John Allday in die Marine gepreßt worden war.

Das Schicksal hatte so seine eigenen Wege. Jetzt war Allday Bootsführer und Freund von Sir Richard Bolitho, und Ferguson war der Verwalter des Bolithoschen Gutes. Bolitho war damals Kommandant des Schiffes gewesen, das sie am Strand aufgegriffen und zu Dienern des Königs gemacht hatte.

Er seufzte. Hoffentlich würde er seinen Auftrag gut erledigen. Man hatte sicherlich gehört, wie sein Wägelchen in den Hof gefahren kam.

Unis, Alldays Frau, erwartete ihn bereits und grüßte. »Ach, Bryan, das ist eine Überraschung. Du warst doch sicher heute auch auf dem Markt!«

Ferguson trat durch die Tür und bemerkte die sauber gescheuerten Tische, die Blumen und das glänzend polierte Messing – sauber und einladend wie die Frau.

»John ist irgendwo draußen, hat da wohl was zu tun.« Sie lächelte. »Ich spreche von meinem John!«

Der andere John war Unis Bruder, ein einbeiniger ehemaliger Soldat, ohne den sie das Haus nicht hätte führen können, während Allday auf See war. Sie fragte: »Du möchtest ihn sprechen? Ist auf dem Gut irgend etwas nicht in Ordnung?«

Er sagte nur: »Heute kam ein Bote, Unis.« Es hatte keinen Sinn, der Angelegenheit eine heitere Seite zu geben. »Von der Admiralität.«

Sie setzte sich auf eine Bank und sah auf ihre mehlbestäubten Arme. »Ich dachte, nachdem Napoleon sich ergeben hat, wär' alles vorbei. Braucht man Sir Richard Bolitho wieder?« Sie wischte über das Mehl auf ihrer Haut. »Und meinen John?«

»Kann sein!« Ferguson mußte an Lady Catherine Somervells Gesicht denken, als der Bote wieder davon geritten war. Er hatte sie laut protestieren hören: »Es ist nicht gerecht! Und falsch!«

Er war erst ein paar Wochen hier, war zurück aus dem Krieg im fernen Amerika. Vielleicht wollte man ihn auf die eine oder andere Art ehren!

Er hörte, wie Allday seine Schuhe auf der Matte vor der Tür säuberte und sagte: »John muß nicht mit, Unis. Sir Richard würde das nie von ihm verlangen!«

Unis war wieder ganz ruhig und atmete wie immer. »Ich weiß das, Bryan. Aber du denkst nicht wie John, der immer die See und Sir Richard im Kopf hat!«

Allday trat ein. »Kate schläft wieder, wie ich sehe.« Er schüttelte dem Freund die Hand. »Die wird mal genauso schön wie ihre Mutter.«

Unis sagte: »Ich hole dir was zu trinken, Bryan.« Sie berührte im Vorbeigehen Alldays Schulter, und Bryan bemerkte den Schmerz in ihrem Blick. »Und dir natürlich auch.«

Allday sah ihn unbewegt an. »Sie hat uns allein gelassen. Also, was ist los? Schlimme Nachrichten?«

»Sir Richard muß nach London zurück. Zur Admiralität.« Ferguson zuckte mit den Schultern. »Es ist immer dasselbe!«

»Viel Zeit haben die ihm nicht gegeben. Wann brechen wir auf?«

Ferguson war gerührt und gleichzeitig bekümmert. So war es schon beim letzten Mal gewesen und auch bei all den anderen Abschieden vorher.

»Er erwartet nicht, daß du mit ihm nach London gehst, Mann. Du hast hier schließlich ein paar Aufgaben, Unis und das kleine Mädchen, das da schläft. Der Kampf ist vorbei, jedenfalls der mit den Franzosen, und die Yankees werden nie bis hierher kommen.« Aber solche Worte halfen nicht. Was hatte er eigentlich erwartet?

Allday sagte nur: »Ich muß bei ihm bleiben, das weißt du genau. Er braucht mich jetzt mehr als sonst. Sein Auge ist nicht besser geworden.«

Ferguson blieb daraufhin stumm. Allday hatte ihn in das Geheimnis eingeweiht, wohl wissend, daß er sogar seiner Frau gegenüber verschwiegen war. Er liebte Grace aus vollem Herzen, doch er wußte auch, daß sie ein Schwätzchen hier und da sehr gern mochte.

Allday blickte auf seine Hände, schwere Pranken, auf denen Narben von den Jahren auf See erzählten. »Hat die Nachricht Sir Richard sehr getroffen?«

»Schwer zu sagen. Ich habe ihn und seine Dame beobachtet – genau wie du. Ich bin stolz, dazuzugehören, aber seine Gedanken behält er für sich.«

Unis kam mit zwei beschlagenen Krügen zurück. »Wenn mein Bruder wieder da ist, soll er ein neues Faß Bier anstechen. Ich glaube, wir werden heute abend viele Gäste haben.« Sie blickte zu Ferguson hinüber. »Du hast es ihm also gesagt?«

»Aye, aye.«

Allday starrte auf den Krug zwischen seinen Pranken, als wolle er ihn zerdrücken. »Könntest du dir vorstellen, daß Sir Richard jemand anderen nimmt? Es ist schwer, aber niemand ändert sich schnell, und schon gar nicht über Nacht.«

Sie berührte wieder seine Schulter. »Auch du änderst dich nicht. Ich will das auch nicht. Ich weiß, daß du dich dagegen wehrst – wegen mir und der kleinen Kate. Sie strahlt ja richtig, seit du wieder an Land bist!«

Unis sah zur Seite, erinnerte sich an seine Überraschung und seinen Schmerz, als das Kind zu ihrem Bruder John gelaufen war wie zu einem Vater, als Allday zurückgekommen war. Man brauchte Zeit für alles. Doch jetzt würde er schon wieder gehen. Damit mußte sie sich abfinden.

Sie dachte an Lady Catherine. Sie hatte sie beobachtet, als vor Tagen der kleine Schoner *Pickle* im Hafen von Falmouth vor Anker gegangen war und Bolitho heimbrachte. Lady Catherine hatte auf der Pier gewartet. Wie immer stand Allday neben Bolitho. Catherine, die so tapfer allen Skandal ausgehalten hatte und sich nichts aus dem Gerede machte, würde der neue Abschied sehr mitnehmen.

Im Hof waren Stimmen zu hören, und Unis sagte fröhlich: »Der Fischhändler. Ich habe ihm gesagt, er soll kommen.« Sie wischte sich die Hände an der Schürze ab. »Ich rede mit ihm.«

Wieder allein mit Allday sagte Ferguson: »Sie ist eine Perle, mein lieber John!«

»Das weiß ich wohl!« Allday sah sich suchend um. »Ich werde mal das neue Faß holen und anstechen. Das dauert nicht lange. Bleib hier und trink aus. Ich muß auch mal nachdenken.«

Ferguson seufzte. Er wußte, was als nächstes kam. Mit irgendeiner Ausrede würde John Allday oben im Gutshaus erscheinen, mit Sir Richard reden und ihm sagen, daß er bereit sei mitzukommen.

Ferguson drehte sich um, weil er ein Stürzen und ein Husten gehört hatte, und betrat den angrenzenden

Raum, ein kühles Geviert, in dem die Fässer lagerten, ehe sie nach draußen getragen und angestochen wurden. Ein Faß, das vier und eine halbe Gallone faßte, war gegen die Wand gerollt. Allday saß mit dem Rücken dagegen und preßte sich die Hände auf die Brust. Er atmete laut und unregelmäßig wie jemand, den man gerade aus dem Wasser gezogen hatte. Ferguson kniete neben ihm und legte ihm den Arm um die Schulter. »Langsam, John. Diese verdammte Narbe!«

Er beobachtete besorgt, wie sein Freund nach Luft rang, und fragte sich, wie lange dieser Zustand schon dauerte. Als Allday sich umdrehte, war Ferguson über seine Blässe entsetzt, die auch durch die tiefe Bräunung nicht verborgen wurde.

»Ich hole Unis«, sagte er.

Allday schüttelte den Kopf und knirschte mit den Zähnen. »Nein! Bleib hier.« Er nickte schwer und holte tief Luft. »Es ist schon wieder vorbei. Mir geht es wieder gut!«

Ferguson sah, wie die Farbe in das verwitterte Gesicht zurückströmte. Auch der Atem ging gleichmäßiger.

Allday ließ sich auf die Beine helfen und sagte dann: »Kein Wort darüber. Sowas kommt und geht.« Er versuchte ein Grinsen. »Jetzt ist alles wieder in glänzender Ordnung.«

Ferguson schüttelte den Kopf und gab auf. Er war geschlagen, wie er es vorher geahnt hatte. Allday und Bolitho, wie Herr und Hund, hatte mal jemand gesagt. Jeder auf den anderen angewiesen.

Zusammen hoben sie das Faß auf den Bock. Und dann sagte Allday: »Ich brauch' jetzt was Stärkeres als Bier, und das muß sein!«

Unis fand sie vor dem Kamin sitzend, in dem das Feuer noch nicht brannte. Ihr Mann hielt seinem Freund einen brennenden Fidibus an die Tonpfeife, als kümmere ihn sonst nichts auf der Welt. Sie biß sich auf die Lippe, um ihren Schmerz nicht zu zeigen. Man spielte ihr etwas vor. Wie schon mit dem Faß auf dem Bock. Den Rest konnte sie sich denken.

Ferguson sagte: »Ich muß zurück. Muß mich um die Bücher kümmern.«

Allday begleitete ihn auf den Hof und wartete, bis sein Freund auf den Sitz des Wägelchens geklettert war.

»Danke, Bryan«, sagte er dann nur. Er sah über die Felder und entdeckte zwischen den Bäumen den glitzernden Fluß. »Du bist nicht dabei gewesen, verstehst du. Sir Richard, Admiral, der beste, den die Flotte hat, führte unsere Entermannschaft auf das Deck des Gegners wie ein wild gewordener junger Leutnant! Du hättest dabei sein sollen. Mir nach, Männer von der *Indom!*« Er schüttelte sein graues Haupt. »Da kann ich ihn doch jetzt nicht allein lassen.«

Er hob eine Hand und grinste. Es war einer der traurigsten Anblicke, an die Ferguson sich erinnerte.

Und einer der tapfersten.

Richard Bolitho lehnte sich in die Ecke der Kutsche und sah durch das Fenster auf die Leute und die Pferde. Kutschen jeder Größe suchten sich ihren Platz, ohne auf die anderen zu achten.

Trotz der warmen Abendluft trug er seinen Bootsmantel, um seine Uniform und seinen Rang nicht zu zeigen. In der wilden Feierei nach Napoleons Niederlage führte ein solcher Anblick zu Jubelschreien und Hochlebenlassen selbst von ganz normalen Leuten, die solche Gefühle bisher allenfalls einmal Nelson gezeigt hatten.

Ein langer Tag, ein sehr langer Tag. Erst Bethune und danach der Erste Lord und seine Senior-Berater. Napoleon war auf die Insel Elba ins Exil geschickt worden. Der Gigant, der einen ganzen Erdteil erschüttert hatte, war festgesetzt und würde vergessen werden. Doch bereits in dem Augenblick, als der Erste Lord das aussprach, fragte Bolitho sich, ob diese Entscheidung wohl weise gewesen war. Ihm schien, als wolle man einen Löwen in einem Vogelkäfig halten, der zudem noch viel zu nahe plaziert war, wirklich viel zu nahe.

Der Erste Lord hatte sich gründlich über den amerikanischen Krieg ausgelassen und über den Anteil von Bolitho mit seinem Geschwader. Die Amerikaner wurden durch den darniederliegenden Handel ausgehungert, und das war das Verdienst der britischen Geschwader und der Befehlshaber zwischen Halifax und der Karibik. Schon fast tausend amerikanische Handelsschiffe waren aufgebracht worden, und da Frankreich die britische Flotte nicht länger band und schwächte, konnten immer mehr Schiffe über den Atlantik geschickt werden, um die letzten Löcher in der Blockade zu stopfen.

Der Erste Lord hatte seine Rede mit der Bemerkung geschlossen, daß kein Krieg durch eine Schachmatt-Situation beendet werden kann. Man mußte ein Exempel statuieren, eine deutliche Warnung für die Zukunft.

Bethune, der Bolitho beobachtete, hatte einige Bemerkungen eingeflochten, die den amerikanischen Angriff auf York betrafen.

Der Erste Lord war alt, aber kein Narr, und er hatte Bethunes Bemerkungen als Ablenkungsversuch erkannt.

»Was meinen Sie, Sir Richard? Ich weiß, daß Sie sehr fortschrittliche Vorstellungen vom Krieg auf See haben. Ich erinnere mich gut, wie Sie damals in diesen Räumen sagten, daß der Kampf in Linie eine Sache der Vergangenheit sei.«

Bolitho sah zur Seite auf die glänzende Themse. Das strahlende Leuchten versprach einen herrlichen Sonnenuntergang.

»Dazu stehe ich weiterhin, Mylord. Und ich glaube auch weiterhin nicht, daß der Wunsch nach Rache ein ausreichender Grund sein sollte, einen Krieg zu verlängern, den keine Seite zu gewinnen hoffen kann.«

In dem Augenblick war er davon ausgegangen, daß

wieder ein Angriff geplant wurde. Jetzt, auf der langen Kutschfahrt von der Admiralität bis Chelsea, fand er Zeit zum Nachdenken und war sich seiner Sache ganz sicher. Sir Alexander Cochrane hatte sich in den Dienst seiner Aufgabe gestellt. Er war in jeder Hinsicht ein Draufgänger und ganz bestimmt kein Mann des Friedens.

Während Bolitho mit Bethune allein gewesen war, hatte er sich nach Valentine Keen und seinem Neffen erkundigt.

Sorgfältig abwägend hatte Bethune geantwortet: »Konteradmiral Keen wird noch in diesem Jahr nach England zurückkehren. Sein Flaggschiff wird höchstwahrscheinlich außer Dienst gestellt.«

Er hatte dabei von seinem Schreibtisch aufgeblickt, und einen Augenblick lang hatte Bolitho in dem Admiral wieder den Midshipman gesehen. Die Männer lagen schließlich nur ein paar Jahre auseinander, und Bethune war unter all seiner Liebenswürdigkeit und seiner Verläßlichkeit ganz der Alte geblieben. Er war vor allem grundehrlich und loyal.

»Ich bin sicher, daß Ihr Neffe weiter in der Marine bleiben wird, selbst wenn man die Flotte verkleinert, was sicher ist.«

»Er ist wahrscheinlich der beste Kommandant einer Fregatte, den wir haben. Ihn einfach an Land zu setzen, nach all dem, was er für sein Land getan und auf sich genommen hat, wäre inakzeptabel.«

In diesem Augenblick hatte Bethune sich wahrscheinlich entschieden. »Wir sind gute Freunde, Richard«, hatte er gesagt. »Ich bedauere nur, daß wir uns so selten begegnet sind.« Er hob leicht die Schultern. »Aber das ist so in unserem Beruf. Ich werde nie vergessen, daß ich Ihnen alles verdanke – von dem Augenblick an, als Sie auf der *Sparrow* das Kommando übernahmen. Und es gibt viele wie mich, die einer Begegnung mit Ihnen alles verdanken.«

»Aber es gibt auch viele, die daran zerbrachen, Graham!«

Doch Bethune hatte den Kopf geschüttelt, den Gedanken verdrängt. »Wir treffen den Ersten Lord gleich wieder nach seiner Besprechung mit dem Prinzregenten. Diese Konferenzen dauern gewöhnlich nicht lange.« Er hielt inne, und dann war sein Lächeln plötzlich verschwunden. »Ich habe Ihnen zu sagen, daß der Erste Lord Ihnen Malta anbieten wird. Er wird darauf bestehen, daß Sie der richtige Mann dafür sind. Bis die Verbündeten sich schließlich über die endgültigen Friedensbedingungen geeinigt haben, dient uns das Mittelmeer als Warnung an Freund und Feind gleichermaßen. Wir werden keine weiteren Ansprüche auf Länder oder Meere akzeptieren.« Schweigend hatte er dann Bolitho angesehen. »Ich dachte, ich sollte Ihnen das als erster mitteilen.«

»Das war freundlich von Ihnen, Graham.« Bolitho hatte sich in dem geräumigen Zimmer umgeschaut. »Hier lauern auch Gefahren, also seien Sie hier auch auf der Hut.« Er klopfte jetzt gegen das Kutschendach und rief: »Ich werde von hier aus zu Fuß gehen!«

Der Kutscher in der Livree der Admiralität sah von seinem Bock kaum nach unten. Wahrscheinlich war er zu sehr an die Launen höherer Offiziere gewöhnt, um sich noch Gedanken zu machen.

Dann ging Bolitho am Fluß entlang. Kates London. Sie hatte die Stadt auch zu seinem London gemacht, oder wenigstens einen Teil davon. Was soll ich sagen? Was muß ich ihr sagen? dachte er.

Der Erste Lord hatte keinerlei Zweifel gezeigt. »Seit Collingwood den Posten nicht mehr innehat, hat es dort kaum Stabilität und Führung gegeben. Ihr Ruf und Ihr Ehrverständnis sind dort wichtiger als in der Schlachtlinie.« Er hatte vorgezogen nicht zu erwähnen, daß Collingwood, Nelsons Stellvertreter bei Trafalgar, im

Mittelmeer gestorben war, ohne je von dem Kommando abgelöst worden zu sein – trotz wiederholter Bitten, in die Heimat zurückkehren zu dürfen, und trotz der Krankheit, die ihn schließlich niedergestreckt hatte.

Bolitho ging mit unruhigen Gedanken weiter.

Es war schlimm genug, als Catherine und er Falmouth verlassen wollten. Allday war erschienen, angeblich nur, um zu prüfen, daß mit den Säbeln alles in Ordnung war. Doch dann war er sofort zur Sache gekommen. Er hatte nicht darum gebeten, sondern einfach auf seinem Recht beharrt, an Bolithos Seite zu bleiben, wo auch immer dessen Flagge wehte. Genauso Yovell, der Sekretär, ein Mann mit vielen Talenten, und der geheimnistuerische Ozzard. Sein Kreis verschworener Brüder. Dann mußte Bolitho auch an Avery denken. Bethune hatte Andeutungen gemacht, daß Avery etwas Großes angeboten worden war, eine Gelegenheit, in Sicherheit und Reichtum zu leben. Der würde also weiß Gott nicht mehr als kleiner Leutnant weiter dienen wollen.

Die Tür stand offen, und Catherine erwartete ihn oben auf der Treppenstufe. Das Haar war über ihren Ohren aufgesteckt und glänzte wie Seide im Kerzenlicht.

Sie legte Bolitho den Arm um die Taille. »Komm in den Garten, Richard. Dort wartet Wein auf uns. Ich habe dich kommen gehört.« Sie schien seine Anspannung zu spüren. »Ich hatte Besuch!«

Er drehte sich zu ihr. »Wen?«

Sein Gesicht konnte ihr nichts mehr verbergen.

»George Avery. Er kam mit einem Auftrag, mit einer Einladung zu einem Empfang.« Sie streichelte seine Hand. »Morgen. Danach werden wir nach Falmouth zurückkehren.«

Bolitho antwortete nichts, folgte ihr in den Garten in die dunkler werdenden Schatten. Er hörte, daß sie den Wein eingoß und dann fragte: »Es ist also Malta, Richard?«

Von dem Zorn, den sie in Falmouth gezeigt hatte, war nichts mehr zu spüren. Sie war die entschlossene Frau, die seinetwegen alles aufs Spiel gesetzt hatte, die mit ihm sogar die Leiden in einem offenen Boot vor der afrikanischen Küste geteilt hatte.

»Ich habe mich noch nicht entschieden, Kate!«

Sie legte ihm leicht einen Finger auf den Mund. »Aber du wirst es annehmen. Ich kenne dich gut genug, fast besser als du dich selbst. Alle Männer, die du geführt und begeistert hast, erwarten das von dir. Es geht um sie und um die Zukunft, für die ihr alle gekämpft habt. Du hast mir mal gesagt, daß sie niemals fragen oder anzweifeln durften, warum sie so große Opfer zu bringen hätten.« Sie schritten zusammen zur niedrigen Wand und sahen die Sonne hinter dem Fluß untergehen. Und dann sagte sie: »Du bist mein Mann, Richard. Ich werde immer zu dir stehen, wie unfair oder ungerecht man dich auch behandeln mag. Ich würde lieber sterben, als dich zu verlieren.« Sie streichelte sein Gesicht, die Wange unter seinem verletzten Auge. »Und was geschieht danach?«

»Danach, Kate? Danach ist ein schönes Wort, danach wird und kann uns nichts mehr trennen.«

Sie nahm seine Hand und drückte sie gegen die Brust. »Nimm mich, Richard. Nimm mich, wie du willst, aber liebe mich immer.«

Der Wein im Garten blieb unberührt.

II
Mehr als die Pflicht

Kapitän James Tyacke saß in seinem Zimmer an einem kleinen Tisch und hörte aus dem Raum unter seinen Füßen undeutliche Stimmen. »Cross Keys« war ein kleines, doch gemütliches Landgasthaus an der Straße, die von Plymouth nördlich nach Tavistock führte. Wegen der Enge der Straße hielten hier nur wenige Kutschen, und er hatte sich schon manchmal gefragt, wovon die Besitzer lebten. Vielleicht hatten sie Verbindungen zu Schmugglern. Ihm war das sehr recht, denn es gab keine neugierigen Blicke und kein entsetztes Kopfabwenden, das nach Mitleid, Neugier und Ablehnung roch.

Es war schlimm, wenn nicht mehr, daß er das letzte Mal vor drei Jahren hier abgestiegen war. Damals hatte eine freundliche Frau das Haus geführt, Meg, die sich oft mit ihm unterhalten hatte. Sie konnte ihn ohne Entsetzen anschauen. Das war nun schon drei Jahre her. Als er beim letzten Mal das Gasthaus verlassen hatte, wußte er, daß sie sich nie wieder begegnen würden.

Auch der neue Wirt hatte ihn willkommen geheißen. Er war ein Wiesel von einem Mann, mit schnellen, überraschenden Bewegungen. Er hatte bestens dafür gesorgt, daß Tyacke nicht gestört wurde.

Drei Jahre. Ein ganzes Leben. Er sollte damals gerade das Kommando über die *Indomitable* übernehmen, Sir Richard Bolithos Flaggschiff vor dem Aufbruch in amerikanische Gewässer. Unendlich viele Meilen, zahllose neue Gesichter, einige waren schon aus seinem Gedächtnis gelöscht. Und nun lag ebendiese *Indomitable* in Plymouth, ausgemustert, ein leeres Schiff, das auf eine neue Zukunft wartete – oder auf gar nichts mehr.

Tyacke blickte auf die große Seekiste mit ihren Messingbeschlägen vor seinem Bett. Sie waren viele Meilen zusammen gereist, und seine ganze Welt lag in ihr beschlossen.

Er dachte an die letzten Wochen, die er zum größten Teil an Bord verbracht hatte, um sich um die tausendundein Details zu kümmern, die mit der Außerdienststellung einhergingen. Schlimmer waren die kurzen Abschiedsworte und das Schütteln rauher Hände von Männern, die er so gut wie sich selbst kennengelernt hatte und die ihm – dank seinem eigenen Vorbild – vertrauten und ihm ergeben waren.

Und dann Sir Richard Bolitho – das war der schlimmste Abschied gewesen. Als Admiral und Flaggkapitän hatten sie gegenseitig verläßliche Treue entwickelt und Bewunderung füreinander, die kein Außenstehender je ganz begreifen würde.

Napoleon war also geschlagen! Der Krieg mit dem alten Feind war vorüber. Tyacke sollte Erleichterung verspüren, aufatmen können. Doch als er *Pickle*, den Schoner der Flotte, beobachtete, der ablegte und in Richtung Land segelte, um Bolitho und Allday nach Falmouth zu bringen, hatte er nur Trauer und Leere gefühlt.

Der Hafenadmiral war ein Freund Bolithos und war deshalb dem Flaggkapitän freundlich und hilfreich begegnet. Doch zweifellos hatte er Tyackes Wunsch als bizarr empfunden. Er wollte wieder zur Anti-Sklaven-Patrouille vor Westafrika kommandiert werden, vom relativen Komfort eines großen Schiffes oder von einem wohlverdienten langen Urlaub an Land in die schreckliche Enge eines kleinen Schiffs mit der Aussicht auf Fieber und Tod. Bolithos schriftlicher Bericht hatte dem Wunsch einiges Gewicht gegeben. Dennoch mußte der Admiral ihm mitteilen, daß sein Antrag vielleicht erst in einem Jahr, wenn nicht noch später genehmigt werden würde.

Er erinnerte sich an die *Indomitable*, wie er sie zuletzt gesehen hatte. Die Rahen waren abgeschlagen, das sonst makellos saubere Deck lag voller Seile und Sparren, und ihre mächtigen Kanonen, die die amerikanische *Retribution* donnernd niedergekämpft hatten, schwiegen und waren vorläufig unbrauchbar gemacht worden. Sie wurde jetzt nicht mehr benötigt, ebenso wie die meisten

Männer, die auf ihr so lange und so gut gedient hatten und die zum größten Teil in die Marine gepreßt worden waren.

Tyackes Mund verzog sich zu einem Lächeln. Auch Allday war eigentlich ein gepreßter Mann. Und was hatte man mit den Verwundeten vor? Sie wurden an Land gesetzt und sich selber überlassen in einer Welt, die sich längst nicht mehr an sie erinnerte. Sie mußten, so gut es eben ging, für sich selber sorgen, also in den Straßen Menschen anbetteln, die am liebsten den ganzen Krieg längst vergessen hätten.

Nicht so Sir Richard Bolitho, der Mann, der Held. Er konnte andere sogar dann begeistern, wenn schon alle Hoffnung verloren schien. Und er konnte sein Mitgefühl nicht verbergen, ebensowenig wie seine Trauer um die Gefallenen.

Wieder lächelte Tyacke. Bolitho hatte ihm seine Hoffnung und seinen Stolz wiedergegeben, als er beides für immer verloren glaubte. Tyacke berührte sein Gesicht an der Seite. Es war von Flammen versengt, sah nach der großen Schlacht bei Abukir nicht mehr menschlich aus, in der Nelson seine Schiffe an den Nil geführt hatte. Es war ein Wunder, daß auf dieser Seite das Auge unverletzt geblieben war. Irgend jemand hatte gemeint, er habe verdammt viel Glück gehabt. Was wußten die Menschen schon?

In all den Jahren hatte seine Entstellung ihn begleitet. Eine französische Breitseite hatte ihn niedergestreckt, die Männer um ihn herum waren getötet und verstümmelt worden, und auch der Kommandant der *Majestic* war in der blutigen Auseinandersetzung gefallen. Seine jungen Kameraden hatten die Blicke gesenkt, hatten an ihm vorbei geblickt, hatten irgendwohin gestarrt, um ihn bloß nicht anzusehen. »Der Teufel mit dem halben Gesicht«, hatten die Sklavenhändler ihn dann getauft.

Und jetzt hatte er darum gebeten, in diese einsame Welt der Patrouillen zurückzukehren, um sein Können an dem der Händler zu messen, bis er sie fand und verfolgen konnte. Es waren stinkende Schiffe, ihre Laderäume waren voll beladen mit angeketteten Sklaven, die in ihrem eigenen Dreck leben mußten. Sie wußten, daß sie bei der kleinsten Provokation getötet, ihre Körper den Haien zum Fraß vorgeworfen werden würden. Sklavenschiffe und Haie waren nie weit voneinander entfernt.

Nein, man wollte Bolitho nicht aus der Marine entlassen. Für viele, die an Bord gedient hatten, war er die Marine. Und Bolitho und seine Geliebte hatten sich einen Dreck um die Konventionen der Gesellschaft und deren Zensur gekümmert. Wieder berührte Tyacke sein Gesicht. Er erinnerte sich, wie die Lady in Falmouth die Lotsenleiter zur *Indomitable* hinaufgeklettert war und den Bootsmannsstuhl zurückgewiesen hatte. Als sie, mit Teerflecken auf den Strümpfen, an Deck angekommen war, hatte die ganze Mannschaft sie deswegen laut bejubelt. Die Seemannsbraut, die an Bord gekommen war, um ihnen allen gute Wünsche zu bringen. Männer, die Preßtrupps von Weib und Kind fortgerissen hatten, bestimmt für das andere Ende der Welt, ebenso wie die Schurken, die Richter freigelassen hatten, unter der Bedingung, daß sie an Bord eines Schiffs des Königs gingen.

Die junge Frau hatte das getan, weil sie diese Männer mochte. An jenem Tag in Falmouth hatte sie alle Formalitäten vergessen und hatte Tyacke bei der Begrüßung auf die Wange geküßt. »Sie sind hier sehr willkommen.« Diese Worte hörte er immer noch. Und dann hatte sie das dicht bestandene Deck genau gemustert, die neugierigen Matrosen und Seesoldaten, und hatte zu Bolitho gesagt: »Diese Männer lassen dich nicht im Stich.« Und das hatten sie auch nicht.

Vielleicht war sie die einzige, die Tyackes ganze Qual begriffen hatte, als er akzeptierte, Flaggkapitän von Sir Richard Bolitho zu werden. Man würde ihn beneiden, fürchten, respektieren, ja auch hassen, aber ein Kapitän, ganz besonders als Kommandant eines Flaggschiffes, mußte über alle Zweifel und über alles Zögern erhaben sein. Nur wenige begriffen, daß er mit diesen Gefühlen in Plymouth an Bord gestiegen war, um sich einzulesen und das Kommando zu übernehmen.

Seine Worte von damals meldeten sich in seinem Gedächtnis wieder, als habe er sie eben laut wiederholt: *Ich werde keinem anderen dienen.*

Er sah sich in seinem Zimmer um. Er würde es bald verlassen müssen, wenn auch nur, damit es gereinigt werden konnte. Was würde geschehen, wenn seine Kommandierung auf einen Sklavenjäger länger auf sich warten ließ, als der Hafenadmiral angenommen hatte, der ein Jahr schätzte? Was dann? Würde er sich weiter in Zimmern verstecken, nur nachts spazierengehen und jeden menschlichen Kontakt vermeiden?

Er berührte seine Ausgehuniform, die über einem Stuhl hing. Sie trug die beiden Epauletten eines Kapitäns mit vollem Rang. Wie weit das doch von seinem vorherigen Kommando auf der kleinen Brigg *Larne* entfernt war.

Er ließ im Geist all die Jahre seit den Ereignissen am Nil vorüberziehen und das langsame Heilen seiner Wunden. Fünfzehn Jahre waren vergangen, seit die Hölle im unteren Kanonendeck der *Majestic* explodiert war und es in ein Inferno verwandelt hatte. Er hatte im Haslar-Lazarett in Portsmouth gelegen, aber die Hilfe, die man ihm gewährte, war unbedeutend. Marion hatte sich schließlich zusammengenommen und ihn besucht. Sie war damals jung und sehr schön gewesen, und er hatte gehofft, sie eines Tages zu heiraten.

Es war eine Qual für sie, wie für die meisten, die ins

Haslar-Lazarett kamen, um Freunde oder Verwandte zu besuchen. Offiziere lagen da, die in einem Dutzend oder noch mehr Seegefechten verwundet worden waren, mit hoffnungsvollen Gesichtern und jedesmal Mitleid erheischend, wenn neue Besucher kamen. Es waren die Verbrannten, die Verstümmelten, die Männer ohne Beine und Arme und die Blinden – lebende Beweise für jeden Sieg. Doch wer sah sie schon?

Nach diesem Besuch hatte sie einen anderen geheiratet, einen älteren Mann, der ihr ein angenehmes Haus in Portsdown Hill bieten konnte, nicht weit von ebenjenem Lazarett entfernt. Zwei Kinder entstammten der Ehe, ein Junge und ein Mädchen.

Ihr Mann war schließlich gestorben. Tyacke hatte einen Brief von ihr bekommen, als die *Indomitable* in Halifax lag, die erste Nachricht von ihr seit fünfzehn Jahren. Der Brief war sehr sorgfältig verfaßt worden, er bot keine Entschuldigung, keinen Kompromiß – ein Stück Papier von einem reifen Menschen, der so ganz anders war als das junge Mädchen von einst.

Er hatte ihr eine Antwort geschrieben und sie im Tresor vor dem letzten Gefecht mit der *Resolution* verstaut. Sie hätte den Brief nur erhalten, wenn Tyacke an diesem Tag gefallen wäre. Nach dem Gefecht hatte er ihn in Schnipsel zerrissen und zugesehen, wie diese an der zerfetzten Schiffswand im Wasser vorbeitrieben. Als er das Mädchen gebraucht hatte und manchmal um den eigenen Tod gebetet hatte, da hatte Marion sich von ihm abgewandt. Er hatte sich zwar oft genug gesagt, daß das nur zu verständlich war. Aber sie war nie zurückgekommen. Warum hatte ihr Brief ihn also so beunruhigt? Die Jahre gehörten ebenso einem anderen Mann wie die beiden unbekannten Kinder. Diese Zeit würde er nie mit ihnen teilen können.

Ein leises Klopfen war an der Tür zu hören, die sich kurz darauf einen Spalt öffnete.

»In Ordnung, Jenny«, sagte Tyacke. »Ich mache gleich einen Spaziergang, da kannst du dich um das Zimmer kümmern.«

»Darum geht es nicht, Sir.« Sie schaute ihn ernst an. »Da ist ein Brief für Sie gekommen.«

Sie streckte ihm das Schreiben entgegen und sah, wie er an das Fenster trat. Sie stammte aus dieser Gegend und hatte sechs Schwestern. Im Gasthof sah sie häufig Marine- oder Heeresuniformen. So fühlte sie sich nicht ganz von Plymouth abgeschnitten, dem lebendigen Hafen, den ihre Schwestern nur allzu gern mit diesem Ort verglichen.

Doch sie hatte noch einen Mann wie diesen getroffen. Er selbst sprach nur das Nötigste, doch jeder wußte alles über ihn. Ein Held: Sir Richard Bolithos Freund und sein rechter Arm. So sagte man. Wahrscheinlich redeten sie noch mehr über ihn, wenn sie nicht dabei war.

Sie sah ihn sich jetzt genau an, während er den Brief ins Licht hielt. Er wandte die fürchterliche Verletzung immer von ihr weg. Er hatte ein starkes Gesicht, sogar ein schönes, und er war sehr höflich, ganz anders als viele Herren, die auf ein Gläschen vorbeikamen. Ihre Mutter hatte sie oft genug vor den Gefahren gewarnt, von anderen Mädchen erzählt, die in Umstände gekommen waren. Die Garnison von Tavistock lag ja so nahe.

Jenny errötete. Was auch immer ...

Tyacke spürte nichts von ihren Blicken. Der Brief kam vom Hafenadmiral. Er habe sich, so schnell er könne, im Hafen zu melden. Selbst bei einem Kapitän mit vollem Rang hieß das: sofort.

»Ich brauche eine schnelle Kutsche, Jenny. Ich muß nach Plymouth.«

Sie lächelte ihn an. »Sofort, Sir!«

Tyacke nahm seine Jacke und fuhr mit seinen Fingern über die Ärmel. Der Spaziergang konnte warten.

Er sah sich in dem kleinen Zimmer um. Dann wurde ihm die Bedeutung der Nachricht klar. Er hatte genau das erwartet. Es war das einzige Leben, das er kannte.

Die Kutsche wurde langsamer, und Bolitho sah Bummler und Vorübergehende, die die Hand gegen die Abendsonne über die Augen hielten und in die Kutsche zu sehen versuchten. Einige winkten sogar mit dem Hut, obwohl sie ihn unmöglich erkannt haben konnten. Er spürte ihre Hand auf seinem Ärmel.

»So drücken diese Leute ihre Gefühle aus.«

Catherine winkte der nächsten Gruppe zu, und ein Mann rief: »Da ist Sir Richard, Männer, und seine Dame. Der gerechte Dick!«

Es gab Jubelrufe, und sie sagte: »Hörst du das? Du hast hier viele Freunde!«

Im Haus am Ufer leuchteten tausend Kerzen, und die Kandelaber waren noch heller als die untergehende Sonne.

Wie Sillitoe das alles wohl verabscheut, dachte Bolitho. Die reinste Verschwendung, wenn auch nötig. Nötig – das war der passende Ausdruck. Er kam aus jener anderen Welt.

»Ich habe gehört, ganz London gibt heute Empfänge, um den Sieg zu feiern.« Die junge Frau sah in sein Gesicht und wollte Bolitho am liebsten in die Arme nehmen, was auch immer die Menge davon halten würde.

Beunruhigt meinte er: »Ich wünschte, der junge Matthew säße da auf dem Bock und wir wären unterwegs nach Falmouth.« Er sah sie an und lächelte. »Für so eine schöne Frau bin ich ein schlechter Gesellschafter«, sagte er.

Seltsamerweise gab ihm diese Erkenntnis Kraft. Sie trug ein neues Seidenkleid in ihrem Lieblingsgrün, mit hoher Taille und nackten Schultern. Der Diamantanhänger lag zwischen ihren Brüsten. Schön und stolz und nach außen hin ganz ruhig erschien diese Frau, die sich ihm in ihrem Haus am Ufer in Chelsea, hinter der nächsten großen Biegung des Flusses, mit solcher Leidenschaft hingegeben hatte, bis sie gänzlich erschöpft waren.

»Es wird hier wenigstens nicht so schlimm werden wie bei dem Fest im Carlton House. Ich habe noch nie im Leben so viel gegessen.«

Sie sah, wie sich seine Mundwinkel hoben, wie immer, wenn er lächelte und sie sich gemeinsam an etwas erinnerten.

Sie achtete jetzt auf die anderen Kutschen, die in Sillitoes Einfahrt bogen, und auf die zahlreichen Diener und Pferdeknechte. Sillitoe hatte sicherlich keine Kosten gescheut.

Sie sah viele Frauen, doch kaum Ehefrauen, wie sie meinte. Sie vergaß nie, daß Sillitoe ihr geholfen hatte, als keine Hilfe in der Nähe war. Danach hatte er kein Geheimnis aus seinen Gefühlen für sie gemacht. Er hatte, seiner Art entsprechend, die Emotionen nur festgestellt, kühl und entschlossen, wie etwas, an dem es keine Zweifel gab.

Sie sah an ihrem Kleid hinab. Es war sicher eine gewagte Robe, aber das erwartete der eine oder andere auch von ihr. Sie hob das Kinn und fühlte den Anhänger auf ihrer Haut. Bolithos Frau, wie die ganze Welt sehen konnte.

Und dann waren sie da. Die Tür wurde aufgerissen, und Bolitho stieg als erster aus, um ihr aus der Kutsche zu helfen.

Diener verneigten sich höflich. Nur hier und da entdeckte Catherine Sillitoes eigene Männer, unbewegt und aufmerksam, und sie erinnerte sich an den letzten Besuch in Whitechapel. Einige von Sillitoes Männern hatten sie damals begleitet. Irgendwie schien immer eine Aura von Geheimnissen und Gefahren Sillitoe zu umgeben.

Bolitho gab seinen Hut einem zweiten Diener, während sie selbst ihren Seidenschal über ihren nackten Schultern behielt. Es gab keine offizielle Vorstellung der Gäste, kein Lakai überprüfte die Einladungen. Gespräche hingen in der Luft, und irgendwo in der Nähe erklang auch Musik. Sie war weder fröhlich noch kriegerisch, hielt sich im Hintergrund, und die Leute kannten sich hier, entweder persönlich oder wenigstens dem Namen nach.

»Sie sehen gut aus, Sir Richard!« Sillitoe erschien hinter einer Säule, seine tiefliegenden Augen schweiften durch den Raum. Er ergriff Catherines Hand und führte sie an seine Lippen. »Wie immer finde ich keine Worte für solche Schönheit, Mylady.«

Sie lächelte und spürte die Blicke der anderen Frauen.

Ungeduldig winkte Sillitoe einem Lakaien mit einem Tablett zu. Dann sagte er: »Rhodes ist hier. Ich dachte mir, Sie sollten ihn treffen, schon der nächsten Zukunft wegen.«

Bolitho wandte sich zu Catherine. »Der Ehrenwerte Lord Rhodes ist Admiral und in der Admiralität für die Finanzen verantwortlich. Aber man sagt auch, er liege gut im Rennen um den Posten als nächster Erster Lord der Admiralität.«

Er beobachtete sie und las aus ihren Augen. Sie mißtraute hochgestellten Offizieren, die sie nicht kannte, weil sie immer fürchtete, daß sie nichts Gutes für Richard im Schilde führten.

Sillitoe sagte: »Er wartet in einem Nebenzimmer. Es ist vielleicht klug, gleich mit ihm zu reden.«

»Ich werde auf der Terrasse warten, Richard«, bot Catherine an.

Aber Sillitoe unterbrach sie. »Dies ist mein Haus, und Sie sind meine Gäste. Es gibt keinen Anlaß, Sie zu trennen.« Leicht berührte er ihre Hand. »Soll man die

Legende teilen?« Sein kleiner Sekretär hielt sich ganz in der Nähe auf, und Sillitoe sagte noch: »Ich komme dann bald dazu und werde Sie retten.«

Einer von Sillitoes Männern führte sie zur Bibliothek und dann in ein kleineres Vorzimmer. Vor dem Kamin stand ein Stuhl, an den Catherine sich plötzlich erinnerte. Es schien, als sei er seit jenem Tag nicht mehr bewegt worden, als sie dort gesessen und um Hilfe gebeten hatte. Sillitoe war so nahe an ihr vorbeigegangen, daß sie seinen Wunsch spürte, sie zu berühren, ihr die Hand auf die Schulter zu legen. Doch das hatte er nicht getan.

Admiral Lord James Rhodes war ein großer starker Mann, der früher einmal sehr attraktiv gewesen sein mußte. Eine starke gebogene Nase beherrschte sein Gesicht. Seine Augen waren überraschend klein, im Vergleich fast unscheinbar. Er musterte Catherine schnell, doch nichts verriet seine Gedanken. Er ist ein Mann, dachte sie, der gewohnt ist, seine Gefühle nicht zu zeigen.

Bolitho sagte: »Darf ich Ihnen die Viscountess Somervell vorstellen, Mylord?«

Er spürte, wie sie den Admiral anschaute, spürte ihre Vorbehalte, falls von ihm irgendeine Beleidigung oder eine spöttische Bemerkung käme.

Doch Rhodes verneigte sich nur steif und sagte: »Ich hatte bisher die Ehre noch nicht, Mylady.«

Er griff nicht nach ihrer Hand, und sie bot sie ihm auch nicht.

Catherine trat ans Fenster und beobachtete, wie eine Kutsche über das Pflaster rollte. Sie spürte, daß der Admiral ihr nachstarrte, doch seine Unsicherheit bereitete ihr kein Vergnügen.

Plötzlich mußte sie ganz intensiv an Falmouth denken. Wieder von Bolitho getrennt zu sein war ein zu brutaler Gedanke.

Sie trat noch näher an das Fenster und musterte die Ankommenden. Diesmal war es weder ein Admiral noch ein Politiker, sondern nur ein großer Leutnant, der seinen Hut abnahm, als er der Dame die Hand reichte, die nach ihm aus der Kutsche stieg. Selbst im versiegenden Tageslicht konnte Catherine das Graue in seinem Haar entdecken, sah ihn lachen und die Art, wie die schöne Frau ihn anblickte. Es handelte sich um die Geliebte George Averys, an die er offenbar sein Herz verloren hatte.

Und doch hatte er nichts davon gesagt, daß er hier bleiben würde, als er Sillitoes Einladung überbrachte und sie von der Aussicht auf Malta informierte.

Sie hörte Rhodes sagen: »Ich werde Ihnen die *Frobisher* geben, kennen Sie sie?« Und auch Bolithos Antwort, die deutlich machte, daß er schon ganz mit seiner neuen Aufgabe beschäftigt war: »Ja, Mylord. Vierundsiebzig Kanonen, Kapitän Jefferson, wenn ich mich recht erinnere.«

Catherine hatte den Eindruck, daß Rhodes erleichtert klang, als er sagte: »Nicht mehr, muß ich sagen. Er hat das Zeitliche gesegnet, schon vor zwei Jahren, wurde auf See bestattet, armer Kerl.«

Leise entgegnete Bolitho: »Eine französische Prise. Sie hieß früher *Glorieux*.«

»Macht Ihnen das was aus, Sir Richard? Wenn, dann ...«

»Ein Schiff ist das, was man aus ihm macht.«

Rhodes grunzte zustimmend. »Und verglichen mit einigen ihrer letzten Schiffe ist sie sogar ziemlich neu, ganze acht Jahre alt.«

Sie hörte, wie der Admiral ein Glas hob und laut schlürfte. Ja, er war erleichtert. Sie drehte sich vom Fenster weg und fragte: »Und wann wird das alles stattfinden, Mylord?«

Er sah sie bekümmert an. »Binnen Wochen, leider,

Mylady, nicht erst in ein paar Monaten. Aber das sollte sie nicht kümmern. Ich bin immer der Ansicht gewesen ...«

»Wirklich, Mylord? Gut, daß ich das weiß. Da draußen feiern die Leute einen Sieg, dessen Kosten noch errechnet werden müssen. Und ich bin besorgt um diesen Mann und um mich. Ist das so ungewöhnlich?«

Bolitho warf ein: »Noch habe ich mich nicht entschieden!«

Rhodes sah sich um, als stecke er in einer Falle. »Man hat Sie wegen Ihres Rufs ausgewählt, wegen der Ehre, die Sie für Ihr Land erstritten haben!« Er sah Catherine grimmig an. »Es sollte eigentlich ziemlich einleuchtend sein, warum das so besonders wichtig ist.«

Leise öffnete sich die Tür, und Sillitoe trat schweigend ein.

Dann sagte Catherine leise: »Ich sehe zwei Inseln und zwei Männer. Einen Tyrannen, der sich durch Europa mordete und kämpfte, auf der einen, und einen Admiral, einen wahren Helden, auf der anderen. Das ist überhaupt kein Trost!« Sie fuhr sich mit dem Handschuh über die Augen, und als sie wieder aufblickte, war Rhodes verschwunden.

Sillitoe sagte: »Das tut mir leid. Rhodes ist ein guter Finanzmann, aber er hat kein Taktgefühl. Wenn Sie sich dagegen entscheiden, Ihre Flagge im Mittelmeer zu zeigen, dann kostet es seinen Kopf, Richard, nicht den Ihren.« Er starrte zu seinem Sekretär hinüber und sagte dann: »Kommen Sie sofort mit. Sie müssen ein paar Leute kennenlernen.« Er lächelte knapp. »Die Begleitung meines Neffen inbegriffen!«

Die Tür schloß sich, und Bolitho und Catherine waren allein. Nur die Musik und die gedämpften Stimmen erinnerten sie daran, daß sie zu einem Fest gekommen waren.

Sie senkte ihren Kopf. »Es tut mir leid, Richard. Ich

sprach wie eine wütende, verbitterte Ehefrau. Dazu hatte ich kein Recht.«

Er hob ihr Kinn und sah sie genau an. »Auch wenn du mir angetraut wärst, würde ich dich nicht inniger lieben als jetzt. Du hattest jedes Recht dazu. Du bist mein Leben.«

»Dann sollen alle es wissen.« Sie nahm den Schal von ihren Schultern, berührte den Diamantanhänger und sah ihn wieder an.

»Und morgen werden wir London verlassen.«

Leutnant George Avery schaute sich in der Menge um und begann zu zweifeln, ob es klug war, als er die Einladung seines Onkels annahm. Alle waren wichtige Leute, jeder, der in dieser ihm unbekannten Welt lebte, kannte die Namen: Politiker, hohe Offiziere von Heer und Marine und ein paar Diplomaten, mit Orden geschmückt, die er noch nie gesehen hatte. Doch am meisten verblüffte ihn die totale Verwandlung des Hauses seines Onkels. Der stille Ernst war abgelöst worden von Musik, Lärm und Lachen. Livrierte Diener schoben sich durch die Menge, um die Gäste zufriedenzustellen und die Gläser nachzufüllen.

Avery sah zu seiner Begleiterin herab. »Vielleicht sollten wir besser gehen, Susanna.«

Sie lächelte, sah ihn nachdenklich an, als suche und entdecke sie in ihm einige unbekannte Züge. »Ein paar von den Männern hier kenne ich. Ich bin ihnen schon bei anderer Gelegenheit begegnet. Ich nehme an, hier werden die wahren Entscheidungen gefällt – im Handumdrehen.«

Irgendwie fühlte Avery Eifersucht, ohne die Gründe dafür zu verstehen. Susanna war an Veranstaltungen dieser Art gewöhnt, wie an das Fest in ihrem eigenen Londoner Haus, zu dem sie ihn eingeladen hatte und ihn zu ihrem Geliebten gemacht hatte.

Er sah Köpfe, die sich umdrehten. Die Menschen tuschelten. Die Schöne und der einfache Leutnant. Bisher war ein Kapitän mit vollem Rang hier der rangniedrigste höhere Offizier gewesen. Während sie durch die Menge gingen, sah Avery, wie Susanna hier und da einen Gruß erwiderte. Die meisten Frauen ignorierte sie indes.

Als er sie darauf ansprach, antwortete sie leise: »Sie werden wie die Lohndiener für ihre Dienste bezahlt.« Sie packte seinen Arm und hätte über sein Entsetzen fast laut gelacht. »Lieber Mister Avery, Sie müssen aber noch viel lernen!« Dann ließ sie seinen Arm los und fügte hinzu: »Da ist doch Lady Catherine Somervell, das muß sie doch sein!«

Avery sah Catherine und Bolitho an einer niedrigen Balustrade und fragte: »Möchtest du sie gern kennenlernen?«

Aber Sillitoe trat in diesem Moment zwischen sie und bot Susanna seine Hand. »Lady Mildmay, was für ein Vergnügen. Ich hatte mich schon lange darauf gefreut, Ihre Bekanntschaft zu machen. Ich hoffe, hier läuft alles zu Ihrer Zufriedenheit. Es tut mir leid, daß Sie so schnell wieder von meinem Neffen getrennt werden, aber ich muß Ihnen sagen, meistens verstehe ich die Entschlüsse der Marine auch nicht!«

Sie schaute Avery an. »Getrennt? Ich dachte ... ich dachte, er würde in England bleiben, bis er ein passendes Kommando übernehmen könnte.«

»Ich bin Sir Richards Flaggleutnant, Susanna. Das ist mehr als eine Pflicht oder eine Entschuldigung. Es gibt keine andere Wahl!«

Sillitoe zuckte mit den Schultern. »Glauben Sie mir, ich habe ihm eine Alternative angeboten, Lady Mildmay. Natürlich bewundere ich Loyalität, aber ...«, er brach ab, als ein Lakai sich bei ihm bemerkbar machte, »wir reden später weiter.«

Avery sagte: »Ich wollte es dir sagen. Ich war glücklicher mit dir, als ich je für möglich hielt. Ich liebe dich, ich habe dich immer geliebt.«

»Aber du wirst mich verlassen, wegen irgend so einer Pflicht!«

Sie wandte sich um, als Catherine sie ansprach: »Ich denke, wir sollten uns kennenlernen.«

Sie bot ihr die Hand.

»Ich weiß, was Sie denken. Ich versuche, mich damit abzufinden, aber es schmerzt jedesmal.« Sie schaute sich um, sah die schnellen Blicke, wissendes Lächeln und erkannte sie.

Da war Sir Wilfried Lafargue, einer der führenden Anwälte Londons und ein Freund Sillitoes. Er hatte ihr bei der unerwarteten Erbschaft nach dem Tod ihres Mannes geholfen. Da gab es einen rotgesichtigen Kaufmann aus der Stadt, dem sie auf einem ähnlichen Empfang vorgestellt worden war. Männer mit Einfluß und Macht. Nicht von der Art, die kämpften und fielen, auf See auf den Schiffen von Richard, oder die Schulter an Schulter im Felde kämpften. Und dann Strategen wie Lord Rhodes, stark, verläßlich, phantasielos, die die Schlachten vom Schreibtisch in der Admiralität aus planten.

Catherine sagte laut: »Sie müssen sich fragen, meine Liebe, ob Sie diesen Mann genug lieben. Genug um zu warten!«

Ein Mann, in dem sie Sillitoes unauffälligen Sekretär erkannte, schaute zu ihr auf. »Mylady, ich bin beauftragt, Sie zur Terrasse zu begleiten.« Seine Augenlider flatterten, als die Uhr schlug. Sie bemerkte, daß die Musik zu spielen aufgehört hatte.

Bolitho sagte: »Ich hole deinen Schal. Es wird draußen kalt sein.«

Sie lächelte und berührte sein Gesicht. »Das macht nichts. Ich möchte, daß man uns so zusammen sieht, so wie jetzt!«

Auf der Terrasse brannten Lichter, doch der Fluß hinter der Mauer lag wie schwarzes Glas im Dunkeln. Bolitho sah über das Wasser und hörte den schweren Schlag von Riemen. Irgendeine Barke bewegte sich gegen den Strom, ohne sonderliche Rücksicht auf die Ruderer.

Sillitoe wandte sich ihnen zu. »Jetzt werden Sie verstehen, warum ich den Premierminister nicht eingeladen habe. Der Prinzregent kann den Mann nicht ausstehen.« Das schien ihn zu amüsieren.

Sillitoe sah zu der Gruppe von Laternen hinüber und nahm Catherines Arm.

»Hier entlang, bitte, wenn Sie sich mir anvertrauen.« Sie spürte, daß er sich keinerlei Mühe gab, seine Gefühle zu verbergen.

Im Licht stand sie ganz still, vergaß die anderen, die ebenfalls um Sillitoe herum als Auserwählte warteten. Auf ihren nackten Schultern fühlte sie die kühle Brise. Sie wußte, daß Richard ganz in der Nähe stand, aber in diesen flüchtigen Augenblicken war sie ganz allein.

Die Riemen hoben sich, und die Barke legte an, Männer sprangen vor, um die Leinen zu belegen, andere rollten einen roten Teppich über den blassen Steinen aus.

Der Prinz würde sicher an ihr vorbeigehen, ohne sie zu sehen; er würde sich nicht einmal an sie erinnern. Er kannte unzählige Frauen und hatte einen entsprechenden Appetit.

Sie hielt den Atem an und mußte plötzlich an Sillitoes Worte denken: Vertrauen Sie sich mir an. Als sie wieder aufblickte, sah sie den Prinzen auf sich zukommen, so wie sie ihn damals an jenem Abend im Carlton Haus kennengelernt hatte.

Er war nach letzter Mode überaus elegant gekleidet, doch selbst in dem flackernden Licht konnte er nicht ganz verbergen, was ihn seine Exzesse körperlich kosteten. Sein Haar war nach vorn gekämmt auf eine Art, die sehr viele jüngere Männer nachahmten. Niemand hatte den geringsten Zweifel an seiner Energie und seiner schnellen Reaktion.

Catherine bemerkte, daß niemand mehr sprach, als der Prinz stehengeblieben war und sie ansah. Seine Blicke glitten über ihr Gesicht, über ihren Hals zu dem funkelnden Anhänger, der wie ein Fächer geformt war. Sie fühlte sich nackt ausgezogen, vor aller Öffentlichkeit geliebkost.

Er sagte: »Wenn ich gewußt hätte, Lady Somervell, daß Sie hier sind, wäre ich mit dem schnellsten Pferd der Marställe hierher geritten.« Er ergriff ihre Hand und hielt sie. »Ich habe oft an Sie gedacht. Sie sind die Dame, die immer zu viel zu tun hat, um sich zu langweilen. Haben Sie das nicht gesagt, als wir uns das letzte Mal sahen?« Er küßte ihr die Hand und ließ sich dabei Zeit. »Sie sind sehr schön.« Dann ließ er ihre Hand los und bemerkte die anderen Gäste. »Ah, Lord Georges. Ich bin sicher, Sie haben alles für mich unter Kontrolle?« Er wartete nicht auf Antwort. »Und auch Sie, mein lieber Sillitoe, Sie Schurke.« Sie schüttelten sich die Hand, eher wie Verschwörer denn als Freunde, dachte Catherine.

Der Prinz entdeckte Bolitho und begrüßte ihn freundlich. »Mein Admiral!«

Catherine wußte, diese Redewendung war für sie bestimmt. Sie hatte das aus gleichem Anlaß damals im Carlton-Haus gesagt. Wie lange war das her! Vor der Zeit auf der *Indomitable*, und noch ehe sie sich gezwungen hatte, Richard über Zenorias schreckliches Ende zu berichten. »Sag Adam ...« Es war alles wieder wie gestern.

Der Prinz fuhr fort. »Ich habe alle Ihre Berichte über den Krieg in Amerika gelesen. Ich stimme Ihnen zu: Je eher wir ihn beenden, desto besser ist es für alle Beteiligten.« Dann schaute er sich um und sah Catherine an. »Und was ist mit Malta, Sir Richard? Das ist wichtig für unsere Sicherheit. Und es ist wichtig für mich. Ich muß es wissen, also wie lautet Ihre Entscheidung?« Er streckte seine Hand aus und ergriff Catherines Arm. »Werden Sie es mir verraten?«

Catherine konnte Richards Ärger spüren, so etwas wie physischen Schmerz, so wie sie auch die anderen um sich herum fast körperlich fühlte. Was würden sie hören, selbst wenn sie alles begriffen? Arroganz oder einen Temperamentsausbruch? Weder das eine noch das andere traf die Wirklichkeit.

Sillitoe trat ins Licht. »Einen Augenblick bitte, Sir.« Er hielt ein Blatt Papier in der Hand. »Dies ist gerade von der Admiralität per Boten eingetroffen.«

Rhodes murmelte ärgerlich: »Ich muß es als erster lesen.«

Sillitoe überhörte ihn. »Darf ich, Sir?«

Der Prinz, der sich vor einem Augenblick noch über die Unterbrechung geärgert hatte, lächelte. »Dies ist schließlich Ihr Haus, verdammt noch mal!«

Sir Richard sah Catherine an und sagte zu Bolitho: »Eine Nachricht vom Hafenadmiral in Plymouth, Sir Richard. Kapitän James Tyacke hat seinen Wunsch zurückgenommen, zum westafrikanischen Geschwader versetzt zu werden. Er steht Ihnen wieder als Flaggkapitän zur Verfügung.«

Catherine befreite sich aus dem Griff des Prinzen und trat zu Bolitho. »Sie haben für dich gesprochen, Richard. Auch sie brauchen dich.«

Der Prinzregent öffnete die Lippen zu einem leichten Lächeln. »Danke, Lady Catherine. Danke. Ich weiß, daß ich Zeuge von etwas Wichtigem geworden bin, wenn ich auch nicht ganz weiß, was es war. Ich bin nicht undankbar. Man wird es einrichten, daß Sie Malta besuchen können.« Er nickte sich selber zu, wie sie es schon damals bemerkt hatte. »Ja, genau das.« Er schien entspannt. »Sie sagten doch etwas von einem besonderen Bordeaux, mein lieber Sillitoe. Also auf denn.« Sein Blick hing immer noch an Catherine, die ihre Hand auf Bolithos Arm gelegt hatte. Ein Blick voller Verlangen – aber auch voller Neid.

Später, sehr viel später, als die hohen Gäste Sillitoes Haus verließen, warteten immer noch verschiedene Kutschen in der Auffahrt. Der Prinzregent war so still in der Barke verschwunden, wie er gekommen war.

Bolitho schaute zu den Sternen empor und dachte mit einiger Unruhe an Catherine und den Prinzen.

»Ich habe meinen Schal vergessen«, sagte sie.

»Ich werde ihn holen.«

Ihr fester Griff überraschte ihn. »Nein. Wir sind jetzt auf dem Weg nach Chelsea, beide zusammen. Und laß uns auch zusammen glücklich sein. Mehr will ich nicht.«

Bolitho drehte sich plötzlich um. »Wer ist da?«

Es war Avery.

»Immer noch hier, George. Nanu?« Doch dann ahnte er es. Er war einer wie Tyacke, gehörte zum kleinen Kreis verschworener Brüder.

»Ich würde gern wissen, ob ich mich Ihnen nach Chelsea anschließen kann, Sir Richard?«

Catherine trat zwischen sie. Auf ihren blassen Schultern spiegelten sich die flackernden Lichter.

»Ist sie ohne Sie gegangen, George?« Sie sah ihn nicken. Dann hängte sie sich bei beiden ein, verband sie. Sie war fast so groß wie die Männer. »Dann kommen Sie mit uns. Und morgen werden Sie uns nach Falmouth begleiten.«

Er lächelte, hielt seine Enttäuschung verborgen. »Sehr gern, Mylady.«

Aus dem Fenster seines Studierzimmers beobachtete Sillitoe, wie die Kutsche auf die Straße rollte. Er runzelte die Stirn. Es waren noch viel zu viele Gäste im Haus. Das würde er ändern.

Er hob den dünnen Seidenschal auf, den Catherine im Vorzimmer des Lesezimmers hatte liegen lassen. Er konnte sie riechen. Der Schal duftete nach Jasmin.

Dann küßte er den dünnen Stoff, faltete ihn, steckte ihn in seine Innentasche und trat nach draußen, um zu tun, was er sich vorgenommen hatte.

III
Adam

Kapitän Adam Bolitho strich die Karte auf seinem Kajütentisch glatt und studierte die letzten Angaben für die geplante Reise, die er eigentlich auswendig kannte. Um und über ihm hielt Seiner Britannischen Majestät Schiff *Valkyrie*, eine Fregatte mit zweiundvierzig Kanonen, ihren Kurs unter knapp gefüllten verkürzten Segeln. Es war zwar schon Mai, aber der Wind brachte noch immer eine gewisse Schärfe mit sich, wie er auf seinem üblichen Morgenspaziergang an Deck festgestellt hatte.

Er liebte diese Stunden sehr. Das Schiff erwachte dann zu neuem Leben, und der Horizont wurde wieder sichtbar. Die Decks wurden gewaschen und gescheuert, der Bootsmann und der Zimmermann verglichen ihre Arbeitslisten für den Tag. Segel mußten abgeschlagen und geflickt werden, das Rigg war zu inspizieren und zu spleißen, wo immer es nötig erschien. Wasserfässer mußten gereinigt und für neue Füllungen vorbereitet werden. Die abgestandene, eintönige Verpflegung schien – für den Augenblick jedenfalls – am Ende, denn die *Valkyrie* kehrte in die Marinebasis in Halifax, Neuschottland, in den letzten fest in britischen Händen befindlichen Hafen zurück.

Wie würden sie sich fühlen, wenn sie eingelaufen

waren? Er sah sich in seiner Kajüte um, sah die kleinen Wellen, die sich unter dem Heck der Fregatte kräuselten, und spürte wieder den Widerwillen und die Ungeduld, die vor der Mannschaft zu verbergen er sich die größte Mühe gab.

Die *Valkyrie* war kein gewöhnliches Schiff, obwohl sie keinen Flaggoffizier an Bord hatte; offiziell war sie immer noch das Flaggschiff von Konteradmiral Valentine Keen, dem Freund seines Onkels. Und auch meines Freundes, schien ihm eine innere Stimme zu sagen.

Irgendwie hatten sie sich innerlich getrennt, obwohl sie gemeinsam zwei amerikanische Fregatten gänzlich zerstört und dabei nur einen einzigen Mann, einen Midshipman, verloren hatten. Es war noch nicht lange her, doch Adam erinnerte sich kaum noch an das Gesicht des Jungen. Keen verbrachte immer mehr Zeit an Land und kümmerte sich um den Transport der Truppen. Die *Valkyrie* kehrte damals gerade von einem solchen Konvoi zurück. Was hatte sie geleistet, fragte er sich. Die Nachrichten aus England klangen gut. Der Krieg in Europa würde bald vorüber sein, so daß mehr britische Schiffe gegen die Amerikaner eingesetzt werden konnten. Doch wie lange sollte der Krieg hier noch dauern? Das Sammeln starker Kräfte auf dieser Seite des Atlantiks mußte doch irgendeinen Zweck haben.

Er hörte, wie der Posten vor der Tür, die in die leichte Trennwand eingelassen war, den Kolben seiner Muskete auf den Boden knallte und meldete: »Der Erste Offizier, Sir!«

Adam Bolitho richtete sich auf, als Leutnant William Dyer in die Kajüte trat.

Bolithos Anblick überraschte Dyer immer noch, denn immer noch erwartete er John Urquhart dort. Doch der hatte ein eigenes Kommando übernommen, eines, um das nur wenige ihn beneideten. Auf Keens Anregung war er zum Kommandanten der Fregatte *Reaper* befördert worden, ein Schiff, gebrandmarkt von Meuterei, unmenschlicher Härte und einem Mord.

Adam Bolitho wußte, daß Urquhart die Aufgabe lösen würde. Er freute sich jedesmal, wenn er von *Reapers* gutem Abschneiden und von ihren Erfolgen hörte. Ein sehr guter Neuanfang. Doch Adam vermißte Urquhart.

»Alles klar?«

Dyer schaute auf einen imaginären Punkt über der linken Schulter seines Kommandanten. »Der Master läßt ausrichten, daß wir in der nächsten Stunde unseren Ankerplatz erreicht haben werden, Sir. Wenn der Wind weiter aus Nordost durchsteht, sollten wir vor sechs Glasen dort sein.«

Kein unangenehmer Offizier, der seine Zeit auf diesem Schiff, einer der größten Fregatten in dieser Gegend, seit die *Indomitable* nach England zurückgelaufen war, sehr zu seinem Vorteil genutzt hatte. Doch mehr konnte man über ihn nicht sagen.

»Ich komme sofort nach oben.« Adam Bolitho sah den schnellen Blick nicht, mit dem der Leutnant die Kajüte streifte, aber er ahnte ihn. Dyer glaubte wahrscheinlich, daß es seinem Kommandanten an nichts mangelte. *Ich habe das schließlich auch mal von meinem Kommandanten geglaubt.*

Adam war als Kommandant einer Fregatte mehr als sehr erfolgreich gewesen, und er hatte genügend Verstand, das zu würdigen. Mit Glück hatte Adams Erfolg nur wenig zu tun. Es kam vor allem darauf an, die Gedanken des Gegners wie die eigenen zu kennen. Der Rest waren dann Geschicklichkeit, Entschiedenheit und die Mitarbeit der Mannschaft. Adam lächelte. Und natürlich war es auch die Schießkunst.

Der Leutnant bemerkte das Lächeln und fragte, mutig geworden: »Werden wir nach diesem Schlag wieder die Flagge des Admirals führen, Sir?«

»Ehrlich gesagt, ich weiß es nicht.« Unruhig trat Adam

an das Heckfenster und stützte sich mit den Händen auf das Fensterbrett. Er konnte das Einsetzen und Zittern des Ruderkopfs spüren und sich den Anblick des Schiffes vorstellen, wie es ein Mensch vom Land aus sah, der die vorsichtige Annäherung beobachtete.

Ein Flaggschiff. Nur der Kommandant einer Fregatte konnte ermessen, was das bedeutete. Es hieß, gefesselt zu sein an die Schürzenbänder der Flotte und an die Launen und Vorstellungen eines Flaggoffiziers. Zwar war Keen ein guter Vorgesetzter, doch das änderte im Grunde nur wenig. Adam versuchte, nicht an sein eigenes Schiff zu denken, die *Anemone,* die der amerikanische Commodore Nathan Beer ihm abgenommen hatte. Nur eine Explosion unter Deck hatte die Schande verhindert, daß sie von den Amerikanern auch noch in Besitz genommen und in den Hafen geschleppt worden war, um anschließend unter der feindlichen Flagge zu kämpfen. Nein, auf diesem Schiff hier war es ganz anders.

Dyer zog sich zurück, und Adam nahm an, er würde die weitere Zukunft bald mit den anderen Offizieren bereden. Messegerüchte gab es überall, aber Dyer hatte noch nicht genug Erfahrung, um zu wissen, wie schnell so etwas nach hinten los gehen konnte.

Er berührte die Seite, an der ihn der Eisensplitter niedergestreckt hatte, ehe die *Anemone* die Flagge gestrichen hatte. Durch seine Verwundung behindert, hatte er das nicht vermeiden können. Wieder blickte er auf die See und sah Fische im ruhigen Heckwasser springen.

Was war mit Keen los? Würde er Gilia St. Clair heiraten, und wenn, warum quälte ausgerechnet ihn dieser Gedanke? Zenoria war tot, doch sein Schmerz über ihren Verlust war immer noch nicht verweht. Er griff nach seinem Hut und trat aus der Kajüte. Tatsache war, daß Konteradmiral Keen eine Frau brauchte, selbst wenn das mit Liebe nichts zu tun hatte.

Leicht stieg er den Niedergang empor und musterte das vertraute Panorama, das wie ein zerklüftetes Hindernis vor ihrem Bug lag. Er sah Schiffe aller Art, Kriegsschiffe, Handelsschiffe, Transporter, eroberte Prisen und kleine, schmetterlingshafte Segel, die in jedem lebendigen Hafen für Bewegung sorgten.

Er nickte Ritchie, dem Master zu, der vom Kompaß zurücktrat, gegen den er sich gelehnt hatte. Also schmerzten ihn seine Wunden wieder. Der Schiffsarzt hatte sich dafür eingesetzt, ihn aus dem Flottendienst zu entlassen.

Adam runzelte die Stirn. Entlassung? Das würde den Mann schneller töten als jeder noch so scharfe amerikanische Splitter.

Er schaute nach oben in die neu getrimmten Segel und die lange, flatternde Zunge des Wimpels am Großmast. Sie bot einen stolzen Anblick, alle Segel bis auf die Toppsegel und die Fock waren aufgegeit, die Mannschaften standen an den Brassen und Fallen, und die Toppsgasten hielten sich oben bereit, auch das letzte Stück einzuholen, wenn der Anker erst einmal gefallen war.

Solch ein Anblick hatte ihm bisher immer das Herz erwärmt und ihn erregt. Aber heute fehlte diese Erregung, schien etwas völlig Fremdes zu sein.

»An die Leebrassen! Klar zum Halsen!«

Nackte Füße rannten über das Deck. Blöcke quietschten, als die Männer ihr Gewicht in die Leinen warfen.

»Marsschoten!«

Adam faltete die Arme vor der Brust und merkte, wie ein junger Midshipman sich umwandte, um ihn genau zu beobachten.

»Marsgeitaue! Schneller. Merken Sie sich den Mann da, Mr. M'Crea!«

»Ruder nach Lee!«

Adam trat an die Seite und sah, wie die große Fregatte langsam drehte und dann in den Wind ging, Fahrt verlor. Ihre wenigen Segel bremsten bereits und wurden schnell aufgetucht.

»Laß fallen Anker.«

Dyer eilte nach achtern und hatte alles im Blick, während das Schiff zur Ruhe kam.

»Werden Sie die Gig brauchen, Sir?«

Ritchie, der Master, lächelte trotz seiner Schmerzen und rief ihm zu: »Jubel überall, Sir!«

Adam nahm das Teleskop und suchte die beiden Fregatten ab, die in der Nähe ankerten. Webleinen und Rahen waren voller Matrosen und Seesoldaten, die jubelten und winkten.

Er schob das Glas knallend zusammen. »Ja, Mr. Dyer. Ich brauche die Gig, so schnell es geht!«

Dyer starrte ihn an: »Was mag das bedeuten, Sir?«

Adam blickte zum Land hinüber. »Es bedeutet Frieden. Vielleicht bedeutet es noch keinen Frieden hier, aber immerhin Frieden – die Hoffnung so vieler Jahre.« Er schaute den ungläubig blickenden Midshipman an. »Sie waren noch nicht auf der Welt, als der erste Schuß abgefeuert wurde.«

Einige Matrosen grinsten sich an, andere schüttelten sich die Hände, als seien sie sich gerade in einem fremden Hafen nach langer Zeit wieder begegnet.

»Ich werde sofort Konteradmiral Keen aufsuchen. Er erwartet das.« Adam Bolitho merkte, wie der Erste Offizier sich das Weitere vorstellte. »Sie übernehmen hier das Kommando, Mr. Dyer. Ich werde zu den Männern sprechen, sobald ich zurück bin.«

Adam berührte Dyers Arm, und Dyer sprang zur Seite, als habe eine Kugel ihn getroffen.

»Sie haben sich tapfer geschlagen. Nicht alle haben so viel Glück gehabt.«

Als Adam später in die Gig stieg, erinnerte er sich an diese Worte. Sie klangen wie ein Spruch auf einem Grabstein.

Konteradmiral Valentine Keen sah von seinem Schreibtisch auf und entdeckte seinen Flaggleutnant, den Ehrenwerten Lawford de Courcey, der ihn von der Tür her beobachtete.

»Ja?«

De Courcey schaute nur kurz auf Keens Besucher und sagte: »Gerade wird gemeldet, Sir, daß die *Valkyrie* auf ihren Ankerplatz läuft.«

»Danke. Informieren Sie mich bitte sofort, wenn Kapitän Bolitho da ist.«

Er schaute sich in dem Zimmer um, das er hier in Halifax sein Hauptquartier nannte. Karten, Akten, Signalbücher. Mit De Courcey und einigen Schreibern, die man ihm als Hilfskräfte ausgeliehen hatte, schaffte er seine Arbeit gerade so. Auf den langen Schlägen auf See wäre ihm das nicht gelungen. Hier fühlte er sich im Zentrum der Dinge, er bewegte etwas, und dank seiner Arbeit konnten alle Schiffe und die Einrichtungen an Land ihr Bestes geben. Und dann war vor ein paar Tagen die Fregatte *Wakeful* aus England eingelaufen mit der Nachricht, daß Napoleon sich ergeben hatte. Das Ereignis geschah zwar weit weg, auf der anderen Seite des Atlantik, doch der Sieg bewegte Keen viel mehr als der Krieg, den sie hier gegen die Amerikaner führten. Das lag sicher daran, daß das Geschehen in Europa jahrelang auch sein Krieg gewesen war, mit wechselnden Gegnern und einem konstanten: den Franzosen.

Die Nachricht hätte ihn eigentlich früher erreichen sollen, aber der junge Kommandant der *Wakeful* in seinem Eifer, sich zu beeilen und die Nachricht zu überbringen, hatte in einem Sturm ein paar Rahen verloren. Die *Wakeful* hatte übrigens auch einen Passagier an Bord gehabt.

Keen sah ihm in diesem Augenblick ins Gesicht: Kapitän Henry Deighton, der nächste verantwortliche Commodore des Halifax Geschwaders, welcher direkt Sir

Alexander Cochrane, der hier das Oberkommando hatte, unterstand.

Alles war so schnell geschehen, daß Keen sich immer noch nicht darüber klar war, ob diese unziemliche Hast ihn erfreute oder ärgerte.

Zwischen den Meldungen hatten sich einige Briefe befunden, darunter einer des Ersten Lords, der ihm versicherte, daß die nächste Phase seiner Karriere wahrscheinlich in diesem Augenblick begonnen hatte. Von seinem Vater fand sich nichts, ein sicheres Zeichen, daß er Keens Leben auf See nach wie vor mißbilligte.

Und dann gab es Gilia. Keen wollte jetzt nicht länger damit warten, sie und natürlich ihren Vater zu fragen, ob eine Heirat genehm wäre.

Deighton fragte: »Was für ein Mann ist dieser Kapitän Bolitho, Sir?«

Keen sah ihn sich genau an. Er war ein älterer Kapitän mit vollem Rang, der jahrelangen Blockadedienst hinter sich und an zwei Gefechten teilgenommen hatte. Ein kantiger Mann mit kurzen, roten Haaren und unruhigen Augen. Sicherlich niemand, unter dem man gern dienen würde. Und einer, der schwer zu durchschauen war.

»Ein guter Kommandant einer Fregatte. Und sehr erfolgreich.«

»Ja, ich kenne seinen Ruf natürlich, Sir. Es hat ihm sicher sehr genützt, daß Sir Richard Bolitho immer hinter ihm stand.«

Keen entgegnete darauf nichts. Deighton hatte sich offenbar schon längst seine Meinung gebildet oder sie einfach von anderen übernommen.

»Ursprünglich war er mal einer von Sir Richards Midshipmen, wie ich hörte«, sagte Deighton.

»Das war ich auch mal«, antwortete Keen. »Vizeadmiral Bethune in der Admiralität war es auch. Ein guter Lehrmeister, wie mir scheint.«

Deighton nickte. »Ich verstehe. Ich freue mich, ihn kennenzulernen. Hat sein Schiff verloren, wurde gefangengenommen, konnte fliehen ... er scheint zu wissen, was er will, und hat sicher wenig Skrupel.«

»Er ist mein Flaggkapitän, bis ich Halifax verlasse.«

Das war ganz ruhig gesagt, aber der Schuß traf. Deighton kam gerade aus England. Er wußte sicher besser als andere, was hier beabsichtigt war. Wahrscheinlich wollte man Keen zum Vizeadmiral befördern, doch der konnte es immer noch nicht glauben.

Keen mußte an Richard denken, der mit Catherine in der Heimat lebte. Keen hatte einst ihr Leben geteilt, das schon heute eine Legende war. Er öffnete die Schublade einen Spalt breit und betrachtete die Miniatur des Mädchens, das ihn ansah. Es könnte auch seine Geliebte sein. *Oder unsere.*

Er hörte das Stampfen von Stiefeln draußen vor dem Gebäude nur halb und auch kaum die Schreie des Ausbilders. Der kommandierende General hatte Keen dieses Büro nur zeitweise übergeben. Wenn er seine Flagge einholte, würde das Heer es wieder übernehmen.

Was Adam wohl von dem Frieden hielt? Er hatte akzeptiert, sein Flaggkapitän zu werden, und das hatte Keen überrascht. Adam war ein Mann eigener Entscheidungen, darin hatte Deighton recht. Manchmal kannte er in der Tat kaum Skrupel, aber das würde Keen nie jemandem außerhalb der Runde der verschworenen Brüder sagen. Er könnte hier bleiben und unter dem neuen Commodore dienen oder um seine Ablösung bitten, um sein Glück in England zu versuchen in der Jagd auf ein neues Kommando. Leicht wäre das nicht. Er wußte das nur zu gut aus eigener Erfahrung mit Waffenstillständen und mit anderen Pausen in den langen Kriegsjahren.

Er dachte an die vertrauten Gesichter von Inch und

Neale und an Tyacke, die irgendwie alle überlebt hatten. In der Flotte war das Wort nicht allzusehr in Umlauf, aber jeder war ein Held. Das hatte sein Vater wahrscheinlich immer wieder gemeint, wenn er sagte, daß man im Krieg Helden brauchte, wenn man gewinnen wollte. Im Frieden dagegen brachten Helden alle die in Verlegenheit, die im Krieg nichts riskiert hatten.

Irgendwie fühlte er sich bei all dem nicht wohl, er meinte manchmal, Adam im Stich zu lassen. Natürlich war das absurd. Die Würfel waren gefallen, und alles könnte schon wieder ganz anders aussehen, wenn das nächste Kurierschiff einlief. Er drückte die Schublade zu und merkte, daß De Courcey zurückgekommen war.

»Die Brigg der *Valkyrie* ist auf dem Weg, Sir!«

Damit zog De Courcey sich zurück. Er war der perfekte Adjutant, tauchte immer dann auf, wenn er gebraucht wurde. Keen verstand nicht, warum er und Adam sich nicht ausstehen konnten.

Deighton erhob sich. Er war ein schwerer Mann, der sich dennoch leicht bewegte und genau zu wissen schien, was er wollte, und sein Ziel dann auch unbeirrt ansteuerte. Commodore war ein wichtiger Karriereschritt für ihn. Sir Alexander Cochrane hatte so viele hohe Offiziere um sich gesammelt, daß ein weiterer Aufstieg Deightons wenig wahrscheinlich war. Das wußte er sicher.

Deighton sagte: »Ich muß gehen, Sir, und ein paar Sachen zu Ende bringen.«

»Wir treffen uns heute abend wieder, Kapitän Deighton. Ich werde Sie mit der Gesellschaft von Halifax bekannt machen.«

Deighton sah ihn an, als suche er nach einer verborgenen Falle. Dann ging er.

Keen seufzte und mußte an England denken und an Hampshire. In der Heimat war Frühling. Und dort würde auch Gilia sein.

Und nach all diesen Überlegungen war er plötzlich froh über seinen Abschied.

Adam Bolitho öffnete die Klappen der beiden Laternen in seiner Kajüte. Jetzt hieß das Licht ihn willkommen und schied ihn ab vom Rest des Schiffes. Dennoch schimpfte er leise, weil er sich im Dunklen heftig an einem Stuhl gestoßen hatte.

Er fühlte seine schwere Uhr in der Tasche, doch er schaute nicht auf das Zifferblatt. Es war ungefähr drei Uhr morgens, die *Valkyrie* schwoite leicht vor Anker – ein stilles Schiff, soweit zweihundertfünfzig Seelen das möglich sein ließen. Im Rumpf waren sicher noch einige Matrosen und Seesoldaten wach, die von Napoleons Unterwerfung gehört hatten und sich fragten, was dies wohl für sie bedeutete.

Nachdem er aus Keens provisorischem Hauptquartier zurückgekehrt war, hatte er befohlen, daß alle Mann das Unterdeck räumen und sich achtern versammeln sollten. Dort sah er dann in die Gesichter von Männern, die er sehr gut kennengelernt hatte, und in die anderer Männer, die sich von ihm ferngehalten hatten, fern auch von jeder anderen Autorität. Sie alle verband die Disziplin auf diesem Schiff, ihre Loyalität dem Kameraden gegenüber – und genau darin lag die Stärke eines Kriegsschiffes.

Später hatte er seinen Offizieren erläutert, was die nahe Zukunft ihnen bringen würde. Wenn besseres Wetter käme, würde sie sich stärker gegen die Amerikaner einsetzen. So etwas hatte alle erwartet.

Dyer war wütend geworden, als Adam berichtete, es würde sie jetzt zeitweise ein Commodore befehligen. Es schien, als bedeute der Wechsel von der Admiralsflagge zum Wimpel eines Commodore eine persönliche Beleidigung.

In zwei Tagen sollte die *Valkyrie* einen neuen kleineren Konvoi eskortieren. Doch ihre wichtigste Aufgabe bestand darin, Commodore Deighton zu zeigen, wie wichtig und wirksam die Späher und Küstenwächter des Geschwaders waren.

Adam ließ sich in einen Stuhl fallen und rieb sich sein Schienbein. Er hatte zu viel getrunken, ohne sich genau erinnern zu können. Das war sonst nicht seine Art.

Er hatte seine beste Uniform angezogen und war für den Abendempfang, den Keen seinem Nachfolger auszurichten sich verpflichtet fühlte, an Land zurückgekehrt. Es war eine laute, ziemlich lockere Versammlung, die keinerlei Anzeichen machte, sich aufzulösen, als Adam sich verabschiedete und an die Pier zurückging, wo die Mannschaft in seinem Boot über die Riemen gelehnt vor sich hin döste.

David St. Clair und seine Tochter Gilia waren wie erwartet erschienen, örtliche Händler und Versorger der Flotte, Offiziere der Garnison und ein paar andere Kommandanten. Benjamin Massey, ein enger Freund von Keens Vater, war nicht erschienen. Man sagte, er sei nach England zurückgekehrt. Doch seine Geliebte, Mrs. Lovelace, war gekommen. Sie hatte Adam auf dieselbe herausfordernde Art wie schon früher angelächelt. Obwohl sie diesmal ihr Mann begleitete, war ihre Einladung unmißverständlich.

Gilia St. Clair hatte es sich nicht nehmen lassen, ihn zu begrüßen und hatte angedeutet, daß Keen sehr bald um ihre Hand anhalten würde. Sie hatte dabei Adams Gesicht genau beobachtet, als erinnere sie sich daran, als sie ihn nach Keens erster Frau gefragt hatte. Er hatte ohne Zögern geantwortet. *Ich habe sie geliebt.* Vielleicht hatte sie das Keen berichtet, während die *Valkyrie* auf See war. Doch seltsamerweise war Adam sich plötzlich ganz sicher, daß sie darüber geschwiegen hatte.

Sie hatte von Keens Beförderung gesprochen und der Möglichkeit, daß er in Plymouth Hafenadmiral werden könnte. Und wieder drückte Adam sein Unglück, das immer auf ihn zu warten schien. Sie hatte sogar das Haus in Plymouth erwähnt, Boscaween House. Nur mit größter Mühe konnte er seine Gefühle verbergen.

Im Haus des Hafenadmirals hatte er damals durch reinen Zufall Zenoria wiedergetroffen. Als sie aus der Kutsche stieg, fiel einer ihrer Handschuhe auf die Erde. Es war ihr letztes Zusammentreffen, ehe sie sich das Leben nahm. Sie wurde von einem Londoner Anwalt in Plymouth begleitet und wollte sich Boscaween House anschauen.

Hatte Keen es schon vor so langer Zeit erworben? Bedeutete es ihm nichts mehr als eine passende Unterkunft für einen höheren Offizier und seine Frau?

Alles schien wie gestern ... Zenoria im Haus des Admirals. Umgeben von vielen anderen Offizieren und ihren Ehefrauen schien sie dennoch gänzlich einsam. Und dann dachte er an ihren Handschuh, den er an seinem Körper trug, als die amerikanische Breitseite seiner *Anemone* den Rest gab. Auch das gehörte zu dem Schmerz, der nie enden wollte. Ihre Stimme: »Behalte ihn. Und denke manchmal an mich, bitte!« Das alles würde er nie vergessen können.

Abrupt drehte er sich in seinem Stuhl um.

»Ist hier jemand?«

Es war John Whitmarsh, sein Diener. Noch eine Erinnerung. Er war der einzig Überlebende der *Anemone*, bis auf die, die sich ergeben hatten, als sie meinten, ihr Kommandant wäre gefallen. John war ein Junge, der »freiwillig« in die Marine eingetreten war, freiwillig unter dem Druck eines Onkels, nachdem sein Vater vor den Goodwin Sands ertrunken war. Er war allerhöchstens zehn Jahre alt gewesen, als man ihn mit der *Anemone* auf See geschickt hatte.

»Ich bin's, Sir.« Langsam näherte er sich dem Lichtkreis. »Ich habe angenommen, Sie würden an Land bleiben, Sir!«

Adam fuhr sich mit den Fingern durch das dunkle Haar. So konnte es nicht weitergehen. Er würde sich selber zerstören und alle, die von ihm abhingen.

»Ich hätte es fast getan.« Er deutete auf den Schrank. »Ein Glas Cognac, bitte, John Whitmarsh.« Er beobachtete den eilfertigen, so zufriedenen Jungen. Als Adam ihm seinerzeit diese Stellung angeboten hatte, hatte der Junge erfreut reagiert, wie einer, dem man eine Rettungsleine zuwarf. Er ahnte nicht, daß Adam seinerzeit eine ähnliche Hilfe von seinem Kommandanten angeboten worden war.

Und jetzt erneut Änderungen. Was würde als nächstes kommen? Adam sah den Jungen aufmerksam an. Der hatte niemanden mehr auf der Welt. Der Vater war lange tot, und die Mutter hatte nicht geantwortet, als Adam ihr geschrieben hatte, um mehr über sie zu erfahren und über ihr Interesse an ihrem Sohn. John war jetzt dreizehn Jahre alt. Wie ich damals, dachte er.

Adam nahm das Glas und hielt es gegen das Licht.

»Bleib ein bißchen hier, John Whitmarsh. Ich wollte schon immer mal wieder mit dir reden.«

»Hab' ich irgendwas falsch gemacht, Sir?«

»Hast du mal über deine Zukunft nachgedacht – in der Marine oder später anderswo?«

Der Junge runzelte die Stirn. »Ich weiß nicht recht, Sir!«

Adam musterte ihn ein paar Augenblicke. »Ich habe von deiner Mutter keine Antwort bekommen. Irgend jemand muß aber für dich Entscheidungen fällen.«

Der Junge schien plötzlich ängstlich. »Ich bin hier sehr glücklich, Sir. Sie haben mir viel beigebracht, das Lesen und das Schreiben ...«

»Das ist nicht mein Verdienst, John Whitmarsh. Du lernst schnell.« Wieder sah er auf das Glas. »Könntest du dir vorstellen, Midshipman zu werden oder auf ein Schiff versetzt zu werden, auf dem du leichter befördert werden könntest? Hast du darüber mal nachgedacht?«

Der Junge schüttelte den Kopf. »Ich versteh das nicht, Sir. Ich als Midshipman? Ich soll den Rock des Königs tragen wie die jungen Herren, wie Mr. Lovie, der gefallen ist?« Wieder schüttelte er den Kopf. Sein Entschluß machte ihn plötzlich verletzlich. »Ich werde Ihnen weiter dienen, Sir. Und eines Tages werde ich Ihr Bootsführer, einer wie der alte Mr. Allday bei Sir Richard!«

Adam lächelte innerlich bewegt. »Laß Allday nie hören, daß du ihn alt nennst, mein Junge!« Dann wurde er wieder ernst. »Ich glaube, du könntest Midshipman werden und eines Tages dann auch Offizier des Königs – mit weiterer Ausbildung und der rechten Führung. Ich wäre bereit, dich zu fördern.« Er sah, daß er damit nichts erreichte. »Ich werde das alles bezahlen – dagegen hätte deine Mutter bestimmt nichts einzuwenden.«

Der Junge sah ihn mit riesengroßen Augen an. In ihnen glänzte Verzweiflung, Angst und Unglauben.

»Ich möchte bei Ihnen bleiben, Sir. Ich will zu keinem anderen!«

Von Deck waren Schritte zu hören, die auf und ab liefen. Die Wache wechselte. Es war vier Uhr. Aber das war dem Jungen egal. Er kannte nur dieses Leben hier und fürchtete, daß man es ihm wegnehmen wollte.

»Ich werde dir mal etwas erzählen. Es gab einmal einen kleinen Jungen, der mit seiner Mutter in Penzance lebte. Die beiden hatten nicht viel Geld, aber sie waren glücklich zusammen. Dann starb die Mutter, und der Junge blieb ohne Versorgung zurück. Ohne alles, bis auf ein Stück Papier. Auf dem stand der Name seines Onkels, der in Falmouth lebte.«

»Waren Sie das, Sir?«

»Ja, John Whitmarsh, das war ich. Ich machte mich also auf den langen Weg nach Falmouth. Das war nicht so weit wie nach Indien, aber immerhin weit genug. Dort wurde ich aufgenommen und fand meine Heimat bei einer Dame, die ich als meine Tante Nancy kennenlernte. Ich hätte bei ihr bleiben können und hätte mir nie mehr Sorgen machen müssen. Aber ich wartete, bis das Schiff meines Onkels in Falmouth einlief. Er war der Kapitän.« Seine eigene Stimme überraschte ihn. Er war stolz und liebte den Mann, der jetzt einer der größten Admirale Englands war.

Der Junge nickte ernst. »Und so wurden Sie Midshipman, Sir!« Einen Moment herrschte Schweigen. »Als ich damals Sir Richard traf, hat er mich nach Ihnen ausgefragt, weil ja das Schiff untergegangen war. Da hab ich das gewußt. Ich verstand, was er für Sie fühlte. Was Sie ihm bedeuteten. Es war wie zwischen mir und meinem Vater.«

»Also, denk nach, es geht um dich. Auch um mich. Das Leben, das wir hier zusammen führen, ist schon seltsam. Da ist es manchmal tröstlich, wenn man etwas zurückgeben kann.«

Der Junge wollte nach dem leeren Glas greifen, aber Adam schüttelte den Kopf, und er ließ es.

»Ich hatte nur einen richtigen Freund, Sir. Das war Billy. Und der ertrank.«

Adam erhob sich und gähnte müde. »Und nun hast du wieder einen. Also ab in die Koje, ehe sie dich zum Morgenappell rauspfeifen.«

Er sah, wie die schlanke Figur in der Dämmerung verschwand und war froh über das, was er getan hatte.

Vor zwei Tagen hatten sie Halifax wieder in Richtung Bermudas verlassen. Mit den schwer beladenen Schützlingen hatten sie gerade fünfhundert Meilen geloggt. Es waren lange, monotone Tage. Selbst zu ganz normalen Aufgaben mußte man in jeder Wache ein paar träge Männer immer wieder antreiben.

Unter anderen Umständen wäre es eine ideale Reise gewesen. Es wehte ein leichter Nordost, der gerade die Segel füllte, mehr nicht. Der Himmel war klar, und die

Sonne vertrieb gerade alle Erinnerungen an die Kälte und die Dunkelheit des Winters.

Zu Mittag stand Adam an die Achterdeckreling gelehnt. Er legte die Hand über die Augen und beobachtete die drei schweren Transporter, die in Lee segelten. Die Silhouette der *Wildfire*, einer kleinen Fregatte mit achtundzwanzig Kanonen, war in der schimmernden Hitze kaum zu erkennen.

Er hörte, wie die Midshipmen leise miteinander sprachen. Sie standen mit ihren Sextanten beisammen, um ihre Messungen und Kalkulationen der Mittagshöhen zu vergleichen. Ritchie und einer seiner Maate bewegten sich dazwischen mit der müden Geduld von alten Schulmeistern. Leutnant Dyer war mit dem Bootsmann zum Fockmast gegangen, um zu besprechen, was an den Rahen zu tun war. Doch Adam war sich nicht sicher, ob er ihm nicht nur aus dem Weg gehen wollte.

Die nie endende Arbeit in einem Konvoi – die Sorge um Soldaten, Kanonen, Vorräte, Munition. Das war alles wichtig, aber es entsprach nicht dem Leben, nach dem er sich sehnte: einer langsamen Reise unter flappenden Segeln. Er liebte Reisen, bei denen man entscheiden mußte, ob und wann gerefft werden sollte, bei denen Gischt über den Bug wehte, die den Unachtsamen zu Fall bringen konnte.

Er sah auf das Skylight. Er hatte Kapitän Deighton nach seiner Ankunft kaum gesehen. Dieser war jetzt unter Deck und nutzte die große Heckkajüte, genoß sie wahrscheinlich und freute sich auf den Augenblick, da er befördert werden würde. Dann schaute Adam zum Mast hoch. Dort hing noch kein Breitwimpel. *Dies ist noch mein Schiff,* dachte er.

Ritchie schrieb etwas in das Logbuch und blickte auf, als Adams Schatten über die Seiten fiel.

Die See war leer, eine glitzernde, blind machende Wüste, und doch konnte er vor seinem inneren Auge

Land sehen, genau so wie Ritchie es mit seinen spinnenartigen Kalkulationen und seiner angenommenen Position beschrieben hatte. New York lag etwa einhundertfünfzig Meilen westlich. Schiffe, die sich bewegten, gehörten dem Feind. Aber wie lange noch?

»Wie fühlen Sie sich, Mr. Ritchie?« Er erkannte den inneren Alarm, die Furcht, ähnlich der Reaktion wie der des Jungen, als Adam ihn über seine Zukunft befragt hatte.

»Ganz gut, Sir.« Er seufzte. »Mal besser, mal schlechter.«

Adam sah ihn ernst an. »Hüten Sie sich vor schlechten Tagen, Mr. Ritchie. Wollen Sie mal mit dem Arzt sprechen?«

Ritchies besorgtes Gesicht verwandelte sich. Grinsend sagte er: »Selbstverständlich, Sir!«

George Minchin war ein Arzt der alten Schule, ein Schlachter. Doch auch er hatte wahrscheinlich, bis zum Kragen voll mit Rum, mit seinem brutalen Gewerbe mehr Leben gerettet als andere, die zartfühlender waren. Er war Bolithos Arzt auf der *Hyperion* gewesen, als sie ihren letzten Kampf ausfocht. Der Rum hätte ihn längst aus dieser Welt befördern müssen, dachte Adam, doch er war immer noch bei ihnen. Adam verstand nur zu gut, warum Ritchie zögerte, dem Säufer in die Hände zu fallen.

Ritchie wandte den Kopf zur Seite. »Er gehört zu den lebenden Toten, Sir, wenn ich je einen gesehen habe!«

Der Mann, von dem Richie jetzt sprach, war groß, schmalbrüstig und knochig wie ein Skelett. Doch Adam hatte gesehen, wie er Kapitän Deightons Seekiste und anderes schweres Gerät vom Boot nach oben an Deck geschleppt hatte, ohne daß jemand ihm half oder er einen Flaschenzug brauchte. Er hatte Muskeln aus Stahl. Er war Deightons persönlicher Diener und hieß Jack Norway, falls das sein richtiger Name sein sollte.

Wenn man ihn ansprach, hörte er aufmerksam zu, neigte seinen hageren Kopf leicht zur Seite und verlor doch dabei den Sprechenden nie aus seinem starren Blick.

Irritiert hatte Dyer festgestellt: »Der spricht kein einziges Wort, verdammt noch mal. Der ist mehr ein Leibwächter als ein Diener, wenn Sie mich fragen.«

Norway zeigte keinerlei Verlangen, sich mit den anderen an Bord abzugeben, und die waren damit sehr einverstanden.

Adam zog seine Uhr und klappte den Sprungdeckel auf. Dann drehte er sie leicht, um mit der gravierten Meerjungfrau, die ihm in dem Laden in Halifax sofort gefallen hatte, Sonnenstrahlen einzufangen. Adams alte Uhr war verschwunden, als er auf der *Anemone* verwundet worden war. Vielleicht hatte sie auch jemand während seiner Gefangenschaft gestohlen. Die kleine Meerjungfrau war jetzt seine ständige Begleiterin. Wie die, von der man sagte, sie besuche die Kirche in Zennor, wo Zenoria jetzt ruhte. Oder etwa nicht ...?

»Wir werden mit den Steuerbordbatterien exerzieren, Mr. Ritchie, nachdem die Männer gegessen haben.«

Adam roch jetzt deutlich Rum in der warmen Luft, auch ein Teil des täglichen Lebens. *Auch meines Lebens*, sagte er sich.

Er beobachtete, wie ein Midshipman seinen Sextanten polierte und sich wegdrehte, als Deighton auf dem Achterdeck erschien.

Männer arbeiteten an Deck, die Gehilfen des Segelmachers mit Nadeln und Segelmacherhandschuhen. Sie setzten Stich an Stich, reparierten, was anlag, verschenkten nichts. Der Kanonier Fasken lehnte sich über eine Backbord-Drehbasse, ängstlich von Leutnant Warren beäugt, der vor kurzem noch Midshipman gewesen war. Zwischen beiden Männern lagen sicherlich vierzig Jahre.

»Ein paar erfahrene Männer, Kapitän Bolitho«, bemerkte Deighton, »aber einige sind auch sehr jung, nicht wahr?«

»Das Schiff hat einen guten Stamm erfahrener Unteroffiziere und Männer«, antwortete Adam. »Ich hatte Glück. Einige aus der restlichen Mannschaft sind wirklich sehr jung. Ich habe immer noch zu wenige Männer, trotz der Freiwilligen aus Halifax. Aber selbst die jungen haben genügend Kampferfahrung.«

Er sah Deightons Profil, das kurze rote Haar und die ständig unruhigen Augen.

Wie zu sich selbst redend antwortete Deighton: »Man muß sie in Bewegung halten, sie kräftig treiben, das ist die richtige Antwort. Aber ich nehme an, Sie wissen das.«

»Dies hier ist kein Linienschiff, Kapitän Deighton. Wir verfolgen oft genug feindliche Schiffe. Und dann hat man am Ende des Tages eine Prise oder zwei erobert. Wir brauchen zusätzliche Männer, die die Prisen übernehmen können, wo immer wir sie finden.«

Bedächtig nickte Deighton. »Sie sind überaus erfolgreich gewesen, habe ich gehört!«

Adam deutete über die Steuerbordreling. »Da gibt es mehr als genug Prisen für die, die ihnen nachsetzen wollen.«

Deighton nahm ein Teleskop aus dem Stell und suchte den Horizont direkt vor dem Schiff ab. Er hielt bei jedem Transporter inne und auch bei der fernen Fregatte im Dunst.

»Das muß die *Wildfire* sein mit Kapitän Price!«

Adam mußte lächeln, Price, der wildäugige Walliser. Doch er sagte nur: »Ein guter Offizier.«

»Ja, ja. Wir werden sehen.«

Die Nachmittagswache hatte die Stationen übernommen. Die Männer musterten den fremden Kapitän neugierig, manche sogar feindselig, als sie nach achtern trotteten.

Warum wohl, wunderte sich Adam. Weil Deighton fremd war? *Aber das war ich doch auch mal.*

Abrupt fragte Deighton. »Und wer ist das?«

Adam entdeckte John Whitmarsh, der neben einem Boot stand und auf die See starrte.

»Mein Diener.«

Zum ersten Mal lächelte Deighton. »Sehr viel besser aussehend als meiner. Wo haben Sie den gefunden?«

Er war überrascht, wieviel Ablehnung Deighton in ihm wecken konnte.

»Er gehörte zu den wenigen Überlebenden, als mein Schiff unterging.« Dann sah er ihn direkt an. »Ich werde ihn zur Beförderung vorschlagen.«

»Ich verstehe. Er kommt sicher aus einer guten Familie. Sein Vater hat sicher ...«

»Sein Vater ist tot«, antwortete Adam knapp. »Der Junge verfügt deshalb über keinerlei eigene Mittel.«

»Dann begreife ich nichts.« Er legte Adam die Hand auf den Arm. »Oder ... vielleicht doch!«

Ein Trupp Seesoldaten hatte sich an den Achterdeck-Netzen aufgestellt, und ein Sergeant inspizierte ihre Musketen. Auf sein Signal hin warfen die Gehilfen des Zimmermanns alte Holzteile ins Wasser.

»Achtung, Seesoldaten.«

Adam wandte sich dem Leutnant der Seesoldaten zu. »Machen Sie weiter!«

Die Holzstücke trieben vorbei, und befehlsgemäß feuerte jeder Seesoldat einzeln. Die Männer auf Freiwache grinsten oder applaudierten vom Kanonendeck, wenn die Kugeln trafen.

Adam nahm die Pistole des Offiziers und wog sie in seiner Hand. Sie war schwerer und plumper als seine eigene. Er stieg auf einen Poller und zielte. Das Holz war weiter weggetrieben. Er hörte Deighton sagen: »Sie haben keine große Chance!«

»Ich glaube, Kapitän Deighton, daß Sie zum ersten Mal recht haben. Sie begreifen wirklich nichts.«

Er spürte den Rückschlag der Pistole in seiner Hand und sah ein Stück Holz splittern. Dann gab er dem Leutnant der Seesoldaten die Waffe zurück und sagte: »Ich glaube, das betrifft uns alle.«

IV
Der längste Tag

Catherine hob vorsichtig den Fensterriegel und hielt inne, um über die Schulter zurück auf ihr Bett zu blicken. Der Vorhang war noch teilweise geschlossen, um das Gesicht des Geliebten vor dem ersten Licht zu schützen. Er schlief noch, ein Arm lag ausgestreckt in Richtung ihres Kissens. Friedlich lag er da, als sei der Schlaf seine einzige Fluchtburg.

Sie öffnete das Fenster und schaute nach unten in den Garten auf die prächtigen Farben der ersten Rosen. Selbst so früh am Morgen schien die Sonne schon warm auf ihre Schultern. Die Luft war klar und trug nur eine Spur vom Salz der See mit sich.

Wenn sie sich weiter hinauslehnte, würde sie das blaugraue Wasser der Bucht von Falmouth hinter der Landzunge sehen können. Aber sie lehnte sich nicht weiter vor. Heute war die See ihr Feind.

Ihr Morgenmantel hatte sich geöffnet, und sie fühlte die Brise auf der nackten Haut. Niemand konnte sie hier sehen. Die Gutsarbeiter waren bereits auf den Feldern, und von weitem konnte sie die leisen Schläge von Hämmern auf Schiefer hören. Sie hatte einmal geglaubt, sich nie an diesen Ort gewöhnen zu können oder ihn je Heimat zu nennen. Jetzt war er ein Teil von ihr geworden.

Sie berührte ihre Brust, wie Richard es getan hatte,

spürte immer noch seine drängende Umarmung und sein Verlangen, als habe er sich gerade eben erst von ihr getrennt.

Wie schnell die Zeit seit ihrer Rückkehr aus London vergangen war mit Reiten, langen Spaziergängen in inniger Zweisamkeit!

Jetzt war das Haus so still, als hielte es seinen Atem an. George Avery hatte sie einige Male besucht und mit Richard den Inhalt der Leinentaschen bearbeitet, die regelmäßig von den Lordschaften der Admiralität gekommen waren. Sie hatte zugehört, versuchte daran teilzuhaben, versuchte, ein Teil dieser Welt zu sein. Dazu gehörte auch Richards neues Flaggschiff, die *Frobisher*. Sie hatten über das Schiff nach Art von Berufsseeleuten gesprochen, als sei es ein Lebewesen, ein Mensch sogar.

Avery war stets im Gasthaus von Fallowfield abgestiegen, um ihnen so wenig Zeit wie möglich zu rauben und auch, um darüber zu grübeln, warum Susanna Mildmay ihn abgewiesen hatte. Sie wußte, daß Richard darüber traurig war. Er machte sich sogar Vorwürfe, weil Avery wieder einmal die Pflicht seinem eigenen Glück vorgezogen hatte. Wenn sie wirklich die Frau seines Lebens war, dann ... Catherine beobachtete ein Paar Bachstelzen, die zwischen den Blumen hin und her schwebten. Hat die Gesellschaft nicht so etwas auch über mich gesagt?

Sie preßte die Hand gegen ihren Leib, fühlte den Schmerz und die Schwere, die dieser Tag bringen würde.

Sie hatten gestern allein gespeist, obwohl keiner von beiden sich an das Essen erinnerte, das so sorgfältig für sie zubereitet worden war.

Sie hatte ihm klar zu machen versucht, daß sie ihn den ganzen Weg bis Portsmouth begleiten würde, wo die *Frobisher* auf Richard wartete. Das hatte sie beim letzten Mal auch so gehalten und auch damals, als sie über die Seite auf die *Indomitable* geentert war. Aber Richard wollte es nicht. Er wollte in diesem Haus von ihr Abschied nehmen. *Hier sehe ich dich immer,* dieser Gedanke hatte sich in seinem Kopf festgesetzt.

Was sollte sie tun? Sollte sie ihn einfach gehen lassen, so bald schon? Sie wußte, wie er den Gedanken ihrer langen einsamen Rückreise haßte: einhundertfünfzig Meilen, während er bereits auf See war. Selbst wenn die Straßen in gutem Zustand waren, bestand immer die Gefahr eines Überfalls durch Straßenräuber, auch von Deserteuren von Heer oder Marine, die raubten und im Falle von Widerstand sogar töteten.

Richard würde nicht allein sein, sondern unter Freunden, wenn seine Flagge zum ersten Mal auf seinem neuen Schiff auswehte. Avery, Allday, Yovell und Ozzard würden bei ihm sein, der seine Gedanken über so frühe Aufbrüche immer für sich behielt. Mit dabei war natürlich auch der stärkste von allen, James Tyacke, der den Gedanken verworfen hatte, wieder nach Afrika zurückzukehren. Vielleicht hatte er erkannt, daß man nicht vor sich selber fliehen und so Ruhe finden konnte.

Ja, Richard würde Freunde haben, aber er brauchte auch Erinnerungen. Wie die an die letzte Nacht. Es war nicht die verzweifelte Leidenschaft, die ihn verfolgen würde, hätte er sie nicht ausgekostet. Nein, es war eine existenzielle Notwendigkeit gewesen. Catherine hatte das sofort gespürt, nachdem sie das Zimmer betreten hatten und er sie vor den schön gezierten Spiegel führte. Er hatte sie entkleidet, und sie beobachtete seine Hände, die ihren Körper erforschten. Doch sie fühlte sich, als gelte das alles jemand anderem, einer Fremden.

Er hat sie auf das Bett getragen und gesagt: »Tu jetzt gar nichts!«

Er hatte sie geküßt, vom Hals bis zu den Schenkeln, von den Brüsten bis zu den Knien, und dann ganz langsam wieder den langen Weg zurück. Sie hatte nicht geglaubt, daß sie ihr Sehnen nach ihm so lange beherrschen konnte. Als sie versuchte, ihn an sich zu ziehen, hatte er ihre Handgelenke ergriffen und sie so festgehalten, hatte sie von oben angeschaut, hatte sie begehrt, als ob es nie enden dürfte. Es war, als liebten sie sich zum ersten Mal.

Und dann hatte er sie angelächelt. Obwohl nur eine einzige Kerze leuchtete, erschien ihr dies Lächeln als das schönste, das sie je gesehen hatte.

Ohne zu zögern war er in sie eingedrungen, und sie hatte seinen Namen gerufen, während sie sich ihm entgegendrängte, um ihn zu empfangen.

Sie fühlte, daß eine ihrer Tränen auf ihre Brust fiel, und wischte sie ärgerlich mit dem Spitzenbesatz ihres Morgenmantels weg.

Bloß jetzt nicht. Jetzt auf gar keinen Fall.

Sie trat an das Bett und zog den Vorhang zur Seite. Richards Gesicht war entspannt, sah sehr jung aus. Er ähnelte in diesem Augenblick mehr Adam als auf den vielen anderen Porträts im Hause, die sie überall ansahen. Das Haar immer noch schwarz auf dem zerknautschten Kissen bis auf die rebellische Locke über seinem rechten Auge. Sie war fast ganz weiß und verbarg die tiefe Narbe, die weit in sein Haar hineinlief. Eine Erinnerung, wie nahe er damals dem Tod gewesen war.

Catherine saß auf dem Bettrand und ihr wurde klar, daß Richard schon lange wach war und sie beobachtete. Sie wehrte sich nicht, als er ihr den Morgenmantel von den Schultern streifte und wich auch nicht zurück, als er sie streichelte, wo er sie so oft geküßt und liebkost hatte. Sie begriff, es ging erneut um eine Erinnerung. Wenn es ihm manchmal gelang, ganz allein zu sein, wenn er sich von den Lasten seiner Pflicht befreien konnte, wenn er die ledergebundenen Sonette las, die sie ihm geschenkt hatte, würde er sich an das hier erinnern, und er würde bei ihr sein wie sie bei ihm.

»Es ist ein wunderbarer Tag, Richard«, sagte sie.

Er streichelte ihr Haar, das lose über der Schulter hing.

Dann lächelte er, suchte ihren Blick. »Du lügst. Dies ist ein schrecklicher Tag!«

»Ich weiß!«

Er stützte sich auf einen Ellbogen, sah auf die Uhr, aber sagte nichts.

Warum auch. Sie dachte an ihre Spaziergänge am Strand, wo sie der ablaufenden Tide gefolgt waren, ihre Spuren einsam wie auf geschmolzenem Silber ziehend. Noch hielt sie diesen Tag fern. Sie hatten seine Schwester besucht, die sie seltsam ruhig vorfanden und die über ihren verstorbenen Mann reden konnte und wollte, Lewis, den »König von Cornwall«. Und sie wußte, was sie wollte. »Das Gut gebe ich nicht auf. Die Leute haben sich immer auf Lewis verlassen. Er erwartet das also von mir.« Sie blickte sich in dem großen leeren Haus um und sagte: »Er ist immer noch hier, wißt ihr.«

Catherine merkte plötzlich, daß sie nach seiner Hand gegriffen hatte. »Es tut mir leid, Richard, aber ich hasse diese Abschiede immer mehr.«

Sie hörte das leise Klappern von Schüsseln, sanftes Murmeln von Stimmen vor der Tür.

»Diesmal dauert es nicht so lange, Kate.«

Sie lächelte und fragte sich, wie das wahr werden sollte. »Ich komme nach Malta und werde dich quälen. Weißt du noch, was der Prinz gesagt hat?«

Draußen nickte die Haushälterin Grace Ferguson der Magd zu. »Klopf an«, sagte sie. »Es klingt alles ganz normal.«

Sie mußte an das kaum angerührte Essen von gestern abend denken, den ungeöffneten Champagner, den das Paar doch sonst – wenn auch aus unverständlichen Gründen – immer so geliebt hatte. Aber man konnte nie wissen, vor allem bei der Dame nicht. Grace würde nie vergessen, was ihr Mann ihr über jenen schrecklichen

Tag berichtet hatte, als Zenoria sich von Tristans Sprung in den eigenen Tod gestürzt hatte. Er hatte beschrieben, wie Lady Catherine den schmalen, zerbrochenen Körper aufgehoben und ihn wie ein Kind an sich gedrückt hatte. Sie hatte das Kleid geöffnet, um das einzige Zeichen zu finden, an dem man sie identifizieren konnte. Ein Peitschenhieb hatte ihr einst den Rücken zerrissen. Das Zeichen Satans hatte sie die Narbe genannt.

Die Magd kehrte lächelnd zurück. »Die reinsten Goldstücke, Madame. Sie machen sich überhaupt keine Sorgen.«

»Benimm dich, Mädchen!« Grace wandte sich ab. Das war alles, was das Mädchen spürte.

Dann trat sie an ein Fenster und sah nach unten auf den Hof. Der junge Matthew, der auch in hohem Alter wohl nie anders gerufen werden würde, putzte die Kutsche mit einem Tuch. Man würde sich danach umdrehen, wenn man das Wappen der Bolitho auf der Tür entdeckte. Die Leute würden jubeln und winken – ähnlich der Magd, die nichts begriff.

Wieder verläßt ein Bolitho sein Land. Die Haushälterin erinnerte sich an ihre eigene Bitterkeit, als Bryan nach der Schlacht bei den Saintes zurückgekehrt war – mit nur einem Arm. Als sie ihn monatelang pflegte und sah, wie er langsam wieder mit dem Leben klar kam, war sie fast dankbar gewesen. Er hatte zwar einen Arm verloren, aber er war immer noch ihr Mann, und er würde sie nie wieder verlassen.

Als sie später nach unten ging, sah sie, daß Sir Richards Dreispitz neben seinem Säbel lag. Reisebereit.

Sie schaute auf das Porträt, das über dem Tisch an der Wand hing: Konteradmiral Denziel Bolitho. Er war der einzig andere der Familie, der Admiralswürden erreicht hatte. Er war mit Wolfe in Quebec gewesen, wahrscheinlich ganz in der Näher von dem Ort, an dem Sir Richard und John Allday kürzlich gewesen waren. Aber sie nahm weder die Rangabzeichen noch das Gesicht wahr. Der Säbel fiel ihr auf. Der Künstler hatte das Licht so gestaltet, wie es in diesem Augenblick auch durch das Fenster fiel, auf denselben alten Säbel.

Sie zitterte, ohne zu wissen warum.

John Allday sah, wie der Junge das Pony mit dem Wägelchen um den Hof in Richtung Stall führte, und versuchte, sich über seine Gefühle klar zu werden. Sein ganzes Leben lang hatte er auf Schiffe gewartet oder war zwischen dem Dienst auf zwei Schiffen zu diesem Ort zurückgekehrt. In der Vergangenheit hatte er das gelassen hingenommen, hatte auf gute Winde gehofft und auf das, was Mister Herrick als Glück bezeichnete.

Diesmal war es schlimm. Unis hatte sich tapfer gehalten. Die kleine Kate wollte mit ihm spielen, denn sie ahnte natürlich noch nichts von Abschiedsschmerz. Wenn er sie wiedersah, würde sie viel größer geworden sein, fast schon erwachsen – und diese wichtige Phase würde er verpassen. Er verzog das Gesicht. Wieder einmal verpassen.

Wieder ein Schiff, aber das beunruhigt ihn nicht. Er war der Bootsführer des Admirals. Das hatte er schon immer für seine Bestimmung gehalten und seine Dienste dem jugendlichen Kapitän Bolitho versprochen, an den er sich so gut erinnerte.

An die Blicke und das Gerede der Leute hatte er sich inzwischen gewöhnt: der Admiral, Englands bester, und sein Bootsführer. Doch dazu kam noch mehr. Sie waren Freunde. Selbst der Flaggleutnant hatte eine Weile gebraucht, bis er das begriffen hatte. Und jetzt gehörte er auch zu Sir Richard Bolithos verschworenen Brüdern. Er las Allday Unis Briefe vor und antwortete für ihn, wie es sonst niemand könnte.

Er sah den jungen Matthew in seiner glänzenden neuen Livree die Gepäckstücke zählen. Dann sorgte er dafür, daß sie sicher gestaut waren. In den Ställen hörte Allday die Pferde mit den Hufen schlagen. Sie wollten endlich aufbrechen. Er seufzte. Er verstand sie. Jetzt, da die Entscheidung getroffen war, sollte es endlich losgehen.

Bryan Ferguson trat aus dem Haus und rief Matthew zu: »Du kannst anspannen.« Dann trat er zu seinem Freund an die Mauer. »Hast du alles, was du brauchst, John?«

Allday schaute auf die schwarze Seekiste, die neben den Kasten des Admirals gelascht war. Er hatte ihn eigenhändig gebaut. Und er hatte sogar geheime Schubladen. Allday wünschte, es wäre noch Zeit, ihn Kate zu zeigen.

»Genug, Bryan. In dieser Jahreszeit werden wir wenigstens gutes Wetter für die Reise haben.«

Ferguson runzelt die Stirn. Er spürte die Trauer und gleichzeitig die eiserne Entschlossenheit dieses großen Mannes.

»Du kennst das Mittelmeer natürlich gut.«

Allday nickte. »Wo wir die *Hyperion* verloren haben!«

Ferguson biß sich auf die Lippe. »Ich werde Unis so oft wie möglich besuchen. Sie weiß, daß wir immer hier sind und für sie da, falls sie mal was braucht.« Wieder sah er seinen Freund an. So sieht, jedenfalls für eine Landratte, ein typischer Seemann aus, dachte er. Eine gutsitzende blaue Jacke, deren Knöpfe das Wappen der Bolithos zeigten, seine hellen Nanking-Hosen und Schuhe mit Silberschnallen. Gott allein wußte, was die Leute alles Männern wie Allday verdankten. Immer noch konnte man kaum glauben, daß die Kriegsgefahr und die Furcht vor einer Invasion der Vergangenheit angehörten.

Ferguson sah, wie Allday sich umdrehte, als Lady Catherine aus dem Haus trat und einen Augenblick im hellen Sonnenschein stehenblieb. Ihr langes dunkles

Haar hing offen über ihren Rücken hinab, und sie trug ein cremefarbenes Kleid. Während sie mit einem der Stallburschen sprach, spreizte sie die Hand über die Augen. Ihr freundliches Lächeln verriet nichts von ihren wahren Gefühlen.

Allday beobachtete sie und wartete darauf, daß sie ihn entdeckte. Sie sieht blendend aus, dachte er, und nahm an, sie habe sich auf diesen Augenblick sorgfältig vorbereitet. Die Sonne glitzerte auf dem Anhänger, den Bolitho ihr geschenkt hatte. Der diamantene Fächer hing tief auf ihrer Brust, ein Zeichen von Stolz oder Verachtung, wie es der Seemannsbraut zustand, die sie war.

Als er zum letzten Mal im Haus gewesen war, hatte er das Paar im Garten an der Mauer gesehen. Die beiden Liebenden hatten sich im Arm gehalten und ihn nicht bemerkt. Allday war ohne ein Wort verschwunden. Der Augenblick war so intim, daß er ihn nicht teilen wollte.

Später einmal erinnerte er sich an die Worte, die er benutzt hatte, um Kapitän Adam Bolitho und das Mädchen zu beschreiben, das sich von der Klippe gestürzt hatte. Sie paßten so gut zusammen. Das hätte man genauso von Sir Richard und seiner Dame sagen können.

Allday spürte, daß Catherine ihn ansah, und fühlte sich ertappt.

Sie kam zu ihm und legte seine großen Hände in ihre. »Paß gut auf dich auf, John.« Einen winzigen Augenblick sah er ihre Lippen zittern. »Und kümmere dich um meinen Mann, an meiner Stelle, bitte!« Sie hatte sich wieder unter Kontrolle.

Dann drehte sie sich um und sah, wie die Pferde rückwärts an die Deichsel geführt wurden. Der junge Matthew sprach auf die Tiere ein und vermied dabei Lady Catherines Blick. In seiner ruhigen Art wußte auch er, wie sie fühlte. Er hatte die Herrschaften schon öfter gefahren, ehe sie sich trennten. Und er hatte die junge

Frau allein in den Hafen gefahren, als Bolitho nach Hause zurückgekehrt war, nachdem er in Plymouth die *Indomitable* verlassen hatte.

Catherine trat zwischen die Rosen, pflückte eine und hielt sie an ihr Gesicht. Eine vollendete rote Rose, eine der ersten des Jahres. Es würde bald sehr viele geben, während Richard weit weg von hier war.

Sie sah ihn jetzt auf den Stufen, hinter ihm das Haus, wie er es sicher in Erinnerung behalten würde. Er sah erholt aus. Nichts in seinem Gesicht verriet Anstrengung oder Unsicherheit. Ihr Mann, wieder jung. Kein Wunder, daß viele ihn und Adam für Brüder hielten, obwohl Richard solchen Unsinn nicht hören wollte.

Er stieg die Treppe hinab, den Hut in der Hand. Sein alter Säbel hing an seiner Hüfte, wo sie sich angeschmiegt hatte, wo ihr Kopf geruht hatte. Er entdeckte die Rose und nahm sie ihr ab.

»Sie ist fast ein Teil von dir, Kate«, sagte er. Er schwieg, als bemerke er erst jetzt die stummen Menschen um sich herum. »Es ist besser so!«

Sie legte die Hand auf sein Hemd und spürte darunter das Medaillon.

»Ich werde es dir abnehmen, wenn wir wieder zusammen liegen, Liebster!«

Sanft steckte er die Rose über ihrer Brust an ihr Kleid.

Er sagte: »Es ist Zeit.« Er schaute sich um, doch Allday war bereits in die Kutsche geklettert. Der Gute ließ sie allein und nahm doch – wie immer – an allem teil.

Catherine sah, daß Richard seine Finger an sein Auge legte, als er ins Licht schaute, aber er schüttelte den Kopf, als er ihre Besorgnis sah. »Das bedeutete nichts.« Dann hielt er ihre Hand fest. »Verglichen mit dem hier ist überhaupt nichts wichtig.«

Sie streichelte sein Gesicht und sah ihn an. »Ich bin so stolz auf dich, Richard. Und die Leute hier auch. Alle lieben dich, und alle werden dich vermissen.« Dann sagte sie: »Küß mich, Richard. Hier. Wir sind jetzt ganz und gar allein.«

Dann trat sie einen Schritt zurück und lächelte ihn wieder an. »Nun denn, Richard!«

Es dauerte eine Ewigkeit, bis die Kutsche endlich durchs Tor gerollt war. Jemand ließ ein Hurra ertönen. Aber Catherine hörte nur jemanden leise schluchzen. Es war Grace Ferguson, die von Anfang an dabei gewesen war.

Catherine drückte die Rose gegen ihre Haut und winkte mit der freien Hand. Sie konnte kaum mehr etwas sehen, aber sie war entschlossen, daß Richard sich an sie so erinnern sollte und sich wegen seines Abschieds nicht mit Selbstvorwürfen quälte. Als sie wieder aufblickte, war die Straße leer. Mit leerem Blick sah sie zum Stall hinüber, wo ihre große Stute Tamara ihren Kopf über der Halbtür hin und her warf. Das sensible Tier spürte, daß Catherine in ihrer Entschlossenheit wankte. Sie wollte ihm nachreiten, ihn noch einmal an sich drücken.

Dann hörte sie Grace Ferguson rufen: »Mylady, Mylady, Sie haben sich verletzt!«

Catherine sah auf ihren Busen hinunter, gegen den sie die Rose gedrückt hielt. Sie hatte nichts gefühlt. Sie berührte die Haut mit den Fingerspitzen und sah auf das Blut.

»Nein, Grace. Mein Herz blutet.« Erst dann ließ sie sich gehen und drückte ihr Gesicht an die Schulter der verständnisvollen Frau.

Ferguson wartete schweigend. Als alle anderen bereits verschwunden waren, standen die beiden Frauen immer noch im Sonnenlicht. Nur ihr Schatten bewegte sich. Dann berührte Catherine plötzlich wortlos den Arm der Haushälterin und ging langsam auf das Gebäude zu. Die blutige Rose hielt sie wie einen Talisman gegen ihre Brust gepreßt.

James Tyacke öffnete das Fenster einen Spalt breit und sah in Richtung auf die Straße. Portsmouth, die Stadt, die viele das Herz der Britischen Marine nannten, ein Ort, der ihm als jungem Leutnant so vertraut geworden war, kam ihm heute ganz anders vor. Doch er wußte natürlich, daß in Wahrheit er selber sich verändert hatte.

Er hatte die kleine Pension am Portsmouth Point gewählt, weil er schon einmal hier abgestiegen war und weil er wußte, daß er dort in den nächsten Tagen Ruhe und Frieden finden würde, ehe er zur Werft gehen und das Kommando über die *Frobisher* übernehmen mußte. Er verstand eigentlich immer noch nicht, wie er seinen Entschluß, nach Afrika zurückzukehren, so leicht hatte aufgeben können.

Er beobachtete die Gruppen von Matrosen und Seesoldaten, Männer, bei denen man sicher war, daß sie nicht desertieren würden. Darum hatte man ihnen Landurlaub gewährt. Jeder Kapitän fürchtete ständig, ob nun Krieg oder Frieden herrschte, daß er zu wenige Männer haben könnte, um sein Schiff wieder sicher aus dem Hafen zu bringen.

Tyacke waren die zahllosen Schiffe vor Spithead im fernen Dunst vor der Isle of Wight aufgefallen, vertraut und doch so fremd. Er seufzte. Wann würde er das endlich akzeptieren? Er hatte keine Vergangenheit, seine ganze Zukunft bestand aus dem heutigen und dem morgigen Tag. Das mußte ihm genügen.

Der Besitzer der Pension war offenbar überrascht, einen Kapitän mit vollem Rang unter seinen Gästen zu haben. Er tat alles, damit Tyacke sich wohl fühlte. Er war ein winziger Mann, gänzlich kahl, was er mit einer altmodischen und ausgeleierten Perücke zu verbergen suchte, die ihm gewöhnlich etwas schief saß, wie Tyacke schnell merkte. In Marinekreisen gab es eine stillschweigende Vereinbarung über die Landquartiere von Seeoffizieren. Stabsoffiziere stiegen im »George« in der

High Street ab, wo ein Zimmer für Sir Richard Bolitho nach seiner Ankunft aus Cornwall bereits reserviert war. Leutnants und ähnliche Ränge stiegen im »Fountain« ab, und das junge Volk, die Midshipmen der Flotte, bevorzugten den »Blue Posts«, der für seine Kaninchenpastete berühmt war, falls sie denn Kaninchen enthielt.

Hier auf dem Point gab es viele Pensionen. Sie waren von der übrigen Stadt durch dieselben Grenzen getrennt, die auch auf den Schiffen der Flotte üblich waren. Einige Häuser hier waren so schäbig, daß man sich fragen mußte, warum man sie nicht längst abgerissen oder verbrannt hatte. Hier hausten Schneider, Pfandleiher und Geldleiher. In den Gassen wanderten die leichten Damen der Stadt auf und ab, boten sich an und brauchten selten über zu wenig Freier zu klagen. Der Point war oft genug der letzte Ort, den ein Seemann aufsuchte, um sich noch einen Augenblick zu vergnügen, ehe das Schiff ankerauf ging und auf die andere Seite der Welt segelte, häufig genug ohne Wiederkehr.

Tyacke mußte an Leutnant George Avery denken. Auch er würde bald in Portsmouth eintreffen, falls er nicht schon längst hier war. Auch einer, der sich für die Unsicherheit entschieden hatte statt für ein bequemes Leben an Land. Aus irgendeinem Grund fand Tyacke es sehr angenehm, daß Avery beschlossen hatte, sich ihnen anzuschließen.

Und dann gab es dort das Schiff. Er hatte alle Einzelheiten studiert an Hand der Akten, die die Admiralität ihm zur Verfügung gestellt hatte – ein gewichtiges Paket von Befehlen und Segelanweisungen. Ein seltsames Schiff ohne vertraute Gesichter. Er würde also wieder von vorne beginnen müssen. Die *Indomitable* hatte ihn Selbstvertrauen gelehrt.

Auf dem langen Weg nach Portsmouth hatte er immer wieder die Papiere durchgelesen. Er war allein gereist. Es fiel ihm immer noch schwer zu akzeptieren, daß er wohlhabend war, jedenfalls gemessen an seinen Maßstäben. Das lag an Geldern, die er immer noch aus dem Aufbringen von Sklavenschiffen von der Admiralität bekam, und an Prisengeldern, die er unter Bolitho eingenommen hatte. Er befühlte sein verunstaltetes Gesicht. Er hatte eine Kutsche für sich allein gehabt. Und wenn er gewollt hätte, auch ein Zimmer im »George«. Er schloß das Fenster wieder und setzte sich. Sein Schiff! Wenn er die nächsten beiden Tage schaffte, würde er auch den nächsten ganz wichtigen Schritt schaffen, wurde ihm klar. Nach dem Kommando auf einem Schoner und einer unscheinbaren Brigg war er zur *Indomitable* aufgestiegen und übernahm jetzt die *Frobisher*, ein Linienschiff. Alles wegen eines einzigen Mannes. *Unter einem anderen könnte ich nie dienen.*

Er mußte an Bolitho und Catherine denken. Wie sie wohl damit fertig wurde, daß Sir Richard so schnell nach seiner Rückkehr aus Halifax ein neues Kommando übernehmen mußte? Er war sicher, daß Bolitho sie nicht mit nach Portsmouth bringen würde. Hier gab es nur Massen, Jubel und Leute, die allen Seeleuten auf die Schultern klopften. Was ahnten die schon von Trennungsschmerz!

Tyacke sah seine offene Seekiste. Wieder eine Reise. Wie würde sie wohl diesmal ausgehen?

Er legte die Hand auf sein Bein, wo ein Splitter eingedrungen war, während des letzten Gefechts der *Indomitable*; sie würde nie wieder kämpfen, wie die Werftleute in Portsmouth versicherten.

Er erinnerte sich an sie wie an einen Fremden. Er hatte einen Enterhaken ergriffen, hatte die Spitze in die Planken getrieben und hatte sich so trotz Schmerz und Blutverlust aufrecht stehend halten können, bis alle Kanonen schwiegen. War es wirklich so gewesen? Bolitho hatte das Enterkommando selber geführt, als es an

Deck des Gegners ging. Sein alter Säbel hing an seiner Hand, Allday war immer dicht neben ihm.

Wieder weckte ihn der Lärm der Straße aus seinen Gedanken. Nachts würde alles schlimmer werden, er hätte daran denken müssen. Es gab keinen Ort, an dem er allein auf- und abgehen würde, wo er ungestört seinen Gedanken nachhängen konnte. Das hätte er über den Point eigentlich wissen müssen. Jemand hatte mal behauptet, daß der Point voller primitiver und verlassener Geschöpfe war, die jedem gesellschaftlichen Anstand den offenen Krieg erklärt hatten. Das war sicher kein Seemann gewesen.

Also würde er die letzten Tage allein in seinem Zimmer verbringen, vielleicht die Gazette lesen oder jede andere Zeitung, die ihm verriet, wie der Krieg mit Amerika sich entwickelte.

Er schaute auf, weil die Tür geöffnet worden war.

»Tut mir leid, daß ich störe, Kapitän Tyacke, ich weiß, Sie wollten allein bleiben. Das ist natürlich schwierig, während so viele Offiziere auf Schiffe warten.«

Tyacke nickte. Und dabei betete er, daß seine Wünsche sich erfüllten.

Die schäbige Perücke des Wirtes saß wieder schief. Die Blicke des Mannes eilten durch den Raum. Wahrscheinlich fragte sich der Mann, warum ein Offizier, der bald das Kommando über ein Flaggschiff übernahm, sich mit so einem einfachen Quartier zufriedengab.

Geduldig sagte Tyacke: »Ich bin ganz Ohr, Mr. Tidy!«

»Da ist eine Lady angekommen, Sir, um Sie zu sprechen. Sagen Sie nur, wenn Sie sie nicht sehen wollen, dann werde ich eine Ausrede finden. Ich möchte nicht, daß die Leute meinen ...«

»Wie heißt sie?«

Er kannte die Antwort bereits. Hatte er wieder nur versucht, einer Entscheidung aus dem Weg zu gehen, indem er den Brief in Fetzen zerriß?

»Mrs. Spiers, Sir!« Mutig geworden fügte er hinzu: »Eine sehr angenehme Dame, meine ich.«

»Ich komme runter.«

»Bitte, benutzen Sie mein Wohnzimmer.« Der Wirt machte eine Pause. »Oder dieses Zimmer hier, wenn Sie das lieber wollen.«

Tyacke erhob sich. »Nein.«

Wie viele Frauen wohl in dieses Zimmer geführt worden waren? Und wie häufig?

Als er dem kleinen Mann die knarrende Treppe hinunterfolgte, spürte Tyacke etwas, das er kaum kannte. War es Furcht? Wovor?

Sie blickte zur Tür, als er ins Wohnzimmer trat, hielt die Hände gefaltet und an zwei Schnüren einen breitrandigen Strohhut. Sie mußte sich über die Jahre verändert haben, war verheiratet gewesen, hatte zwei Kinder geboren, war Witwe geworden. Doch sie schien dieselbe geblieben zu sein. Braunes Haar mit Locken über den Ohren. Der klare offene Blick, den er längst verloren geglaubt hatte nach jener dunklen Lebensphase.

Sie sprach als erste. »Dreh dich nicht um, James. Das habe ich dir einmal angetan. Ich habe oft daran gedacht. Und dir geschrieben.«

»Ich habe dir auch geschrieben.« Er konnte ihren Namen nicht aussprechen. »Aber den Brief hättest du nur bekommen, wenn ich gefallen wäre. Ich schrieb dir, ich wollte dir sagen...«

Er stellte sich plötzlich vor, daß der kleine Mann mit der schiefsitzenden Perücke hinter der Tür lauschte. Doch es gab draußen nichts, nichts außerhalb dieses Zimmers oder dieses Hauses. Er sah sie auf sich zukommen und sagte: »Nein, Marion. Jetzt nicht. So nicht. Ich habe so verdammt versucht...«

Sie stand jetzt dicht vor ihm und sah zu ihm auf. Dieselben geschwungenen Wimpern. Sie hob die Hand und streichelte sein vernarbtes Gesicht ohne Scheu und ohne Ablehnung. Verständnisvoll – so wie ihr Brief es gewesen war. Sie bat nicht um Vergebung.

Dann hörte er seine Stimme wie die eines Fremden: »Woher wußtest du? Wer hat dir das gesagt?«

Sie schaute auf seine Schulterstücke. »Ich habe von Sir Richard Bolitho gelesen und wußte, daß du als sein Kapitän auch wieder hier sein würdest. Der Rest war einfach, du kennst ja Portsmouth. Ein Dorf, wenn du so willst.«

»Übermorgen trete ich mein Kommando an. Und dann ... ich weiß auch nicht.« Er schaute zur Seite und fragte: »Bist du gut versorgt, geht es dir gut, Marion?«

Sie nickte, ohne den Blick zu senken. »Mein Mann starb sehr plötzlich, er war ein guter Mann.«

Er sah sich in dem Zimmer um, das nach Tabak stank und nach feuchtem Ruß.

»Und die Kinder? Du hast zwei, nicht wahr?«

»Caroline ist schon sehr erwachsen.« Dann senkte sie ihren Blick doch. »James ist zwölf. Er möchte mal in die Marine!«

Tyacke antwortete leise: »Es sind nicht meine Kinder!«

Sie lächelte, sah verletzt aus und plötzlich auch besiegt. »Sie könnten es aber sein, James. Wenn du willst, wenn du wirklich willst.«

Er hörte draußen laut den Wirt: »Nein, Bob, hier ist jemand.«

Tyacke drehte sich ins Licht und sagte: »Sieh mich an, Marion. Nicht den Kapitän, sondern mich, den Überlebenden. Könntest du neben mir liegen, könntest du mit mir eine gemeinsame Zukunft suchen, obwohl wir nicht einmal eine Vergangenheit haben?«

Er legte seine Finger auf die Stelle, die sie berührt hatte. Er spürte immer noch ihr Streicheln und begann, auf sich wütend zu werden, denn wieder einmal würden ihn Hoffnungen trügen, wenn er sie sich erlaubte.

Er hatte nicht gesehen, daß sie sich bewegte. Sie stand jetzt an der Tür, eine Hand auf dem Türgriff.

»Ich mußte kommen, James. Ich war damals sehr jung ... Jung und ungebunden, wie ein Spinnenfaden. Aber ich habe dich geliebt. Und es nie vergessen.« Sie spielte mit dem Hut und hob die Schultern. »Ich bin froh, daß ich gekommen bin. Ich hatte gehofft, wir würden wieder Freunde werden?«

»Mehr nicht?«

Sie sah ihn an, als suche sie etwas wiederzuentdecken.

»Schreib mir, James. Ich weiß, du wirst viel zu tun haben, aber versuche mir zu schreiben, wenn du kannst.«

Er dachte plötzlich an Catherine und Bolitho, als habe er sie gerade eben gesehen. Was hatte sie überkommen, was hatte es sie gekostet und welchen Triumph erfuhren sie jetzt? Wie auch damals, als Catherine in Falmouth die Schiffswand hinaufgeklettert war unter dem Jubel der Männer ...

Er mußte an das gelbe Kleid denken, das er jahrelang in seiner Seekiste mitgeschleppt hatte, ehe Lady Catherine es trug, um ihre Blöße zu bedecken, bis die *Larne* sie in ihrem offenen Boot fand, als alle Hoffnung auf Überleben schon fast verloren schien. Nur nicht bei mir ...

Er antwortete: »Ich bin kein guter Briefschreiber, Marion!«

Zum ersten Mal lächelte sie. »Aber wenn du es willst?« Sie drückte ihm eine kleine Karte in die Hand. »Wenn du mal Zeit hast, James. Es ist nicht so weit.«

Er starrte auf die Karte, und sein sonst so klarer Verstand war verwirrt wie ein Schiff in einer plötzlich Bö.

Wo war die Wut, die Verdammung, die ihn so viele Jahre begleitet hatte? Vielleicht mußte man sie wie Mitleid mit anderen teilen.

»Ich werde jetzt gehen.« Als er stehenblieb, kam sie wieder zu ihm zurück, und sagte: »Du bist immer noch derselbe, James.« Sie fühlte, wie er sie hielt, so zärtlich, als fürchte er, sie zu zerbrechen. Sie wollte in Tränen ausbrechen, als er die furchtbaren Narben von ihr wegwandte, als sie seine Wange küßte. Es war ein kleiner Anfang.

Als er wieder aufschaute, war sie verschwunden. Der Hausherr stand in der Tür und strahlte ihn an. Hatte Allday alles nur geträumt?

»Alles vorbei, Sir?«

Tyacke antwortete nicht, sondern stieg die Treppe in sein Zimmer empor. Er legte die Karte auf den Tisch und öffnete eine Flasche Cognac.

Morgen konnte Avery kommen, und dann würden sie ihre Vorbereitungen treffen. Danach würde alles weitere wie gewohnt ablaufen.

Doch irgendwie spürte er, es würde nie wieder so sein wie früher. Das hätte er wissen müssen, als er seinen Brief in Fetzen riß.

Er legte sich auf das Bett und starrte an die Decke.

Der längste Tag. *Für uns alle*, dachte er.

V

Der Preis

Bolitho legte den versiegelten Brief an Catherine auf den Tisch und stellte sich vor, wie sie ihn las – vielleicht neben den Rosen stehend oder – wahrscheinlicher – in ihren privaten Räumen. Es war schlimm genug, sie in Falmouth zurückzulassen, und dieser Brief war kein Trost. Noch nicht. Das Abschicken schien ihm wie der Bruch einer kostbaren Verbindung.

Er zog seine Uhr hervor und klappte den Deckel auf. Fast zwei Uhr nachmittags. Es gab kein Zurück mehr.

Er seufzte und steckte die Uhr in die Tasche zurück. Er betrachtete den Raum, dessen dunkles Holz von den zahllosen Feuern im Kamin fast schwarz geworden war. Bolitho war bisher nur ein einziges Mal im berühmten »George Inn« abgestiegen – als junger Kapitän. Das Haus kannte kein Alter. Es hatte mehr Kapitäne und Admirale kommen und gehen sehen, als man sich vorstellen konnte.

Jetzt, da Bolithos Seekisten hinausgetragen worden waren und sich auf dem Weg zu seinem neuen Flaggschiff befanden, sah der Raum leer aus, und in diesen Wänden war die Berühmtheit der jeweiligen Gäste ohne Bedeutung.

Es fiel Bolitho nicht schwer, sich Nelson in diesem Zimmer während seines letzten Tages in England vorzustellen. Auch er hatte seine Geliebte Emma in ihrem Haus in Merton zurückgelassen. Was sie wohl jetzt tat? Und was wohl die gerade taten, die damals Nelson versprochen hatten, daß sie sich um seine Dame kümmern würden?

Richard Bolitho drehte sich um, wütend über den Vergleich. Es war nicht angemessen. Nur der bittere Abschied verband sie beide.

Von der Treppe her hörte er Stimmen, die von Avery und Allday. Es war Zeit.

Unten am Fuß der Stufen fand er genau das, was er erwartet hatte. Da stand der Wirt, eifrig bemüht, seinem Gast zu gefallen, aber es dennoch nicht zu zeigen. Man sah reichlich Uniformen, Marineoffiziere, die sehr darauf bedacht waren, daß er sie beim Vorübergehen bemerkte. Einige hatten unter ihm gedient, die meisten waren ihm nie persönlich begegnet. Aber ihn kannten sie alle.

Man erzählte, daß die Straßen voller Menschen waren, als Nelson zum letzten Mal das »George Inn« verlassen hatte. Die Massen wollten damals wenigstens einen

Blick auf ihn werfen, wollten ihre Bewunderung für den Helden zeigen. Vielleicht hatten sie ihn sogar geliebt.

Er selbst hatte den alten Nelson nie getroffen, nur Adam hatte, als er ihm Nachrichten überbrachte, ein paar Worte mit ihm gewechselt.

Bolitho sah, wie Avery ihn von der Tür her beobachtete. In seinen dunklen Augen spiegelte sich das Sonnenlicht. Hinter ihm stand Allday mit dem Rücken zum Gasthaus, als habe er sich bereits vom Land verabschiedet.

Auf den Straßen herrschte Betrieb, aber alles hielt sich im normalen Rahmen. Diesmal gab es keine Neugierigen oder Hurra-Rufer. Aber diesmal gab es auch jenseits des Kanals keinen Krieg mehr.

»Wir gehen zu Fuß zum Sally Port.« Bolitho sah, daß Allday sich umdrehte und grüßend den Hut hob.

Nachdenklich sah Avery ihn an und versuchte die Stimmung des Mannes zu ergründen, dem er so loyal wie keinem anderen diente.

Bolitho lächelte: »Keine Musikkapellen, keine Paraden. Die Marine wird wirklich nur dann beachtet, solange auf der Welt ein Krieg tobt.«

Avery suchte nach Bitterkeit oder Bedauern, aber er fand von beidem nichts. Er hatte beobachtet, wie Bolitho dem Wirt einen Brief zur Beförderung übergab, darin würde der Seeheld seine wahren Gefühle zeigen – aber eben nur Catherine, für die der Brief bestimmt war.

Avery meldete: »Das Schiff hat zu wenig Besatzung, Sir. Ich glaube, Kapitän Tyacke möchte schnell auslaufen, um die Stärken und Schwächen seiner Mannschaft kennenzulernen.«

Auch Tyacke hat sich verändert, dachte er. Früher war er ein sehr verschlossener Mann gewesen, aber dann so etwas wie ein Freund geworden, soweit ihr streng geordnetes Leben Freundschaften überhaupt zuließ. Jetzt schien er irgendwie reserviert, so als sei ein Teil seiner Aufmerksamkeit ganz woanders.

Avery fragte sich, was Bolitho wirklich von seinem neuen Flaggschiff hielt. Er selbst war bisher nur ein paar Tage auf der *Frobisher* gewesen, hatte kaum Zeit gehabt, seine Offizierskameraden kennenzulernen oder für das Schiff ein Gefühl zu entwickeln. In einem der wenigen vertraulichen Momente hatte Tyacke gesagt, daß die *Frobisher*, wenn sie richtig bemannt und richtig exerziert sei, ein schneller Segler wäre. Ihr Rumpf sei so gut gezeichnet und gebaut, daß sie selbst in schwerer See wahrscheinlich sehr trocken segeln würde. Das war sicherlich ein Gottesgeschenk für die Matrosen, die tobende Leinwand ausreffen oder einreffen mußten und hinterher unter Deck dringend Wärme brauchten.

Avery hatte befürchtet, man würde an Bord etwas gegen die Kommandierung von Tyacke haben, doch dann hatte er entdeckt, daß der bisherige Kommandant ziemlich plötzlich aus Gesundheitsgründen von Bord gegangen war – mit dem Segen der Admiralität. Avery hatte zu lange unter Bolitho gedient, um nicht zu ahnen, daß der wahre Grund für so einen schnellen Abgang wahrscheinlich ein ganz anderer war, Und er hatte den Eindruck gewonnen, daß die Offiziere den Herrn ganz gern verabschiedet hatten. Tyacke hatte dazu nichts gesagt. Er hatte seine eigene Art, die Loyalität von Offizieren und Mannschaften zu gewinnen, und er würde sicher nichts akzeptieren, was unter den Standards der *Indomitable* lag.

Bolitho drückte seinen Hut fester in die Stirn, während sie um eine Ecke bogen und der Wind von See her grüßte.

Avery hatte ihm erklärt, daß Tyacke den Ankerplatz nach Verlassen der Werft verlegt hatte. Das Schiff wartete jetzt vor St. Helen's an der Ostküste der Isle of Wight. Ein langes, hartes Pullen für jede Barkassenbesatzung, dachte er. Allday würde die Männer sehr genau unter die Lupe nehmen. Wie jeder alte Salzbuckel war er der Überzeugung, man könne jedes Schiff danach beurteilen, wie ihre Bootsmannschaften aussahen und sich verhielten.

Bolitho dachte über seine eigene neue Rolle nach. Tyacke hatte sich um alles gekümmert, Verpflegung und Vorräte, Frischwasser und alle Obstsäfte, die er finden konnte. Seine Untergebenen würde er im Zaum halten, bis er wußte, wie verläßlich sie waren – die Leutnants, die Unteroffiziere, der Zahlmeister, der Geschützmeister, der Bootsmann – Bolitho mußte kurz lächeln – und natürlich die Midshipmen, die jungen Herren, um deren Ausbildungszustand Tyacke sich immer ganz besonders engagiert kümmerte.

Bolitho sah jetzt Allday auf der Pier, der offenbar entspannt und ohne Sorgen war. Aber Bolitho kannte seinen Alten. Der hatte längst alles über die *Frobisher* in Erfahrung gebracht; sie hatte 74 Kanonen, war ein Zweidecker und unter dem Namen *Glorieux* im Besitz der Franzosen gewesen. Für Trafalgar war sie zu spät von Stapel gelaufen und deshalb nur kurz unter der Trikolore gesegelt. Zwei Blockadeschiffe hatten sie auf der kurzen Passage von der Belle Isle nach Brest angegriffen und aufgebracht. Das war vier Jahre her. Dieses Jahr würde Allday sicher nie vergessen, denn damals hatte er Unis in Fallowfield geheiratet.

Prisenschiffe, die gegen ihre ehemaligen Besitzer verwendet wurden, gab es in der Marine genug. Es hatte sogar Zeiten gegeben, da Schiffe, die eigentlich verrottet waren und deren Reparatur sich nicht mehr lohnte, wieder in Dienst gestellt werden mußten. So etwa die *Hyperion*, ein Schiff, dem man in Tavernen in Bierhäusern immer noch ein Denkmal setzte und Lieder widmete. »Wie die Hyperion sich tapfer schlug ...« Würden die Lords der Admiralität den Fehler wiederholen, indem sie die Flotte bis auf einen winzigen Kern verkommen ließen, weil ja im Augenblick keine Kriegsgefahr mehr bestand?

Er sah Avery zu, der sich mit dem Führer eines Wasserleichters unterhielt. Er bemerkte, wie steif er seine Schulter hielt oder sie bewegte, wenn er nicht an seine Haltung dachte. Darin glich er Allday, den ein spanischer Säbel am Brustkorb verwundet hatte.

Seine Männer waren ihm ergeben, ja mehr als das. Sie opferten viel, zuviel vielleicht, ihr ganzes Glück vielleicht.

»Da ist sie also.« Allday grunzte unzufrieden. »Die braucht als erstes einen neuen Anstrich.«

Bolitho legte die Hand über die Augen, um die Barkasse zu mustern, die plötzlich hinter dem Heck einer ankernden Fregatte erschienen war. Sie war wahrscheinlich direkt aus der Werft übernommen worden, als die *Frobisher* überholt wurde. Man hatte keine Zeit mehr gefunden, sie grün zu pönen, was für Barkassen von Flaggoffizieren üblich war. Wieder spürte er Zweifel. Ihr letzter Kommandant, Charles Oliphant, hätte sicher als Flaggkapitän an Bord bleiben können, wenn er nicht ausdrücklich James Tyacke verlangt hätte.

Bolitho erinnerte sich, daß Admiral Lord Rhodes sich besonders bemüht hatte, ihm die *Frobisher* als Flaggschiff nahezubringen.

Er sah zu Avery hinüber. Vielleicht wußte der mehr. Es bestand irgendeine Beziehung zwischen Kapitän Oliphant Lord Rhodes, doch er wußte nicht mehr, wo er davon gehört hatte. Er runzelte die Stirn und wollte die Angelegenheit später weiter verfolgen.

Die Barkasse näherte sich in einem weiten Bogen. Der Bugmann hakte sie an die Pier, ein Matrose sprang auf die abgetretenen Steine. Das alles sah ganz gut aus. Ein Leutnant hatte das Kommando und fragte sich sicherlich, wie dieses erste Kennenlernen ausgehen würde.

Avery sagte ruhig: »Das ist Pennington, der Zweite Offizier, Sir!«

»Gar nicht so schlecht!« mußte Allday zugeben.

Der Leutnant sprang an Land und lüftete den Hut.

»Ich bin bereit, Sie unverzüglich zu Ihrem Schiff zu bringen, Sir Richard!«

Bolitho merkte, wie der andere seinem Blick auswich. »Es ist ein ziemlich anstrengendes Pullen bis St. Helen's, Mr. Pennington.« Er sah, wie überrascht der andere bei Nennung seines Namens war. »Ich denke, die Männer sollten zehn Minuten Pause machen.«

Der Leutnant sah auf die Rudergäste, von deren erhobenen Riemen das Wasser strömte.

»Das wird nicht nötig sein, Sir Richard!«

Freundlich antwortete Bolitho: »Erinnern Sie sich nicht mehr, wie es war, als Sie selber zum ersten Mal so weit ruderten, Sir?«

Pennington ließ den Blick sinken. »Ich verstehe, Sir Richard. Sehr gut.« Er drehte sich um und wandte sich an den Bootsführer. »Machen Sie Pause, O'Connor.«

Allday sah, wie überrascht die Männer im Boot waren. Das werdet ihr euch sicher gut merken, dachte er.

Schließlich legten sie doch ab und pullten schnell in den Solent. Sie zogen an Schiffen aller Größen vorbei, und Bolitho bemerkte, wie immer wieder die Sonnenstrahlen von Teleskopen, die sich auf sie richteten, reflektiert wurden. Bald würde man von seiner Reise auf dem ganzen Spithead reden. Die Marine war eben immer eine große Familie, ob man das nun mochte oder nicht.

»In welchem Zustand ist das Schiff, Mr. Pennington?«

Wieder spürte er, wie der Leutnant zusammenzuckte, als fürchte er eine Falle.

»Alle Vorräte und alles Wasser an Bord, Sir!«

»Volle Besatzung?«

»Uns fehlen dreißig ausgebildete Männer, Sir Richard. Die Zahl der Seesoldaten stimmt.«

Nur dreißig Vakanzen bei einer Stärke von sechshundert Mann – das war nicht gefährlich. Doch der letzte Kapitän hätte seinen Einfluß geltend machen müssen, um während der Werftliegezeit Männer von anderen Schiffen zu übernehmen.

Bolitho blickte voraus auf eine Brigg, die gerade in den Wind ging und ihre Großsegel setzte. Ein gutaussehendes Schiff. Ob Tyacke es wohl bemerkt hat, fragte er sich. Sie würde ihn sicher an sein erstes Kommando, die *Larne* erinnern, die er für die *Indomitable* aufgegeben hatte.

Für mich.

Allday lehnte sich vor, als sie an einem weiteren Kriegsschiff vorbeifuhren. Bolitho bemerkte den Blick des Schlagmanns. Der stellte schnell fest, daß der Bootsführer des Admirals wie ein Freund neben seinem Herren saß.

»Da ist sie«, sagte Allday. »Ihre französischen Linien erkenne ich sofort, Sir Richard!«

Wieder legte Bolitho die Hand über die Augen, sein Blick trübte sich. Eine Erinnerung – und eine Drohung.

Was Allday sagte, stimmte. Der Rumpf zeigte oben deutlich längere Linien. Die Planken liefen über das Vordeck hinaus, um zusätzlichen Schutz und zusätzliche Stärke zu geben – ein typisch französisches Merkmal. Britische Schiffbauer ließen das Kanonendeck flach enden, und damit war das Schiff vorn schwächer als an den Seiten. Tyacke hatte das sicher längst bemerkt. Die Entstellung war das Ergebnis französischen Feuers, das das britische Kanonendeck, auf dem er kämpfte, zerschmettert hatte.

Die *Frobisher* war etwas breiter als ihre englischen Gegenstücke. Unter schlechten Segelbedingungen würde sie also die bessere Plattform für die Schiffsartillerie haben.

Bolitho schalt sich innerlich. Der Krieg war schließlich vorbei. Diesmal ging es nach Malta, nicht nach Halifax. Er mußte plötzlich an Adam und Valentine Keen denken. Ihnen durfte nichts passieren, jetzt, da der Krieg in Nordamerika so kurz vor seinem Ende stand. Keine Seite konnte gewinnen, aber beide Parteien zeigten dennoch kein Zeichen der Unterwerfung.

Er legte wieder die Hand über die Augen, als die Barkasse unter dem langen, schräg nach oben gerichteten Bugsprit durchfuhr, und sah deshalb nicht, was Avery sofort beschäftigte. Die Galionsfigur strahlte frisch gestrichen und vergoldet: Sir Martin Frobisher, Entdecker, Navigator und einer der kämpfenden Kapitäne unter Drakes Kommando. Er war mit abstehendem Bart, starren blauen Augen und einem schwarzen elisabethanischen Brustpanzer dargestellt worden.

Er fragte sich, was wohl aus der ersten Galionsfigur geworden war, die nicht mehr paßte, da das Schiff seinen Namen gewechselt hatte. Es war nicht unüblich, daß Prisen ihren alten Namen behielten. Doch die Marine hatte schon eine *Glorious* in ihren Reihen. Das hätte also im Strom der Befehle und Nachrichten zu endloser Verwirrung geführt.

Der Leutnant rief jetzt: »Bugmann!«

Da waren sie also: die einfallende Spantenkurve, die neue schwarz rautierte Bemalung, die Eingangspforte, die angetretenen Seesoldaten in ihren scharlachroten Uniformjacken.

Sein Flaggschiff. Ein stolzer Augenblick.

Er berührte das Medaillon unter seinem Hemd und bereitete sich vor, sich zu erheben, als die Barkasse neben die Bugwand glitt.

Ich bin hier, Kate.

Er drehte sich um, war einen Augenblick unachtsam. Er hatte doch eben ihre Stimme gehört. Er konnte sich doch nicht geirrt haben.

Verlaß mich nicht.

Der Posten der Seesoldaten vor der leichten Tür zur großen Kajüte hielt sich so steif und bewegungslos, wie es ein Mann auf einem Schiff nur konnte, das sanft vor Anker schwoite. Nach dem hellen Sonnenlicht, den lauten Befehlen, dem Pfeifen und Trommeln, dem Willkommensgruß des Flaggschiffs für seinen neuen Herren und Meister, schien es hier unter Deck ruhig und geschützt.

Die Zeremonie war kurz gewesen, seine Flagge war am Großmastknopf ausgeweht zum Schlag der Trommel und stand jetzt wie ein bemaltes Stück Eisen in der Brise des Solent.

Dem war eine kurze Vorstellung der versammelten Leutnants und Unteroffiziere gefolgt. Ein Nicken hier, ein Lächeln dort, jeder sah ihn erwartungsvoll an, bis er an der Reihe war, vorgestellt zu werden.

Im Laufe der Zeit würde er alle Männer kennenlernen, auch den Posten, einige besser als andere. Das war immer der schwierigste Teil, die Hierarchie, die Barrieren, die der Rang schuf. Er war schließlich nicht der Kommandant. Nie wieder würde er Leuten so nahestehen wie ein Kapitän seiner Besatzung.

Er nickte dem Posten zu. Dessen Augen starrten zwar unter dem glänzenden Lederhut geradeaus, doch der Kontakt war hergestellt.

Die Heckkajüte war breit, geräumig und sah überraschend gemütlich aus. Selbst der starke Geruch nach Farbe und frischem Teer, der das ganze Schiff durchzog, konnte die Vertrautheit mit den Dingen hier nicht verdrängen: der Weinkühler mit dem geschnitzten Bolitho-Wappen, den Catherine hatte anfertigen lassen als Ersatz für den, der mit der *Hyperion* untergegangen war. Der Stuhl mit der hohen Rückenlehne, in dem er manchmal einschlief, sein Schreibtisch, die Bücher, einige neu, einige bereits vertraut, die sie nach der Größe der Schrift ausgesucht und ihm geschenkt hatte. Er sah

Ozzard in der Tür zur Pantry hantieren und hatte auch schon Yovell ausgemacht, der von seinem angemessenen Platz die Zeremonie beobachtet hatte, das Hissen und Auswehen der Flagge. Alle hatten sich schwer ins Zeug gelegt, ihm diesen Ort heimisch zu machen, und er war davon sehr berührt.

Tyacke war ihm gefolgt. »Sind Sie zufrieden, Sir Richard?«

Bolitho nickte. »Sie haben das sehr gut gemacht in der Kürze der Zeit, James.«

Tyacke schaute sich um. »Hier ist jetzt mehr Platz als sonst. Man hat vier 18-Pfünder entfernt.«

Bolitho beobachtete ihn sehr genau, aber entdeckte kein Zeichen von Anstrengung oder Entmutigung. Ein neues Kommando, unbekannte Offiziere und Mannschaften, andere Gewohnheiten ihn irritieren oder ärgern könnten – doch in Tyackes Gesicht war nichts zu entdecken.

»Trinken wir ein Glas, James.«

Er nahm an, daß Avery und Allday sich absichtlich von dieser ersten Begegnung fern hielten, nachdem sie sich in Plymouth verabschiedet hatten, als die *Indomitable* außer Dienst gestellt worden war.

»Das täte gut, Sir!« Er wollte nach seiner Uhr greifen, zögerte aber dann. »Nur ein Glas, bitte, ich muß noch einige Enden spleißen, ehe ich es mir gut sein lassen kann.«

Bolitho sah Ozzard den Wein einschenken. Ihn berührten die Geräusche eines ankernden Schiffes offenbar überhaupt nicht, die gedämpften Stimmen, das Quietschen von Blöcken und Taljen, als weitere Vorräte an Bord gehievt wurden. Die Karibik, Mauritius, Halifax und jetzt Malta. Bolitho hatte Ozzards Gedanken nie kennengelernt. Zwischen ihnen beiden war die Barriere am höchsten.

Tyacke nahm Platz, aber Bolitho wußte, daß er mit den Ohren draußen war.

Und Tyacke sagte: »Ich habe mir die Bücher und die Signale angeschaut. Sie scheinen in Ordnung zu sein!«

Bolitho wartete, weil er wußte, was als nächstes kam.

»Im Bestrafungsbuch steht nichts Ungewöhnliches.« Er sah Bolitho an. »Es ist nicht so wie auf anderen Schiffen, auf denen wir zusammen waren, Sir!« Er meinte offensichtlich die Fregatte *Reaper*, vermied aber abergläubisch ihren Namen. »Die Disziplin ist in Ordnung, aber die Männer brauchen mehr Kanonen- und Segeldrill, ehe ich Blumen verteile.«

»Und die Offiziere?«

Tyacke hob sein Glas und lauschte auf das ferne Trillern einer Bootsmannspfeife. Dann antwortete er. »Der Erste Offizier, Kellett, ist ein sehr kompetenter Mann.« Er schaute ihn direkt an, verbarg sein verbranntes Gesicht nicht mehr wie früher. »Ich urteile vielleicht zu schnell, Sir, aber ich glaube, der Erste hat dieses Schiff geführt, nicht nur während der Überholung, sondern auch vorher schon. Ich spüre das, ich kann es fühlen.«

Bolitho nippte am Wein. Vielleicht kam der aus dem Laden in der St. James Street, den er mit Catherine besucht hatte.

Er würde nicht drängeln. Es hätte ein Einmischung bedeutet. Tyacke würde sich von alleine melden, sobald er Genaueres wüßte, sobald er sicher war.

Tyacke fuhr fort: »Die Midshipmen sind wieder was ganz anderes. Die meisten sind erst seit kurzem dabei und stammen aus Marinefamilien. Einige sind jung, für meinen Geschmack zu jung.«

Ein Schiff mit einem wichtigen Auftrag von der Admiralität oder der Regierung wurde von Eltern bevorzugt. Sie sahen darin eine Chance für ihre Söhne, die zu Friedenszeiten immer seltener in einer kleiner werdenden Flotte wurde. Auch William Bligh von der unglücklichen *Bounty* hatte keine Probleme gehabt, sehr junge Midshipmen für seine Reisen zu gewinnen.

Plötzlich sagte Tyacke: »Nach ein paar Tagen und einer guten Reise durch die Biskaya werden wir mehr wissen.«

Einen Moment lang glänzten seine blauen Augen so klar wie die Herricks, dachte Bolitho. Oder wie die des Tyacke von einst.

»Aber ich entdecke immer wieder, wie ich mich umschaue und bekannte Gesichter zu finden hoffe, mit denen ein Schiff es zu etwas bringt.«

Wen meinte er? Die *Indomitable*, die *Larne*. Oder ging er noch weiter zurück? Vor die Zeit der Schlacht am Nil?

»Ich tue es selber auch, immer wieder«, gab Bolitho zu.

Der plötzliche fragende Ausdruck in Tyackes Gesicht fiel ihm nicht auf.

»Sind Sie zufrieden, James? Ich meine hier, obwohl Sie vielleicht eine Herausforderung auf einem ganz anderen Ozean gefunden hätten?«

Tyacke schien überrascht oder erleichtert, daß er nichts anderes gefragt hatte. Er fingerte sein Gesicht, und Bolitho war sich sicher, daß er sich dessen nicht bewußt war.

»Man kann nicht entkommen, Sir. Man konnte es nie.« Und dann fest: »Es paßt mir alles sehr, Sir!«

Er stellte das Glas ab und stand auf. Sein Blick ruhte kurz auf dem Galasäbel, den Allday bereits auf der Stell placiert hatte. Der gehörte eben dazu. Aber er war etwas ganz anderes als der Säbel an der Seite. Die Legende, das Charisma, wie sein Flaggleutnant Oliver Browne einst gesagt hatte. Ein Gesicht, das es auch nicht mehr gab. Er lächelte nachdenklich. Browne mit einem »e« ...

Tyacke zögerte. »Ich frage mich, Sir ...«

»Fragen Sie mich, James. Sie dürfen das immer!«

Wieder schien Tyacke zu zögern. »Werden Sie England sehr vermissen, wenn wir morgen ankerauf gehen?«

Bolitho sah ihn unverwandt an. *Werde ich sie vermissen,* fragte er sich.

»Mehr als ich für möglich hielt, James.« Er sah ihn gehen, den Hut von Ozzard entgegennehmen, ohne den Mann überhaupt zu sehen. Bolitho hörte Allday nebenan in der Kabine und war plötzlich sehr dankbar.

Ihm schien, als dringe er in ein Geheimnis ein, etwas so Persönliches, das jedes falsche Wort zerstören könnte ebenso wie den Mann, dem es gehörte. Das Kleid, das Tyacke ständig in seiner Seekiste verborgen gehalten hatte, das er Catherine gegeben hatte, damit sie auf der *Larne* ihre Blöße bedecken konnte, auf dem Schiff, das sie dem Ozean und dem sicheren Tod entrissen hatte ... Die Frau ...

Und das nach all den Jahren.

Bolitho stand auf, trat an das Heckfenster und setzte sich auf die Bank über dem glitzernden Wasser.

Gut, daß die *Frobisher* morgen ankerauf ging.

Aber die Stimme blieb. *Verlaß mich nicht.*

Bolitho hörte, wie Allday das Rasierzeug wieder verstaute und sich in der Schlafkabine leise mit Ozzard unterhielt. Er trat an die schrägen Heckfenster.

Seit alle Mann auf Station waren, hallte die *Frobisher* wider von gedämpften Stimmen und gelegentlichen lauten Kommandos. In diesen Gewässern war ein Schiff, das ankerauf ging, etwas so Vertrautes, daß die meisten Leute keinen Blick darauf verschwenden würden. Doch im Innersten wußte er: Dieser Abschied war anders. Heute würden viele an Land ihrem Auslaufen folgen. Frauen, Geliebte, Kinder fragten sich, wann man sich wiedersehen würde. Das Los des Seemanns. Alle würden sich über den Mann Gedanken machen, dessen Flagge am Großmast der *Frobisher* auswehte. Würde er sich genügend um die Männer sorgen, die er befehligte? Kein gewöhnlicher Tag für sie. Und für Bolitho auch nicht. Eine Rasur und ein frisches Hemd gehörten dazu. Er blickte auf Ozzards Tablett. Noch immer schmeckte er dem Kaffee nach, den Catherine ihm besorgt hatte. Gerade hatte er gefrühstückt, Scheiben von fettem Schweinefleisch, leicht angebraten in Bröseln aus Schiffszwieback. Er wußte, daß Ozzard dieses Essen mißbilligte, es allenfalls für einen gemeinen Leutnant für geeignet hielt. Ein Admiral konnte schließlich verlangen, was er wollte. Aber keiner konnte eben aus seiner Haut ...

Er lehnte sich auf das Fensterbrett und starrte auf das glänzende Wasser mit seinen niedrigen weißen Kämmen. Die Wellen kreuzten sich, denn nachts hatte der Wind gedreht, vermutlich auf Nordost. Bolitho hatte wenig geschlafen, nicht weil er mit dem Schiff noch nicht vertraut war. So etwas war er längst gewohnt. Er hatte in seiner Koje gelegen und halb auf die Geräusche des Schiffes gehört, auf ihre Stimme, wie sein Vater sie mal genannt hatte. Knarren und Murren wie aus dem Kiel aufsteigend, gelegentlich das Zischen des Windes, der Gischt gegen die Seite wehte, und das dumpfe Dröhnen von Staken und Wanten.

Und als er endlich eingeschlafen war, hatte er sich in einem Alptraum wiedergefunden. Catherine wurde von ihm fortgeschleppt, man riß ihr die Kleider herunter, Hände wollten sie begrapschen.

Als er erwachte, hatte er die Laterne wieder angezündet und den letzten Stapel Instruktionen des Ersten Lords der Admiralität gelesen. Sie waren umfangreich, diplomatisch – und bedeutungslos. Die Verantwortung würde wie immer auf dem befehlshabenden Offizier ruhen.

Doch die Instruktionen erinnerten, falls es denn überhaupt nötig war, an Napoleons überwältigende Macht und seine Erfolge in Spanien und Portugal, in Italien und auch in Ägypten. Marschall Murats gewaltiger Sieg über die Ägypter bei Aboukir hatte das letzte

Hindernis beseitigt. Der Weg nach Indien lag offen vor Napoleon, und alle seine Kräfte schienen sich auf dieses Ziel zu konzentrieren. Nelson hatte seine Schiffe in die Bucht von Aboukir geführt und die französische Flotte zerstört.

Bolitho sah, wie achteraus ein paar kleine Schiffe passierten, die schwer mit der kräftigen Brise und dem unruhigen Wasser kämpften.

Die Schlacht am Nil nannte man das Ereignis heute. Tyacke würde sie nie vergessen oder vergessen können. Er lächelte über die Schärfe seiner Erinnerungen. Auch die *Hyperion* hatte daran teilgenommen. Der Sieg mußte immer noch zwischen den Siegern ausgehandelt werden. Es gab genügend Leichenfledderer außerhalb des Feuerscheins, die nach Beute suchten – das Ende jeder Schlacht.

Allday trat ein und meinte: »Es weht oben ganz kräftig, Sir. Da werden wir bald wissen, was jemand taugt.«

Bolitho drehte sich um. Er hatte gar nicht bemerkt, daß der Mann inzwischen an Deck gegangen war. Ein großer, gewaltiger Kerl, der sich aber, wenn er wollte, lautlos wie ein Fuchs bewegen konnte. Auch Ozzard war da. Seine flinken Augen erfaßten das Frühstückstablett, den leeren Teller und die leere Kaffeetasse. Und ebenso den Mantel, den der Diener schon herausgelegt hatte.

Allday beobachtete ihn und lächelte innerlich. So würden die Männer an Deck also den Admiral kennenlernen. Nicht in einer Uniform mit Goldlitzen und glänzenden Knöpfen, sondern in einem alten Bootsmantel, der schon ein oder zwei Schlachten überstanden hatte. Wie wir alle, dachte Bolitho grimmig.

Ozzard zupfte den Mantel zurecht, schämte sich der angelaufenen ausgeblichenen Schulterstücke wegen.

Allday nahm den alten Säbel aus der Stell und wog ihn in seiner Hand. Ja, so würde er sich präsentieren. Nicht als Admiral, sondern als Mann.

Die Besatzung würde sich daran sicher nur schwer gewöhnen. Wie die auf der alten *Indomitable,* als Sir Richard immer mal mit den Männern auf Wache gesprochen hatte oder mit den Seesoldaten während ihres endlosen Exerzierens. Er hatte gehört, wie einst ein Offizier einem anderen riet: »Prägen Sie sich ihre Namen ein. Viele besitzen nicht viel mehr als den.«
Der Mann.
Bolitho zog die Uhr heraus. Tyacke würde bald hier sein. Die Rufe und das Laufen nackter Füße waren jetzt verstummt. Die Ankerwinsch war bemannt, die Offiziere auf Station – auf dem Achterdeck, an jedem Mast und ganz vorn, wenn der Anker auf kam.

Er dachte an Avery, der stiller als sonst gewesen war. Ihm ging vermutlich viel durch den Kopf. Er dachte sicher an das, was er gefunden und dann wieder verlassen hatte.

Er sah Ozzard zur Tür eilen. Mit seinen feinen Ohren hatte dieser durch all die Geräusche Tyacke sich nähern hören.

Auf dessen Mantel schimmerten feine Tropfen. Bolitho nahm an, er war bereits auf den Beinen gewesen, ehe die Köche sich an ihre Arbeit machten.

»Bereit, ankerauf zu gehen, Sir. Wir haben einen kräftigen und steten Wind aus Nordost. Wenn wir von St. Helen's frei sind, habe ich einen Kurs ums Vorland befohlen. Wenn wir genügend Seeraum haben, werden wir halsen und Südwest laufen.« Er lächelte kurz. »Bis dahin wird es ein bißchen unruhig sein, aber so lerne ich die Leute kennen.«

Kein Zögern, keine Unsicherheit trotz eines fremden Schiffes und einer Mannschaft, die er kaum kannte. Alle Gläser der Flotte würden ihn beobachten und auf einen Fehler warten.

»Ich komme nach oben.« Das Förmliche mußte noch warten. »Danke, James. Ich weiß, was Sie das hier kostet!«

Tyacke sah ihn an, als erinnere er sich an den anderen Anfang. »Das ist diesmal geteilt, Sir!« Und als er gehen wollte, fügte er hinzu: »Zwölfhundert Meilen von Spithead bis Gibraltar, unserem ersten Hafen.« Er grinste. »Bis dann werden sie unsere Standards kennengelernt haben.«

Bolitho legte die Hand auf den Säbel an seiner Seite und wandte sich Allday zu. »Und was denkst du, alter Freund?«

Allday schaute auf das Skylight. Draußen zwitscherten ungeduldig die Bootsmannspfeifen. Die Spithead-Nachtigallen, wie die Blaujacken sie nannten. Sie bestimmten ihr Leben.

Bedächtig antwortete er: »Ich bin einiges älter, Sir Richard, aber ich fühle dasselbe.« Er blickte auf die nächste leere Kanonenpforte. »Es ist schon seltsam, nie wieder eine feindliche Breitseite zu erleben.«

Sie gingen an Deck, unter dem Aufbau entlang, an den beiden Rädern vorbei, an der die Rudergänger bereits warteten. Vier Männer, Tyacke ging keinerlei Risiko ein.

Es war trotz des Windes wärmer an Deck, als er erwartet hatte. Er spürte das Pech an seinen Sohlen kleben, als er das Achterdeck in Richtung Achterreling überquerte. Von hier bis zum Bug standen überall Männer, einige enterten bereits zu den Rahen auf. Am Besanmast warteten die Seesoldaten in Gruppen, um die Brassen und Fallen zu bedienen. Die alten Matrosen waren der Ansicht, die liefen dort sehr einfach und waren fast ganz von Deck aus zu bedienen, so daß selbst dumme kleine Bullen wie die Seesoldaten mit ihnen klar kamen.

Bolitho bemerkte schnelle Blicke und einige Rufe über Deck hin. Avery stand an der anderen Seite an der Reling. Er hatte den Hut tief auf sein ergrauendes Haar gedrückt, dessen Ausbleichen sein Preis für dieses Leben war. Tyacke sprach mit dem Master, Tregidgo, einem steifen Mann, der nie lächelte und meistens verschlossen schwieg. Er stammte aus Cornwall und hatte auf der *Frobisher* unter zwei Kommandanten gedient, seit sie vor vier Jahren gekapert worden war. Unter Jefferson, den Rhodes nur kurz erwähnt hatte als einen Mann, der vor zwei Jahren den Löffel abgab und auf See bestattet werden mußte, der arme Hund. Und unter Oliphant, der das Schiff so eilig verlassen hatte.

Tyacke sah ihn an und tippt an seinen Hut. »Wir sind bereit, Sir Richard!«

Bolitho sah zu seiner Flagge auf, die unter einem fast wolkenlosen Himmel wehte.

»Machen Sie weiter, Kapitän Tyacke!«

Pfeifen trillerten, und Männer rannten nach vorn, wo sie gebraucht wurden, um noch mehr Kraft auf die Winsch zu bringen.

Bolitho spreizte die Hand über die Augen, um ein paar Boote zu beobachten, die in der Nähe vorbeisegelten. In einem waren Frauen, offensichtlich Huren, die ein neu ankommendes Schiff im Spithead begrüßen wollten. Es war wenn auch inoffizielle allgemeine Praxis, Prostituierte an Bord zu dulden, um Männer vorm Desertieren und den folgenden Bestrafungen zu bewahren.

»Anker auf und nieder, Sir.«

Das war Kellett, der Erste Offizier. Er stand ganz vorne am Ankerbalken, wo er das Kabel beobachten konnte, während die Männer an der Winsch schufteten, um ihr Schiff durch reine Muskelkraft zum Anker zu verholen.

Kellett kam aus einer Admiralsfamilie. Bolitho hatte ihn jetzt erstmals gesehen, seit er an Bord gekommen war, einen jungen Mann mit ernsten Zügen und täuschend mildem Blick.

»Klar an der Winsch!«

»Vorsegel los!«

Es folgte ein ziemliches Durcheinander, aber schnell

sprangen ein paar erfahrene Männer hinzu, um zu helfen oder den Pechvogel zurechtzuweisen.

»Enter auf, Toppsegel los!«

Die Männer warteten schon oben, um auf die Rahen auszuschwärmen. Das war kein Ort für Männer mit Höhenangst. Bolitho lächelte in sich hinein.

Klank, klank, klank. Die Pallen an der Winsch klangen langsamer. Er stellte sich vor, wie sich der große Anker im Schatten des Schiffes hob, die letzte Verbindung zum Land.

Ein Pfeifer und ein Fiedler stimmten eine Melodie an, und über die Rücken gebückter Männer und über die nach oben Schauenden an den Brassen hinweg sah Bolitho, wie Allday ihn musterte, als trenne sie nichts.

Also so war das.

Bolitho hob eine Hand und bemerkte, wie ein Midshipman ihn anstarrte. Aber er sah nur Allday. Die Stimme des Shantysängers übertönte selbst das Quietschen der Blöcke. Und wieder kam alles zurück.

Ein Mädchen lebt in Portsmouth Town ... Pullt, Männer pullt.

Er faßte an sein Auge. *Das Portsmouth-Mädchen.* Nur Allday und vielleicht noch einer hatten daran denken können.

»Anker sind frei, Sir!«

Die *Frobisher* schwang bereits herum und lehnte sich über ihr eigenes Spiegelbild, als der Anker hoch gezogen und verkattet wurde.

Er wandte sich an Avery. »Lassen Sie uns spazieren, George.«

Während Männer an ihnen vorbeieilten und Tampen wie Schlangen über das Deck züngelten, gingen sie nebeneinander her wie früher, als Kanonen neben ihnen geblitzt und gedonnert hatten.

»Kann ich irgend etwas für Sie tun, Sir Richard?«

Bolitho schüttelte den Kopf.

Wie sollte er ausgerechnet Avery erklären, daß er es nicht aushalten würde, wenn das Land hinter ihm versank und er mit seinen Gedanken allein sein würde? Und mit seinem Verlust ...

Also sah er zu seiner Flagge auf, hoch und klar über Deck.

Das letzte Kommando. Er nickte, als habe er laut gesprochen.

So also soll es sein.

VI
Kenne deinen Feind

Leutnant George Avery spürte die Mittagssonne auf seinen Schultern, als er zu den Finknetzen auf dem Achterdeck ging, um einen besseren Blick auf den Felsen werfen zu können. Schiffe jeder Art ankerten hier, um Vorräte aufzunehmen oder um neue Befehle zu erwarten. Um sie herum und zwischen ihnen hindurch wieselten ununterbrochen Boote unter Segeln oder Riemen. Sie alle überragte der große Felsen von Gibraltar, ewiger Wächter und Hüter des Tores zum Mittelmeer.

Frobishers langsame Annäherung, das Krachen und das Echo des Saluts und der knappe Austausch von Signalen gehörten zum Üblichen, und als sie ankerten, waren die Männer schon mit anderen Aufgaben beschäftigt, ließen Boote zu Wasser oder richteten Sonnensegel. Wie schon auf der Reise von England her blieb ihnen nicht viel Zeit, über ihre erste Station nachzudenken.

Zehn Tage waren vergangen, seit die Isle of Wight hinter ihnen am Horizont versunken war. Es war alles andere als eine schnelle Reise gewesen, aber das war so geplant, um die Mannschaften zu drillen – an den Segeln, an den Kanonen. Man setzte Boote aus und holte sie ein – so lange, bis Kapitän Tyacke zufrieden war, falls er überhaupt je zufrieden war. Ob man ihn nun haßte oder verfluchte, jeder Mann an Bord – vom ältesten Mann bis zum jüngsten Schiffsjungen – wußte, daß Tyacke sich selber dabei nicht schonte und sich vor nichts drückte, was er seinen Leuten abverlangte.

Einmal hatte er befohlen, daß seine Leutnants und die erfahrenen Unteroffiziere wegtraten und Untergebene sie ersetzten oder andere, von denen Tyacke annahm, sie müßten die Verantwortung für ihre eigene Aufgabe kennenlernen. Sie waren an Brest und der französischen Küste vorbei in die Biskaya gelaufen, die trotz eines Hoffnungsschimmers so unsicher wie immer war. Und sie hatten Lorient ganz nahe passiert, wo die *Frobisher* von Stapel gelaufen war.

Dann die Küste Portugals wie dunkler blauer Rauch im Morgenlicht. Und im hellen Sonnenlicht, wo Männer, die ganz schön getrieben worden waren, sich endlich angrinsten. Der Klimawechsel hatte alle verändert.

Das konnte man auch in der Messe sehen und hören. Doch als Flaggleutnant gehörte er nie dazu, und das gefiel ihm. Bis man ihn besser kannte, stellten die anderen Offiziere sich sicher vor, Avery sei das Ohr des Admirals und das Tyackes, denen er ihre Ansichten und Äußerungen brühwarm übermitteln würde. Die Offiziere waren geteilter Ansicht über Tyackes Besessenheit zum Drill. Einige protestierten. Es mache keinen Sinn, weil es jetzt kaum mehr zum Kampf kommen dürfte. Andere meinten, für ein Flaggschiff sei Drill eine Angelegenheit des eigenen Stolzes.

Avery war aufgefallen, daß der Erste Offizier selten an diesen heißen Debatten teilnahm.

Nur einmal hatte Kellett plötzlich einem jungen Offizier geantwortet. Er hatte gesagt: »Mir ist klar, daß aus Ihnen mehr der Alkohol als der klare Verstand spricht, Mr. Wodehouse, aber wenn das in meiner Gegenwart noch einmal passiert, melde ich Sie höchst persönlich achtern.«

Er sprach ganz ruhig, aber Wodehouse wand sich wie unter einer Flut von Beschimpfungen.

Avery merkte, daß ein Midshipman seine Aufmerksamkeit suchte.

»Ja, Mr. Wilner!«

»Eine Nachricht von der *Halcyon*, Sir. Habe Depeschen an Bord.« Eifrig zeigte er über die Netze: »Dahinten, Sir. *Halcyon*, achtundzwanzig Kanonen, Kapitän Christie.«

»Danke«, lächelte Avery. »Das war schnell, ich werde es dem Kapitän sagen.«

Er sah, wie der Junge hinüber zu der Leichten Fregatte schaute. Für ein modernes Schiff war sie klein, aber immer noch der Traum der meisten jungen Offiziere, vielleicht auch dieses Midshipman, der gerade einen Fuß auf der untersten Sprosse der Karriereleiter hatte.

Tyacke ging über Deck und gab dabei einem Gehilfen des Masters ein paar Anweisungen.

Er bemerkte Avery und sagte: »Die *Halcyon*, nicht wahr? Sie lief drei Tage nach uns aus Portsmouth aus. Sie stößt in Malta zu Sir Richards Kommando.« Er schaute den Midshipman an. »Signalisieren Sie ihr: Depeschen an Bord bringen!«

Avery sah den Midshipman zu seinen Flaggen davoneilen, wo seine Gruppe wartete, um die Signale zu setzen.

»Mr. Midshipman Wilmont ist ein viel helleres Kerlchen als die meisten anderen. Der wartete nicht, bis er den Befehl bekam.«

Doch Avery hatte gesehen, wie der Midshipman vor dem Gesicht Tyackes seinen Blick gesenkt hatte. Würde er sich je daran gewöhnen?

Tyacke drehte sich um, als die Flaggen nach oben stiegen und in der Brise von Land auswehten. »Wir erfahren vielleicht etwas Neues.« Er lächelte verkniffen. »Vielleicht ruft man uns sogar zurück!«

Avery fragte: »Kennen Sie Malta gut, Sir?«

Doch Tyacke rief: »Sehen Sie sich die verdammten Boote an!« Sein Arm fuhr nach vorn, und er rief: »Mr. Pennington? Ich nehme an, Sie haben die Wache?«

Der Leutnant schluckte. »Ich habe das Boot gesehen, Sir!«

»Dann sagen Sie, sie sollen sich fernhalten. Ich will nicht, daß Leute wie die mit dem Flaggschiff handeln. Und es ist mir ziemlich egal, was sie verkaufen wollen.« Er wandte sich um. »Lassen Sie eine Kanonenkugel auf das erste fallen, das längsseits kommt!«

Avery seufzte. Tyacke ließ sich über Vergangenes nie aus. Wir beide ergänzen uns also, dachte er.

Ein Matrose, der hingebungsvoll die Spieren des doppelten Rades polierte, sah zu ihm hinüber und sagte: »Der Admiral kommt gerade den Niedergang hoch.«

Dankbar grüßte Avery zurück. Ein neuer Tag begann.

Bolitho trat zu ihnen. »Ich habe gerade von der *Halcyon* erfahren.« Er hielt die Hand an die Stirn und sah über den betriebsamen Hafen. »Wo ist sie?«

Avery zeigte sie ihm. Ihm schien, als sei Bolitho ausgeruht und sorgenfrei, doch er wußte, daß er seit dem Spithead fast jeden Tag mit Yovell gearbeitet hatte. Instruktionen, Einzelheiten über Schiffe und ihre Kommandanten – und viele tausend andere Sachen, die Avery nur erahnen konnte.

Er hatte ihn nachts unter den Sternen an Deck auf- und abschreiten sehen, manchmal stand er auch mit offenem Hemd da und beobachtete die Männer, die Segel refften oder auf dem Weg nach Süden den Kurs änderten. Vielleicht dachte er dabei immer an Catherine. Vielleicht wollte er sich an sie klammern, während die *Frobisher* eine Meile nach der anderen hinter sich ließ.

Vielleicht brauchte er keinen Schlaf wie andere Männer.

»Seltsam, wieder mal hier zu sein.« Bolitho rieb sich langsam sein Auge. »Ich war nach der Revolution hier. Damals versuchten die Royalisten in Toulon eine Gegenrevolution. Die hatte von Anfang an keine Chance, George. Es war alles vergebens.«

Er starrte auf die andere Seite hinüber. Da lag im Hitzedunst kaum erkennbar die spanische Küste. Wieder eine Erinnerung. Algeçiras. Irgend jemand hatte damals dorthin gezeigt und gesagt: »Da ist der Feind.« Aber Bolitho erinnerte sich nicht mehr an das Gesicht.

Avery wollte etwas sagen, aber nach Tyackes knappen Worten wollte er diesen Augenblick nicht zerstören. Wie so viele andere gehörte er zu seinem Leben, war Teil davon.

So fragte er nur. »Sie wissen, was auf Sie zukommt, Sir?«

Bolitho schien ihn nicht zu hören. »Wie lange ist das her, George? Daran, als ich als Flaggkapitän mit der *Euryalus* hier war, erinnere mich genauer. Die alte *Navarra* wurde von Berber-Piraten angegriffen. Man lacht heute, wenn man so etwas erzählt. Aber die Berber sind als Piraten so gefährlich wie immer. Die werden nicht einfach zahm, nur weil wir es wollen.«

»Die *Navarra*, Sir? Was für ein Schiff war sie?«

Bolitho sah ihn an. »Nur ein altes Schiff. Sie war zu alt für jede Art von Gefecht. Kein Prisengericht hätte auch nur eine Handvoll Münzen für sie bezahlt.« Er lächelte, als er sich erinnerte. »Catherine war an Bord – mit ihrem Mann. Damals trafen wir uns das erste Mal. Wir fanden uns und verloren uns sofort wieder.« Er machte eine Pause. »Bis Antigua.«

Avery versuchte sich das alles vorzustellen, Catherine, wie sie damals ausgesehen haben mußte. Vielleicht ähnlich wie auf der *Golden Plover*, von der Tyacke in einem der seltenen intimeren Augenblicke berichtet hatte.

Bolitho wandte sich ihnen zu, als ein Matrose meldete: »Ein Boot hat von der *Halcyon* abgelegt, Sir.«

Und dann fuhr Bolitho fort: »Ich habe auf diesem Meer so viele Siege und Niederlagen erlebt, aber kein Augenblick konnte es mit dem aufnehmen.«

Tyacke erschien wieder und fuhr Pennington scharf an: »Falls Sie sich irren sollten ...«

Aber der Zweite Offizier ließ sich nicht zurechtweisen. »Nein, Sir. Das Boot bringt den Kommandanten der *Halcyon* zu uns.«

Tyacke ließ nicht locker. »Dann lassen Sie antreten, bitte.« Er sah jetzt Bolitho an, tippte an den Hut und sagte: »Sie kommt aus England, Sir. War schneller als wir.« Dann entspannte er sich etwas. »Wen wundert es?«

Avery beobachtete die Gruppe. Aus England? Vielleicht mit neuen Befehlen für Bolitho? Und mit Briefen. Nein, das wäre zu schnell. Er mußte an Allday denken. Vielleicht würde der gern eine Botschaft schreiben, ehe sie ankerauf ging und zurücksegelte.

Die Seesoldaten stellten sich an der Relingspforte in zwei Reihen gegenüber auf. Tyacke erwartete den Besucher. Es war reine Routine.

Die Pfeifen zwitscherten, Grüße wurden ausgetauscht, Hüte wurden in Richtung Achterdeck und Flagge gelüftet.

Kapitän Christie meldete: »Depeschen, Sir, und ein paar persönliche Briefe.«

Er war ein großer, ernst dreinschauender Offizier, etwa Ende zwanzig. Seine glänzenden Epauletten zeigten, daß er Kapitän mit vollem Rang war. Krieg oder Frieden, er hatte seinen Rang und sein eigenes Schiff.

Bolitho lud ihn ein. »Kommen Sie auf ein Glas nach achtern.«

Avery folgte ihnen. Er wußte, daß der junge Kapitän diesen Empfang durch einen Admiral nicht erwartet hatte.

Dann saßen sie in der großen Kajüte, und Ozzard erschien schweigend mit dem Tablett.

»Es ist eine Ehre, Sir Richard, unter Ihrer Flagge zu dienen«, sagte Christie. »In diesen unsicheren Zeiten weiß man nie...«

Er drehte sich um, als Tyacke leise fragte: »Kenne ich Sie nicht, Sir?«

Christie nahm ein Glas und kippte fast den Inhalt aus. Doch sein Blick blieb fest.

»Ich kenne Sie, Sir!«

Bolitho spürte, daß die Situation aus irgendeinem Grund schwierig werden könnte. Und doch war dies wichtig.

»*Majestic*, Sir«, sagte Christie.

Der Name reichte. Dort war es geschehen. Der Geist der Vergangenheit.

Tyacke schwieg und sah Christie an, versuchte die Vergangenheit zu rekonstruieren. Er hatte das schon so oft versucht, daß er darüber fast den Verstand verloren hatte.

Christie wandte sich an Bolitho: »Ich war Midshipman auf der *Majestic*, Sir Richard. Sie war mein erstes Schiff, und ich war gerade ein paar Monate an Bord.« Er blickte sich um, als suche er etwas. »Dann führte uns Lord Nelson nach Aboukir.« Er zögerte. »An den Nil.«

Jetzt sagte Tyacke: »Ich erinnere mich an Sie!«

Christie fuhr fort. »Wir waren im Handumdrehen mitten zwischen den Schiffen der französischen Flotte und hatten uns mit der großen *Tonnant* verhakt, achtzig Kanonen. Breitseite nach Breitseite.« Seine Stimme war verhalten und zeigte keinerlei Gefühle. Das machte die Beschreibung noch lebendiger und schrecklicher. »Überall Sterbende und Tote. Ich war zu jung, um eine eigene Station zu haben. Und so hatte ich ständig Befehle vom Achterdeck zu den Kanonen zu bringen.« Er blickt auf sein beschlagenes Weinglas. »Unser Kommandant fiel.

Leute, die ich kannte, waren fast in Stücke gerissen und riefen um Hilfe, wo es keine mehr gab. Ich wäre an dem Tag fast zusammengebrochen. Ich kam mit einer Nachricht ins untere Kanonendeck und fürchtete, daß das Schiff in die Luft fliegen könnte, ehe ich irgendwo Schutz fand. Der ganze Drill war vergessen. Ich wollte mich nur verstecken. Wollte nur abhauen.« Er zögerte wieder. »Und da auf einmal ...«

Avery hörte, wie draußen einem Boot befohlen wurde, sich ebenfalls fernzuhalten. Jemand lachte. Aber von Bedeutung war nur das Geschehen hier in der Kajüte.

Christie fuhr fort: »Der Leutnant, der die Kanonen vorn unter sich hatte, rief mich, Sir Richard. Er legte mir die Hände auf die Schultern und schüttelte mich so lange, bis ich wieder bei mir war.«

Avery sah Tyacke nicken, seine blauen Augen waren ganz woanders.

»Er sagte mir: Geh, mein Junge. Geh, renne nicht. Für diese armen Kerle hier bist du ein Offizier des Königs. Und heute bist du die Stimme des Kommandanten. Also mach von ihr vernünftigen Gebrauch und zeige allen, was du kannst!«

Avery dachte an den Midshipman Wilmont. Christie mußte ähnlich gewesen sein.

Und dann sagte Christie: »Sie haben mich nach achtern geschickt. Dann beharkte uns die französische Breitseite wieder. Hätte es Sie nicht gegeben, wäre ich mit all den anderen gefallen. Ich habe meinem Vater davon berichtet, und er versuchte, Ihnen zu schreiben. Ich schrieb Ihnen selber auch, habe aber nie eine Antwort bekommen.« Er sah Bolitho jetzt ganz direkt an. »Es ist nicht richtig, über etwas so Persönliches zu sprechen. Aber es bedeutet mir seit jenem Tag so viel. Der Tag machte einen Mann aus mir, einen guten, hoffe ich.« Er erhob sich und sagte: »Ich werde auf mein Schiff zurückkehren, Sir Richard. Es war mir eine Ehre.« Er hob die Hand, als Tyacke ihm folgen wollte. »Nicht nötig, Sir. Ich finde den Weg allein zurück.« Er lächelte, erleichtert, dankbar und überrascht zugleich. »In der Flotte sprach man immer vom verschworenen Kreis. Ich weiß jetzt, was damit gemeint ist.«

Hinter der Klappe der Pantry setzte Allday seinen Rum ab und fragte sich, was er da gehört hatte.

In der Marine mußte man mit solchen Treffen rechnen. Gesichter von einst vergaß man, wie alte Wunden, nicht so einfach. Immer dieser Schmerz! Doch jetzt war er sich sicher. Doch warum war er so unruhig? Er würde Leutnant Avery bitten, für ihn einen Brief an Unis zu schreiben. Nicht über dieses Treffen. Irgendwie könnte er mit Hilfe eines anderen darüber nichts erzählen.

Ozzard kam stirnrunzelnd zurück.

Allday versuchte, seine Last loszuwerden. »Habe ich dir eigentlich jemals erzählt, Tom, wie Sir Richard und ich diese verdammten Berber-Piraten bekämpft haben?«

»Ja.« Er ließ sich gehen. Offenbar hatte er Gleiches wie Allday empfunden. »Aber spinn das Garn noch mal, wenn du magst.«

»Heute sieht das Meer wirklich schön aus.«

Die beiden Damen standen nebeneinander vor den Treppen am Anfang des Klippenpfads und schauten über die Bucht von Falmouth. Spiegelglatt lag die See unter ihnen und hob und senkte sich im Sonnenlicht, als atme sie.

Catherine schaute auf ihre Begleiterin, Richards jüngste Schwester Nancy. Sie sah sehr viel besser aus als erwartet. Als er noch lebte, konnte niemand ihren Mann übersehen. Jetzt, da er tot war, gab er ihr vermutlich immer noch Kraft.

Catherine strich über die Stufen und Balken, die unzählige Hände und Füße geglättet und poliert hatten. Wie viele mochten wie sie hier innegehalten und den

Anblick genossen haben? Sie folgte den Windungen des Pfads mit ihren Blicken. Er wurde heute kaum noch benutzt. Auch sie beschritt ihn selten, und nach Zenorias Sturz von Tristrams Leap nie mehr ohne die Sicherheit einer Begleitung.

»Mach dir keine Sorgen«, sagte Nancy sanft, »du hast sicher bald Post von ihm.«

»Ja, natürlich. Er vergißt nie zu schreiben. Es ist, als höre ich seine Stimme.« Sie schob sich eine Haarlocke aus der Stirn. »Sag mal, Nancy, wie geht es dir auf dem Gut?«

Nancy lächelte über den Themenwechsel. Die große, schöne Frau war ihr lieb geworden und hatte sie durch die Beschwernisse der letzten Tage mit Lewis begleitet und durch die erste Zeit nach seinem Tod. Eine bekannte und vielfach auch bewunderte Frau, die sich mit ihrem Bruder über jede Konvention hinweggesetzt hatte und zu ihrer Liebe stand. Der Held und seine Dame. Auch Lewis hatte sie immer bewundert und daraus nie ein Geheimnis gemacht. Für Frauen hatte er immer einen Blick gehabt. Sie zwang sich, an etwas anderes zu denken.

»Die Londoner Anwälte sind immer noch bei der Arbeit. Lewis hat alles in Ordnung hinterlassen, trotz einiger Extravaganzen. Sie wollen dafür sorgen, daß jemand das Gut bewirtschaftet, bis die Kinder dazu in der Lage sind.« Sie schüttelte den Kopf. »Kinder! So kann man sie wohl kaum noch nennen.«

Sie verließen den Stieg. Catherine konnte sich erinnern, daß der Geliebte sie hier umarmt hatte, nach einem Wiedersehen oder vor einer drohenden Trennung.

»Es ist jetzt zwei Wochen her, daß er ging. Schon bald drei. Ich versuche, mir sein Schiff vorzustellen, wo sie sind, was alle an Bord tun.« Sie zuckte mit den Schultern. »Das Mittelmeer ... Da sind wir uns zum ersten Mal begegnet. Wußtest du das, Nancy?«

Sie schüttelte den Kopf. »Nur, daß ihr euch kurz darauf wieder verloren habt. Das hat er mir erzählt.« Sie lächelte in der Erinnerung. »Wenn man sich mal vorstellt, was aus ihm in der Marine oder für unser Land geworden ist? Und trotzdem ist er sich immer noch nicht sicher!« Mit plötzlicher Bewegung fügte sie hinzu. »Ich bin dankbar, wenn er endlich nach Hause kommt.« Sie legte Catherine die Hand auf den Arm. »Und hier bleibt.«

Sie wandten sich jetzt dem sanften Abhang zu, der sich zu dem alten grauen Herrenhaus und den dazu gehörenden kleinen Häusern hin senkte. Die Landzunge schützte sie alle vor dem Lärmen der See und ihrer ständigen Gegenwart.

Nancy, Tochter eines Seemanns, aus einer Seemannsfamilie stammend, Schwester von Falmouths berühmtestem Sohn und Englands Helden: Sie war hier geboren und aufgewachsen mit den Menschen, die von der See lebten, den mutigen Fischern, die kaum ein Wetter scheuten, um alle ständig mit Fisch zu versorgen. Sie kannte die Küstenfahrer und die berühmten Paketboote aus Falmouth, die mit jeder Tide ausliefen, sei es im Krieg oder im Frieden. Nancy war hier aufgewachsen und lebte mit allen Überlieferungen und Gewohnheiten.

Sie spürte, daß Nancy zusammenzuckte, als sie die Kutsche auf dem Hof warten sah. Vielleicht hatte sie sie vergessen, als sie sich trafen und den Spaziergang begannen. Jetzt würde sie in ihr großes Haus zurückfahren, das Lewis so prachtvoll und übertrieben ausgebaut hatte – eine seiner Schwächen.

Wie leer es jetzt sein mochte. Ich zähle schon jetzt Tage und Wochen, dachte Catherine, aber Nancy hat nicht mal einen Brief, der ihr Kraft gibt.

Da sagte Nancy: »Du hast einen Besucher!«

Catherine sah mit schmerzendem Herzschlag an der

Kutsche vorbei. Nein, da stand kein zweites Gefährt, kein Pferd, das auf einen Boten aus Plymouth hingedeutet hätte. Aber sie konnte im Gutskontor jemanden stehen sehen, dunkel gekleidet, ihr den Rücken zukehrend. Sie hörte Ferguson plötzlich laut lachen. Er hatte vielleicht ihre Rückkehr gespürt und wollte sie beruhigen. Was würde sie nur ohne ihn und ohne Grace anfangen? Diese Menschen waren die Verbindung zu Bolithos früherem Leben, das sie niemals mit ihm teilen konnte.

Nancy sagte: »Ich werde lieber hier warten.«

Ihre Vorsorge ließ Catherine nach ihrem Arm greifen. »Hier bin ich immer in guten Händen, Nancy!«

Als sie dann den Hof betrat, drehte der Mann, der mit Ferguson sprach, sich um und sah sie an – unsicher, fragend, aber doch sehr bestimmt.

Sie schritt schneller aus. »Konteradmiral Herrick! Ich wußte ja nicht, daß Sie in Cornwall sind. Oder in England, wenn ich's genau nehme. Wie schön, Sie zu sehen.« Sie drehte sich zur Seite, schämte sich, daß sie Herrick die rechte Hand geboten hatte, während doch sein aufgesteckter Ärmel sie hätte erinnern müssen. Und dann sagte sie: »Dies ist Lady Roxby, Richards Schwester.«

Herrick verneigte sich steif. »Wir sind uns schon begegnet. Vor ein paar Jahren, Madame.«

Nancy lächelt ihn an. »Wir sind uns in der Tat selten begegnet, aber dank meines Bruders haben Sie immer zu uns gehört.«

Sie erlaubte dem Kutscher, ihr in den Wagen zu helfen. »Besuch mich bald einmal, Catherine. Bald, bitte.« Sie sah Herrick kurz an, als wolle sie ihn etwas fragen.

Catherine führte Herrick ins Haus. Eigentlich hätte sie ihn gut kennen müssen, doch er war immer noch ein Fremder.

»Bitte, setzen Sie sich. Ich werde Ihnen etwas Kühles zu trinken bringen lassen. Ein Glas Wein?«

Er nahm umständlich Platz und schaute sich um. »Lieber Ingwer Bier, wenn möglich, Mylady. Oder Cider.«

»Bitte heute keine Förmlichkeiten. Ich bin Catherine – und dabei sollten wir es lassen.«

Grace Ferguson schaute rein. »Was? Konteradmiral Herrick. Ich hätte Sie ohne Ihre feine Uniform kaum erkannt.«

Catherine wandte sich um. Ihr war das gar nicht aufgefallen. Vielleicht war es die Überraschung gewesen oder die Erleichterung, daß er kein Bote war, der die gefürchtete Nachricht überbrachte.

Etwas gequält meinte Herrick: »Den Rang habe ich immer noch, jedenfalls nominell.« Er wartete, bis die Haushälterin gegangen war. »Ich bin in Cornwall auf Befehl Ihrer Lordschaften.«

Catherine sah, wie er sich Mühe gab, ihr etwas mitzuteilen. Dabei versuchte er nicht, geheimnisvoll oder vertraulich zu wirken, wie andere Männer so etwas machten. Er war einfach nicht in der Lage, seine Gedanken mit jemandem zu teilen. Wahrscheinlich hatte er das nur mit seiner geliebten verstorbenen Dulcie tun können.

Seine blauen Augen waren so hell wie immer, nur sein Haar war gänzlich grau, und die scharfen Linien an seinen Mundwinkeln vertieften sich – vor Schmerzen, wie sie annahm, als er sich nach vorne lehnte, um das Glas entgegenzunehmen. Richard hatte ihr einiges über Herrick erzählt. Er war gefangengenommen, und seine Hand war schwer mißhandelt worden, damit er nie wieder einen Säbel für den König führen konnte. Als man ihn befreite, hatte man Wundbrand festgestellt. Der Schiffsarzt hatte ihm daraufhin den Arm abgenommen.

Am deutlichsten erinnerte sie sich an Bolithos Stolz und seine Zuneigung für diesen sturen, unnachgiebigen, mutigen Mann. Sie saß ihm gegenüber und sah, wie er das Ingwer Bier trank.

Sie sagte: »Richard ist auf See!«

Er nickte. »Ich weiß, Ma..., Catherine. Ein bißchen was habe ich erfahren, den Rest konnte ich mir denken.«

Sie schwieg. Wenn sie jetzt redete, würde Herrick sein plötzliches Zutrauen verlieren.

»Ich werde nie wieder ein Kommando auf See bekommen. Ich dachte, man würde mich nach der *Reaper*-Affäre an Land schicken.« Er blickte sich um. »Ich habe mich immer gern an diesen Ort und an dieses Zimmer erinnert. Ich bin eben aus der Stadt zu Fuß hierher gewandert. Das habe ich all die Jahre auch getan. Ich war schon hier, als Sir Richards Vater noch lebte und seinem Sohn den alten Säbel übergab. Da drüben vor der Tür zur Bibliothek. Und dann, als wir aus Westindien zurückkamen. Da lebte sein Vater schon nicht mehr.«

Unwillkürlich drehte Catherine sich um, als sähe sie das Bild. Doch da hing nur Kapitän James Bolithos ernstes Porträt. Auch er hatte einen Arm verloren.

»Ich habe in Plymouth zu tun. Man hat mich dort mit der Zoll- und Zahlmeisterei beauftragt.« Er lächelte kurz, und sie spürte, daß er wohl einst so ausgesehen haben mochte. »Also ist eine Paradeuniform für solch einen beliebten und wichtigen Posten kaum nötig.«

Wieder mußte sie an Nancy denken. Sie hatten sich oft Geschichten über die hiesigen Schmuggler erzählt, den Herren, wie Tom, der Küstenwächter, sie zu nennen pflegte. Richard hatte immer abfällig von ihnen und ihrem brutalen Gewerbe gesprochen.

»Wird es Ihnen gefallen, Thomas?«

Sie sah, wie er bei Nennung seines Namens zuckte. Das hatte sie erwartet.

»Irgend etwas mußte ich ja schließlich tun. Die See ist mein Leben. Und im Gegensatz zu Richard habe ich sonst nichts mehr!« Er lehnte sich vor und fügte hinzu:

»Es ist wirklich viel zu tun. Neue Boote zum Beispiel. In Plymouth baut man gerade vier Zollkutter. Und ich muß Männer finden, denen ich diese manchmal gefährliche Aufgabe anvertrauen kann. Der Staat braucht dringend Einnahmen, und unerlaubter Handel im Dunkel der Nacht kann nicht geduldet werden.«

Das war ganz Herrick, wie Richard ihn beschrieben hatte. Seine zupackende Art, seine Begeisterung. Wenn Herrick sich einer Sache angenommen hatte, ließ er sie nie wieder los.

»Wo sind Sie abgestiegen, Thomas? Wir haben hier im Haus viel Platz, wenn Sie möchten ...«

Er setzte sein Glas ab. »Nein, ich bin schon im Gasthof. Man erreicht mich dort leichter per Kutsche. Und außerdem ...«

Sie nickte, unterdrückte ein Lächeln. »Und außerdem, Thomas. Was das Wort alles bedeuten kann!«

Herrick sah sie ernst an. »Ich bin ständig unterwegs. Aber wenn Sie mich brauchen, werden Sie mich leicht finden.«

Er erhob sich schwer, und sie fühlte, wie ihn die Amputation schmerzen mußte, wie die anderen Männer auch, die sie immer wieder auf den Straßen sah.

»Wollen Sie nicht noch ein bißchen bleiben, Thomas?«

Er blickte sich in der Bibliothek um, als wolle er sich versichern, daß sie allein waren. »Das nächste Mal. Es wird mir eine Ehre sein. Ich bin stolz darauf.« Er wandte sich ab, als könne er sich nicht anders ausdrücken. »Als ich Dulcie verlor, war ich blind. Ich vergaß, was ich Richard verdankte und vor allem Ihnen, die sich um sie kümmerte, als alle Hilfe schon vergeblich war.« Dann sah er sie mit seinem klaren Blick wieder an. »Blind. Damals. Aber jetzt nicht mehr. Sie haben alles für Dulcie riskiert und damit auch für mich. Ich werde mich nie wieder in Selbstmitleid verlieren.« Er ergriff ihre Hand und küßte sie dankbar und ohne Vorbehalt. Dann nahm er den Hut, den eine Magd ihm reichte, und sagte: »Sie sind Lord Rhodes begegnet, nehme ich an?«

Catherine legte, ohne es zu merken, die Hand auf die Brust und nickte. Herrick drehte den Hut in seiner starken Hand. Wie Ferguson hatte er sich an seine Behinderung gewöhnt.

»Ein enger Freund von Hamett-Parker.« Seine Züge wurden hart. »Der Vorsitzende bei meiner Kriegsgerichtsverhandlung.«

Sie folgte ihm nach draußen in die Sonne, und er fuhr fort: »Dem Mann traue ich nicht, nicht von hier bis dort.« Dann ergriff er ihre Hand und lächelte wieder. »Aber Richard hat mir weiß Gott beigebracht, worum es geht: Erkenne deine Feinde. Aber laß es niemanden wissen.«

Sie sah, wie er dem Weg folgte, gebeugt und an seiner Behinderung leidend, mehr als er je zugeben würde. Ohne seine Uniform sah er fast schäbig aus.

Sie hob ihre Hand, als er sich umdrehte und zurückschaute. In diesem Augenblick erschien er ihr wie ein Riese.

James Tyacke hielt vor dem Kartenraum an, damit seine Augen sich an das Dunkel gewöhnen konnten, und ging dann unter der Poop aufs Achterdeck. Er war immer noch nicht mit dem Schiff vertraut. Und jedes Schiff war im Dunklen eine Gefahr für den Unachtsamen.

Er blickte in den Himmel über den Marssegeln, sah die Millionen blasser Sterne von Kimm zu Kimm und das schwache, silberne Leuchten des Mondes, der sich nur gelegentlich über dem unruhigen Wasser zeigte.

Auf Deck entdeckte er die dunklen Schatten der Wache. Tollemache, der Dritte Offizier, der die Wache hatte, unterhielt sich leise mit einem anderen Schatten, einem Gehilfen des Masters.

Tyacke trat auf den Kompaß und sah auf die Rose. Südost bei Ost, das Schiff lief leicht, aber langsam unter gerefften Segeln. Der Karte nach standen sie etwa fünfzig Meilen südwestlich von Sizilien. Für jede Landratte war dies ein Ozean, eine endlose, offene Wasserwüste. Doch Tyacke fühlte den Unterschied und konnte ihn riechen. Er spürte das nahe Land, die afrikanische Küste irgendwo jenseits hinter dem anderen Bug. Das Mittelmeer war anders als andere Gewässer, irgendwo lauert überall Land, manchmal drohend.

Morgen würden sie Malta sichten, das Ziel der Reise. Es war zu früh für ein endgültiges Urteil darüber, ob seine Übungen und sein Drill die Männer verändert hatte. Die Offiziere hielten sich in respektvollem Abstand – wie Tollemache, der die Mittelwache hatte und nur ein paar Fuß entfernt stand. Vielleicht fühlte er sich in der Nähe des Kapitäns deshalb nicht wohl, weil er dessen Anwesenheit als mangelndes Vertrauen interpretierte.

Vor drei Wochen waren sie in Spithead ankerauf gegangen, neue Gesichter, neue Namen, Stolz und Ablehnung. Das war eigentlich immer so bei einem neuen Kapitän und wenn ein Admiral seine Flagge am Mast gesetzt hatte.

Immer wieder mußte er an die *Halcyon* und ihren Kommandanten Christie denken. Die See trug hier viele Erinnerungen mit sich. Als er das Kommando über die *Indomitable* übernommen hatte, war er einer anderen Gestalt aus früheren Tagen begegnet, dem einbeinigen Koch. Als er sich eingelesen hatte, hatte der Mann wie in einem Spiegel alle Erinnerungen aufblitzen lassen. Die *Majestic*, aus der Christie aufgetaucht war, trotz Bolithos Gegenwart. Und der Koch, der in Tyackes Division noch ein junger Matrose gewesen war, hatte durch dieselbe Breitseite ein Bein verloren, die Tyacke fast getötet hatte.

Würden die Erinnerungen ihn immer verfolgen? Manchmal bedrückten sie ihn wie heute so, daß er nicht schlafen konnte.

Er stieg aufs Achterdeck und sah, wie das schwache Kompaßlicht sich in den Augen des Rudergängers spiegelte.

Christie hatte aus all dem einen Nutzen gezogen. Das hat mich zum Mann gemacht. Einfach und ganz und gar ehrlich. Und warum mich nicht auch?

Wieder sah er sich um, als zwei Männer Lose aus einer Fall holten und sie wieder festsetzten.

Ob dieses Schiff wohl auch Erinnerungen mit sich trug? Vielleicht nicht, weil sie noch nicht alt genug war. Es war schwer, sich hier französische Stimmen und französische Befehle vorzustellen, wo jetzt seine eigenen Männer standen.

Ein Midshipman schrieb etwas mit quietschendem Griffel auf seine Tafel, das sicher später ins Logbuch übernommen werden würde. In der Dunkelheit konnte Tyacke deutlich seine weißen Punkte sehen. Die hatte auch Christie damals getragen ...

Ungeduldig ging er zu den leeren Finknetzen, ärgerte sich über das, was er als Schwäche empfand. Was ihm den Schlaf raubte, was ihn manchmal unnötig hart klingen ließ, hatte nichts mit dem zu tun, was er von den Männern verlangte, von denen er wahrscheinlich zuviel verlangte, nachdem man sie, wie Allday es ausdrückte, zu sehr sich selbst überlassen hatte.

Er hatte sich geschworen, daß es damit ein für alle mal vorbei war. Seine Wut, seine Scham, seine Ablehnung waren reine Verteidigungsmaßnahmen gewesen. Er hatte gehofft, daß sich alles wieder geben würde, wenn England erst einmal weit hinter ihm lag.

Aber nichts war verschwunden, und damit kam seine praktische Vernunft nicht klar.

Er drehte sich an den Netzen um und sagte: »Ich habe

etwas ins Logbuch eingetragen, Mr. Tollemache. Wenn die Morgenwache übernommen hat, können Sie die Großsegel setzen. Wir werden wahrscheinlich im ersten Licht örtliche Schiffe treffen, und dann hätte ich gern genügend Fahrt, um ihnen auszuweichen.«

Er spürte die Blicke des Leutnants, als er zur Poop ging. Vor seiner Kajüte sah er den Posten in einer Insel aus Licht stehen, so als habe er sich nie bewegt. Unter der Tür nebenan schimmerte Licht. Konnte auch Bolitho nicht schlafen?

Als die Tür hinter ihm zufiel, zündete er die Laterne an und sah auf seine Koje hinter der Wand. Dann ging er zum Schrank, wo er seinen Brandy aufbewahrte, eine der Flaschen, die Lady Catherine Somervell ihm an Bord geschickt hatte, wie schon damals auf die *Indomitable*. Wer anders hätte daran gedacht? Oder sich die Mühe gemacht?

Schließlich setzte er sich, stützte den Kopf auf die Hände und hörte nur halb auf die nie enden wollenden Geräusche eines Schiffes in Fahrt.

Dann richtete er sich auf und holte aus einer Schublade einen Bogen Papier. Überraschenderweise blieb er dabei ganz kühl und beherrscht. Ihm war wie in dem Augenblick, ehe man in ein Gefecht segelt oder wenn man zum ersten Mal die Mastspitzen des Gegners in der Kimm ausmacht. In solchen Augenblicken gab es keinen Ausweg – und jetzt auch nicht.

Später erinnerte er sich nicht mehr, wie lange er so gesessen hatte mit der Feder in der Hand.

Und dann begann er, als triebe ihn eine unbekannte Macht.

Liebe Marion ...

Als Leutnant Tollemache nach achtern ging, um die Morgenwache zu mustern, schrieb Tyacke immer noch. Erst als die Dämmerung begann, stieg er nach oben und prüfte das Log. Jetzt war er wieder der Kapitän.

Acht Glasen waren gerade im Vorschiff geschlagen worden, als Richard Bolitho an Deck erschien und auf die Luvseite ging, während die *Frobisher* den letzten Schlag ihrer Reise begann. Er schmeckte immer noch den Kaffee, den Ozzard ihm serviert hatte, während Allday ihn rasierte. Das war nun schon wieder eine allmorgendliche Routine geworden, so wie viele andere Abläufe an Bord.

Er legte die Hand an die Stirn und musterte die ganze Länge des Oberdecks. Auf jeder Karte schien Malta so klein und unbedeutend. Doch jetzt und hier fing die Insel sie zu beiden Seiten ein, gewaltiger Sandstein, den die Stagen und das stehende Rigg zu halten schienen. Noch waren sie zu weit weg, um Befestigungen oder Häuser klar zu erkennen, oder die Batterien, die den Ankergrund schützten. Sie machten Malta zum wichtigsten Hindernis für jede feindliche Flotte, die versuchen würde, durch die Straße zwischen Sizilien und der Küste Nordafrikas zu segeln.

Man sagte, um diese Insel sei seit 800 vor Christus gekämpft worden, als die Phönizier sie nahmen. Dann sei sie immer wieder besetzt und verloren worden. Sizilianer und Araber hatten ebenfalls ihre Spuren hinterlassen, in der Architektur, in der Religion, im Handel.

Schweiß lief seinen Rücken hinunter. Sein frisches Hemd würde sich in einer Stunde wie ein nasser Lappen anfühlen. Er beneidete die Matrosen mit ihren bloßen, braun gebrannten Oberkörpern. Sie jagten die Webleinen hinauf und hinunter nach Befehlen, die vom Achterdeck kamen.

Einige Männer der Freiwache starrten Booten nach, die vorbeisegelten, buntbemalte Fischereifahrzeuge mit Segeln wie Fledermausflügel. Viele hatten auf den Bug ein Auge gemalt, das Auge der Osiris. Mit ihm konnte das Boot sehen, sagte man, wohin es lief, und es konnte allen Gefahren aus dem Wege gehen. Auf den Booten winkte man gelegentlich dem großen Kriegsschiff zu. Viele waren es nicht, die das taten. Kriegsschiffe, ob klein oder groß, waren ein gewohnter Anblick für die Leute geworden. Den Sinn des Krieges, der hier ausgefochten wurde, hatten sie aber nie ganz begriffen.

Bolitho trat einen Schritt zur Seite in den Schatten des Besantoppsegels und zuckte zusammen, als ein Sonnenstrahl sein verletztes Auge traf. Er sah Tyacke mit Tregidgo, dem Master, reden. Sie waren wahrscheinlich mit ihren Berechnungen zufrieden und mit ihrer geschätzten Ankunftszeit. Der Master war sehr erfahren, hatte Tyacke ihm berichtet, war vier Jahre auf der *Frobisher* und davor zehn Jahre Master auf einem anderen Schiff gewesen. Aber Tyacke hatte auch bemerkt, daß er kein leicht zu nehmender Mann war.

Bolitho hatte sich nur einmal mit dem Landsmann aus Cornwall unterhalten, der seine Laufbahn so ganz anders begonnen hatte. Tregidgo war der erste seiner Familie, der auf See gegangen war. Alle anderen arbeiteten als Kumpel in den Zinnminen. Er hatte nicht gewartet, bis ihn eine Preßgang fing, sondern war nach Redruth marschiert und hatte sich freiwillig gemeldet. Der Weg nach oben zu seinem jetzigen Rang muß ziemlich schwierig gewesen sein, dachte Bolitho.

Er sah Allday neben dem Bootsstell. Er schaute angestrengt voraus. Das Barkasse war grün gepönt worden, aber es war nicht möglich zu erkennen, ob Allday damit zufrieden war.

Leutnant Avery trat neben ihn. »Ich bin das erste Mal hier, Sir!«

Bolitho meinte nur: »Sie werden sicher kaum Zeit finden, die Insel zu erkunden.«

Sie blickten nach oben, wo Männer die Topprahen entlang kletterten wie Affen vor einem blassen Himmel.

Aus dem Logbuch hatte Bolitho das Datum entnommen: 6. Juni 1814, Adams Geburtstag. Er dachte an den

Krieg, den er in den umkämpften Gewässern vor Amerika hinter sich gelassen hatte, an die Gefahren und Risiken für Adam. Er fürchtete, daß die Verzweiflung über Zenorias Tod ihn tollkühn machen könnte und nur noch darauf besessen, den Feind zu bekämpfen, der ihm das einzig andere geraubt hatte, das er außer Zenoria liebte: die Fregatte *Anemone*. Er kannte den Zustand, wußte wie solches Leiden das Urteil selbst erfahrener Kommandanten trüben konnte. Schließlich hatte er selbst darunter gelitten, zu einer Zeit, als sich für ihn nichts mehr zu leben lohnte. Jemand hatte von Todessehnsucht gesprochen.

Wenn doch Adam hier wäre! Jeder andere Vater in seiner Position hätte seinen ganzen Einfluß zur Geltung gebracht, um die Versetzung zu erreichen. Aber ihm schien das eine Bevorzugung, die Adam auch aus genau diesem Grund ablehnen würde.

Tyacke sagte: »Reffen Sie die Großsegel ein, Mr. Kellett, und lassen Sie achtern die Seesoldaten antreten.«

Er schien seine Stimme nie besonders zu heben, doch die Männer kannten ihren Kommandanten mittlerweile und hatten seine Standards angenommen, obwohl sie nicht verstanden, warum er sie so trieb.

Allday kam nach achtern, hielt aber sorgfältig Abstand. Er dachte sicher an seine Tochter, die wieder ein Stück erwachsener geworden wäre, bis er wieder zu Hause war.

Bolitho biß sich auf die Lippe. Juni. Seine eigene Tochter Elizabeth würde in diesem Monat zwölf Jahre alt werden.

Ich kenne sie nicht.

Neue Kommandos und dann ging Fahrt aus dem Schiff, das sich gleichmäßig dem Land näherte und der glänzenden Reede. Der Geschützmeister unterhielt sich an Deck mit Gage, dem Vierten Offizier, um sicherzustellen, daß jede Kanone exakt im richtigen Augenblick feuerte, wenn der Salut begann. Ein paar Männer schauten aufs Achterdeck, auf dem der Admiral und sein Adjutant nebeneinander standen wie in einer anderen Welt, die von dieser hier scheinbar unendlich fern war.

Bolitho lächelte vor sich hin. Allday sah das Lächeln und fühlte sich beruhigt, ohne es sich erklären zu können.

In der Nähe ankerte eine spanische Fregatte. Auf Deck hatten sich Mannschaften versammelt, um die eigene Fahne vor der Fahne des Admirals respektvoll zu dippen.

Bolitho tat sich schwer mit diesem Anblick. Die Spanier waren keine Feinde mehr.

Er dachte an Catherines Worte, als sie sich zum allerersten Mal trafen. Ihm schien, als höre er sie jetzt wieder laut aus ihrem Mund. »Männer sind für den Krieg gemacht, und du bist keine Ausnahme.«

Doch das war keine Erinnerung, sondern eine Warnung.

VII
Keine Wahl

Adam Bolitho stand in der Tür der großen Kajüte der *Valkyrie* und sah schweigend zu, wie Kapitän Valentine Keen zum Heckfenster ging. Sein Haar streifte fast die Decksbalken. Es war unmöglich, seine Gedanken zu lesen, aber Adam hatte den Eindruck, als betrachtete Keen dieses Schiff nicht mehr als sein Flaggschiff.

Die *Valkyrie* war im frühen Morgen in Halifax vor Anker gegangen, und fast wortlos hatte sich Kapitän Henry Deighton an Land begeben, um sich bei Keen zu melden. Es war keine leichte Reise gewesen, weder die Hinreise noch die Rückreise von den Bermudas. Deighton hatte Adam fast ununterbrochen über so gut wie alles ausgefragt – von den Patrouillengebieten bis zu den Erkennungssignalen. Adam hatte nach ihrem schlimmen Start damit gerechnet. Deighton hatte kaum mit den Offizieren gesprochen, hatte sich in Keens Kajüte verzogen, nahm hier die Mahlzeiten ein und schrieb endlose Berichte, deren Nutzen immer noch unklar war.

Keen sieht gut aus, dachte Adam, sein blondes Haar war jetzt fast weiß über seinen gebräunten Zügen. Er zeigte kein Zeichen von Überarbeitung, und plötzlich wurde Adam klar, was sich verändert hatte. Er war hier, auf der *Valkyrie*, zum Fremden geworden.

Keen sagte: »Es ist viel geschehen in Ihrer Abwesenheit, Adam. Ich hörte übrigens von Kapitän Deighton, daß Sie sehr gründlich waren.«

»Es war endlich mal etwas anderes als die Blockadeaufgaben, nehme ich an, Sir!«

Keen sah ihn seltsam an. »Sie mochten ihn nicht.«

»Ich habe schon unter besseren Männern gedient. Nach meiner Meinung.«

Keen nickte. »Ehrlichkeit habe ich von Ihnen immer erwartet, von meinem Flaggkapitän und von meinem Freund.« Er trat wieder ans Fenster und sah, wie ein paar Boote unter dem Heck vorbeipullten. »Man erinnert sich kaum noch an all den Schnee und das Eis!« Dann schien er eine Entscheidung getroffen zu haben, die man ihm sofort ansah. »Ich muß Ihnen jetzt mitteilen, daß Deightons Beförderung zum Commodore bestätigt worden ist. Ich gab ihm heute morgen, als er an Land kam, seine Urkunde.« Er drehte sich um. Seine Augen blieben im Schatten. »Ich werde bald nach England aufbrechen. Als mein Flaggkapitän haben Sie natürlich das Recht, mich zu begleiten.« Er zögerte. »Doch wie die Dinge in England stehen, kann ich Ihnen ein neues Kommando dort nicht zusagen. Es könnte einige Zeit auf sich warten lassen.«

Adam wartete gespannt wie auf den ersten Schuß eines Gefechts oder eines Duells.

Keen fuhr fort. »Wichtige Dinge deuten sich an. Sie werden bald alles erfahren, aber soviel kann ich Ihnen heute schon sagen: Die *Valkyrie* wird mitten drin sein. Gebraucht wird ein kleines, erfahrenes Küstengeschwader, das ein paar von den Truppen verteidigt, die Sie neulich begleitet haben. Ich glaube, die Bermudas spielen dagegen keine Rolle mehr.«

»Und was macht Commodore Deighton, Sir?« wollte Adam wissen.

»Er wird das Geschwader befehligen. Vier Fregatten, Ihre eingeschlossen.«

Adam riß sich zusammen. Meine Fregatte. Keen hatte also bereits eine Entscheidung getroffen. Er hatte keine andere Wahl. Nachdem Urquhart befördert worden war und das Kommando über die jetzt wieder dazugehörende *Reaper* übernommen hatte, wen gab es da noch mit vergleichbarer Erfahrung in der Nähe der *Valkyrie*? Dyer, der Erste Offizier, war kompetent und verläßlich, wenn man ihm genau sagte, was er zu tun hatte. Zwei weitere Leutnants waren vor ein paar Monaten noch Midshipmen gewesen. Der Master war ein großer Seemann und guter Navigator, aber manchmal konnte er wegen seiner Verletzungen kaum atmen, obwohl er lieber tot umfallen, als das zugeben würde. Und dann gab es an Bord noch den ewig betrunkenen Schiffsarzt, George Minchin, der unter Sir Richard Bolitho gedient hatte, als die *Hyperion* unterging.

Der Admiral kannte ihn besser, als er annahm. Kein Kommandant würde sein Schiff verlassen, wenn es in eine Gefahr zu segeln drohte und auf Können und Erfahrung ankam.

Keen sagte: »Für die *Valkyrie* wird man einen neuen Kommandanten finden. Commodore Deighton ist neu hier. Seine Verantwortung lastet schwer genug auf ihm.«

Also keine Wahl. »Was ist mit der Armee, Sir?«

Keen zupfte an seinem Ärmel. »Ein Angriff auf amerikanischem Boden. Mehr kann ich nicht sagen.«

»Ich werde hier bleiben, Sir!« sagte Adam tonlos.

Er schätzte, daß Keen sich auf jede Antwort vorbereitet hatte, doch seine Erleichterung konnte er nicht verhehlen.

»Ihre Anwesenheit und Ihr Name – auf die kommt es an. Ich werde Ihren Unternehmungen so genau folgen, wie ich kann.«

England. Das Haus des Admirals in Plymouth, wo er mit Zenoria spazierengegangen war, immer darauf bedacht, in Sichtweite anderer Gäste zu bleiben. Hier hatte er sie das letzte Mal gesehen.

Da sagte Keen plötzlich. »Mein Heiratsantrag ist angenommen worden. Ich wünschte mir, Sie wären hier gewesen, als es bekanntgegeben wurde.«

Adam fuhr sich mit der Zunge über die Lippen. »Ich gratuliere, Sir. Und das möchte ich ebenfalls Miß St. Clair sagen!«

Adam fragte sich, ob sie ihm gesagt hatte, was er ihr über Zenoria anvertraut hatte und daß seine Abwesenheit geplant war.

Er sah Keen gerade ins Gesicht. Nein, sie hatte nichts verraten.

Der Erste Offizier erschien in der Tür. »Das Boot kommt zurück, Sir.« Er meldete das dem Kommandanten, aber er sah dabei den Konteradmiral an.

»Danke, Mr. Dyer.«

Keen sah sich in der Kajüte noch einmal um, dachte wahrscheinlich an die langen Tage auf See, die langweilige Routine und die plötzliche Wut aus Gefahr und Gefecht. »Von mir bleibt hier nichts zurück.«

Dann verklangen die Schritte des Leutnants.

Keen sagte: »Lassen Sie das Schiff voll ausrüsten, Adam.« Er zögerte. »Haben Sie Geduld mit ihm. Er ist zwar ein erfahrener Offizier, aber keiner wie wir.«

Er versuchte ein schiefes Lächeln. »Keiner wie Sie!«

Sie traten in den Sonnenschein, und noch einmal drehte Keen sich zu den Matrosen und Seesoldaten um, die sie anschauten.

Er sagte nur: »Ich werde sie vermissen.«

Adam nahm den Hut ab. Die angetretene Wache präsentierte klatschend das Gewehr, und die Bajonette glitzerten in der Sonne.

Wen hatte er gemeint? Adam? Das Schiff? Die angetretenen Männer würden ihm wenig bedeuten. Einige hatte er sicher in diesem Augenblick schon vergessen.

Vielleicht verabschiedete er sich von einem Abschnitt seines Lebens, tauschte ihn gegen mehr Autorität ein, gegen eine Beförderung, bei der Adam nur hinderlich sein würde.

Dyer ließ die Wache wegtreten und trat neben ihn, um dem Boot des Admirals nachzusehen, das sich schnell entfernte.

»Darf ich etwas fragen, Sir?«

Adam sah ihn an, war überrascht, ja sogar leicht entsetzt über die Nervosität des Ersten Offiziers.

Bin ich so unnahbar? Habe ich die erste Verantwortung vergessen, die man als Kommandant hat? Die kostbarste Gabe, wie sein Onkel sie genannt hatte. Er legte Dyer seine Hand auf den Arm. »Ich bleibe auf der *Valkyrie*. Wollten Sie das wissen?«

Dyer konnte seine Erleichterung nicht verbergen und seine echte Freude. Sein Gesicht war offen wie ein Buch.

»Ich werde es weitersagen, Sir!«

Adam sah in Richtung Land, doch Keens Boot war verschwunden. Dann blickte er zur sanft schaukelnden Mastspitze empor, wo bald Deightons Wimpel auswehen würde.

Keiner wie Sie!

Er drehte sich um, als er vom Vordeck Hurrarufe hörte, obwohl niemand ihn dabei ansah.

Trotz allem war er über seine Entscheidung froh. Ihm schien, als habe das Schiff sie für ihn gefällt.

»Es sind alle da, Sir!«

Adam wartete, daß die anderen Kapitäne sich setzten, und sah sich in der Kajüte um, nach irgend etwas, was auf den neuen Bewohner hinwies, ein Porträt vielleicht, ein Erinnerungsstück an ein früheres Schiff oder einen Hafen. Doch er fand nichts. Die Kajüte sah genauso aus wie in dem Augenblick, als Keen hier gestanden und sie zum letzten Mal verlassen hatte. Das war vor drei Tagen gewesen. In der Zwischenzeit hatten die anderen Schiffe des Küstengeschwaders in der Nähe geankert. Commodore Deighton hatte die meiste Zeit an Land oder hier in der Kajüte verbracht, hatte sich durch die Schiffsbücher gearbeitet und durch das Logbuch und keinerlei Versuch unternommen, die Kommandanten schon vor der ersten Konferenz kennenzulernen. Adam dagegen kannte sie alle. Morgan Pierce, den wildäugigen Walliser, der die *Wildfire* führte, Isaac Lloyd, Kommandant der *Chivalrous*, der zweitgrößten Fregatte der Gruppe. Er hatte bisher zwei Kommandos in Westindien innegehabt und war dunkelbraun gebrannt wie ein Inselbewohner.

Urquharts Blick traf seinen. Sein Schiff, die *Reaper*, war für ihn eine Herausforderung. Aber Keen war auch der Meinung, daß er für sie der richtige Mann war. Viele hatten die Rückkehr der *Reaper* zur Flotte mit großem Mißtrauen beobachtet. Ein Schiff, auf dem gemeutert worden war, war immer eine Gefahr, eine Drohung für jeden Kommandanten, der seine Autorität um der Disziplin willen überschätzte.

Und hier saß Jacob Borradaile, Kommandant der Brigg *Alfriston* mit vierzehn Kanonen. Sie war dabei gewesen, als die Meuterei auf der *Reaper* ausbrach und ihre verzweifelte Mannschaft sich gegen den Kapitän wandte und ihn zu Tode peitschte. Borradaile war von allen Anwesenden der auffallendste. Er sah in keiner Weise aus wie der Kommandant eines Schiffs des Königs. Sein Haar war schlecht geschnitten und stand wie in einer Witzzeichnung in alle Richtungen ab. Er hatte einen hohlen Blick. Aber wer ihn kannte, schwor auf sein Können und sein umfassendes Wissen über den Gegner. James Tyacke hatte ihn mal beschrieben als einen guten Mann, der mit großen Schwierigkeiten aufgestiegen war. Von Tyacke war so etwas das höchste Lob.

Commodore Deighton saß hinter seinem Schreibtisch, hielt sich sehr gerade und hatte die Finger verschränkt. Unruhig ging sein Blick von Mann zu Mann. Adam stellte alle einzeln vor, und als Antwort gab es immer ein kurzes Lächeln, fast eine Grimasse.

Zu Urquhart sagte er: »Was macht die *Reaper*? Haben die Leute ihre Lektion begriffen?«

Ruhig antwortete Urquhart: »Ich glaube, andere haben es, Ihretwegen, Sir!«

Commodore Deighton runzelte die Stirn und wandte sich an Isaac Lloyd. »Ihr Schiff hat sich sehr gut geschlagen, nehme ich an. Ich verlasse mich auf Sie.« Dann sah er den hohläugigen Borradaile an. »Die *Alfriston* muß die Verbindung mit dem Hauptgeschwader halten, eine verantwortungsvolle Aufgabe.«

Borradaile blickte ihn ohne Bewegung an. »Wir sind bereit, Sir!«

Adam beobachtete, wie Morgan Pierce sich umsah. Vielleicht hatte er ein Glas Wein erwartet, eine Kleinigkeit nur, aber bei solchen Treffen wichtig. Es gab jedoch keinen Wein. Auch Deightons seltsam aussehender Diener Jack Norway war nicht in der Nähe. Ein Gerücht, das wahrscheinlich aus der Messe stammte, wollte wissen, daß Norway wahrscheinlich vom Galgen gerettet worden war. Das erklärte vielleicht, warum er seinen Kopf so schräg hielt und kaum in der Lage war zu sprechen.

Deighton öffnete einen länglichen Umschlag und zog

einige Papiere heraus. Adam entdeckte das Siegel der Admiralität und weitere, die diesem Treffen noch größeres Gewicht gaben.

Deighton sagte: »Was ich Ihnen mitteile, ist streng vertraulich.« Er hob die Brauen, als Borradaile seine Schuhe über den Boden zog. »Eine gemeinsame Operation von Heer und Marine ist geplant. Sie wird stattfinden, solange das Wetter gut ist und wir daraus alle Vorteile ziehen können. Das Oberkommando liegt bei Admiral Cochrane, aber die Operation ist in viele einzelne Operationen geteilt.« Er fuhr sich durch seine roten Haare, als fiele ihm plötzlich noch etwas ein. Und dann sagte er bestimmt: »Ein Angriff auf Washington, meine Herren!«

Jetzt war ihm ihre volle Aufmerksamkeit sicher. Adam sah Vergnügen in seinen Augen. Ihm gefielen der Zeitpunkt und seine Wirkung.

Hier saßen erfahrene Offiziere, und Adam wußte, daß jeder die Aufgabe aus einem anderen Blickwinkel beurteilte. Borradaile war gewöhnt, sich in amerikanischen Gewässern herumzutreiben und alles zu erfahren, was er konnte. Wenn dann ein feindlicher Küstenwächter erschien, zog er sich zurück. Morgan Pierce dachte eher an Zahl und Größe der amerikanischen Fregatten; er hatte sich schon mit verschiedenen gemessen. Und wie Lloyd von der *Chivalrous* hatte er nie etwas gegen Prisen, wenn sie denn zu haben waren.

Adam merkte, daß Deighton ihn jetzt ganz ruhig ansah.

»Kapitän Bolitho, was halten Sie von der Unternehmung? Sie haben mehr Erfahrung als jeder andere!«

Adam schaute auf das blaugraue Wasser hinter dem Heckfenster. Wie fühle ich mich? Wie fühle ich mich wirklich, abgesehen von meiner Abneigung gegen diesen Mann?

Also antwortete er: »Es kommt auf die exakten Zeitabläufe an, Sir. Sie müssen stimmen. Wir müssen unter allen Umständen verhindern, daß auch nur die winzigste Information zum Gegner gelangt. Die Amerikaner werden sonst ganz schnell alle Kräfte gegen den Angriff sammeln.«

»Natürlich, Kapitän!« Deighton spielte mit den Ecken der Papiere. »Sie haben keinen Grund, die Amerikaner zu lieben. Sie hatten zu viel Berührung mit ihnen!«

»Ich habe mein Schiff an sie verloren und war bei ihnen als Kriegsgefangener.«

Deightons Augen blitzten. »Ja, aber Sie sind entkommen. Ich habe den ganzen Bericht gelesen!«

Jetzt verstand er diesen Mann endlich. »Sie meinen die Protokolle der Kriegsgerichtsverhandlung, Sir?«

Price grinste wild, und Lloyd interessierte sich für seine Manschette. Unbewegt nickte Deighton.

»Wie fanden Sie Ihre Wächter – den Feind?«

»Sie kämpfen, woran sie glauben. Sie gleichen uns auf manche Weise.« Er dachte an seinen Onkel. »Es ist, als kämpfe man gegen Leute vom eigenen Blut.«

»Das muß ich Ihnen wohl glauben, Kapitän.« Er lächelte, doch ohne Wärme. Dann fragte er weiter: »Und wie beurteilen Sie unsere Erfolgsaussichten?«

Adam sah, wie Urquhart ihn beobachtete. Er haßte dieses Ausgefragtwerden vor anderen.

Er antwortete: »Es kann gelingen, Sir. Das haben andere auch schon gesagt. Aber ohne Schiff und die nötigen Truppen an Land war es bisher nicht möglich.« Er machte eine Pause. »Jetzt haben wir beides. Es wäre ein Zeichen, kein Sieg. Man könnte es auch als Rache für den Angriff der Amerikaner auf York bezeichnen.«

Deighton hob die Hand. »Und was ist Ihre persönliche Meinung?«

Adam hörte jemanden lachen, einen seiner Männer, die er fast verlassen hätte.

»Ich mache mir keine Sorgen, Sir. Morgen können

wir schon Frieden haben.« Er sah sich um, spürte, daß er die allgemeine Unterstützung hatte. »Aber solange wir im Krieg sind, müssen wir, so hart es geht, zuschlagen. So daß man sich daran erinnert und die nie vergißt, die dafür gestorben sind – zu viele!«

Deighton legte seine Hände flach auf den Tisch. »Dann sind wir einer Meinung!«

Wie auf ein Signal hin betrat der Diener mit einem Tablett die Kajüte. Der Commodore erhob sich, die anderen taten es ihm nach.

»Hier mein Toast, meine Herren. Auf das Geschwader.« Sein Blick ruhte wieder auf Adam. »Und auf den Sieg!«

Es gab für jeden ein Glas, und der Diener verschwand so unhörbar, wie er eingetreten war.

Deighton lächelte. »Sie werden Ihre Befehle morgen erhalten. Wir gehen am Nachmittag ankerauf und nehmen unsere Stationen ein nach meinen Anweisungen.« Das Lächeln verschwand. »Das ist alles, meine Herren.«

Adam hielt sich auf dem Achterdeck auf, um die Kapitäne zu ihren Booten zu begleiten. Der letzte war, wie erwartet, Borradaile. Ihn fragte Adam leise: »Nun, mein Freund? Was meinen Sie?«

Borradaile schaut ihn an und machte ein paar vergebliche Versuche, seine schlechtsitzende Uniform zurechtzurücken, ehe er in sein Boot stieg.

»Ich habe die ganze Zeit nachgedacht, Sir, während ich zuhörte und zusah.« Seine tiefliegenden Augen waren beschattet, er schien alterslos, ein Mann der See. »So ganz Ihr Onkel, so ganz wie der feine, achtsame Seemann, sage ich.« Und dann lächelte er fast. »Aber es kann ganz schnell stürmisch werden, das muß ich auch sagen.«

Er schlurfte zur Relingspforte und schien sich weder um die Zeremonie noch um das Zwitschern der Pfeifen zu kümmern, die ihm galten.

Adam war beeindruckter als gedacht von Borradailes einfachen und ehrlichen Worten. Nach den Andeutungen und suggestiven Fragen von Deighton war dies genau das, was er brauchte. Er sah über das Wasser. Vier Fregatten und eine Brigg. Endlich würden sie wieder etwas anderes unternehmen, als nur hilflosen Transportern wie Wachhunde zu folgen.

Er sah die Seesoldaten wegtreten und in ihre Messe eilen, in ihre Kaserne, wie sie sie beharrlich nannten. Also Washington. Aber die Aussicht erregte ihn nicht. Hatte er solche Gefühle für immer verloren?

Was immer das Ergebnis sein würde, der kommandierende Admiral trug die Last. Erfolg oder grauenvolles Mißlingen trennte nicht viel. Dann dachte er an seinen Onkel. Der feine, achtsame Seemann. Plötzlich fühlte er sich ihm sehr nahe. Und auch das hatte er gebraucht.

Adam Bolitho stand locker an der Achterdeckreling und schaute über die ganze Länge seines Schiffes. Hinter dem straffen Rigg und den Vorsegeln dehnte sich die leere See. Sie segelten mit Lage und ganz ruhig, so als liefe die *Valkyrie* eine Schräge aus dunkelblauem blitzendem Wasser empor.

Unter der Backbord-Gangway ging das Ritual einer Bestrafung seinem Ende entgegen. Adam hatte sich daran gewöhnt, es ohne Zucken hinzunehmen. Vor drei Wochen hatte das neu geformte Geschwader Halifax verlassen. Nur für den Ausguck im Mast waren die anderen Fregatten noch erkennbar, bereit anzulaufen und jedes verdächtige Schiff zu untersuchen oder anderen Befehlen des Commodore zu gehorchen.

Drei Wochen Drill und Drill. In der ungebrochenen Hitze war es unter Deck feuchtheiß, die Männer verloren immer wieder mal ihre Laune. Dann kam es auf einem Schiff wie der *Valkyrie* schon mal zur Bestrafung.

Er sah nach unten, wo der Gehilfe des Bootsmanns

wartend stand und mit den Fingern die neun Schwänze der Peitsche wieder trennte. Die Trommeln dröhnten, und die Peitsche fraß sich krachend in den nackten Rücken.

Bidmeand, der Waffenmeister, rief: »Sechsunddreißig, Sir!«

Etwas wie ein Seufzen ging durch die angetretenen Männer, die nach achtern beordert worden waren, um der Bestrafung zuzusehen. Der Rücken des Ausgepeitschten bestand nur noch aus rotem blutigem Fleisch. Aber als man seine Handfesseln an der Gräting durchschnitt, trat er ohne Hilfe nach achtern. Nur sein schweres Atmen zeigte, welche Schmerzen er ausgehalten hatte.

Es war eine schwere Strafe gewesen. Doch Spurway war einer von den hartgesottenen Männern an Bord, ein Unruhestifter, der schon oft ausgepeitscht worden war und immer wieder behauptete und auch bewies, daß er das alles ohne Zucken aushielt.

Aus vielen Gründen haßte Adam dieses Ritual. In einem Schiff wie diesem gab es immer Unfälle, Stürze, Schnitte und Verletzungen, wenn Männer, vor allem die unerfahrenen, in pechschwarzer Nacht durch die Pfeife nach oben gejagt wurden, um Segel zu reffen oder Reffs auszuschütteln. Es war nackter Wahnsinn, einen so erfahrenen Mann wie Spurway mit seinem blutigen Rücken jetzt davon auszunehmen. Und andere würde sein Beispiel auch nicht abschrecken. Doch die Disziplin war wichtig. Spurway hatte auf einen Unteroffizier eingeschlagen, der ihn wegen Bummelei anpfiff.

Hinter sich sah er die Reihe Seesoldaten, die letzte Autorität des Kommandanten, wenn alles andere versagte.

Minchin, der Arzt, sah zu ihm mit hochrotem Gesicht.

»Bringen Sie ihn nach unten, aber behandeln Sie ihn nicht zu sanft!«

Minchin blinzelte in die Sonne und grinste. »Der wäre in der Armee besser aufgehoben, Sir. Da hätte man ihn längst gehängt!« Dann ging er davon, einsam wie immer.

Dyer hob grüßend die Hand an den Hut. »Kann ich wegtreten lassen, Sir?«

»Ja.« Adam schaute dem Offizier über die Schulter hinter einem kleinen Schoner her, der als Kurier gleich nach dem Hellwerden mit einer Tasche voller Nachrichten zum Commodore aufgebrochen war.

Er sah, wie der Schoner langsam in der Brise wendete, mit Segeln wie rosa Muscheln. Frei, mußte er denken. Ihr Kommandant konnte sich bewegen, wie er wollte, auf dem Weg zu seinem nächsten Treffen. Er schaute auf die Gangway. Das Gräting war verschwunden, und zwei Seeleute wischten das restliche Blut weg.

Dann sagte er: »Reden Sie mit Mr. Midshipman Fynmore. Er will bald sein Leutnantsexamen machen. Er hätte die Sache mit Spurway verhindern müssen.«

»Er ist noch sehr jung«, antwortete Dyer.

Adam sah ihn an. »Er war dabei. Er hatte das Kommando. Sagen Sie ihm das!«

Er drehte sich um, als John Whitmarsh aus der Poop kam.

»Was gibt's Neues?« Eigentlich war er ganz froh über die Unterbrechung. Mit dem Ersten Offizier war er zu streng umgesprungen. Aber auch er hätte es wissen müssen.

Whitmarsh meldete: »Der Commodore läßt grüßen, Sir. Würden Sie bitte zu ihm nach achtern kommen!«

Adam lächelte. »Sofort!«

Vielleicht hatte der Schoner die endgültigen Befehle für den geplanten Angriff überbracht. Seit Deighton den Plan verkündet hatte, war so viel Zeit verstrichen, daß keiner mehr die Dringlichkeit spürte.

Er trat in den kühlen Schatten der Poop und beobachtete zwei Seeleute, die schnell zur Seite schauten. Niemand an Bord liebte den Bestraften, aber eine Auspeitschung war eine Auspeitschung, und sie würden niemals gegen einen von ihresgleichen Stellung beziehen.

Adam hielt an, ehe er die große Kajüte betrat.

Die sind nicht anders als wir, dachte er.

Deighton stand an seinem Tisch, lehnte über der ausgerollten Karte neben einem Stapel sorgfältig geschriebener Befehle.

»Schön, gut daß Sie da sind.« Er hob zwar den Kopf, blieb aber ein Schatten vor dem Glanz der See. »Bestrafung beendet, ja? Das verdienen die Kerle manchmal. Niemand akzeptiert eine sanfte Hand, wie gut man es auch meint.« Er deutete auf eine Stuhl und fügte hinzu: »Ich dachte, Sie sind prinzipiell gegen Auspeitschungen.«

Adam setzte sich. »Das bin ich, Sir. Aber bis Ihre Lordschaften oder die Regularien des Königs andere Strafen empfehlen, werde ich jeden auspeitschen lassen, der auf diesem oder irgendeinem anderen Schiff die Disziplin untergraben will.«

»Gut, das zu wissen, Sir.« Deighton tippte auf die Karte. »Hier in den Depeschen des Admirals steht alles. In zwei Wochen erfolgt der Angriff. Ich möchte, daß Sie die Befehle so schnell wie möglich lesen. Ich vertraue zwar der empfohlenen Strategie, selbstverständlich, aber vielleicht haben Sie dazu etwas zu sagen.«

»Ja, Sir!«

Es war ungewohnt, von jemand anderem als seinem Onkel oder Keen als vom Admiral sprechen zu hören. Man hatte zwar einiges über den Mann erfahren, aber kannte sein Denken nicht, fühlte sich wie jemand, dem die Augen verbunden waren. Bolitho hatte immer die Bedeutung und auch die möglichen Fehlschläge einer Operation bedacht, wenn ihr Ergebnis nicht schon von Anfang an vollständig feststand.

»Es wird ein Zangenangriff werden – den Potomac entlang, unterstützt durch einen zweiten über den Patuxent.« Deighton öffnete und schloß seine Hand wie eine Krabbe. »Generalmajor Robert Ross führt den Angriff zu Lande.« Er sah Adam schnell an. »Kennen Sie ihn?«

Adam antwortete nur: »Man kennt ihn als einen Mann der Tat, Sir!«

Ein Generalmajor. So wichtig war die Sache also.

Deighton nickte. »Gut, gut. Unser Geschwader ist vom ersten Tag an vor Ort. Unsere Hauptaufgabe wird es sein, zu verhindern, daß der Gegner unsere Soldaten beim Landen behindert.« Er wartete, bis Adam aufstand und an den Tisch trat. Die Karten waren aktuell und korrigiert. Man konnte dessen nie ganz sicher sein, besonders weil die Amerikaner darauf beharrten, so viele Städte und Landmarken umzutaufen. Er spürte, wie Deighton ihn beobachtete, vielleicht um Zweifel an ihm zu entdecken.

Er sagte: »Es wird vom Wetter abhängen. Man braucht Zeit, um Truppen von Transportern auf Landungsboote zu bringen, immer.« Er hielt inne, erwartete daß Deighton ihn unterbrach. Dann fuhr er mit dem Finger die Küste entlang. »Es gibt hier zu viele Schiffe. Man braucht für die Vorbereitung zu viel Zeit.«

»Wollen Sie damit sagen, daß es nicht zu schaffen ist?« Adam beugte sich tiefer über die Karte. Er konnte sich alles bereits vorstellen. Soldaten, die noch nie an einer amphibischen Operation teilgenommen hatten, fielen mehr oder weniger in die Boote hinab. Man brauchte also nur ein paar kleine, entschlossene Fahrzeuge, die zwischen ihnen herumfuhren, und selbst wenn die Marine alle Unterstützung gab, die sie geben konnte, würde die Invasion enden, noch ehe sie begonnen hatte.

Er richtete sich auf und sah auf die See. Der Wind war kräftig, aber stetig. Noch immer lief das Schiff auf dem alten Kurs, aber Adam wußte aus Erfahrung, was alte

Salzbuckel ihm bestätigt hatten: Es kann sich hier alles ganz schnell ändern. Zu viele Schiffe waren vor der Chesapeake Bay auf Grund gelaufen, als daß man solche Warnung leichtnehmen konnte.

»Man wird es tun, Sir, weil es so befohlen wurde. Ich würde es gern mit Mr. Ritchie besprechen!«

Deighton starrte ihn an. »Wer ist Mr. Ritchie?«

»Der Master, Sir. Er kennt diese Gewässer in- und auswendig, und ich schätze sein Urteil sehr!«

»Ach so. Nun ja, wenn Sie meinen ...« Dann wandte er sich ab. »Aber die Angelegenheit wird nicht mehr diskutiert!«

Adam schwieg. Warum sich erregen? Nur wieder eine Schlacht, die man irgendwo in einem gemütlichen Raum geplant hatte. Jahrelange Kriege hatten die Planer abstumpfen lassen. Es gab längst neue Methoden, neue Ansichten und Erfahrungen, aber die zog man selten zu Rate.

Und doch kam es darauf an. Es kam immer darauf an, und es mußte immer darauf ankommen. Wenn die Trommeln schlugen und zum Kampf riefen und Männer auf ihre Stationen rannten, würden immer einige sich umschauen, ihren Kapitän mit den Blicken finden und versuchen, Hoffnung in seinem Gesicht zu entdecken, irgendeinen Hinweis auf ihre Chancen. Dabei stellten sie nie in Frage, was ihnen befohlen worden war. Also kam es wirklich darauf an.

Leise sagte er: »Wenn wir die *Alfriston* wieder treffen, sollten wir meiner Meinung nach Commander Borradaile sprechen.«

Deighton bekam steife Schultern. »Wenn Sie es für sinnvoll halten. Was bringt uns Erfahrung aus Küstengewässern?«

»Wir müssen jeden Vorteil nutzen, Sir, egal wie groß oder klein.« Er spürte, wie sich bei Deighton Widerspruch bildete. »Ich sagte ja vorhin schon, der Feind ist uns zu ähnlich. Die kämpfen mit allem, was sie haben. Das würden wir auch tun, wenn die Franzosen die Themse hochsegeln, um London anzugreifen.«

Deighton sah ihn an, als suche er noch etwas. Aber dann sagte er nur: »Lassen Sie das Geschwader sich um die *Valkyrie* sammeln. Ich will jedem Kapitän seine endgültigen Befehle geben. Danach ...« Er unterbrach sich und wechselte dann das Thema. »Ich weiß, daß Konteradmiral Keen sehr viel von Ihnen hält. Ganz ohne Zweifel hat er dafür seine Gründe. Ich erwarte von Ihnen das gleiche Vertrauen und die gleiche Kompetenz. Ist das klar?«

»Ja, Sir, ich habe verstanden.«

»Vielleicht wollen Sie ein Glas mit mir trinken, Kapitän?«

Adam setzte sich. Dieser neue Mann Deighton war mit seiner Vorsicht und seinen Bedenken schwer zu nehmen.

»Danke, Sir!«

Doch Deighton würde niemals Formalitäten fallen lassen, wie Keen es tat. *Wenn der mich beim Vornamen nennt, werde ich ihm die Hand schütteln,* dachte Adam.

Leise trat der seltsame Diener ein und füllte zwei Gläser.

Ohne Übergang fragte Deighton: »Sie sind nicht verheiratet, Kapitän, oder?«

»Nein, Sir.« Das war wie ein Stachel.

»Die Ehe ist auch nicht immer ein Bett voller Rosen.« Deighton hielt sein Glas vor einen Sonnenstrahl. Dann drehte er sich zu seinem Tisch um und öffnete die Schublade. »Bei all den Einzelheiten und tausend Kleinigkeiten, die ich zu erledigen hatte, habe ich dies ganz vergessen. Dieser Brief war für Sie im Postsack.« Er zwang sich zu einem Lächeln. »Von einer Dame, wette ich.«

Adam nahm ihn entgegen, blickte auf das Siegel und

die geschriebenen Instruktionen. Der Brief mußte von Schiff zu Schiff gewandert sein, ehe er den Schoner erreichte, der die Kurierdienste machte.

Adam konnte sich die Absenderin ohne Mühe vorstellen, die dunklen Augen, die hohen Wangenknochen und das Vertrauen, das sie verschenkte. *Auch mir.*

»Catherine, Lady Somervell, Sir!« sagte er.

Er erwartete Überraschung oder mehr über die Tatsache, daß er sie gut genug kannte, um einen Brief von ihr zu bekommen.

»Eine Dame mit großem Zauber, sagt man mir!« Eine der roten Augenbrauen hob sich. »Vielleicht bringt sie uns bei diesem großen Unternehmen Glück.«

Adam verließ die Kajüte, den Geschmack von Wein immer noch im Mund. Mit Weinen kannte er sich kaum aus, aber er war sich sicher, daß Keen oder sein eleganter Flaggleutnant diese Sorte nicht sehr geschätzt hätten.

John Whitmarsh war in seiner Kajüte und wollte sich entfernen, als Adam eintrat. Er polierte gerade den Säbel, die gebogene Kampfklinge, die Adam mit großer Sorgfalt ausgewählt hatte, nachdem sein erster mit der *Anemone* untergegangen war.

»Bleib nur. Du störst nicht.« Er setzte sich unter das Skylight und schlitzte den Brief auf.

»Mein lieber Adam.« Er war vom Mai datiert, drei Monate alt, eine Ewigkeit. Es war jetzt alles für sie sicher noch viel schlimmer.

Er konnte sich gut vorstellen, wie sie den Brief geschrieben hatte, vielleicht in der Bibliothek, von der aus sie den Garten überblicken konnte, den sie zu ihrem gemacht hatte. Wieder tauchten die Erinnerungen auf, unzählige Bilder, das letzte, das er wie ein Idol mit sich trug: Catherine am Strand, Zenorias zerschmetterten Körper in ihren Armen.

Von der Kajütwand her beobachtete John Whitmarsh

das Gesicht seines Kapitäns und fuhr mit dem Tuch die Klinge ohne Unterbrechung auf und ab.

»Denk daran, mein lieber Adam, Du bist nicht allein. Ich war in der letzten Woche wieder in Zennor, es gibt keine bessere Ruhestätte. Ich versichere Dir, Adam, sie hat jetzt ihren Frieden gefunden. Ich konnte es deutlich fühlen. Das letzte, was sie sich wünschen würde, wäre, daß Du Dich in Gram begräbst. Du mußt Dein Leben leben, Du hast so viel zu bieten und zu entdecken. Wirf es also nicht weg, aus irgendeinem nichtigen Anlaß oder Grund. Du wirst wieder eine Liebe finden. Wie ich.«

Die Hand des Jungen ruhte jetzt auf dem Gehenk. Adam schloß seinen Schrank auf und nahm das kleine, in Samt gebundene Buch heraus.

Er öffnete es sehr vorsichtig und sah auf die gepreßten Reste der wilden Rose, die er einst für Zenoria gepflückt hatte. Keen hatte ihm das Buch gegeben, weil er selber damit nichts anfangen konnte. Adam drückte es erinnerungsschwer ein paar Augenblicke an seine Wange und mußte dabei sehr an die Frau denken, die ihm gerade geschrieben und ihm Trost gegeben hatte.

Mitfühlend fragte der Junge: »Ist es schlimm, Sir?«

Adam sah zu ihm herüber. »Nein, es ist nicht schlimm, mein lieber John.«

Er faltete den Brief wieder zusammen und hörte wieder ihre Stimme. *Sie hat jetzt ihren Frieden gefunden.*

Catherine verstand besser als jeder andere Mensch, daß weder die Liebe noch der Friede ein Recht auf Ewigkeit hatten.

Er sagte: »Mit einer guten Helferin habe ich etwas Wichtiges begriffen.«

Catherine war seinetwegen nach Zennor gereist. In der Kirche hatte er neben Catherine und Bolitho gestanden, als Keen Zenoria zur Frau nahm. Vielleicht hatte Catherine entdeckt, daß die kleine Meerjungfrau ins

Meer zurückgeglitten war. Und dort Frieden gefunden hatte.
Für uns beide.
Der Junge sah, wie er die Kajüte verließ. Er hatte nicht verstanden, worum es gegangen war. Aber das war auch unwichtig. Wichtig war, daß er dazu gehörte.

VIII
Eine Hand für den König

Commodore Deighton eilte unruhig durch seine Kajüte, faßte dies oder jenes Möbelstück an und schien es offensichtlich gar nicht zu bemerken.

Adam wartete unter dem Skylight und war froh, daß jemand es geschlossen hatte. Deighton war fast außer sich und konnte seine Verständnislosigkeit vor Adam und dem hinter ihm wartenden Leutnant Dyer, einem unwilligen Zeugen, kaum verbergen. Wer an Deck in der Nähe der offenen Luke gestanden hätte, hätte ihn nicht überhören können.

Deighton dreht sich um, und seine ausgestreckte Hand unterstrich jedes seiner Worte. »Und Sie wollen mir weismachen, Kapitän, daß wegen einer winzigen Information, die der Kommandant der *Alfriston* ...«

Er schnipste mit den Fingern, und Dyer sagte eilfertig: »Borradaile, Sir!«

Deighton überhörte ihn. »Sie sagen mir, ich soll Verbindung mit Konteradmiral Cochranes Schiffen und den Transportern aufnehmen und ihm vorschlagen, den Angriff zu verschieben. Zum Teufel auch, Mann, wissen Sie überhaupt, was Sie da von mir verlangen?«

Adam spürte, daß seine eigene Ungeduld sich in Ärger verwandelte. Aber er wußte, daß jeder Ausbruch jetzt wie ein Funke im Pulverfaß wirken würde. Er sagte also nur: »*Alfriston* hat einen portugiesischen Händler gestoppt, Sir. Den kennt Commander Borradaile. Als Tausch gegen Informationen hat der Händler ...«

»Schmuggler, meinen Sie sicher«, schrie Deighton ihn an.

»Schmuggler, Sir. Der uns bisher sehr nützlich war.«

Er wartete, während Deighton wieder die Karte studierte. »Da ist der amerikanische Commodore Barney. Er hatte eine ganze Flottille kleiner Schiffe in der Bucht. Es scheint, als verberge er sich in der Mündung des Patuxent. Vielleicht hat er über uns etwas erfahren oder es ist reine Vorsicht.« Sein Ton wurde härter. »Dorthin laufen unsere Schiffe, und dort werden viertausend Soldaten an Land gesetzt – und zwar übermorgen!«

»Das weiß der Admiral offensichtlich«, fuhr Deighton ihn an.

Adam schaute zu Dyer hinüber und wünschte, der wäre irgendwo anders. Wenn die *Valkyrie* das nächste Mal in ein Gefecht segelte, würde sich Dyer an das heutige Gespräch erinnern und an die Männer, denen er diente.

»Und dann gibt es da noch eine Batterie.« Er bewegte sich nicht und zeigte auf der Karte auch nicht auf den Punkt, den Borradaile ihm genannt hatte. Deighton hatte auch gegen den seine Meinung vorgebracht. »Ob nun alt oder neu, wissen wir nicht. Aber die Amerikaner haben in den letzten Wochen dort gearbeitet. Die Annäherung ist unter keinen Umständen leicht, aber wenn dort eine Batterie gefechtsbereit steht und die Kugeln glühen ...«

Deighton ließ sich in seinen Stuhl fallen, als habe das Deck unter ihm nachgegeben.

»Ich weiß, was glühende Kugeln anrichten, Kapitän, und ich weiß auch, daß eine sich langsam bewegende Flotte in einem engen Gewässer gegen eine Batterie am Ufer keine Chance hat!«

Adam wandte sich an Dyer. »Warten Sie bitte in meiner Kajüte auf mich!«

Wortlos verschwand der Leutnant. Das fiel Deighton erst auf, als er schon weg war.

»Sie lassen mir keinen Raum zum Manövrieren, Kapitän. Ich trage die Verantwortung.«

Adam dachte an Dyer in seiner Kajüte. Ahnte er, warum er dorthin geschickt worden war? Er sollte nicht miterleben, wie der neue Commodore unter seiner eigenen wichtigen, aber auch belastenden Autorität zu zittern begann.

»Die ganze Flotte erwartet ein Ergebnis.« Deighton bewegte sich wieder, die Hände unter den Rockschößen der Uniform gefaltet, den Kopf unter der Last der Entscheidungen gebeugt.

Adam beobachtete ihn und fand in der Verachtung für ihn keinen Trost. Er erinnerte sich an Keens Worte.

Keiner wie wir. Keiner wie Sie.

In seiner Erinnerung tauchten Gesichter wieder auf. Starr, sein eigener Bootsführer, war von den Amerikanern gehängt worden, weil er die *Anemone* in Flammen hatte aufgehen lassen, die sonst hätte gerettet werden können, um unter dem Sternenbanner gegen England zu segeln. Er dachte auch an John Alldays Sohn, der im Kampf gegen die *USS Unity* gefallen war. Und an den jungen Midshipman Lovie, den einzigen Toten, als sie die amerikanische Prise und ihren möglichen Retter versenkt hatten. Sie waren weggewischt worden wie Kreidenamen auf einer Tafel.

Washington hieß das unmögliche, das nie zu erobernde Ziel. Doch worauf kam es im Kriege an? Ruhm oder Rache? Denen, die kämpften und starben, waren die Gründe egal.

Plötzlich sagte er: »Ich habe einen Vorschlag, Sir!«

Ihm schien, als höre er jemand anderen, einen Fremden, der ruhig und unpersönlich sprach.

Deighton drehte sich um und starrte ihn an, als habe er ihm gerade eine Rettungsleine zugeworfen.

»Zerstören wir die Batterie, ehe der Angriff beginnt.« Er sah, wie aus der Überraschung erst Unglauben und dann so etwas wie Enttäuschung wurde.

»Keine Zeit mehr. Und außerdem – welche Chancen hätten wir?«

»Das erledigen wir von den Booten aus, Sir!« Es schien ihm jetzt selber eine verrückte Idee, und er sollte sich eigentlich vor ihr hüten. Aber sie begann, ihn davonzutragen.

Sehr bedächtig nickte Deighton. »Und Sie würden diese Operation führen, nehme ich an? Neuer Lorbeer für den Kranz der Familie? Für Ihren Onkel?«

Adam sagte: »Das ist nicht fair, Sir!«

Überraschenderweise lachte Deighton. »Also nehmen wir mal an, es wäre möglich und Sie würden die Operation führen – wo in Gottes Namen wollen Sie beginnen?«

Adam überlegte kurz. Es störte ihn, daß alles so glattgehen mußte, wie die Befehle es vorschrieben. »Sie haben vorzugehen.« Das alles glich den riesigen Bildern bedeutender Seeschlachten. Auch auf ihnen gab es weder Schmerzen noch Blut.

»Ich würde sofort auf die *Alfriston* übersetzen.« Er sah, wie bei Deighton Vorsicht aufglomm. »Sie behielten also alle Fregatten.« Er sah Deighton nicken, vermutete aber, daß dieser sich dessen gar nicht bewußt war. »Ich brauche vierzig Seesoldaten und handverlesene Matrosen!«

Deighton schluckte. »Dreißig Seesoldaten.«

Adam spürte Kribbeln in den Fingern, Teil des Wahnsinns.

Er fragte leise: »Sie stimmen also zu, Sir?«

Deighton sah sich in seiner eigenen Kajüte um, als sei er hier fremd.

»Ich werde Ihren Vorschlag schriftlich einreichen.«

Ihre Blicke trafen sich. »Und ich werde ihn abzeichnen, Sir.« So würde es keine Gegenbeschuldigungen geben.

»Gern.« Adam griff nach seinem Hut. »Ich kümmere mich jetzt um das Übersetzen und werde der *Alfriston* signalisieren, sie soll sich in Lee halten.«

Er verließ die Kajüte und atmete tief durch. Die Sonne war gewandert, doch die täglichen Arbeiten bleiben die gleichen wie immer. Als sei nichts geschehen. Als habe er weder sich noch andere dem Untergang nahe gebracht. Wenn er sich nun irrte? Hätte er schweigen sollen, um damit Deighton zu einer eigenen Entscheidung zu zwingen?

Ein scharlachrot gekleideter Seesoldat trat zackig vor.

Adam sah ihn an: ein rundes, sonnenverbranntes Gesicht, vertraut, aber doch fern unter Regeln, die der Mann sich selbst gegeben hatte.

»Korporal Forster?« fragte er.

Der Korporal sah sich um, war sich seiner plötzlich gar nicht mehr so sicher. Andere Seesoldaten blickten von der Steuerbordgangway herüber.

»Bitte um Entschuldigung, Sir. Eigentlich darf ich das nicht, aber ich frage mich ...«

»Raus damit!« forderte Adam ihn auf.

»Nun, Sir, ehe Sie meinen Offizier fragen, möchte ich, daß Sie mich für den Überfall schon mal als ersten auf Ihre Liste nehmen.«

Adam sah ins Weite. Das war doch bis eben nur ein Gedanke, und jetzt wußten schon alle davon!

Und ich hätte sie fast allein gelassen.

»Ich bin ein guter Schütze, Sir!« sagte der Korporal weiter.

Adam zupfte seinen Ärmel zurecht und sah, wie die anderen Seesoldaten sich anstießen.

»Das sind Sie, Forster. Melden Sie sich gleich beim Ersten Offizier.« Er versuchte ein Lächeln als Bestätigung. »Sie werden sicher bald zum Sergeant befördert!«

Er ging weiter, dachte schon an Einzelheiten, hielt an und sah, wie die Signalwimpel zur Rah aufstiegen.

Es blieb keine Zeit mehr für einen Brief an Catherine. Vielleicht hatte Deighton ihr Schreiben absichtlich so lange zurückgehalten.

Adam spürte die Brise im Gesicht und sah, wie der Master ihn beobachtete, als lese er seine Gedanken.

Und wenn ich falle, wird es keinen Brief mehr geben. Nur Frieden.

Der Kartenraum der *Alfriston* war selbst für eine Brigg wie diese sehr klein. Sie hatte ihr Leben als Handelsschiff begonnen, und auf diesen Schiffen war Laderaum sehr viel wichtiger.

Es gab einen roten, wütenden Sonnenuntergang, die Kimm verwandelte sich schließlich in eine harte Linie. Aber der Wind stand durch, und Borradaile hatte geschworen, daß das Wetter nicht sauer würde – seine Worte. Adam spürte den Mann jetzt ganz in seiner Nähe, seine geflickten Ellbogen auf der Karte, ein gewaltiges Vergrößerungsglas in seiner knochigen Hand.

Ihm schien, als bewege die Brigg sich unter ihm weg, eine reine Einbildung. Aber sie schien tiefer im Wasser zu liegen mit den zusätzlichen Matrosen und den dreißig Seesoldaten im Zwischendeck. Bis zum letzten Augenblick, als er in seinem Boot zur *Alfriston* hinübergepullt wurde, hatte er darauf gewartet, daß der Commodore seine Meinung noch ändern würde, um sich ganz auf den schriftlichen Plan des Admirals zu verlassen und keinesfalls etwas zu tun, was ihm nicht befohlen worden war.

Im schwächer werdenden Licht hatte Adam gesehen, wie man ihm von der *Valkyrie* aus nachsah. Ein paar Leute hatten ihm gute Wünsche nachgerufen, was ihn mehr als erwartet gerührt hatte. Der Erste Offizier war sogar sehr ernst geworden.

»Wenn Sie meinen sollten, das Risiko wird dann doch zu hoch, Sir, ziehen Sie sich zurück. Wir werden Sie dort raushauen und zurückholen – irgendwie.«

Minchin hatte sie schweigend von der Poop aus beobachtet. Vielleicht rechnete er sich schon aus, wie viele Männer auf seinem Tisch landen würden oder in dem Faß für amputierte Arme und Beine im Zwischendeck.

Das Schlimmste war das Verlassen seiner eigenen Kajüte. Er sah sich sorgfältig um, um ja nichts Wichtiges zurückzulassen. John Whitmarsh hatte beobachtet, wie er seine Schuhe abstreifte und in die langschäftigen Stiefel stieg, die er oft im Kampf trug.

»Ich will mit, Sir. Da ist mein Platz, bei Ihnen.« Er trug das Messer, das Adam ihm zum Geburtstag geschenkt hatte. Wahrscheinlich war es das erste Geschenk, das er je im Leben erhalten hatte.

Adam hörte oben die lauten Befehle, nackte Füße und quietschende Taljen, die eher gleichmäßigen Schritte der Seesoldaten, die sich bereitmachten, in die Boote zu steigen. Er war sich wohl bewußt, daß dies leicht das letzte Mal sein könnte, da er in dieser Kajüte stand oder auf diesem Schiff war. Doch die Verzweiflung des Jungen ließ jetzt alles andere unwichtig erscheinen.

»Diesmal noch nicht, John Whitmarsh. Wenn du erst mal des Königs Rock trägst und jemanden wie *den alten* John Allday an deiner Seite hast, dann wirst du das verstehen.«

Aber das hatte nichts gefruchtet.

»Als wir die *Anemone* verloren, Sir, da haben wir uns gegenseitig geholfen.«

Adam hatte ihm eine Hand auf die Schulter gelegt. »Das haben wir, und das können wir immer noch!«

Er hatte sich, schon in der Tür, noch einmal umgedreht. »Denk an all unsere Freunde, die nicht soviel Glück hatten. Bleib auf dem Schiff!«

Er mußte seufzen, und Borradaile sah ihn an.

Dann bat er: »Sagen Sie mir, was Sie denken, mein Freund!«

Borradaile runzelte die Stirn. »Ich werde Sie und Ihre Leute hier absetzen, Sir!« Er tippte auf die Karte. »Ich nehme an, der Admiral wird baldmöglichst beginnen, seine Schiffe früh in Position bringen und seine Soldaten hier absetzen.« Wieder tippte er mit knochigem Finger auf die Karte beim Patuxent. »Der Ort hier heißt Benedict, das ist der richtige Platz für Landtruppen.« Er sprach, wie viele Seeleute, mit einer gewissen Verachtung von Heeressoldaten.

Adam sagte: »Die Flottille kleiner Schiffe ankert dort, wir müssen sie als erstes entern und nehmen.«

Borradaile grunzte. Es konnte alles bedeuten.

Adam spürte seine Ungeduld. Wie auch immer es ausgehen mochte, die Zeit arbeitete gegen sie. Er roch jetzt den Mann, Teer, Tabak, Salz und Rum.

Seine Truppe war klein. Man würde voreinander nichts verbergen können. Ihre Stärke bestand darin, sich auf den anderen verlassen zu können. Im Lampenlicht lächelte er. *Wie mein erstes Kommando. Firefly mit vierzehn Kanonen. Ich war dreiundzwanzig Jahre alt.* Wie stolz sein Onkel auf ihn gewesen war. Er fragte sich oft, was Veteranen wie Borradaile wohl von jungenhaften Kommandanten hielten, die arrogant waren und voller Ehrgeiz. *So wie ich damals.*

Borradaile meinte: »Das Heer hat was Dickes vor sich, kein Zweifel.« Und dann kicherte er fast. »Aber die werden damit fertig, stur wie sie sind.«

Adam trat vom Tisch zurück und verzog das Gesicht, als er mit dem Kopf gegen den Balken stieß.

»Ich werde den anderen berichten.« Ihre Blicke trafen sich. »Wenn es schiefgeht, wird man Ihnen daraus keinen Strick drehen.«

Borradaile ging aufs Messedeck voraus. Hier war der Landungstrupp wie zusätzliche Fracht verstaut worden.

Im Halblicht sah er die weißen Uniformaufschläge und die gekreuzten Brustriemen der Seesoldaten sehr deutlich. Jeder hielt seine Waffe und andere Ausrüstungen. Leutnant Barlow war ihr Offizier, ein erfahrener, aber phantasieloser Mann, der nie einen Befehl in Frage stellte und von seinen Männern das gleiche erwartete. Deighton hatte dem Hauptmann der Seesoldaten verboten, die Landungstruppe zu führen. Der würde über diese Entscheidung noch lange vor Wut kochen, wie gut oder schlecht ihre Chancen auch sein mochten.

Er sah den Dritten Offizier der *Valkyrie*, Howard Monteith. Er saß entfernt von den anderen. Er war als junger Leutnant zum Dritten Offizier durch Tod und Beförderung aufgestiegen, war jung, aber trotzdem kümmerte er sich um Einzelheiten wie sonst nur sehr viel erfahrenere Offiziere. Adam hatte beobachtet, daß er seine Männer und ihre Waffen genau inspizierte, mit jedem ein paar Worte wechselte und von jedem auch eine Antwort bekam.

Er erkannte auch Jago, einen harten, verläßlichen Seemann. Er war bei Urquhart gewesen, als sie die amerikanische Prise und ihren Beinahe-Retter in die Luft gejagt hatten.

Adam wartete, bis sie alle gehustet hatten und ihn nun schweigend und erwartungsvoll ansahen.

»Wir sind ein kleiner Trupp«, begann er, »Teil einer viel größeren Operation, die zwischen Erfolg und Mißerfolg in diesem Krieg entscheiden wird. Denken Sie daran!«

Sie würden sich fragen, warum ihr Kommandant und nicht ein anderer Offizier den Trupp führte. Die erfahrenen Männer würden daran erkennen, wie wichtig die Aufgabe war. Die Skeptiker würden meinen, die Operation berge kein Risiko, weil der Kommandant selbst dabei war.

Er mußte an Deighton denken, der der Meinung war,

diese Männer hätten kein Recht darauf zu erfahren, warum sie an Land geschickt wurden. Und er dachte auch an seinen Onkel, der wußte, daß es ihr einziges Recht war.

Er fuhr fort: »Da drüben ist eine feindliche Batterie.« Er sah, wie einige Männer auf die Planken starrten, als seien die Kanonen schon so nahe. »Sie ist nicht groß. Aber wie ein Scharfschütze mit seinem Gewehr ist sie gut plaziert und kann die Hölle unter unseren Leuten anrichten.«

Er blickt auf, als plötzlich Leinwand wie Schüsse knallte. Einen Augenblick glaubte er, der Wind habe trotz Borradailes Vorhersage gedreht und zugenommen. Vielleicht fühlte man sich mit den Einstellungen eines Barlow sicherer. Borradaile setzte mehr Segel.

Irgendwoher fiel ihm ein: entschlossen und hingegeben.

»Sie bekommen jetzt zu essen und ein gutes Maß Rum.«

Er sah sie grinsen und dachte an seinen Onkel, den es schmerzte, als er sagte: »Ist das alles, was diese Männer für ihren Dienst verlangen?«

Er nickte Monteith zu und kam dann zum Schluß: »Bleibt zusammen und schlagt euch tapfer, wenn es dazu kommen sollte. Wir haben die See im Rücken.«

Borradaile wartete auf ihn neben dem Kompaßhäuschen.

»West bei Nord, Sir. Wir laufen sicher auf Steuerbord-Bug.« Er klang zufrieden.

Adam dachte an die Männer, die er eben verlassen hatte und die jetzt ihren Rum tranken. *Wenn ich damit jetzt anfinge, würde ich kaum aufhören können.*

Er drehte sich um, weil Borradaile ihn etwas gefragt hatte. »Tut mir leid, ich bin schon meilenweit weg!«

Borradaile hob die Schultern. »Ich frage mich, ob nicht ich an Land gehen sollte.« Er wartete, als ob er eine Zurechtweisung fürchtete. »Nachdem Sie Kriegsgefangener gewesen sind und geflohen ... was meinen Sie?«

Adam sah zu dem großen Schatten hoch. »Machen Sie sich keine Sorgen, mein Freund. Das gibt mir eher Antrieb.« Er dachte an den jungen Whitmarsh. »Da ist mein Platz.«

Nach der Enge im Rumpf der *Alfriston* war die Luft, die über das dunkle, wogende Wasser strich, frisch, ja kalt.

Adam stand im Heck der Barkasse, stützte sich mit den Händen auf den Schultern des Bootsführers ab und strengte sich an, die Boote vor ihm zu erkennen. Sie waren insgesamt fünf. Die Riemen hoben und senkten sich wie dunkle Flügel, nur manchmal blitzte ein Blatt hell gegen die Strömung.

Das nächste Boot hinter ihm war voller Seesoldaten. Ohne Schwierigkeiten konnte er die weißen Brustriemen und Patronentaschen erkennen. Er hörte auch die Riemen in den Dollen knarren, hörte den Bug gegen die tiefere Dunkelheit des Landes ankämpfen und fragte sich, ob niemand sie hören oder sehen würde.

Aus Erfahrung wußte er, daß solche Ahnung unbegründet war. Das Rauschen des Meeres und das Stöhnen der steten Brise würde fast alles andere übertönen. Jeder Ruderer war handverlesen, einige kamen von der *Valkyrie*, andere hatte Borradaile ausgewählt. In das führende Boot hatte er einen Gehilfen seines eigenen Masters gesteckt, einen erfahrenen Mann, der sich der Verantwortung wohl bewußt war, die er ihm übertragen hatte.

Was auch immer geschehen würde, sie mußten zusammen bleiben. Wenn die Boote sich aus den Augen verloren, war auch der Überfall verloren, ehe er begonnen hatte.

Wieder sah er Wasser aufspritzen. Er wußte, daß das führende Boot Leine und Lot benutzte, um sicherzugehen, daß sie nicht zwischen die Felsen trieben, die er auf der Karte ausgemacht hatte. Einige waren so groß wie kleine Inseln.

Er sah, wie der Bootsführer sich vorlehnte und dem Schlagmann ein Zeichen gab. Kein Wort wurde gewechselt. Die Männer waren zu erfahren, um mehr als ein paar Handzeichen zu brauchen. Was sie wohl dachten? Wahrscheinlich hatten sie, wie die meisten Matrosen, Furcht, nachdem der Schatten der *Alfriston* achteraus verschwunden war.

Jetzt wünschte sich jeder wahrscheinlich nur, daß es schnell vorbei wäre, damit er in die vertraute Umgebung und zu seinen Freunden zurückkehren könnte.

Der Ausguck im Bug meldete mit heiserem Flüstern: »Die Jolle dreht bei, Sir!«

Der Bootsführer befahl knapp: »Ruder auf!«

Ein zweiter Matrose ließ die Laterne gerade einmal kurz aufblitzen in Richtung auf das folgende Boot, und Adam bemerkte, wie das Wasser plötzlich aufwirbelte, als die Riemen einsetzten, und es zurückhielten, um die anderen nicht zu überrennen.

Die Jolle lief im Kreis, bis sie sich im flachen Wasser hob und senkte, und Leutnant Monteith meldete so laut er wagte: »Schiff vor Anker, Sir. Vor der Spitze. Brigg oder Brigantine.«

Irgend etwas kam immer dazwischen, das die Aufgabe schwieriger machte, doch Monteith klang ganz ruhig.

Adam fühlte unter seiner Hand hart und fest die Schulter des Bootsführers. Warten! Sie warteten alle.

Adam antwortete: »Übernehmen Sie die Boote hier, Mr. Monteith!«

Er sah die blassen Gesichter der Männer an den Riemen, die in die Dunkelheit starrten und lauschten. Wie oft hatte er eigentlich Keen in dieser Barkasse gesehen, der an Land zu seiner Dame gerudert wurde? Er verwarf den Gedanken. *Zu seiner neuen Frau.*

Die Jolle war viel zu klein, aber bis Verstärkung heran war, wäre selbst die schläfrigste Wache alarmiert. Das unbekannte Fahrzeug mußte also ohne jede Verzögerung genommen werden. Jeder Alarm könnte Truppen wecken oder sogar ein Kriegsschiff anlocken, das sie vertreiben würde.

Er dachte an Deighton. Neuer Ruhm für die Familie, für den Onkel? Er spürte, wie er zu grinsen begann. Soll der doch denken, was er will.

Dann sagte er: »Entermannschaft klar machen. Bootsführer, wenn wir die Brigg oder was immer sie ist, klar voraus haben, steuern Sie auf die Ankerkette zu, damit wir einhaken können.«

Er sah sich nach der Jolle um, aber sie war bereits verschwunden, von der Dunkelheit geschluckt. Jetzt war Monteith sich selbst überlassen. Wahrscheinlich führte er zum ersten Mal solch einen Auftrag aus. *Wenn ich falle, muß er allein klarkommen.* Er zog sein Entermesser. »Keine Schüsse. Ihr wißt, was Ihr tun müßt!«

»Rudert an!«

Die Barkasse glitt in ein flaches Wellental und nahm wieder Fahrt auf.

Vielleicht stimmte die Peilung nicht. Er blickt hoch, doch die Sterne waren verschwommen. Ein paar Männer an den Riemen fingen an, heftiger zu atmen. Sie hatten das überladene Boot schon sehr lange gepullt. Ihnen allen blieb nur Hoffnung und Vertrauen.

Etwas zog über die Sterne, wie Vögel im Flug. Adam packte sein Messer, bis seine Hand schmerzte und aus den Vögeln feste Formen wurden, Masten und Rahen eines Schiffs vor Anker. Es stand drohend in der Nacht, so nahe, daß man ihr Boot eigentlich längst entdeckt haben müßte.

»Achtung, Männer!«

Es war unsinnig, an die andere Möglichkeit zu denken: Hinter der Reling lauerten Scharfschützen und von

Bug und Heck hatten sich bereits Drehbassen auf sie gerichtet. Ihre Überraschung war längst keine mehr.

»Ruder auf!« zischte der Bootsführer.

Adam tastete sich durch das Boot, hielt hier einen Arm, fand dort eine helfende Hand, bis er im Bug bei der wartenden Entermannschaft war. Jago gehörte dazu, und Adam nahm an, er hatte die Männer selber ausgewählt, als er merkte, was sie vorhatten.

Er sah, wie das Rigg über ihnen höher und höher wuchs. *»Jetzt!«*

Ein Wurfanker flog in den Bug, fand seinen Platz, und Jago, der Gehilfe des Geschützmeisters, war oben und verschwunden, noch ehe sich jemand bewegen konnte. Adam fand sich auf einem schmuddeligen unbekannten Bug wieder, Männer eilten an ihm vorbei und schoben ihn zur Seite, um schneller das Hauptdeck zu entern.

Ein Schrei ertönte, und Adam sah, wie Jago einen zusammengesunkenen Körper vom Vordeck zog, wo dieser glücklose Seemann vermutlich die Ankerleine bewachen sollte.

Jago beugte sich vor und wischte die Klinge am Hemd des Toten ab. Dann meinte er undeutlich: »Man soll eben nie auf Wache schlafen. Das ist nicht gut für die Disziplin.«

Er hörte ein unterdrücktes Lachen. Oder hatte er sich geirrt?

Er sagte: »Weckt die anderen.«

Er ging an das verlassene Rad des Schiffes, sah auf die Masten und die aufgetuchten Segel. Eine Brigantine. Klein, aber in diesen Gewässern sehr nützlich.

Ein paar dumpfe Schläge, ein paar unterdrückte Rufe, dann war alles vorbei. Es waren nur zehn gewesen, die anderen Männer, der Master der Brigantine eingeschlossen, waren an Land.

»Sie werden uns nicht behelligen«, versicherte ihm Jago.

Adam lächelte. Es hatte wahrscheinlich keinen Sinn, Jago zu sagen, daß die Drehbassen auf Vor- und Achterdeck geladen und gerichtet waren. Hätte der Wächter nicht geschlafen, wäre die Sache ganz anders ausgegangen, und Monteith hätte die schwerste Entscheidung in seinem jungen Leben fällen müssen.

»Fesselt sie. Sagt ihnen, was sie erwartet, wenn sie Lärm machen.«

Einer von Barrodailes Männern, den Adam nicht kannte, meldete: »Dies ist die *Redwing*, Sir, aus Baltimore. Mit Vorräten für das Heer.« Er deutete mit dem Daumen in Richtung Land. »Für die Batterie da. Es ist die letzte Reise gewesen, habe ich erfahren!«

Adam wollte nicht wissen, wie er das angestellt hatte, aber die Information war wertvoll. Es gab dort also eine Batterie, und sie war kampfbereit.

Sie hatten keine Zeit zu verlieren. Er beugte sich zu Jago. »Können Sie dieses Schiff in offenes Wasser führen? Sagen Sie ja oder nein, keine Heldentaten, bitte!«

Fast verächtlich antwortete Jago: »Natürlich kann ich das. Ich bin in sowas von Dover aus gefahren, ehe man mich preßte!«

Adam verstand, ergriff seinen Arm und sagte: »Dann gehört sie Ihnen. Wenn Sie Explosionen hören, gehen Sie ankerauf und versuchen Sie zu unserem Geschwader zu stoßen. Ich werde dafür sorgen, daß Sie einen anständigen Teil vom Prisengeld bekommen.«

Jago starrte ihm noch immer nach, als die Mannschaft der Barkasse zurück ins eigene Boot kletterte. Dann spuckte er über die Seite und meinte nur: »Wenn Sie das man überleben, Käpt'n!«

Die Barkasse fühlte sich leichter an, als sie gleichmäßig gegen den dunkleren Strich des Landes pullten. Adam erkannte Monteith an seinem weißen Hemd. Er stand in der Jolle und winkte von weit voraus.

Ein Laternendeckel hob sich, Licht blinkte über das

Wasser, und im Handumdrehen waren Männer zu beiden Seiten des Bugs ins flache Wasser gesprungen, um das Boot im letzten Augenblick abzufangen, ehe es auf Land stieß.

Die Seesoldaten wateten an Land, die Musketen mit Bajonetten hoch erhoben, während sie sich verteilten, um die anderen Boote von Land aus zu schützen.

Adam fühlte, wie das Wasser an seinen Stiefeln saugte und ihn bei jedem Schritt vorwärts festhalten wollte. Er hörte schon fast, was Borradaile wissen wollte: *Wie fühlt man sich, wenn man wieder das Land erreicht, das einen fast ruiniert hat? Wenn da irgendwo ein Scharfschütze warten könnte, der einen längst im Visier hat und seinen Atem anhält?*

Furcht? Nein, er hatte keine Furcht. Er fühlte sich leicht, wie schon öfter bei solchen Gelegenheiten. Er hatte denselben tollkühnen Mut wie Jago samt seiner Verachtung.

Er hob sein Entermesser in die Luft. »Los, Männer. Eine Hand für den König, die andere braucht ihr für euch.«

Aber der König war geisteskrank. Machte das also Sinn? Er wußte, wenn er jetzt lachte, wären sie verloren.

Dann mußte er an Richard Bolitho denken, als er ihm von Zenoria erzählt hatte, und an all die Porträts, die ihn von der Wand her stumm verdammt hatten. Sie hatten auch nie die Wahl gehabt.

Leutnant Monteith rollte zur Seite, hob einen Arm, als wolle er einen plötzlichen Schlag abwehren, und atmete erleichtert auf, als Adam neben ihn fiel.

Adam zog sein kleines Teleskop aus der Jacke. »Ist alles ruhig?«

»Ja, Sir. Unsere Leute sind in Position. Und die Seesoldaten haben drei Posten aufgestellt, die jede Annäherungsmöglichkeit überwachen.«

Monteith klang erregt. Kein Wunder. Noch deckte sie die Dunkelheit, aber in spätestens einer Stunde ... Adam dachte nicht weiter. Der Bericht des Admirals hatte festgehalten, daß die nächste Batterie fünf Meilen entfernt war, aber ohne Überraschung würden sie die nie rechtzeitig zerstören können.

Monteith sagte: »Ich glaube, ich rieche Feuer. Als ob es irgendwo brennt.«

Adam sah ihn an. »Wahrscheinlich ein neuer Ofen, um Kugeln zum Glühen zu bringen.«

Es hatte keinen Zweck, dem jungen Offizier etwas vorzumachen. Wenn es ihnen gelang, die Kanonen zu zerstören, würde Borradaile auf sie warten und sie aufnehmen. Wenn sie keinen Erfolg hatten, wäre die *Alfriston* das erste Opfer.

Unterdrückt wisperte Monteith: »Wo zum Teufel ist der Kerl?«

Der Kerl war ein Vortoppmann, Brady, gewandt und so sicher auf den Füßen wie eine Katze, da er bei jedem Wetter hoch über Deck arbeitete. Ehe er einverstanden gewesen war, in die Marine einzutreten, um Deportation oder Schlimmeres zu vermeiden, war er ein begabter Wilddieb gewesen. Ein Mann, der sich in dieser Art Gelände sehr schnell zurechtfand.

Adam meinte: »Der wird nicht abhauen, Howard.« Er lächelte. »Wenn, dann wüßten wir das jetzt schon ...«

Er spürte, daß Monteith ihn im Dunklen anstarrte, überrascht, daß er so ruhig blieb, oder bewegt durch die Anrede mit seinem Vornamen.

Ein Seesoldat flüsterte: »Hier kommt das Kerlchen wieder.« Er mußte Adams Epauletten erkannt haben und fügte hinzu: »Brady ist wieder da, Sir!«

Der Mann, um den es ging, sank neben sie. »Fünf Kanonen, Sir. Und das Magazin ist auf dem seitlichen Hang.« Er machte Bewegungen wie mit einem Messer. »Noch zwei Posten, Sir. Der Rest ist in einer Hütte.«

Adam blickte auf die Bucht, aber die lag noch im Dunkeln. Er konnte sich die Batterie gut vorstellen, die in den Hügel gegraben worden war. Der Rest des Hügels stieg hinter ihr weiter empor. Von Land her brauchte man also keinen Angriff zu fürchten. Der einzige Gegner würde von See her kommen. Fünf Kanonen. Eine Landratte würde die Zahl für unbedeutend halten. Aber mit glühenden Kugeln würden sie Zerstörung und Schäden anrichten, die sich an Land niemand vorstellen könnte.

»Weitersagen, Brady. Wir gehen jetzt vor.« Er ließ die Worte wirken. »Wie geplant.« Er packte die Schulter des kleinen Mannes. Sie schien nur aus Muskeln und Knochen zu bestehen, nicht aus Fleisch. Kein Wunder, daß er mit den besten im Topp gefrorene Leinwand zusammenfalten und einbinden konnte. »Das haben Sie gut gemacht.«

Er hörte, wie die Seesoldaten sich auf der harten trockenen Erde vorsichtig bewegten. Noch waren sie alle durch die Dunkelheit geschützt, aber beim leisesten Licht würden ihre Uniformen strahlen wie Leuchtfeuer.

Adam stand auf. Er hatte plötzlich Durst, aber blieb dabei ganz ruhig. Er untersuchte seine Gefühle so sachlich wie den Bericht eines Untergebenen. Er hatte nicht die Absicht zu gähnen. Aus Erfahrung wußte er, daß Gähnen immer das erste Zeichen von Angst war.

Männer eilten nach rechts davon, Männer, die nachts Schiffe erobern konnten, die so erfahren waren, daß sie ein fremdes Schiff so sicher übernehmen konnten wie ihr eigenes. So wie Jago die Brigantine übernommen hatte.

Er hörte, wie Leutnant Barlow seinen Säbel zog und knapp befahl: »Seesoldaten, vorwärts!«

Adam sagte: »Wenn ich falle, Howard, bringen Sie die anderen zu den Booten zurück!«

Jetzt lief er auch, hielt das Messer gegen den Leib.

Sein Herz schlug schmerzhaft, und plötzlich lag der rüde aufgeworfene Wall vor ihnen. Hatten seine Augen sich nur an die Dunkelheit gewöhnt, oder war es wirklich heller geworden? Das alles machte keinen Sinn. Nur der Wall. Der Wall ...

Das Krachen der Musketen war betäubend, das Echo des Schusses kam wie ein Querschläger.

Der Schuß war von hinten gekommen. Adam hatte die Kugel am Kopf vorbeirauschen gefühlt. Einer der Seesoldaten mußte mit dem Fuß irgendwo hängengeblieben sein, vielleicht war er über Baumaterial gestolpert, das noch hier und da auf dem Hang herumliegen mochte. Adam hob sein Entermesser. »Auf sie, Männer!« Jetzt gab es weder Glück noch Unglück, gut oder böse. »Auf die Kanonen!«

Ein Seesoldat war als erster auf dem Wall und stürzte auf die Erde, als jemand wohl aus nächster Nähe auf ihn feuerte. Ein zweiter Schuß kam aus der anderen Seite der Lichtung, aber jetzt liefen immer mehr Matrosen herüber, und Entermesser und Enterbeile hackten auf den Posten ein, ehe er nachladen konnte.

Ein Seesoldat kniete, starrte auf Blut an seiner Uniformjacke. Diese Beobachtung beruhigte Adam mehr als alles andere. Auch er konnte das Blut erkennen. Und als sein Blick sich von den Männern an den Hütten löste, konnte er auch Wasser erkennen, sehr stilles Wasser, zinnfarben. Die Bucht.

Er sah, wie ein Seesoldat sein Bajonett wieder ausrichtete. Er stand über einem Gefallenen an einer Kanone.

Adam schlug mit seinem Messer dagegen. »Das reicht. Weiter mit der Gruppe.«

Aber der Seesoldat konnte nur von ihm zu seinem Opfer starren.

»Er hat doch meinen Kumpel Jack erledigt, Sir!« Das Bajonett zitterte, und er zielte wieder.

»Genug!« wiederholte Adam. Er erinnerte sich nicht

an den Namen des Mannes. »Den macht keiner mehr lebendig.«

Sergeant Whittle brüllte: »Hierher, der Mann.«

Der Seesoldat gehorchte, sah nur noch einmal zu seinem toten Freund hinüber. Die Disziplin war wieder hergestellt.

Der Mann auf der Erde war verwundet, aber er versuchte trotz seiner Schmerzen zu grinsen.

»Das war gut von Ihnen, Kapitän!«

Adam sah genauer hin. Ein Offizier, vielleicht der einzige hier. Noch. Also rief er laut: »Sergeant, kümmern Sie sich um den hier!« Dem verwundeten Offizier sagte er: »Sie und ihre Leute sind Gefangene. Keinen Widerstand mehr. Ich glaube, meine Männer haben dafür kein Verständnis.«

Ein Bajonett schob sich zwischen sie, als der Amerikaner eine Hand in die Jacke schieben wollte. Der Versuch kostete zuviel Kraft, die Hand rutschte zurück.

Adam kniete und griff in die Jacke. Er zog aus ihr nichts Gefährlicheres als ein kleines Porträt in einem Silberrahmen. Er dachte an Keen und das Mädchen Gilia.

Monteith brüllte: »Brecht diese Tür auf. Colter, Sie holen die Zündschnüre.«

Und er hörte Leutnant Barlow der an der Flanke für Ordnung sorgte.

Er steckte das Porträt dem Verwundeten wieder in die Jacke und sagte: »Ein sehr schönes Gesicht. Ihre Frau?«

Es gab verdammt viel zu tun. Zündschnüre mußten gelegt, Verwundete versorgt werden. Fünf Kanonen waren zu vernageln. Aber alles schien irreal, wie in einem Traum.

Adam rief: »Kümmern Sie sich um diesen Offizier, Korporal.« Dann merkte er, daß es Forster war, der Seesoldat, der sich freiwillig als erster gemeldet hatte. »Das haben Sie gut gemacht!«

Der Amerikaner stöhnte. »Noch nicht. Vielleicht nie.« Er zog eine Grimasse, als der Schmerz ihn wieder packte.

Adam erhob sich. »Nur eine Fleischwunde. Sie sind bald wieder auf den Beinen.«

Der Korporal kniete mit seinen Binden neben dem Verwundeten und fragte sich sicher, warum er das tun sollte.

Der Amerikaner hob die Hand, als Adam gehen wollte. »Ihr Name, Sir. Ich würde ihr gern sagen ...«

Adam schob sein Entermesser in die Scheide. Auf der Klinge klebte Blut, aber er erinnerte sich an nichts.

»Bolitho.«

Monteith war wieder da. »Ich lasse die Verwundeten wegbringen, Sir.« Dann schaute er zu Forster mit seinen Binden. »Ihre und unsere. Wir haben fünf Tote und sieben Verwundete.«

Adam schüttelte ihm die Hand. »Bringen Sie sie in die Boote.« Dann hob er seine Stimme. »Dieser Offizier verbürgt sich dafür, daß sie sich friedlich verhalten.«

Monteith hörte zu und wunderte sich. Er hatte erwartet, getötet zu werden, obwohl er das aus seiner Vorstellung zu verdrängen gesucht hatte. Er hatte geglaubt, diesen jungen, so fernen Kapitän zu enttäuschen. Und der schüttelte ihm jetzt die Hand. *Werde ich meiner je wieder so sicher sein?*

Sie brauchten eine Stunde. Noch immer hatte niemand Alarm geschlagen. Es schien, als existiere der Rest der Welt nicht mehr.

»Begleiten Sie die anderen, Howard. Die *Alfriston* wartet da, um die Boote wieder aufzunehmen.« Adam zog seine Uhr hervor und öffnete den Deckel mit der eingravierten Meerjungfrau. Er meinte, Wärme auf der Wange zu spüren, obwohl der Morgen noch grau war.

»Sind Sie sicher, Sir?«, fragte Monteith zögernd.

Adam trat auf die Brüstung. Die Kanonen waren vernagelt worden, und falls das Magazin in die Luft flog, würde von ihnen nichts mehr übrigbleiben. Als er sich umdrehte, war Monteith verschwunden. Nur die Toten lagen noch da, wo sie gefallen waren.

In diesem Augenblick konnte der Gegner bereits in aller Eile mit neuen Soldaten hierher marschieren oder gar reiten. Adam trat an die offene Falltür, unter der das Pulvermagazin lag.

Er sah die Toten liegen. Ein kleiner Preis für das, was sie erreicht hatten. So würde er es in seinem Bericht festhalten. Laut sagte er: »Aber ein hoher für euch!«

Er spürte eine Gänsehaut im Nacken, etwas, das er immer ernst nahm. Er hatte die Pistole schneller in der Hand, als er es für möglich gehalten hatte, und spannte sie.

Doch es war nur Jago, der Gehilfe des Geschützmeisters.

»Ich habe Ihnen doch befohlen, auf der Prise zu bleiben.« Seine Stimme zitterte fast unhörbar, ein sicheres Zeichen, wie angespannt er war.

Jago meinte nur kühl: »Die anderen sagten, Sie wollten hier die Stellung halten, bis die Zündschnüre glühen.« Das klang weder nach Unterwürfigkeit noch nach Ablehnung.

»Und Sie hielten es für richtig, sich das mal anzusehen?«

Jago grinste jetzt. »Das ist nicht mehr, als Sie damals gemacht haben, Sir. Sie haben sich ja auch um uns gekümmert, als wir damals die verdammte Yankee-Fregatte in die Luft fliegen ließen.« Er sah sich um. Die Toten schienen ihn weder zu beeindrucken noch zu belasten. »Hat sich's gelohnt, Sir?«

Adam hob den Arm. Er war bleischwer. »Morgen werden unsere Soldaten landen. Und dann sind es nur noch fünfzig Meilen bis Washington.«

Er hielt Jago ein langsam brennendes Zündholz hin.

»Hier. Übernehmen Sie die Ehre.« Weder blickte er auf die Toten. »Für uns alle.« Und nur zu sich selbst. »Und für dich, Onkel.«

Aber Jago hatte es gehört, und so hart wie er war, war er doch beeindruckt. Das hieß bei ihm einiges.

Und dann setzte er die Zündschnüre in Brand.

IX
Für Reue zu spät

Adam Bolitho beobachtete, wie die letzten Boote wieder an Bord gehievt wurden. Sie wurden auf ihre Stells geschwenkt und abgesenkt, wo der Bootsmann und seine Männer sie anschließend sicherten. Selbst die Barkasse hatte überlebt und war zusammen mit den anderen Booten von der *Alfriston* herangeschleppt worden.

Leutnant Dyer konnte seine Aufregung und seine Freude kaum verbergen. Vielleicht hatte er, wie der Commodore, insgeheim erwartet, daß die Mission fehlschlug, sie alle fallen würden oder in Gefangenschaft gerieten.

Adam packte die Achterdecksreling und spürte plötzlich, wie müde und ausgelaugt er war.

Es würde bald dunkel sein. Doch noch immer klammerte sich das letzte Tageslicht an die Kimm und erhellte die Hörner des Helms der Galionsfigur, so als sei es nicht willens, sich zu verabschieden.

Er dachte an den Augenblick zurück, als das Magazin der Batterie in die Luft geflogen war. Große Felsen und kleine Stücke vom Mauerwerk waren durch die Bäume gekracht. Einige waren gefährlich nahe an den Booten ins Wasser geschlagen, die zur *Alfriston* zurückpullten. Er erinnerte sich an Deightons Zufriedenheit mit dem Ausgang, den nur sein Ärger darüber trübte, daß Adam persönlich den Einsatz geführt hatte.

Adam hatte ihm erklärt: »Wenn Sie Männern befehlen, sie sollen an Land Aufgaben ausführen, die eigentlich Aufgabe der Armee sind, dann können Sie sie nicht allein lassen. An Deck, wenn Schiff gegen Schiff kämpft, ist das etwas ganz anderes. Aber auf unbekanntem und feindlichem Land ...«

Deighton hatte ihn unterbrochen: »Ich nehme mal an, Sie konnten der Möglichkeit nicht widerstehen, für sich selber neuen Ruhm zu sammeln?«

Schließlich hatte er seinen Sarkasmus bezwungen. »Ich werde einen ausführlichen Bericht an den Admiral und an Ihre Lordschaften schicken. Eine Batterie zerstört, der Weg für das angreifende Geschwader jetzt offen, und eine nützliche Prise genommen ... die Brigantine dürfte gutes Geld bringen. Ich hoffe, Sie haben dem Mann da von Borradaile erklärt, wie das Prisengeld üblicherweise geteilt wird!«

»Ich glaube, das weiß er sehr gut, Sir!«

Zu den Ausfällen erklärte er Deighton, daß einer der Verwundeten wahrscheinlich eine Amputation nicht überleben würde. Er war ein tapferer Mann, der nicht geklagt hatte, als man ihn mit seinen Schmerzen zuerst aufs Boot, dann auf die Brigg und dann auf die *Valkyrie* transportiert hatte. Doch als er merkte, daß man ihm zum Schiffsarzt schleppte, hatte er wie ein Kind geweint und gebettelt.

Deighton meinte nur: »Da kann man nichts machen.« Er hätte ebenso von einem Leck in der Kombüse reden können.

Adam beobachtete, wie die *Alfriston* sich in der frischen Brise überlehnte, nachdem sie gewendet und auf neuen Südwestkurs gegangen war. Sie war mit den Berichten unterwegs, in denen Deighton sicher seine eigene Rolle gebührend herausgestrichen hatte. Er selber hätte es für klüger gehalten, die *Alfriston* wäre in der Nähe geblieben, bis sie wieder Verbindung zu ihren eigenen Fregatten aufgenommen hatten.

Deighton hatte diesen Einwand beiseite geschoben: »Wo ist Ihr Kampfeseifer plötzlich geblieben, Kapitän? Meine Befehle lauten, die Flanke des Geschwaders zu schützen. Und das werde ich tun!«

Adam drehte sich um, als einer der jungen Gehilfen des Arztes an Deck erschien, an die Leereling ging und ein blutiges Bündel ins Wasser warf. Das Bein eines Mannes. Er dachte an die Toten, die sie an der Batterie zurückgelassen hatten, die in Stücke zerrissen worden waren, als das Magazin in die Luft flog. Das war sicherlich besser als das, was er gerade gesehen hatte.

Er strich sich mit der Hand durchs Haar, spürte Salz und Sand und dachte an den verwundeten amerikanischen Offizier mit der Miniatur seines Mädchens ... Ohne es zu merken, berührte er die Narbe an seiner Seite, wo der Arzt der *Unity* nach Splittern gesucht hatte. Vielleicht würde der Amerikaner seiner Geliebten eines Tages von dieser Begegnung mit dem Engländer erzählen.

Er hörte Stimmen unter der Poop und sah Jago, den Gehilfen des Geschützmeisters, mit ein paar Messekameraden. Er trug ein Hemd in der Hand, das er nach dem Einsatz an Land gewaschen hatte. Selbst im Zwielicht konnte Adam die kräftigen Narben auf seinem Rücken erkennen. Er war ungerechterweise vom letzten Kommandanten der *Valkyrie* ausgepeitscht worden und würde die Erinnerung daran bis an sein Ende tragen – wie ein Schurke. Urquhart, damals Erster Offizier der *Valkyrie*, hatte beim Kapitän dagegen protestiert und Jago verteidigt – vergeblich. Es war abzusehen, daß Urquhart deswegen bei Beförderungen ignoriert und übersehen werden würde. Doch dann hatte Keen ihm die *Reaper* übergeben, auch ein Schiff, das ein sadistischer Kapitän mit seinen Grausamkeiten fast zugrunde gerichtet hätte.

Jago faßte einen Entschluß und wandte sich an den Gehilfen des Geschützmeisters. Jago lief leichtfüßig den

Niedergang zum Achterdeck hoch und blieb wartend stehen. »Sir?«

Adam merkte, wie er die zerrissenen Kniehosen und sein zerknülltes Hemd musterte, denn er hatte bisher zum Wechseln der Kleider keine Zeit gefunden.

Er sagte: »Ich werde nicht vergessen, was Sie getan haben. Und ich wollte Sie etwas fragen.« Er fühlte fast, wie Jago seine Abwehr aufbaute, fuhr aber fort: »Ich habe meinen alten Bootsführer verloren.«

Jago nickte. »Ich weiß, Sir, man hat ihn aufgehängt.«

»Könnten Sie sich vorstellen, seinen Platz einzunehmen?«

Jago starrte ihn an. »Ihr Bootsführer, Sir?« Er blickte nach oben. Einer der Toppsgasten rief Männern etwas zu, die hoch oben arbeiteten.

»Ich werde nach diesem Einsatz entlassen, Sir! Ich habe meinen Teil erledigt, auch wenn andere vielleicht anderer Meinung sind.« Er schüttelte den Kopf. »Ich bin Gehilfe des Geschützmeisters. Das reicht mir, Sir!« Wieder sah er ihn nachdenklich an. »Aber es tut gut, daß Sie mich gefragt haben.«

Adam entließ ihn und sah, wie er wieder zu seinen Freunden trat. Er zog das feuchte Hemd an, das seine Narben verbarg. Kein Wunder, daß er so viel von Urquhart gehalten hatte. Er lächelte. *Und jetzt seinen Kapitän.*

Dyer murmelte: »Der Commodore, Sir!«

Deighton ging an die Luvseite und beobachtete die Männer, die die Boote festzurrten.

»See und Wind sind sanft, Kapitän. Ich denke, wir werden heute nacht beigedreht liegen und morgen zum Geschwader stoßen.« Und dann wandte er sich scharf an den Master. »Was schätzen Sie, Mr. Ritchie? Wann wird das etwa sein?«

Ritchie sah ihn leicht besorgt an. »In der Hundewache werden wir Kontakt mit der *Wildfire* aufnehmen, Sir!«

»Dann sorgen Sie dafür, Mr. Ritchie.« Er grinste. »Wir haben erledigt, was wir uns vorgenommen hatten, nicht wahr?«

Adam merkte, wie andere sich mit einiger Vorsicht umdrehten. Diese entspannte, fast freundliche Stimmung war ihnen neu.

Er sagte: »Ich denke, wir sollten nicht beidrehen, Sir.«

Er sprach absichtlich leise, doch Ritchie nickte ihm zustimmend zu.

»Sie sind also anderer Ansicht, Kapitän, oder?« fragte Deighton.

»Es ist meine Pflicht, Sie zu beraten, Sir!«

»Es ist nicht Ihre Pflicht, mich vor versammelter Mannschaft zu kritisieren.« Alle Freundlichkeit war verflogen.

»Der Feind wird Verstärkung anfordern, Sir. Das wird das erste sein, was er tut.«

»Und ich werde dies tun. Wir drehen bei, bis die Morgenwache aufzieht. Tragen Sie das ins Logbuch ein!« Er machte ein wild entschlossenes Gesicht. »Jetzt!«

Deighton ging davon, und kurz darauf glimmte Licht aus dem Skylight der Kajüte.

Adam drehte sich um, als er sah, daß Leutnant Monteith darauf wartete, mit ihm zu sprechen. »Ja?«

»Der Verwundete, Simpson, Sir. Er ist gestorben!«

Adam sah Blut am Ärmel und nahm an, er hatte neben dem unglücklichen Simpson bis zum Ende ausgeharrt. Er sah die Szene so klar, als sei er dabei gewesen: Monteith und der Seemann, an den er sich nur wegen seines tapferen Schweigens erinnerte, der Arzt mit seinem Gesicht so rot wie das Blut, das er vergossen hatte. Und dann dachte er an Deightons Kälte. Und an seine Arroganz.

Jago hatte recht. Hau ab, wenn du kannst. Geh weg, solange du noch gesunde Glieder hast. Lösch es in deinem Gedächtnis aus.

Er war zum Nachdenken zu müde. So etwas wie Glück oder Pech gab es nicht. *War ich das da eben wirklich?* Es gab immer noch die Möglichkeit, daß Deighton recht behalten würde. Vor seiner Beförderung war er ein erfahrener älterer Kapitän gewesen.

Adam berührte Monteith am Arm und sagte: »Essen Sie mit mir heute abend, Howard.« Er bemerkte die Überraschung des Leutnants. »Wir werden auf die Verdammnis trinken und unsere Sorgen unterkriegen ... Ich nehme an, morgen werden wir viel zu tun haben.«

»Ich würde nichts lieber, Sir«, antwortete Monteith, »aber ich habe die Mittelwache.«

Das hätte er wissen müssen. »Dann ruhen Sie sich aus, wenn Sie können.« Er ging nach unten in seine Kajüte, als der Posten vor der Kajüte des Commodore gerade abgelöst wurde.

John Whitmarsh wartete auf ihn. Der Tisch war sorgfältig gedeckt.

Adam schüttelte den Kopf. »Ich habe keinen Hunger. Gib mir einen Cognac, bitte!«

Er setzte sich und öffnete die Schublade. Vielleicht doch ganz gut, daß Monteith die Einladung nicht hatte annehmen können. Der Cognac brannte in der Kehle, aber er schien zu beruhigen. Er griff zu einer Feder und begann zu schreiben. »Liebe Catherine ...«

Als Whitmarsh wieder in die Kajüte kam, nahm er die Feder aus Adams ausgestreckter Hand und blickte auf das leere Blatt Papier. »Liebe Catherine.« Der Kapitän hatte auch das für ihn getan, hatte ihm das Lesen beigebracht wie so manches andere. Scheu berührte er die glänzenden Epauletten auf Adams Schultern. Adam schlief fest, wachte nicht auf.

Der Kapitän war wieder da. Nur darauf kam es an. Alles andere konnte warten.

Als alle Mann mit der Morgenwache an Deck gepfiffen wurden, stand der Kapitän bereits auf seinem gewohnten Platz in Luv auf dem Achterdeck.

Adam beobachtete die vertrauten Abläufe. Die Hängematten wurden in die Finknetze gestaut, Unteroffiziere gingen durch ihre Listen und warteten, um ihren Offizieren Bericht zu erstatten. Er hatte nur ein paar Stunden geschlafen, aber viel Kaffee und der Wechsel in frische Kleider hatten ihn wieder auf die Beine gebracht. Und eine Rasur. Er fuhr sich übers Kinn und dachte an Bolitho und die kraftspendende Prozedur der morgendlichen Rasur durch den getreuen Allday. Man konnte sich überhaupt nicht vorstellen, daß die beiden je getrennt sein könnten. Doch eines Tages würde es so kommen ...

Der alte Mister Allday. Der junge Whitmarsh sollte es besser nicht darauf ankommen lassen, daß Allday das je hörte. Whitmarsh war seit einigen Tagen sehr still, ja fast zurückgezogen, wenn er seine Arbeit tat. Noch eine Trennung, doch diese diente seinem Besten. Seine Tante wäre bestimmt sehr bereit, sich um den Jungen zu kümmern, wenn er eine Schule besuchte. Auf einem Kriegsschiff konnte man zwar viel lernen, aber wenn er Whitmarsh fördern wollte, mußte er ihn auf die Begegnung mit den anderen jungen Herren vorbereiten. *So wie ich es lernte.* Es war seine Tante Nancy, damals eine Fremde, die Teil der Familie wurde und es ihm leicht machte, sich in einer Welt, die er nicht kannte, wie zu Hause zu fühlen. Aber was Whitmarsh Sorge machte, war nicht das, sondern das Schiff zu verlassen. *Und mich.*

Er drehte sich um, als Ritchie rief: »West bei Nord, Sir. Steuerbord Bug. Der Wind hat nachts ein bißchen zurückgedreht.« Dazu brauchte er nicht einmal den Wimpel im Mast zu erkennen. Er wußte es, er fühlte es.

Dyer stand neben ihm. »Alles klar, Sir!«

»Sehr gut, aufentern, Toppsegel und Großsegel setzen.« Er sah, wie sich eine Augenbraue ganz leicht hob. »Die Bramsegel werden wir setzen, Mr. Dyer, wenn wir sehen, wohin wir segeln.«

Das brachte ein Grinsen in die Gesichter der Rudergänger und des Gehilfen des Masters. Sie waren lauter erfahrene Männer, die wußten, was der Kapitän meinte. Es war nicht gut, seine obersten Segel zu zeigen, ehe man nicht wußte, wer in der Nähe war. Whitmarsh legte beide Hände auf die Reling des Achterdecks. Sie war von der Nacht her noch eiskalt. In ein paar Stunden würde sich alles geändert haben.

Er liebte es zuzuhören, wenn ein Schiff wieder erwachte. Er hatte, anders als andere Kapitäne, selten den Befehl gegeben, beigedreht zu liegen. So wie Deighton... Ein Schiff sollte sich bewegen. Er erinnerte sich an den Rat eines alten Seefahrers. *Gleicher Druck auf allen Teilen, auf Rumpf und Rigg, und sie wird dich nie im Stich lassen.*

Die *Valkyrie* lehnte sich in einem Windstoß über, Schaum glitzerte über dem Bug, als die Dunkelheit ihren Griff löste.

Er mußte an Deighton denken. Vielleicht hatten sie beide schuld. Er diente nicht zum ersten Mal jemandem, den er eigentlich nicht ausstehen konnte. Das gab es überall. Die Enge eines Schiffes ließ nicht allzuviele Launen und Vorlieben zu.

Sie würden neue Befehle bekommen. Entweder würden sie ihre Patrouillen und weiter erfolgreich Schiffe stoppen und sie durchsuchen, oder man würde sie nach Halifax zurückbeordern. Das ganze Küstengeschwader müßte Wasser fassen und wenn irgend möglich auch frisches Obst. Er dachte nach. *Wenn man mir ein neues Kommando anbieten würde?* Wegen Deighton, oder weil er einen neuen Anfang brauchte?

»West bei Nord, Sir. Kurs liegt an!«

Dyer kam herüber. »Kann ich die Wache unter Deck schicken, Sir?«

Adam sah einen Faden Rauch aus dem Schornstein der Kombüse steigen, früher als sonst, aber Matrosen konnten immer essen.

»Sehr gut«, sagte er und schaute zur Sonne. »Haben Sie einen guten Mann oben im Ausguck?«

Dyer nickt erleichtert. »Ich habe ihn selbst ausgesucht, Sir!« Er zögerte, als messe er die Barriere, die beide immer noch trennte. »Rechnen Sie damit, Sir, daß wir auf den Feind treffen?«

Adam lächelte. »Nun ja, wir wissen, wo die meisten unserer Freunde sind. Mr. Dyer.« Selbst die nächsten wären jetzt weiter entfernt als nötig wegen Deightons Wunsch, die Nacht über beigedreht zu liegen.

Es wurde heller. Er konnte die hellen Umrisse der Segel der Brigantine gegen das sich hebende und senkende Wasser erkennen und dachte an Borradailes einzigartiges Geschick, Informationen aus jedem Schiff zu locken, dem er begegnete ...

Er hörte etwas klatschen und wußte, daß Deightons seltsamer Diener Wasser über die Seite gekippt hatte. Vielleicht hatte er seinen Herrn rasiert.

Adam ging auf Deck auf und ab. Es hatte keinen Sinn. Er mußte Zugeständnisse machen, mußte leichter nachgeben, selbst wenn er Deightons plötzlichen Ärger nicht verstand und seine Unfähigkeit, ihn zu verbergen.

Die Gestalten um ihn herum wurden besser erkennbar. Einige schossen Leinen auf, andere spleißten beschädigte Fallen. Zwei Midshipmen, deren weiße Flekken auf den Uniformen jetzt deutlich hervortraten, notierten sich auf ihren Tafeln etwas. Ein Gehilfe des Masters beobachtete sie dabei kritisch.

Vielleicht würden sie ein Kurierschiff treffen. Doch für Adam würde es keine Post geben, es sei denn, Catherine hätte wieder geschrieben. Er fragte sich, wo wohl sein Onkel jetzt war – auf See oder mit irgendeiner aufreibenden Aufgabe an Land befaßt. Er und Catherine würden sich sicher sehr schmerzlich vermissen, so eng wie sie zusammengehörten. Und Keen würde bald heiraten. Er dachte an Catherines Brief, ihren Besuch von Zennor, der Kirche der Meerjungfrau. Nur sie hatte ihn so in ihr Herz geschlossen, daß sie ihm darüber schrieb.

Sie war die Frau, die jeden richtigen Mann faszinierte und erregte, und sie war nie ganz aus seinen Gedanken verschwunden. Er hatte sogar einmal von ihr geträumt. Sie war nicht als Freundin, sondern als Geliebte zu ihm gekommen. Er hatte sich darüber nicht nur geschämt, sondern war auch über sich entsetzt. Es erschien ihm wie ein Betrug. Doch in seinem wilden Traum hatte sie ihn nicht abgewiesen.

Er hörte jemanden sagen: »Noch so ein Frühaufsteher.«

Es war Deighton, der einen Bootsmantel trug und den Hut tief in die Stirn gezogen hatte. Er brummte etwas, als die Offiziere ihn grüßten, indem sie die Hand an den Hut legten.

Er entdeckte Adam und meinte: »Der Kaffee, das reinste Bilgenwasser!«

Adam meinte: »Ich werde Ihnen etwas von meinem bringen lassen, Sir. Er kommt aus London.«

»Bestimmt von einer Dame!« Doch diesmal klang kein Spott mit. »Sicherlich ein Gruß.« Er blickte sich um. »Sie haben noch nicht alle Segel oben.« Auch dies klang nicht wie eine Beschwerde. Vielleicht gab er sich ja auch Mühe.

»Reine Vorsicht, Sir«, entgegnete Adam. »Sie wissen, Morgenlicht auf den höchsten Segeln!«

Unvermittelt fragte Deighton: »Kennen Sie eigentlich Konteradmiral Keen schon lange?«

»Ja, Sir. Wir haben gelegentlich zusammen gedient.«
»Er hat seine Frau verloren, hörte ich.«
Adam wartete gespannt auf die nächste Frage.
Doch statt dessen meinte Deighton nur: »Er wird wieder heiraten, hör ich. Ein hübsches Ding, sagt man.«
»Wenn er befördert wird, wird sie seinem Haus Glanz geben.« Mehr wollte er nicht sagen.
Deighton antwortete sofort: »Befördert? Natürlich. Vizeadmiral. Jetzt hält ihn nichts mehr auf. Wenn's diese verdammte Blockade nicht gäbe, wäre ich auch soweit. Aber danach, denke ich ...«
»Das fragt sich jeder«, warf Adam ein. Er mußte an Jago denken. *Ich habe meinen Teil geleistet.* Wahrscheinlich war er der glücklichste von allen.
Deighton drehte sich um und sah ihn gerade an. »Sie sind noch jung. Sie haben einen guten Namen, sind erfolgreich, wie man weiß. Bei Ihnen wird alles anders sein.«
So nahe waren sie sich noch nie gekommen. Adam spürte, daß ihn das überraschenderweise bewegte.
»Wenn wir wieder zum Geschwader stoßen«, sagte Deighton, »werde ich mehr erfahren über diese Kampagne ...«
»An Deck!« Die Stimme des Ausgucks im Mast klang unnatürlich laut. »Segel in Nordosten.«
Adam war schon aus dem Mantel und warf ihn einem der Midshipmen zu.
»Ich nehme ein Glas und enter selber auf. Dann weiß ich am besten Bescheid.«
Deighton hielt ihn zurück: »Ein Feind?«
Adam wußte, was sich dem Ausguck zeigte. Was immer er sehen würde, würde aus der Sonne kommen. Der andere würde die *Valkyrie* noch nicht sehen können. Ein winziger Vorteil.
»Es ist unwahrscheinlich, daß es eins unserer Schiffe ist, Sir!«

Deighton blickte über die Seite. »Sie werden uns, bei Gott, die Prise nicht wegnehmen!«

Adam eilte an die Webleinen. Gesichter drehten sich überall nach ihm um. Würde er das bißchen Vertrauen, das Deighton zwischen ihnen aufbauen wollte, zerstören?

Er griff in die Leinen und begann den Aufstieg.

Wie sollte er das Deighton bloß erklären? *Der andere hat es nicht auf die Prise abgesehen. Sondern auf uns!*

Adams Hacken knallten auf Deck, als er seinen Abstieg von der Dwarssaling an einer Backstag hinunter gleitend beendete. Das paßte nicht ganz zur Würde eines Kapitäns, aber es sparte Zeit, und er war überrascht, daß er das immer noch konnte. Seine Handflächen fühlten sich rauh an, und sein sauberes Hemd war jetzt voller Teerflecken.

»Ich möchte mal auf die Karte sehen, Sir!«

Deightons Gesicht war voller Fragen, doch er war erfahren genug, sie angesichts der Wachhabenden nicht zu äußern.

Im Kartenhäuschen war es dunkel. Adam hielt das Bild, das er eben gesehen hatte, deutlich in seinem Gedächtnis fest.

Der Ausguck hatte beharrlich darauf bestanden: »Fregatte, Sir, Steuerbord voraus.«

Im ersten unsicheren Morgenlicht hatte er das andere Schiff selber entdeckt. Eine perfekte Pyramide blasser Leinwand, hart und voll, vor dem Wind laufend. Mit seinem Teleskop hatte er sogar einen Teil des Rumpfs ausmachen können. Der Ausguck hatte in der Tat gute Augen, aber was er nicht gesehen hatte, war das andere Schiff, ein Splitter, vielleicht von gleicher Größe, den Rumpf bereits auf der glänzenden Kimm.

Ungeduldig wollte Deighton wissen: »Was war es?«

Adam sah nicht von der Karte hoch. »Eine, vielleicht

zwei Fregatten, Sir. Yankees. Sie tragen alle Leinwand, die sie tragen können.« Er tippte mit dem Zirkel auf die Karte. »Vermutlich aus New York oder Philadelphia. Sie haben uns noch nicht gesehen, aber das dauert nicht mehr lange!«

Deighton starrte auf die Karte. »Und was meinen Sie dazu?«

»Wir haben zwei Möglichkeiten, Sir. Wir laufen ab und hoffen, auf das Geschwader zu treffen oder auf das Schiff des Admirals.«

Er wünschte sich, Deightons Gesicht im Schatten deutlicher erkennen zu können. Nur dessen Hand war sichtbar, trommelte leise auf den Rand des Kartentischs.

»Und die andere Möglichkeit?«

Adam ließ den Zirkel auf die Karte fallen. »Wir bleiben und kämpfen. Diesmal gibt es keine Überraschung.«

Männer liefen wieder über Deck. Die ursprüngliche Überraschung war schon verweht. Aber nicht lange. Auf einem Schiff gab es keine Geheimnisse.

»Zwei Fregatten? Die haben mehr Kanonen als wir!«

»Der Master meint, es würde bis zur Hundewache dauern, bis wir auf unsere Schiffe treffen. Wenigstens zwölf Stunden, Sir!«

Die Hand bewegte sich wieder, erregt, als führe sie ein Leben getrennt von ihrem Besitzer. »Der Ritchie weiß nicht alles, verdammt noch mal.«

»Er ist an Bord der beste Seemann, Sir!«

Er wartete, spürte kein Mitleid mit dem Mann, der darauf beharrt hatte, die *Alfriston* davon zu schicken, ohne die anderen Fregatten von seiner Absicht zu informieren. Ihr Suchgebiet zu vergrößern und so den Signalkontakt mit den anderen zu verlieren, war ein dikker Fehler. Was er jetzt fühlte, war Hoffnungslosigkeit.

Er sagte: »Wir haben einen leeren Ozean. Wenn wir alle Segel setzen, könnten wir vielleicht eine Verfolgungsjagd verhindern und damit ernsthafte Schäden an Mast und Rigg. Wir würden unsere Prise verlieren, aber wir tun, was wir tun müssen.«

Deighton starrte ihn an. »Sie tun das, das ist ja wohl deutlich.« Er trat an die Tür, wo ihn unerwartetes Sonnenlicht traf. Mit belegter Stimme fuhr er fort: »Ich bin noch nie vor einem Gegner geflohen. Und ich werde es auch diesmal nicht. Was würde man von mir halten?« Er lachte, es klang bitter. »Einigen würde es Vergnügen bereiten, denke ich mir!«

Adam sah an ihm vorbei auf die beiden vertrauten Gestalten neben dem doppelten Rad, auf die beiden Midshipmen mit ihren Tafeln. Männer würden geopfert werden wegen der Eitelkeit eines Offiziers.

Er hörte sich fragen. »Dann werden Sie also kämpfen, Sir?« Seine Stimme klang fremd.

Deighton packte seinen Arm und ließ ihn sofort wieder los, als ihm bewußt wurde, was er tat.

»Sie werden dieses Schiff in den Kampf führen, Kapitän Bolitho! Das ist ein Befehl! Ich gehe nach achtern. Ich bin gleich wieder da!«

Er blickte auf, als ein dumpfer Knall von Deck zu hören war.

Ein Schuß. Er sollte das ferne Schiff anlocken. Die *Valkyrie* war gesichtet, vielleicht sogar erkannt worden. In diesen Gewässern war sie nur zu gut bekannt.

Deighton war verschwunden. Adam fragte sich, was er jetzt wohl tat? Beten?

Dann trat Adam nach draußen und ging wieder auf das Achterdeck. Ohne ihn anzusehen, nahm er dem Midshipman den Mantel ab. Er starrte nach oben in die Mastspitze, wo der Wimpel flatterte und im Wind auswehte. Alltägliche Dinge. Alles andere waren Träume, eine Illusion.

Er nickte dem Ersten Offizier zu. »Zwei Yankee-Fregatten nordöstlich von uns.« Er wußte, jetzt drehte jeder sich um, um ihm zuzuhören. »Wir bleiben vorläufig auf dem gleichen Bug, aber Sie können die Bramsegel setzen. Dann merken die wenigstens, daß wir hellwach sind. Dann schicken Sie den Rest der Mannschaft zum Frühstück.« Er sah zu Ritchie hinüber. »Tragen Sie es ins Logbuch ein. Der Commodore wünscht, daß wir es festhalten. Wir werden kämpfen.«

Monteith fand sich an seiner Seite ein. »Was ist, Howard? Für Reue ist es jetzt zu spät!«

Monteith schüttelte den Kopf. »Darf ich etwas fragen, Sir? Würden Sie ohne den Befehl davonlaufen?«

Kennen die mich so wenig?

»Nein, bei Gott, nein. Ich laufe vor niemandem davon!«

Monteith nickte und legte die Hand an den Hut. »Ich habe das nie bezweifelt, Sir!«

Adam sah den kleinen Whitmarsh unter der Poop, er trug seinen kurzen Kampfsäbel und augenscheinlich seinen besten Hut. Der andere war zwischen hier und der Chesapeake Bucht irgendwo verlorengegangen. Er legte die Hand an die Augen und schaute zu den eben gesetzten Bramsegeln hoch. Wieder sah er die feindlichen Schiffe vor sich wie durch ein Teleskop. In längstens drei Stunden hätte dieses Deck sich in eine Hölle verwandelt.

Er hob die Arme, damit Whitmarsh ihm die Scheide einhenken konnte. Dann griff er nach dem Hut und sah ihn sich genau an. *Mach mich heute stark ...*

Der letzte Kapitän der *Valkyrie* war ein Tyrann und ein Feigling gewesen. Wie würde man ihn einschätzen?

Er legte dem Jungen die Hand auf die Schulter und bemerkte, wie Jago, der Gehilfe des Stückmeisters, sie beobachtete.

»Heute wird es heiß hergehen, John Whitmarsh. Du gehst nach unten, wenn er hier losgeht.«

Der Junge sah zu ihm auf. »Ich bleibe in Ihrer Nähe, Sir, falls Sie mich brauchen.«

Das war's. Adam drückte sich den Hut mit seinen glitzernden Goldlitzen fest auf sein störrisches Haar und rief: »Dann soll's so sein.« Er schaute zu den beiden Rudergängern hinüber und spürte, wie er trotz trockener Lippen zu grinsen begann. »Wir machen aus diesem Tag einen, an den wir uns erinnern werden.«

Adam ließ den Deckel seiner Uhr zuschnappen und sagte zu dem Ersten Offizier: »Das war sehr gut, Mr. Dyer. Eine Minute schneller als Ihr Rekord für klar Schiff zum Gefecht.«

Nach dem durchdringenden Gerassel der Trommeln und dem offenbar völligen Durcheinander laufender Männer schien die Stille jetzt unwirklich. Man konnte die Uhr ticken hören.

Es herrschte überall Ruhe. Die Männer standen an ihren Kanonen, die meisten mit nacktem Oberkörper, äußerlich ganz gelassen, und warteten auf den nächsten Befehl. Die *Valkyrie* war klar zum Gefecht, alle Zwischenwände waren niedergelegt, alle Kisten und die Kajütmöbel waren unter der Wasserlinie gestaut. Doch die Boote lagen noch in ihren Stells. Auch die Netze waren über den Köpfen noch nicht geriggt. Sie würden die Kämpfenden vor fallenden Teilen schützen.

Adam ging nach achtern. Hier warteten auf beiden Seiten die Seesoldaten, ihre Musketen gegen die Finknetze mit den Hängematten gelehnt – ihrem einzigen Schutz, wenn es zum Nahkampf kam.

Er fand Deighton, allein bis auf seinen Diener, ganz achtern an der Reling. Beide Schiffe waren jetzt deutlich sichtbar. Und mit einer Backstagsbrise direkt von achtern liefen sie auf die *Valkyrie* zu. Das kleinere der beiden Schiffe überholte seinen größeren Begleiter. Es hatte sogar Leesegel gesetzt, um den Abstand so schnell wie möglich zu verkleinern.

Deighton behielt beide Schiffe ständig im Blick.

»Also die könnten wir leicht aus dem Wasser blasen!«

Adam dachte an seine frühen Jahre auf Fregatten zurück, an die Listen und Tricks, die er so viele Kommandanten hatte versuchen sehen – nicht immer mit vollem Erfolg.

»Wie ein Hund hinter dem Hirsch, Sir. Sie wird versuchen, uns langsamer werden zu lassen, uns zu verkrüppeln, so daß dann beide den Todesstoß ausführen können.«

Er schaute wieder nach vorn. Ohne die Netze über dem Kanonendeck schien es leer.

Die Offiziere würden es erklären, und die erfahrenen Männer würden es begreifen. Man mußte beim Feind den Eindruck erwecken, als fliehe man vor einem überlegenen Gegner. Denn wenn sie die Boote achteraus treiben lassen würden und die Netze riggten, würde man ihre Absicht zu kämpfen sofort erkennen.

Er fügte hinzu: »Sie werden in Luv bleiben, aber ich werde den Wind zu unserem Vorteil nutzen.«

Ein scharfer Knall, und dann sah Adam eine Kugel über das blaue Wasser springen wie einen Delphin. Der Kommandant des Verfolgers hatte sein Buggeschütz benutzt, um die Entfernung zu messen. Das war immer ein schwieriger Schuß, aber für einen guten Treffer brauchte man auch nur einen einzigen.

Adam ging nach vorn zu Dyer. »Ich werde gleich anluven.« Er bemerkte, wie genau Ritchie zuhörte und alles aufnahm. »Dann werden wir so hoch am Wind segeln, wie wir können. Das gibt uns einen Vorteil und einen höheren Schußwinkel.« Er sah, daß man ihm genau zuhörte. »Doppelte Ladung und auch Kettenkugeln, wenn wir die haben, keine volle Breitseite.« Er unterbrach sich und sah Dyer weiter unverwandt an. »Kanone nach Kanone. Bleiben Sie dran. Ich möchte, daß der Terrier entmastet wird, ehe er uns trifft.«

Er nahm ein Glas aus dem Stell und stieg in die

Wanten, um das zweite Schiff auszumachen. Eine der großen Fregatten. Wie die *Unity* von Beer ... Als er nach achtern zurückkehrte, spürte er aller Augen auf sich und kannte ihre Gedanken.

»Sergeant Whittle, nehmen Sie Ihre Scharfschützen und verschwinden Sie vom Achterdeck. Ihre scharlachroten Uniformjacken geben gute Ziele ab.«

Einer lachte, als sei es ein großer Witz.

Whittle, eine beeindruckende Gestalt mit grauem Haar unter dem Ledertschako, brüllte einen Befehl, und dann verschwanden seine Männer auf ihre angestammten Plätze.

Deighton fragte: »Ich begreife den Sinn nicht, Kapitän. Die beiden Schiffe wollen uns erlegen, wie Sie doch selber gesagt haben!«

Vielleicht fühlte er sich mit den bewaffneten Seesoldaten um sich sicherer? Adam mußte fast lächeln. Aber was würde heute schon sicher sein?

Er zuckte zusammen, obwohl er längst darauf gewartet hatte, als eine lange orangefarbene Zunge aus dem Buggeschütz der zweiten Fregatte schoß und ein Knall wie ein Echo folgte.

Der Schuß war gut gezielt, doch die Entfernung noch zu groß. Ein 9-Pfünder wahrscheinlich. Er meinte, einen winzigen schwarzen Strich zu erkennen, als die Kugel ihre höchste Höhe erreicht hatte. Er sah den Einschlag im Wasser und spürte den Rumpf kräftig erzittern, als die Kugel unter Wasser in die Bordwand schlug. Er musterte schnell das Ruder. Ritchie hatte jetzt drei Mann am Rad. Doch die *Valkyrie* zeigte keine Anzeichen, außer Kontrolle wild drauflos zu stürmen. Wenn das Ruder ausfiel, hätten sie in der Tat keine Chance mehr.

Er hob seine Hand. »Kurs drei Strich ändern. Neuer Kurs Nordwest.«

Die Männer waren schon an den Brassen, als das Ruder gelegt wurde. Die Wirkung war sofort zu spüren.

Der Wind legte die *Valkyrie* wie ein Spielzeug auf die Seite, als sie höher und höher lief und schließlich so hoch am Wind wie möglich.

Eine Pfeife schrillte. »Kanonenpforten auf. Kanonen ausrennen!«

Wie Schweine quietschend wurden die Kanonen ausgerannt, von der gegenüberliegenden Batterie kamen Männer, um an den Zugseilen mit anzupacken. Bei diesem Winkel schien man jede der Kanonen einen steilen Berg hinaufzuziehen.

Oben krachten und donnerten die Segel.

»Kurs Nordwest liegt an, Sir«, rief Ritchie.

Dyer stand schon an der Steuerbord-Gangway, achtete auf die dichtgeholten Segel ebensowenig wie auf die Männer, die über das schaumnasse Deck rutschten und stolperten. Er hatte seinen Säbel gezogen und starrte bewegungslos auf die feindliche Fregatte, die sich ins Bild schob, als habe sie und nicht die *Valkyrie* den Kurs so kräftig geändert.

»Feuer frei!«

Dyer lief von der Seite, als die Kanonen losdonnerten und in ihre Brocktaue zurücksprangen. Die Mannschaften waren mit Schwamm und Wurm schon dabei, die Läufe von glimmenden Resten zu säubern, die die nächste Ladung zur Explosion bringen könnten, wenn sie festgerammt wurde. Adam hatte so etwas schon erlebt. Im Eifer des Gefechtes hatten Männer vergessen, ihre Kanone mit dem Schwamm auszuwischen und waren in blutige Fetzen zerrissen worden, als sie explodierte.

Es gab ein gewaltiges Hurra, das Adam selbst dann nicht hätte verhindern können, wenn er es gewollt hätte. Es kam vermutlich von der letzten Kanone, die gefeuert hatte, aber genau war es nicht zu bestimmen.

Fast ungläubig sah Adam, wie sich der Fockmast der verfolgenden Fregatte zu bewegen begann, in einer plötzlichen Stille, die alles noch gespenstischer machte.

Erst langsam und dann ganz plötzlich wie ein gewaltiger gefällter Baum knickte der ganze Fockmast mit allen Rahen, zerrissener Leinwand und zerfetztem Rigg nach vorn und dann über die Seite.

Er brüllte: »Achtung Achterdeck!«

Als er wieder aufblickte, sah er, wie der Mast neben dem Schiff durch die See gezogen wurde. Er hielt sie und brachte die Fregatte zum Drehen wie einen gewaltigen Treibanker. Sie war aus einer zweckvollen Schönheit in treibende Trümmer verwandelt worden – doch sie würde nicht liegenbleiben.

Der Lärm in den schlagenden Segeln wurde noch lauter, während die *Valkyrie* noch weiter herumschwang und fast backdrehte, während sie durch den Wind kam.

Adam zog sich zum Kompaß hinüber. »Südost bei Ost, Mr. Ritchie.« Er sah, wie Dyer ihn anstarrte und brüllte: »Backbord Batterie, Breitseite.«

»Feuer frei!«

Die Entfernung war etwa eine halbe Meile, aber bei einer vollen, doppelt geladenen Breitseite hätten sie ebenso gut neben ihnen liegen können.

Als der Wind den wirbelnden Rauch wie Nebel davontrug, hob Adam das Teleskop und sah den zerschmetterten Bug. Der gefallene Mast hatte sie herumgezogen und in ganzer Länge gezeigt. Nur der Großmast blieb stehen. Maststengen, Rahen und Bäume lagen überall an Deck. Zerrissene Segel und zerfetzte baumelnde Tampen vollendeten das Bild der Zerstörung.

Er drehte sich um und prüfte seine Gefühle sehr sorgfältig, als er jetzt die zweite Fregatte auf konvergierendem Kurs näher kommen sah. Ihre Kanonen waren bereits ausgerannt wie schwarze Zähne.

Er trat an die Achterdeck Reling und sah, wie die Männer von ihren Kanonen zurücktraten und ein Geschützführer schon die Kugel für den nächsten Schuß hob und eine für den übernächsten. Bis alles vorbei war.

Er sagte: »Sie dürfen uns nicht entern. Wir sind verloren, wenn sie uns überrennen.«

Er zog sein gutes gebogenes Entermesser und hielt es hoch über seinen Kopf.

»In der Aufwärtsbewegung, Männer. Jeder Schuß ein Treffer.«

Jemand brüllte »Hurra«, aber ein Unteroffizier brachte ihn mit einem Fluch zum Schweigen.

Die Geschützführer standen jetzt hinter ihren Schlußstücken, hatten die Zugleinen straff gespannt. Die Mannschaften warteten geduckt und mit Handspaken, um den Winkel oder die seitliche Ausrichtung zu ändern.

»Feuer frei!«

Das Deck ruckte unter ihren Füßen, und Adam spürte, daß der Feind gleichzeitig geschossen hatte. Überall war Rauch. Er hörte Männer schreien, als Holzsplitter groß wie Gänsefedern durch sie hindurchfegten. Er wischte sich mit dem Handgelenk das Gesicht und sah die Segel des Gegners wie von Pocken durchlöchert. Doch die Rahen waren noch richtig gebraßt und hielten das Schiff auf Kurs.

Der Rauch verwehte, und er sah umgestürzte Kanonen, rotes Blut, wo Männer gefallen oder unter heißen Läufen zerschmettert worden waren.

Deighton war plötzlich neben ihm und schien zu brüllen, obwohl seine Stimme undeutlich, ja fern schien.

»Gefecht abbrechen, Kapitän. Dies ist ein Befehl, verstehen Sie!«

Adam sah an ihm vorbei auf das näherkommende Schiff. Die Fregatte schien die ganze See zu füllen, Männer standen in den Wanten, bereit zum Entern und zu Schüssen auf die wichtigsten Ziele. Wie in einem Traum merkte er, daß Deighton seine glitzernden Epauletten abgelegt hatte. Seesoldaten kletterten die Wanten hoch, einige hatten ihre Musketen über die Schulter geschlungen. Die besten Schützen von Sergeant Whittle ... Er versuchte zu denken, einen klaren Gedanken zu fassen.

»Ich werde die Flagge nicht streichen, Sir. Sie haben mir den Befehl zum Kampf gegeben.« Er wußte, daß Dyer nur auf den Befehl wartete. »Also werde ich auch kämpfen!«

Deighton zuckte zusammen, als noch mehr Kugeln in den unteren Rumpf schlugen. »Dafür werden Sie in die Hölle kommen.«

Adam schob sich an ihm vorbei. »Dann werden wir uns dort treffen, Sir!«

Er griff sich an die Schulter, als habe ihn dort jemand gepackt, um ihn auf sich aufmerksam zu machen. Sein Schulterstück war verschwunden, der Stoff war zerfetzt, wo eine Kugel es weggerissen hatte.

»Feuer frei!«

Männer husteten und würgten, als der Rauch von außen durch die offenen Luken in die Decks drang. Die Segel des Gegners schienen jetzt neben ihnen in den Himmel zu wachsen. Und immer noch feuerten die Kanonen und wurden nachgeladen. Die Toten lagen, wo sie gefallen waren. Es gab nicht genügend Männer, die sie über Bord werfen oder die die wimmernden Verwundeten nach unten schleppen konnten.

Adam sah den steil aufregenden Bugspriet und dann den Bug wie die Lanze eines Giganten über den Backbordbug gleiten. Schüsse überall, ein Regen aus Eisen rauschte aufs Deck und riß die Hängematten noch weiter entzwei, an denen bereits mehrere Seesoldaten gefallen waren.

Sie würden also nicht zusammenstoßen. Der Amerikaner trug dafür zu viele Segel.

Er drehte sich um und brüllte: »Die Karronaden.« Und dann: »Abfallen, Mr. Ritchie!«

Ein Gehilfe des Masters rannte an das Rad, um zuzupacken. Ritchie lag ans Kompaßhäuschen gelehnt mit starrem Blick, als wolle er sich auch im Tod nichts vom Kampf des Schiffes entgehen lassen.

Adam hob sein Entermesser, und jemand auf dem zersplitterten Vorschiff riß an der Leine. Die Karronade, der Zerschmetterer, wie man sie nannte, rollte zurück. Wo sich beim Gegner Männer gesammelt und auf eine Gelegenheit zum Entern gewartet hatten, blieb nur ein schwarzer Haufen übrig, Männer und Teile von Männern. Ein Offizier stand daneben, offenbar unverletzt, sein Säbel hing ihm an der Seite. Er war wahrscheinlich zu schockiert, um sich zu bewegen.

Dyer hatte die Stückmannschaften gesammelt und mehr Männer von der anderen Seite eingesetzt. Die *Valkyrie* erzitterte unter einer weiteren Breitseite – ob unter der eigenen oder der des Gegners konnte Adam nicht feststellen.

Irgend jemand brüllte ihm zu: »Den Commodore hat's erwischt, Sir. Man hat ihn runtergetragen.«

Die zweite Fregatte wurde durch den Druck ihrer Segel vorbeigeschoben. Ihr Rumpf war durchlöchert, und große, offene Narben liefen über das Holz. Noch immer fuhren Kugeln über das breiter werdende Wasser, aber das Feuer wurde immer ungenauer. Er sah, wie zwei Männer aus den Webleinen stürzten, als die Seesoldaten oben von ihren Stationen weiter feuerten. Er wußte, eigentlich war der Kampf vorbei, aber er wollte es nicht wahrhaben. Ein Gegner war verkrüppelt. Wahrscheinlich würde er keinen Hafen mehr erreichen, ehe das Geschwader sie fand. Und das andere Schiff, dessen Namen er in hellen goldenen Buchstaben an ihrem Heck erkannte, *Defender*, war nicht bereit, weiter zu kämpfen.

Er rieb sich die Ohren. Es gab Hurras, sie schienen von weit her zu kommen. Doch er wußte, sie stammten vom eigenen Schiff. Das Donnern der Kanonen hatte ihn fast taub werden lassen. Er sah, daß seine Männer ihn anstarrten und grinsten – mit weißen Zähnen in vom Pulver geschwärzten Gesichtern.

Dyer stand neben ihm und schüttelte ihm die Hand. »Der Ausguck hat die *Reaper* ausgemacht, Sir! Der Gegner hat sie auch erkannt, darum zieht er ab.« Er sah sich benommen um, begriff nicht, daß er noch lebte, obwohl so viele gefallen waren.

Ausgerechnet die *Reaper*. Eigentlich war es nur richtig, daß John Urquhart seinem alten Schiff zu Hilfe kam, auf dem er so schmählich mißhandelt worden war.

»Kürzen Sie Segel, Mr. Dyer.« Er wollte lächeln, irgend etwas sagen, das sie stolz machte, ehe die blutige Rechnung aufgemacht wurde. »Ausfälle und Schäden melden.« Dann versuchte er es noch einmal. »Sie haben sich tapfer geschlagen. Sehr tapfer!«

Er drehte sich um und sah Dyers Ausdruck nicht mehr: Stolz, Dankbarkeit, Zuneigung.

Er sagte: »Ich muß den Commodore sprechen. Übernehmen Sie hier!«

Dann sah er Jago, der ein bloßes Entermesser durch seinen Gürtel gesteckt trug.

»Ein Sieg, Sir!« Das klang wie aus einer anderen Welt. »Oder jedenfalls fast einer.«

Adam beschattete seine Augen, um die feindliche Fregatte zu beobachten. *Defender*. Sie könnten sich irgendwann einmal wieder treffen. Ihre Flagge wehte so stolz wie immer. Verächtlich ...

Er schien sich an das zu erinnern, was Jago gesagt hatte. »Mein Diener. Whitmarsh! Wo ist er?«

»Er ist unten«, sagte Jago nur, »ich hab ihn selber runter gebracht. Sie hatten zu viel um die Ohren!«

Adam sah ihm ins Gesicht. »Reden Sie!«

Jago antwortete nur knapp: »Ein Splitter, Sir. Er hat nichts gespürt.«

»Und Sie haben ihn nach unten gebracht?« Er sah

weg, aufs Wasser. So sauber, dachte er, so sauber ...» Das war sehr tapfer. Ich werde es nicht vergessen!«

Das Zwischendeck lag voll von Verwundeten, einige voller Furcht vor dem, was sie erwartete, andere lagen stumm, jenseits aller Schmerzen.

Minchin starrte ihn an. Seine übliche Schürze war blutgetränkt. Ein Mann wurde vom Tisch gehoben und in den Schatten getragen.

Mit belegter Stimme sagte Minchin: »Der Commodore ist tot, Sir!«

Er deutete auf ein bedecktes Bündel neben einem gewaltigen Balken. Adam erkannte den seltsamen Diener, der neben der Leiche kniete, sich immer wieder vor und zurückzog und wie ein krankes Tier stöhnte.

Minchin wischte mit einem Lumpen Blut von seinem Messer und zerteilte dann einen Apfel. »Der da ist ganz und gar verrückt!«

Er kaute ungerührt weiter, als Adam eine Decke zur Seite zog und dem toten Jungen ins Gesicht sah. Nichts verriet, daß er nicht schlief. Minchin wußte, daß der eiserne Splitter ihn in der Wirbelsäule getroffen und sofort getötet hatte. In seinem Fleischerhandwerk hatte er viel Schreckliches gesehen, Männer, die im Namen der Pflicht zerrissen worden waren, die immer wieder geglaubt hatten, sie würden durch ein Wunder am Leben bleiben. Davon wenigstens war der junge Diener des Kommandanten verschont worden. Aber was sollte man sagen? Es gab nichts zu sagen. Andere warteten bereits. Er konnte den Apfel wegen des Rums kaum schmecken. Der Schnaps half ihm bei Anlässen wie diesen. Doch in dieser lichtlosen Hölle tief unten im Schiff erinnerte er ihn an etwas und an jemanden ...

Er seufzte tief. Was sollte das alles? Der Kapitän hatte getan, was er konnte. *Für uns alle.*

Es würde ihm nicht helfen und keinem anderen, daß Commodore Deighton durch einen einzigen Musketenschuß getötet worden war, aber von keinem amerikanischen. Die Kugel war in einem steilen Winkel eingedrungen, von weit oben. Er sah zu einem verwundeten Seesoldaten hinüber, der Rum trank. *Dabei soll's dann auch bleiben.*

Er wedelte mit dem Messer. »Der nächste!«

Adam sah dem Jungen ins Gesicht. Er hatte sicher den Untergang der *Anemone* immer wieder neu erlebt, wenn die Trommeln klar Schiff zum Gefecht befohlen hatten.

Wir helfen uns. Er deckte sein Gesicht wieder zu. Mehr hatte John Whitmarsh nie verlangt.

Er stieg wieder zu dem verrauchten Sonnenlicht empor. Er brach fast zusammen, als er seine Offiziere und Unteroffiziere warten sah. Sie wollten Bericht erstatten und erwarteten neue Befehle.

Jemand stellte sich ihm in den Weg. Es war Jago.

»Ja?« Er konnte kaum reden.

»Ich denk gerade, Sir. Das Angebot. Ich mein, Ihr Bootsführer!«

Adam sah ihn an, ohne ihn richtig zu sehen.

»Nehmen Sie an?«

Wie schon mal, hatte er eine Rettungsleine ergriffen.

Jago nickte und streckte ihm die Hand entgegen. »Das müssen wir mit Handschlag besiegeln!«

Sie schüttelten sich schweigend die Hand. Männer unterbrachen ihre Arbeit, vergaßen ihre Furcht und sahen nur hin, nahmen Teil.

Wie Ritchie vorhergesagt hatte, stießen sie an diesem Abend auf den Rest des Geschwaders und setzten Kurs auf die Bermudas ab, um neue Befehle zu erwarten. Im Heckwasser der *Valkyrie* sanken Leinwandbündel tiefer und tiefer in die ewige Dunkelheit. Eines der Bündel war der Commodore.

Und ein anderes der Junge, der ein feines Messer im Gürtel trug als letzten Gruß.

X
Ein Kriegsschiff

Seiner Britannischen Majestät Schiff *Frobisher* lag über ihrem perfekten reglosen Spiegelbild in gleißender Sonne vor Anker. Die Flagge im Heck und die Flagge des Admirals an der Großmaststenge hingen völlig bewegungslos. Zwischen den Decks war es trotz Sonnensegeln und Windfängern heiß wie in einem Backofen.

Der Knall des Mittagsschusses echote über das Wasser. Aber nur ein paar Möwen erhoben sich, quäkten Protest und ließen sich wieder fallen.

In der großen Kajüte legte Sir Richard Bolitho die Hand über die Augen, um nach draußen zu schauen. Seine Jacke hatte er abgelegt und sein gefälteltes Hemd fast bis zum Gürtel geöffnet. An Land bewegte sich auf den wuchtigen Wallanlagen gelegentlich ein roter Punkt, ein Soldat auf Wache. Ihm taten die Soldaten leid, die in ihren schweren Uniformen in der Hitze auf- und abschreiten mußten.

Die *Frobisher* war ein gut gebautes Schiff, und nur gedämpft und von fern erreichten ihn die Geräusche des Bordlebens, als seien auch sie durch die Hitze gedämpft. Doch immer wieder war er neidisch auf das bewegte Leben an Bord, von dem er isoliert war – beschützt, wie es sein Sekretär Yovell einst beschrieben hatte. Doch auch hier ganz achtern konnte er den zu Kopf steigenden Duft von Rum spüren und konnte sich ausmalen, wie sechshundert Matrosen und Seesoldaten sich auf ihr Mittagessen vorbereiteten.

Er setzte sich wieder an seinen Tisch, an den Stapel Depeschen und aktuelle Korrespondenz, die er durchzuarbeiten hatte. Seit ihrer Ankunft in Grand Harbour hatte das Schiff sich kaum bewegt. Solche Ruhe tat einem Kriegsschiff nie gut. Und in einer Mannschaft, die so weit von zu Hause weg war und weder auf Entlassung noch unmittelbaren Einsatz hoffen konnte, wurde der Druck auf Disziplin und Routine langsam fühlbar.

Zwei Briefe hatte er bisher von Catherine bekommen. Sie waren mit einer Kurierbrigg aus Plymouth angekommen. Bolitho war erst ganz kurz von Catherine getrennt, doch die unsichere Zukunft und ein seltsames, anhaltendes Gefühl von Verlassenheit, machte die Ferne schwerer erträglich als sonst.

Sie schrieb über Dinge, von denen sie wußte, daß sie ihn amüsieren würden, vom Haus und vom Gut. Vom Garten, von *ihrem* Garten, und den Rosen, die ihr soviel Freude machten.

Sie schrieb von ihren Gefühlen für ihn, doch sorgfältig vermied sie jede Erwähnung von Trennungsschmerz.

Ein schlimmes Ereignis hatte sie erwähnt, damit er davon nicht zuerst aus anderer Quelle erfuhr. In Bodmin, der Bezirksstadt, hatte es Unruhen gegeben, obwohl man sie sich in einer solchen Stadt kaum vorstellen konnte. Ein örtliches Regiment war aufgelöst worden, und die Männer hatten einen Protest vorgebracht: Sie verlangten Arbeit nach dem Dienst für ihr Vaterland.

Bolitho fragte sich, was wohl Lewis Roxby unternommen hätte, wenn die Sache in Falmouth passiert wäre. Er hätte sicherlich einige Männer als Arbeiter auf seinen großen Besitzungen übernommen und andere Landbesitzer zu gleichem Handeln veranlaßt. Doch in Bodmin hatte der Friedensrichter den Text des Gesetzes gegen Unruhen vorgelesen und Dragoner aus Truro angefordert.

Catherine schrieb ihm auch, daß sie nach London fahren wollte, um wieder mit ihrem Anwalt zu sprechen. Sie denke immer an ihn. *Mein Liebster ... immer.*

Aus der Pantry hörte er Ozzards scharfe Stimme und danach Allday. Sie stritten sich – wie gewöhnlich. Ohne die beiden und ihr Bemühen um sein Wohlbefinden würde die Untätigkeit mich verrückt machen, dachte er manchmal.

Natürlich gab es Empfänge für ihn und die Offiziere und für besuchende Schiffe, für frühere Feinde, die jetzt Verbündete waren, ein Zustand, an den Bolitho sich nur sehr schwer gewöhnen konnte.

Von der Insel hatte er bisher wenig gesehen. Und obwohl man ihm ein Quartier an Land angeboten hatte und so viele Diener, wie er wollte, war er auf seinem Flaggschiff geblieben. Es schien ihm die letzte Verbindung zu dem einzigen Leben, das er kannte und dessen Gesetze er begriff.

Malta war geschichtsträchtiger Boden. Ein älterer Offizier hatte es als Vorposten des Christentums bezeichnet. Als die Franzosen sich wegen der Blockade zur See zurückziehen mußten, hatten die Malteser um britischen Schutz gebeten und um Wiederherstellung ihrer Rechte und Privilegien. Und die Insel, so klein sie war, war wieder einmal Vorposten geworden. Jetzt, da Napoleon auf Elba interniert war, rechneten manche damit, daß Malta seine Selbständigkeit wiederbekommen würde, die sich nicht sehr von der unter den Malteserrittern unterschied.

Der ältere Offizier hatte laut gelacht, als Bolitho ihm das erläuterte.

Er hatte gesagt: »Haben Sie je erlebt, daß eine Flagge nach einem Sieg eingeholt wird, Sir Richard? Wenn man für einen Besitz sterben will, lohnt es sich, ihn zu behalten.«

Er hörte, wie der Posten die Hacken knallte und wie Ozzard kurz darauf an die äußere Tür eilte.

Es war Kapitän Tyacke, sein zerquältes Gesicht leuchtete dunkel über seinem weißen Hemd. Er war so an die Hitze und die Sonne Afrikas gewöhnt, daß er sie hier kaum wahrnahm.

»Der wachhabende Offizier hat gerade eine Nachricht überbracht, Sir Richard!«

Er sah sich in der Kajüte um. Sie war noch erheblich größer geworden, nachdem man die 18-Pfünder entfernt hatte, die sonst sogar in den Räumen eines Admirals standen. Man hatte sie durch kurze hölzerne Nachbauten ersetzt, sogenannten Quäkern. Das Schiff erschien mit ihnen nach außen hin immer noch voll bewaffnet.

Bolitho schlitzte den Umschlag auf. Auf der Außenklappe trug er ein militärisches Siegel. Wieder ein Besucher ...

Er sagte: »Wir werden während der Hundewache Besuch bekommen, einen Generalmajor, James, einen Mann namens Valancy. Einen Grund für diese Ehre nennt der Brief nicht!«

»Ich werde mich drum kümmern, Sir!«

Bolitho sah den Mann an, und wieder fielen ihm Veränderungen auf. Er hatte das schon auf der Reise ins Mittelmeer wahrgenommen und während dieser zähen Wochen im Hafen. Vielleicht forderte ihn das neue Kommando sehr. An einigen unerfahrenen Männern und jüngeren Offizieren hatte er wahre Wunder vollbracht. Doch das war nur ein Teil einer möglichen Erklärung.

Wir sind uns in vielem so ähnlich. Also wird er mir sagen, was los ist, wenn er so weit ist.

»Vielleicht informiert man uns genauer, Sir!« sagte Tyacke.

»Hoffentlich bald!«

Er stand auf und ging auf die Galerie achtern. Er sah, wie ein Boot über den Hafen pullte. Ein Junge und ein alter Mann; sie sahen nicht einmal hoch, als sie durch den Schatten der *Frobisher* glitten.

Ruhig ergänzte er dann: »Wenn das nicht geschieht, werde ich einen entsprechenden Bericht an Ihre Lordschaften schicken, James.«

Tyacke beobachtete ihn, seine geraden Schultern,

sein Haar – immer noch so dunkel wie bei ihrem ersten Treffen und später, als Bolitho ihn bat, sein Flaggkapitän zu werden. Er hatte es weder befohlen noch verlangt, wie andere Flaggoffiziere es getan hätten und wozu sie auch jedes Recht hatten. Er hatte gebeten. Und erklärt: »Weil ich Sie brauche.« Kein Wunder also, daß man von einer Legende sprach, von seinem Charisma. Es war beides – und auch wieder nicht. Es war der ganze Mann.

Dann meinte er: »Wenn wir wieder auf See könnten ...«

Bolitho drehte sich zu ihm um. »Ich weiß. Wir müssen sie wieder mal treiben, wir müssen kämpfen, wenn es nicht anders geht, aber wir müssen *raus auf See!*«

Er bemerkte, wie Tyacke den Weinkühler musterte, den zweiten, nachdem der erste mit der *Hyperion* untergegangen war. Auch hier war Catherine ihm also sehr nahe. Er sah im Skylight Tyackes narbige Gesichtshälfte gespiegelt. Wie geschmolzenes Wachs war das Fleisch von den Knochen gebrannt. Das Auge war wunderbarerweise unverletzt geblieben, so klar und blau wie das andere. Auch das sah heute anders aus ... Als das Schiff Spithead verließ, hatte Tyacke seine Pflichten auf See übernommen. Er hatte seinen Offizieren und Unteroffizieren erklärt, was er von ihnen erwartete. Dabei hatte er nicht unter den neugierigen Blicken der Fremden gezuckt. Leute an Land und einige der jüngeren Midshipmen wichen seinem Blick immer noch aus und schauten zu Boden. Tyacke hatte das seit seiner Verletzung am Nil jeden Tag und jede Stunde erdulden müssen. War es möglich, daß er es jetzt angenommen hatte? Oder gab es für sein neues Verhalten andere, tiefere Gründe?

Er hatte über seine Gedanken zu Malta mit Tyacke geredet. Dessen Antwort war geradeheraus und ohne Kompromiß gewesen – wie der Mann selber.

»Wir wären verrückt, wenn wir die Insel aufgäben, Sir.

Sie ist zwar nur siebzehn mal neun Meilen groß, würde eine Landratte sagen, also so groß wie die Isle of Wight. Aber sie liegt hier, und wer sie besitzt, hält den Schlüssel zum Mittelmeer in der Hand. Jede Handelsnation weiß das ganz genau!«

Bolitho sagte: »Vielleicht ist unsere Aufgabe hier schneller erledigt, als wir annehmen.« Er faßte sich ans Auge, als ein Lichtstrahl ihn traf. Die grausame Erinnerung. *Die ich nicht annehmen kann.* »Wollen Sie dann immer noch nach Afrika zurück?«

Tyacke lächelte leicht. »Darüber müßte ich nachdenken. Ja, ich müßte darüber sehr genau nachdenken.« Er schaute zur Decke hoch, als eine Pfeife zwitscherte und nackte Füße über das zundertrockene Holz liefen. »Ich muß den Ersten Offizier sprechen, Sir, wenn Sie mich bitte entschuldigen wollen!«

Bolitho sah, wie der andere an der Tür einen Augenblick zögerte und sagte: »Wenn Sie etwas mit mir bereden wollen, James, bin ich immer für Sie da!«

Tyacke hielt inne, den Hut noch nicht auf dem Kopf. Er lächelte plötzlich und schien ganz jung.

»Wenn Sie nicht hier wären, wär ich's auch nicht.«

Als die Tür zufiel, trat Allday ein und sah auf die beiden Säbel in ihrem Stell.

»Wahrscheinlich kommt bald wieder ein Kurierschiff, Sir Richard!«

Auch er war innerlich unzufrieden. Er wollte hier sein und dachte doch immer wieder an das neue Leben mit Unis und seiner kleinen Tochter.

Bolitho deutete auf den Schrank. »Trink einen Tropfen, alter Freund. Wir haben's beide nötig, scheint mir!«

Allday bückte sich neben dem Schrank und sagte: »Wir sollten das hier erledigen und hoffentlich dann bald den Kurs nach Hause abstecken.«

Bolitho rieb sich das Auge. Er mußte etwas verpaßt haben.

Allday hob ein Glas Rum hoch und grinste. »Auf uns, Sir Richard!«

»Was hast du erfahren?«

Allday schaute auf den Stuhl mit der hohen Lehne, mit grünem Leder gepolstert. Catherine hatte ihn, wie auch den Weinkühler, Bolitho geschenkt. Ebenso wie das Medaillon, das er immer trug, wenn sie fern voneinander waren. Die Frau eines Seemanns. Ein besseres Kompliment gab es nicht.

»Ich habe eben mit den Männern im Wachboot geredet, Sir Richard!« sagte er. »Man spricht hier von einem Angriff auf ein Handelsschiff. Piraten, sagt man.«

Er fühlte einen Schauer über seinen Rücken laufen. So hatten sie sich das erste Mal getroffen, vor so vielen Jahren. Berber-Korsaren!

»Der Wachhabende hat davon nichts gesagt«, antwortete er.

Allday stellte das leere Glas ab und achtete darauf, daß es keinen Rand auf dem Tisch hinterließ, was ein Grund für neuen Ärger mit Ozzard gewesen wäre.

»Mit allem Respekt, Sir. Die Seesoldaten sind ja alle ganz gut – auf ihre Art und an ihrem Ort.« Dann tippte er sich an die Stirn. »Aber ihre Offiziere haben wenig Ahnung.«

Bolitho lächelte. »Los, hau ab. Und denk nicht immer an Unis. Sie ist in guten Händen.«

Allday verschwand, keineswegs überzeugt, und traf Ozzard in der Pantry. Der schnüffelte neugierig. »Du warst wohl wieder am Schnaps?«

Allday überhörte das. »Sir Richard macht sich Sorgen, über Kapitän Tyacke, über mich und über alle, nur nicht über sich selber!«

Ozzard sah ihn verächtlich an. »Kapitän Tyacke? Weißt du nicht, was mit dem los ist?«

Allday seufzte innerlich. Er könnte diesen kriecherischen Diener mit einem Fausthieb töten und fragte sich, warum sie Freunde geblieben waren, jedenfalls fast Freunde.

Ozzard fuhr ihn an: »Ein Weib, du Sturkopf. Es geht immer um ein Weib, wenn's irgendwo Ärger gibt.«

Allday verließ die Pantry und legte dabei seine Hand auf die Schulter des kleinen Mannes. Wenn er bliebe, würde alles nur noch schlimmer.

Es war, als solle er ein fürchterliches Geheimnis teilen. Ozzard hatte nicht Kapitän Tyackes Schmerz beschrieben – sondern seinen eigenen.

Generalmajor Sir Ralph Valancy trat in die Heckkajüte und schaute sich um, als Ozzard ihm den Hut abnahm. Bolitho fiel auf, daß der Mann unter der Hitze offenbar nicht litt. Seine Uniform war perfekt gebügelt, seine Stiefel glänzten wie Glas. Doch auch in Lumpen hätte man in ihm den Berufssoldaten erkannt. Er mußte seine Ordonnanzen ständig in Bewegung halten, wenn Maltas Staub und seine Hitze ihn so wenig zeichneten.

Valancy nahm Platz. »Ich könnte nie Seemann sein, Sir Richard. Hier ist es viel zu eng, sogar für einen Admiral!«

Bolitho wartete, bis Ozzard mit dem Wein kam. Er fragte sich, an wen dieser Mann ihn erinnerte. Dann fiel es ihm ein. Er hatte in Halifax einen jungen Hauptmann aus des Königs Regiment getroffen. Der war bei der Belagerung von York dabei gewesen. Und hatte Gilia St. Clair, die jetzt bald Valentine Keen heiraten würde, eine Miniatur von ihr zurückgegeben.

Wenn der junge Hauptmann lange genug lebte, würde er diesem Generalmajor sehr ähnlich werden.

Valancy nippte am Wein und schnalzte mit der Zunge.

Bolitho sagte: »Es ist reichlich warm, da ist die Kühlung auf einem Schiff vor Anker nicht leicht.«

Valancy grinste. »Mir schmeckt jeder Wein, Sir. Ich bin über jede Art von Land geritten, marschiert oder gekrochen und wie meinen Männern wurde mir jede Art von Geschmack ausgetrieben.« Er wurde ernst. »Sie haben sicher von dem verschwundenen Transportschiff, der *Galicia*, gehört?«

Bolitho erinnerte sich an Alldays Verachtung der Armee und besonders der Seesoldaten.

»Ich habe offiziell noch nichts erfahren.«

Valancy hob die Schultern. »Ich habe es auch erst heute morgen gehört. Die *Galicia* war von der Armee gechartert und auf dem Weg nach Malta. Ein Fischer hat berichtet, wie sie von einem schwerbewaffneten Schiff angegriffen wurde. Er machte sich aus dem Staub, ehe er das nächste Opfer wurde.«

»Ein Pirat aus Algerien?«

Valancy nickte. »Zu nahe unter der Küste der Sarazenen segeln, heißt das. Der Dey von Algier hat sicher seine Hand dabei im Spiel. Die ganze nordafrikanische Küste wäre längst Teil des türkischen Reichs, wenn er und der Bey von Tunis genügend Schiffe finden könnten!«

Bolitho mußte an seine Zeit als Flaggkapitän zurückdenken, als er mit ebendieser Küste beschäftigt war und dem schlimmen Hafen von Djafou, westlich von Algier. Sklaverei, Grausamkeiten und Torturen. Selbst seinen hartgesottensten Seeleuten war schlecht geworden bei dem, was sie vorgefunden hatten. Piraten gab es in diesen Gewässern häufig. Aber als die Flotte ganz und gar mit den Franzosen und der Blockade beschäftigt war, hatten einige Piraten sich einen Teufel um die anderen Mächte gekümmert und waren auf der Suche nach Beute bis zu den Kanalinseln und in den Atlantik vor der irischen, der englischen und der schottischen Küste vorgestoßen.

Wenn das Mittelmeer jemals wieder ein friedliches Gewässer werden sollte, mußte diese Gefahr für den Handel ausgemerzt werden. Wenn Frieden und Vertrauen wieder herrschen sollten, würden die neuen Verbündeten Großbritanniens etwas finden müssen, um sich durchzusetzen.

Bolitho sagte: »Ich habe sechs Fregatten und ein paar kleinere Fahrzeuge.« Er blickte auf die nächste Holzkanone. »Und mein Flaggschiff. Keine beeindruckende Flotte, aber ich habe schon mit weniger Schiffen Erfolg gehabt.«

»O ja, Sir Richard, wie ich sehr wohl weiß. Sie werden sich an mich nicht erinnern, aber ich war Adjutant des Generals am Kap der Guten Hoffnung, als Sie zu unserer Verstärkung kamen.« Er lächelte in der Erinnerung. »Ich war damals bei den Einundsechzigern. Ein feines Regiment.«

Es war das Lächeln, genau Lächeln des Hauptmanns, der in York gekämpft hatte, eben das eines Berufssoldaten.

»Ich erinnere mich.« Er erinnerte sich tatsächlich an den General von damals. Der wollte das Kap der Guten Hoffnung auch nicht an die Holländer zurückgeben.

Der Soldat sagte: »Ja, wir haben natürlich von Trafalgar und Nelsons Tod gehört. Ein Schock sicherlich, aber es mußte ja wohl so kommen, nehme ich an. Ich habe mich oft gefragt, was wohl aus seiner Dame nach seinem Tode geworden ist. Ich nehme an, daß jeder ihr weit aus dem Wege geht.« Dann sah er Bolitho direkt an. »Das war eine dämliche Bemerkung, Sir Richard. Ich entschuldige mich dafür!«

Bolitho meinte nur: »Ich denke manchmal selber daran, Sir Ralph!« Er erhob sich unvermittelt und dachte an Catherine. Sie hatten sich das allererste Mal getroffen, als die todbringenden Schebecken sich unter Segeln und Riemen näherten. Sie waren nur darauf aus, ins verletzliche Heck eines großen Schiffes zu feuern. Catherines Mann war dabei gestorben. *Und wir haben uns wieder verloren . . .*

»Ich werde die einzige Fregatte schicken, die ich im

Hafen habe. Die *Frobisher* wird hier bleiben, befehlsgemäß, bis weitere Kriegsschiffe eintreffen.«

Er hörte schon Tyackes Protest und seine Zweifel.

Valancy nickte bedächtig. Falls er von der schnellen Entscheidung überrascht war, verbarg er das sehr gut.

»Der Kommandant der Fregatte«, er zögerte kurz wie vor einem Angriff, »kennt er den Wankelmut dieser Leute. Die lassen unzählige Seeleute und Fischer in ihren Verliesen verrotten, nur weil sie Christen sind. Diese verdammten Barbaren.« Er wurde sehr ernst. »Und nach unseren neuesten Erkenntnissen hat der Dey von Algier sechshundert Kanonen.«

»Darf ich Sie etwas fragen? Wenn die Armee diese Sache erledigen müßte, wen würden Sie schicken?«

Überraschenderweise lachte Valancy. »Eine Sache wie die, aus der leicht ein neuer Krieg entstehen könnte? Ich würde selbst gehen. Ob das nun falsch oder richtig ist – jedenfalls bin ich dafür verantwortlich!«

Bolitho lächelte und tippte mit dem Papiermesser gegen sein Glas. »Noch eins, Sir Ralph?«

Als Ozzard erschien und Wein nachschenkte, bat Bolitho ihn: »Sagen Sie Allday, er soll Kapitän Tyacke suchen und ihn zu mir bitten.« Ihm fiel auf, daß Ozzard den Blick nicht hob und ganz und gar nicht überrascht war. Dann sagte Bolitho ruhig zu Valancy: »Die Antwort habe ich erwartet. Ich werde mit der *Halcyon* auslaufen.«

Er erinnerte sich an das Gesicht ihres Kommandanten, als er ihm seine Furcht und Hilflosigkeit auf der *Majestic* während der Schlacht vom Nil beschrieben und Tyacke ihm dabei Mut und Stolz zurückgegeben hatte.

Die *Frobisher* oder eine größere Ansammlung von Schiffen würden nur zu einem Desaster führen ...

Allday trat durch die andere Tür ein und blieb unsicher stehen. Das war sehr ungewöhnlich.

»Also?« fragte Bolitho.

»Kapitän Tyacke ist beim Zahlmeister, Sir Richard.«

Er vermied es, den Generalmajor anzublicken. »Ich habe eine Nachricht hinterlassen, aber ich dachte ...«

Bolitho nahm wieder Platz. »Deswegen sind wir hier. Deswegen bin ich hier.« Er lächelte. »Mein Kompliment an den Kapitän – und bitte ihn, zu kommen.«

Allday verschwand, und Valancy meinte: »Ein bemerkenswerter Mann. Obwohl ich nicht verstehe, wie es möglich ist, daß irgend jemand weiß, was Sie planen!«

Bolitho faßte sich ans Auge. »Bemerkenswert, in der Tat. Das hat Ihr General damals am Kap auch gesagt. Er meinte auch, er könne ein paar tausend Männer seiner Art gut gebrauchen.«

Der Soldat erhob sich. »Ich werde Sie nicht länger von Ihren Pflichten fernhalten, Sir Richard.«

Bolitho schüttelte ihm die Hand. Heute abend würde der General seinen Stab wahrscheinlich mit Anekdoten über die seltsamen Zustände in der Marine unterhalten, in der sich ein Admiral Zeit genommen hatte, einem einfachen Matrosen etwas zu erklären. Und dann war er sich doch wieder sicher, daß der General nichts dergleichen sagen würde.

Tyacke betrat die Kajüte, sobald der Generalmajor sicher in seinem Boot saß und an Land zurückgerudert wurde.

Bolitho sagte: »Bitten Sie den Kommandanten der *Halcyon* an Bord, James. Ich möchte etwas mit Ihnen bereden.« Er spürte die ersten Zeichen von Widerspruch. »Die Sache ist ziemlich eilig.«

»Sie wollen die *Frobisher* verlassen? Ihr Flaggschiff?«

»Sofort. Und während ich abwesend bin, lassen Sie bitte die Kanonen hier wieder aufstellen.«

Tyacke verließ die Kajüte, ohne eine weitere Frage zu stellen.

Sonnenschein und die schön bemalten Boote hier im Hafen hatten nichts zu bedeuten, das Schiff war schließlich noch immer ein Kriegsschiff.

Leutnant George Avery legte die Feder aus der Hand und schob den fertigen Brief über den kleinen Tisch.

»Hier, ich hoffe, er drückt Ihre Gedanken richtig aus.«

Er wartete, bis Allday, der sich auf eine Kiste in der engen Kabine geklemmt hatte, sorgfältig und mit Hingabe sein Zeichen in die untere Ecke der Seite gemacht hatte. Avery hatte ihn einmal gefragt, was das Zeichen bedeutete, und Allday hatte es ihm erklärt. Es glich dem steinernen Kreuz von Cornwall vor der Kirche von Fallowfield, in der Unis und er geheiratet hatten.

Allday legte seinen Kopf schief, um der Pfeife eines Bootsmannes zu lauschen, die laut durch die Abendstille schrillte. »Lange wird's nun nicht mehr dauern«, sagte er.

Avery sah sich in der Kabine um. Ein Hüttchen, aber privat genug, um sich vor dem allgemeinen Lärm und der Routine des Bordlebens zurückzuziehen.

»Wie denken Sie darüber?«

Allday sah ihn nachdenklich an. Bis vor kurzem wäre er auf der Hut gewesen, hätte Mißtrauen gezeigt.

»Ich bin lang genug bei Sir Richard, um die Dinge zu nehmen, wie sie kommen. Aber diesmal bin ich mir nicht sicher. Diesen Teufeln konnte man nie trauen, und ich kann es auch jetzt nicht. Wir sollten warten, bis der Rest des Geschwaders wieder hier ist.«

Avery dachte an den jungen Kapitän der *Halcyon*. Ein guter Offizier, wie Tyacke bestätigte. Aber eine Fregatte mit achtundzwanzig Kanonen gegen gut plazierte Batterien und, ohne Zweifel, gegen Schiffe, die nur darauf warteten, unwillkommene Besucher zu vertreiben – das waren ungleiche Chancen.

Dann sagte er: »Ihr Brief wird jedenfalls auf dem richtigen Weg sein!«

Allday erhob sich, er hatte jemanden vor der Tür gehört. Avery hatte nie einen Brief bekommen oder einen geschrieben, aber das zu bereden, ging doch wohl ein bißchen weit. Schade, dachte er. Avery war besser als die meisten seiner Art. Er lächelte. Aber er blieb ganz Offizier.

»Ich bin soweit, wenn man uns ruft, Sir!«

Avery stand auf, als Kellett, der Erste Offizier, zur Seite trat, um Allday passieren zu lassen.

»Kommen Sie rein!«

Sie lachten beide, als Kellett sich durch die leichte Tür wand. Die Kammer war so groß wie seine eigene.

»Ich werde Sie nicht aufhalten.«

Er hockte sich auf eine Kiste und sah unsicher auf das Papier und auf die Feder. Avery sagte sich, er wußte, daß er wahrscheinlich Briefe für den Bootsführer des Admirals schrieb, aber er erlaubte sich darüber keine Bemerkung.

Er hatte Kellett seit dem Verlassen von Plymouth nicht besser kennengelernt. Er war groß, etwa fünfundzwanzig Jahre alt. Offensichtlich respektierten ihn die erfahrenen Männer und die Unteroffiziere. Tyacke hatte angedeutet, daß er während der langen Überholzeit die *Frobisher* allein unter Kontrolle gehabt hatte. Er war ein loyaler Mann, hatte sich Tyacke gegenüber nie beschwert, daß er die meisten Aufgaben allein zu lösen hatte. Viele an seiner Stelle hätten das sicher getan, schon um sich ihren neuen Herren und Meister zu verpflichten.

Kellett sagte: »Ich wünschte, ich könnte mitkommen. Oder daß die *Frobisher* die Flagge in algerische Gewässer trägt.«

Avery wartete. Kellett war bestimmt nicht hier, um ihm die Zeit zu stehlen, ehe sie auf die *Halcyon* übersetzten. Er hatte etwas zu besprechen.

Avery sagte: »Sie sind jetzt drei Jahre auf diesem Schiff.«

Kellett sah ihn an, freundlich, aber bestimmt. »Ich

kam als Zweiter Offizier an Bord, aber mein unmittelbarer Vorgesetzter wurde versetzt.« Er zuckte mit den Schultern. »Ich dachte schon, mein Zukunft sei freundlicher.« Doch seine Worte klangen gar nicht lustig.

»Der frühere Erste Offizier wurde befördert?« half Avery ihm weiter.

»Versetzt. Auf irgendein mieses, rattenverseuchtes Bombenfahrzeug. Ich habe ihn nie gemocht, aber etwas Besseres hat er allemal verdient.«

Avery dachte nach. Dieser Erste Offizier war der Ehrenwerte Granville Kellett, Sohn eines Admirals. Seine Karriere war ihm sicher – ob im Frieden oder im Krieg. Es sei denn..

»Was für ein Mann war der Kapitän? Ich habe gehört, er wurde aus Krankheitsgründen abgelöst, obwohl der Arzt behauptet, davon wüßte er nichts!«

Kelletts Lächeln war offen. »Ich bin ganz überrascht, daß sie von dem überhaupt etwas erfahren haben. Der sagt Ihnen nicht mal, daß er Ihnen das Bein abnimmt, bis alles vorbei ist.« Er nickte dankend, als Avery zwei Gläser mit Cognac füllte. »Kapitän Oliphant war in unserer Werftliegezeit selten an Bord. Er war krank, aber man behandelte ihn an Land.« Er machte eine Pause. »Aber nicht im Lazarett von Haslar, wie Sie annehmen könnten.« Er nahm einen Schluck Cognac. »Das habe ich selber rausgefunden.«

»Kam das plötzlich?«

»Zuerst dachte ich, ja. Jetzt, rückblickend, scheint er schon immer gelitten, wohl Schmerzen gehabt zu haben. Die haben seine Stimmungen beeinflußt. Wir bekamen die Nachricht, daß die *Frobisher* Sir Richards Flaggschiff wird. Da nahm ich an, er war überaus erfreut. Er würde Flaggkapitän sein. Und seine Aussichten, als Cousin von Lord Rhodes, schienen großartig.« Dann senkte er seine Stimme. »Aber ich kann Ihnen sagen, daß ich Gott danke, daß Kapitän Tyacke das Kommando übernommen hat. Solch eine Veränderung auf einem Schiff habe ich noch nie erlebt. Er hat neues Leben in sie gebracht.«

Avery lächelte. »Ich war zuerst entsetzt, als ich ihn sah. Jetzt stehe ich ihm näher. Aber manchmal macht er mir immer noch mehr Angst, als ich zugeben möchte.«

Kellett stellte sein leeres Glas ab. »Das tat gut, Sir!«

Langsam erhob sich Avery. Immer noch fand er die Vorstellung seltsam, daß hier einst, so wie sie jetzt, französische Offiziere gesessen hatten, die über kommende Schlachten, ihre Beförderungen und sicher auch über die Liebe gesprochen hatten.

Kellett kam zu einem Entschluß. »Kapitän Oliphant hatte sehr viel für Frauen übrig. Ihretwegen verschuldete er sich sogar, wenn es sein mußte. Mein Vorgänger wurde versetzt, weil er sich weigerte, ihm finanziell zu helfen. Ich nehme an, mich behielt er nur wegen meines berühmten Vaters.« Er zwang sich zu einem Lächeln. »Vor Gericht würde ich natürlich jedes Wort abstreiten.«

Avery pflichtete ihm ernst bei: »Natürlich!«

Sie lachten beide, und Kellett schüttelte ihm die Hand. »Passen Sie bei dieser Reise auf sich auf. Ich würde nicht gern einen Freund verlieren, den ich gerade gewonnen habe.« Dann war er verschwunden.

Avery dachte nach. Rhodes hatte dafür gesorgt, daß die *Frobisher* Sir Richards Flaggschiff wurde. Das wäre für Oliphant der entscheidende Schritt gewesen, was auch immer die Zukunft gebracht hätte. Er hörte, wie ein Boot herangezogen wurde. Es war Zeit.

Aber, verwandt oder nicht, Rhodes hätte Oliphant niemals als Flaggkapitän vorgeschlagen, wenn es auch nur den leisesten Anschein für einen Skandal gegeben hätte, vor allem im Hinblick auf seine eigene Hoffnung, Erster Lord zu werden.

Kapitän Oliphant hatte sehr viel für Frauen übrig. Kelletts Worte schienen in der feuchten Luft zu schweben.

Das ging sie eigentlich nichts an. James Tyackes Entscheidung, zu ihnen zu kommen, hatte alles geändert, und nach Kelletts Bericht eben nicht nur in der kleinen Mannschaft von Sir Richard.

Er meinte Tyackes Stimme durch die leichte Tür zu hören, noch ehe er die Kajüte erreicht hatte.

Der Posten der Seesoldaten zeigte keinerlei Bewegung. Sein Blick blieb auf einen Punkt in der Spitze des Schiffes fixiert, als er den Kolben seiner Muskete auf die Planken knallte und rief: »Der Flaggleutnant, Sir!«

Bolitho sah von seinem Tisch auf und lächelte ihm zu.

»Ich weiß, George, es ist gleich soweit.« Falls er über die Unterbrechung froh war, zeigte er es nicht. Er wandte sich an Tyacke. »Sie haben meine schriftlichen Befehle, James. Sie sind verantwortlicher Kapitän, bis wir zurückkommen oder bis Sie anders lautende Befehle bekommen. Das Schiff ist in guten Händen. Bessere gibt es nicht.«

Er streckte seine Hand aus und obwohl auch Allday dabei war, war die Kajüte jetzt leer, bis auf sie beide – den Admiral und seinen Flaggkapitän.

Dann sagte er: »Glauben Sie mir, das hier muß erledigt werden. Wenn ich darauf warte, bis wir alle zusammen sind, kann es zu spät sein. Das wissen Sie!«

Tyacke klang sehr ruhig, aber er gab nicht auf. »Ich habe zu lange mit Sklavenhändlern zu tun gehabt. Ich kenne diesen Abschaum, wie auch immer er sich nennt. Für mich kommt es darauf an, daß wir hier unsere Aufgabe erfüllen.« Er zögerte. »Und nach Hause zurücksegeln!«

Ozzard hatte darauf bestanden, sie auf die *Halcyon* zu begleiten. Als er sah, daß das Gepäck des Admirals sicher im Boot lag, meinte er bissig: »Der wird mit sich nicht fertig, oder?«

Allday mußte immer noch an Tyacke denken, der von

zu Hause gesprochen hatte, etwas das er noch nie getan hatte.

Vorsichtig meinte er: »Was Kapitän Tyacke angeht, Tom, was du da gesagt hast, dachte ich ...«

Ozzard sah aus dem ersten Abendlicht zu ihm hoch. »Dachtest du? Überlaß das Denken den Pferden, die haben größere Köpfe.«

Allday sah ihm nach, als er sich geschäftig davonmachte. Er sorgte sich. Tyackes Bemerkung ließ sich nicht zur Seite schieben. *Er meint uns alle.*

Als dann die Abendsonne die alte Festung wie mit Blut rot färbte, wurden Bolitho und seine Begleitung auf die Fregatte *Halcyon* hinübergerudert. Die Brise war vielversprechend, die Winsch schon bemannt, die Segel zum Setzen schon gelöst.

Innerhalb einer Stunde war die *Halcyon* verschwunden, als wäre sie nie hier gewesen.

XI
Die Frau eines Seemanns

Die Treppe hinten im Hauptgebäude der Admiralität war schmal und wurde sicher selten benutzt, schätzte Catherine. Das Geländer war staubig. Das fühlte sie selbst durch ihren Handschuh und als sie die letzte Windung der Stufen erreicht hatte und zurückblickte, entdeckte sie Spinnweben am Saum ihre Kleides.

Die wenigen Fenster waren trotz der schweren Luft und eines drohenden Gewitters, das über London und dem Fluß hing, geschlossen.

Richard hatte ihr einmal gesagt, daß man sich der Admiralität auch von der Rückseite des Gebäudes nähern konnte. Damit hatte er bestimmt diesen Weg gemeint.

Der ältliche Diener hielt an und schaute sich zu ihr

um. »Es tut mir sehr leid, Mylady, aber Sir Graham Bethune wurde unvorhergesehen zurückgehalten und bat mich, Sie hierher zu begleiten, damit Sie ihn hier treffen.«

Hier war ein kleiner Vorraum mit drei Stühlen und sonst kaum etwas. Ein Ort für Verschwörungen, vielleicht.

»Danke, ich werde warten!«

Sie konnte den schweren, fast schmerzenden Atem des Dieners hören. Er war sicher die steile Hintertreppe nicht gewöhnt.

Wieder allein, trat Catherine ans Fenster, aber sie sah nur die Schräge eines anderen Dachs. Sie konnte sich überall befinden, unterdrückte einen Schauer. Dies war wie ein Blick aus einem Gefängnis.

Vielleicht hätte sie nicht kommen sollen. Aber in London hatte sie sich viel vorgenommen. Sie mußte ihre Anwälte treffen und hatte Bethune ein paar Zeilen geschickt. Sie seufzte. Am Abend war wieder ein Empfang als Gast von Sillitoe geplant. Sie mußte auf der Hut sein. Aber sie brauchte auch seinen Rat, und das wußte er.

Dann würde sie noch ein paar Tage bleiben, ehe sie wieder nach Cornwall zurückkehrte – in das graue Haus. Um zu warten.

Sie dachte an den Empfang von gestern abend. Wie anders der hätte sein können. Es handelte sich um eine Gesellschaft zu Ehren der Rückkehr des Herzogs von Wellington. Sie hatte von einer im Burlington-Haus gehört, zu der fast zweitausend Leute eingeladen worden waren. Viele trugen groteske Kostüme und benahmen sich entsprechend. Wein war in solchen Mengen getrunken worden, daß man sich mit Recht fragte, ob sich die Gäste noch erinnerten, ob der Herzog überhaupt teilgenommen hatte.

Catherine war müde und hoffte, daß man es ihr nicht

ansah. Bei solchen und ähnlichen Gelegenheiten hatte sie immer den Eindruck, sie habe einen Bühnenauftritt zu absolvieren – für sie und Bolitho, gleichgültig, was andere dazu sagten.

Die Haupttür öffnete und schloß sich so schnell, daß sie nur einen kurzen Blick auf den blauen Teppich und die vergoldeten Stühle erhaschte.

Bethune ergriff ihre Hände und hob sie an die Lippen.

»Tausend Entschuldigungen, Lady Somervell. Ich bin erst vor zwei Tagen aus Paris zurückgekehrt. Als Ihre Nachricht kam, konnte ich mich so schnell nicht freimachen.« Er ließ ihre Hände nicht los und sah sie voller Wärme und Anteilnahme an, die echt war, wie sie wußte.

Sie lächelte. »Wie war Paris?«

Er sah sich nach einem Stuhl um und wischte mit seinem Taschentuch über ihn.

»Voll. Voller Uniformen.« Wieder sah er sie an. »Voll fremder Uniformen.«

Sie setzte sich und schob ihren Fuß vor, um nach den Spinnweben zu schauen. Sie waren verschwunden. Sie bemerkte, wie er ihr mit seinen Blicken folgte, und verstand, warum Frauen sich von ihm so angezogen fühlten.

»Hat Lady Bethune Sie begleitet?«

Er blickt zur Seite. »Ja, allerdings. Sie ist hier. Sie ist hier in der Admiralität.«

Das erklärte die Hintertreppe, das Verborgene, wenn es denn so etwas noch gab.

Er saß ihr auf einem Stuhl gegenüber, seine Knie gebogen und leicht gespreizt, eher ein unbeholfener Midshipman als ein Flaggoffizier. Das macht ihn menschlicher. Er war ein Freund.

Er sagte: »Bisher habe ich wenig Erfolg gehabt, Lady Somervell.«

Sie hob ihre Hand. »Catherine!«

Er lächelte. »Catherine. Sir Richards Geschwader ist in Malta noch nicht komplett. Erst dann erwarten wir weitere Nachrichten.«

»Und wenn er nach Hause kommt, wohin schickt man ihn als nächstes? Doch sicherlich wieder weit weg. Ist man denn hier so kalt, daß man vergessen hat, was man ihm bereits verdankt? Ich hatte gehofft, ihn in Malta zu treffen, wenn auch nur kurz!« Sie sah ihm ins Gesicht, bis er seinen Blick senkte. »Das habe ich ihm versprochen!«

»Ich weiß. Aber die Situation in Malta ist verzwickt. Und noch verzwickter, weil es Probleme mit Algier gibt.« Er versuchte, es weniger schlimm klingen zu lassen. »Wie auch immer, die Zeiten verlangen Fingerspitzengefühl, vor allem von Sir Richard!«

»Und wenn ich auf meine eigenen Kosten zu ihm reise und nicht auf Staatskosten, wie so viele ... Wer fühlt sich dann betroffen, die Hüter von Englands Wohlbefinden ... Denken Sie an die?«

»Vielleicht. Aber ich habe den Gedanken noch nicht verworfen. Immerhin haben wir eine wunderbare Nachricht. Die Fregatte *Valkyrie* wird vom Geschwader in Halifax abgezogen. Auf Adam warten neue Befehle, wenn er wieder in England ist. In Plymouth.«

Sie schüttelte den Kopf und merkte nicht, wie sein Blick über ihr Haar und ihren Hals fuhr. »Ich verstehe das nicht.«

»In Zeiten wie diesen gibt es mehr Kapitäne als Schiffe. So ist es nun mal, wenn die Kanonen schweigen. Aber wie lange? Wer kann das vorhersagen? Doch in Plymouth wird eine neue Fregatte gebaut, die fast fertig ist. Ich habe mit dem Ersten Lord gesprochen und dem Hafenadmiral geschrieben.«

Sie begriff eigentlich immer noch nicht recht, daß Keen jetzt dort war – als Vizeadmiral. Sie war zur Hochzeit eingeladen worden, die für Oktober angesetzt war.

Sie hörte sich sagen, fast flüsternd: »Ein neues Kommando, ein neuer Anfang.« Sie hatte Richards Freude geteilt, erinnerte sich an sein Gesicht, wenn die neuen Befehle kamen.

»Danke«, sagte sie dann, »ich hätte es wissen müssen, Graham.«

Er hob die Schultern, schien unsicher zu sein, wie sie meinte. »Weder Adam noch Richard akzeptieren Vetternwirtschaft. Also dachte ich, ich sollte etwas unternehmen.«

»Ich bin Ihnen jederzeit gern gefällig.« Sie sah auf den Boden, als er seine Hand auf ihre legte. »Ich danke Ihnen, Graham.«

Sanft drückte er sie: »Wenn ich nur mehr tun könnte.«

Sie entzog ihm die Hand und sah ihn an: »Denken wir an das, was ist, nicht an das, was hätte sein können. Es gibt bereits genügend Scherben.« Sie überreichte ihm ein gefaltetes Blatt Papier. »Meine Adresse in Chelsea, falls Sie sie verlegt haben. Wenn Sie etwas Neues hören, was auch immer...« Sie schwieg.

Dann zog sie einen Handschuh aus und reichte ihm die Hand. »So ist es nicht so staubig.«

Er küßte sie, neigte sich lange über die Hand, und sie schwieg. Was mochte er wohl denken oder sagen, wenn er wüßte, was sie in diesem Augenblick dachte? Wußte er nicht, daß sie von Träumen und Erinnerungen lebte, von Heimkehr und Abschied, die so schnell, immer viel zu schnell, aufeinander folgten?

Irgendwo im Haus schlug eine Uhr – in dieser anderen, sicheren und hochgeachteten Welt. Männer mit Macht konnten jede Regel brechen, ihre Geliebten schützen und sie von ihren bigotten Ehefrauen fernhalten. Doch sie ärgerte sich darüber jetzt nicht mehr.

Bethune griff nach einem zweiten Taschentuch. »Bitte, nehmen Sie dies. Es tut mir so leid, daß ich Sie so enttäuscht habe, Catherine.«

Sie schüttelte den Kopf und fühlte eine Träne auf ihrer Haut. »Das ist es nicht. Verstehen Sie nicht? Ich vermisse ihn so ... An jedem unerträglichen Tag ohne ihn sterbe ich ein bißchen mehr.« Sie drehte sich um, ging zur Tür. Sie sah irgendeine uniformierte Gestalt, die sich draußen steif verbeugte, und hörte Bethune kurz und fast verärgert sagen: »Warten Sie drinnen. Es dauert nicht lange.«

Sie erinnerte sich nicht mehr, wie sie unten am Fuß der steilen Treppe ankam. Sie spürte, wie eilig es Bethune hatte, zu seinen Angelegenheiten zurückzukehren, wo ein Kapitän ohne Schiff ihn erwartete und um ein Kommando bitten wollte, wie Richard es einst auch getan hatte. Und wo seine Frau wartete, um alles über »diese Frau« zu erfahren.

Bethune hielt den Schlag der Kutsche auf. »Also bis heute abend, liebe Catherine. Fürchten Sie nichts, Sie haben viele Freunde.«

Sie sah an ihm vorbei auf die anderen Kutschen und Wagen, auf Neugierige und auf Soldaten auf Urlaub in ihren roten Uniformen. »Hier, vielleicht.«

Er blickt auf den Bogen über dem Eingang und auf die beeindruckende Fassade.

»Woanders bin ich mir nicht so sicher!«

Sie lehnte sich in das sonnenwarme Leder zurück. Sie sah nicht zurück und wußte doch, daß Bethune ihr nachblickte.

Hampton House, am Ufer der Themse, hatte man als Ort für den letzten von vielen Empfängen für den Herzog von Wellington ausgewählt – und damit indirekt auch für seine siegreiche Armee. Hampton House war zwar der städtische Wohnsitz von Lord Castlereagh, dem Außenminister, aber wahrscheinlich sah der Eigentümer von ihm weniger als alle anderen. Unter allen Staatsmännern und führenden Regierungsmitgliedern, die in Verhandlung mit den Verbündeten standen, war er vermutlich der aktivste. Die Verträge von Chaumont, denen zwei Monate später der Frieden von Paris folgte, den Castlereagh fast ganz allein mit Metternich ausgehandelt hatte, schien ein ebenso großer Sieg wie der Wellingtons.

Catherine stützte sich auf den Arm eines Lakaien, als sie aus ihrer Kutsche stieg. Die Luft stand unbewegt und schwer, und durch dunkle, drohende Wolken glänzte nur gelegentlich einmal ein früher Stern. Immer noch hing fast fühlbar ein Donner in der Luft. Sie hätte vielleicht besser nicht kommen sollen, wie sie in der Admiralität einmal kurz gedacht hatte. Sie seufzte und schritt einen dunklen Teppich entlang. Wenn es Regen gab, würde dieser Teppich darunter sehr leiden.

Das Haus war zwar groß, es schien aber unpersönlich, hatte nichts Erinnernswertes wie so viele andere auch, die zu ähnlichen Gelegenheiten benutzt wurden. Jedes Fenster glitzerte, jede Kerze brannte, Musik erklang, und Stimmen waren überall zu hören.

Und dann der Garten, noch mehr Lichter und farbige Laternen, Menschen, die in Gruppen herumstanden und die leichte Brise vom Fluß her genossen. Man drehte sich nach Catherine um, fragte sich wahrscheinlich, in wessen Begleitung sie gekommen war. Sie hob das Kinn. Sillitoe war das egal. Die Menschen fürchteten ihn und brauchten ihn gleichzeitig.

Wenn Richard hier wäre, würde er alles ganz anders beurteilen. Dies wäre für ihn Dienst wie das Feuern eines Saluts. Er würde sie zum Lächeln bringen über die Absurditäten und Eitelkeit mancher Erscheinung. Er kannte die Kürzel und Geheimzeichen dieser Gesellschaft.

»Lady Somervell?«

Vor ihr stand ein wohlgekleideter junger Mann, weder Gast noch Diener.

Er verbeugte sich. »Sir Graham Bethune hat mich gebeten, Sie zu ihm und seiner Gesellschaft zu begleiten, Mylady.« Er sah sie an und spürte die Frage. »Lord Sillitoe ist leider verspätet.«

Sie kehrten gemeinsam ins Haus zurück. Menschen traten zur Seite, um sie passieren zu lassen, junge Frauen mit gewagten Ausschnitten und kühnen Blicken und ältere Frauen in Kleidern, die ihnen weder schmeichelten noch paßten. Alle Arten von Uniformen, doch nur wenige Marineoffiziere. Männer versuchten ihren Blick zu erhaschen und wandten sich dann ihrer Begleitung zu, so als hätten sie Erfolg gehabt.

Zwischen ihnen allen arbeitete eine Armee von Dienern und Lakaien. Sie schwitzten heftig in ihren schweren Jacken und unter den Perücken und versuchten volle Weingläser auszugeben und leere einzusammeln, ehe sie auf den Boden fielen und zu Scherben zertreten wurden.

Bethune schritt ihr entgegen. »Willkommen, Lady Somervell.«

Sie lächelten beide, erinnerten sich an die Vertrautheit des Vorzimmers.

Sie knickste. »Sir Graham, wie angenehm!«

Sie schob ihre Hand unter seinen Arm und spürte, wie man ihnen neugierig hinterhersah. Man war überrascht oder vielleicht auch enttäuscht, daß sich kein neuer Skandal anbahnte.

Ohne sie anzuschauen, sagte Bethune: »Lord Sillitoe ist beim Prinzregenten. Er läßt ausrichten, daß er bald hier sein wird.«

Sie sah ihn an. »Er vertraut Ihnen eben, Graham.«

»Ich bin nicht sicher, ob er darunter das gleiche versteht.«

Beim Umdrehen entdeckte sie Susanna Mildmay am Arm eines Majors der Königlich Irischen Dragoner. Falls Averys Geliebte sie erkannt hatte, zeigte sie es nicht.

Vielleicht war Avery etwas Schlimmem entkommen. Doch das würde er noch lange nicht akzeptieren.

Bethune sagte: »Die Befehle für Adam sind da.« Ihre Finger faßten seinen Arm fester. »Wir brauchen immer Kapitäne, die besessen sind. Alles andere wäre Verschwendung.«

Den anderen Adam kannte eben niemand. Die kleine Meerjungfrau...

Es folgte ein Stampfen auf den Fußboden, und ein Lakai kündigte einen weiteren prominenten Gast an, der an der Kampagne teilgenommen hatte, die so dramatisch in Toulouse endete, als Napoleon abdankte.

»Sie werden beobachtet. Man wird über uns reden«, sagte sie.

Bethune zuckte mit den Schultern. »Das geschieht immer. Immer dann, wenn so viel Schönheit wie die Ihre zu beneiden ist.«

Sie brauchte ihn nicht anzusehen, um zu wissen, daß er es ehrlich meinte.

»Haben Sie für den Kapitän von heute vormittag ein Schiff gefunden?«

Sie sprach eigentlich nur, um sich zu beruhigen. Sie hatte die Gruppe, die an einem offenen Fenster stand, erkannt, darunter Bethunes Frau, steif und verkniffen. Alle schauten zu ihnen herüber.

Bethune sagte nur: »Für ihn konnte ich nichts tun, selbst wenn ich gewollt hätte.« Er sah sie an. »Kümmern Sie sich nicht um die anderen, Catherine. Es sind Freunde von mir.«

Catherine streckte ihre Hand aus. »Lady Bethune, dies ist eine unerwartete Freude.«

Bethunes Frau antwortete: »Was für ein schönes Kleid. Es schmeichelt Ihrer Haut perfekt.« Dann entdeckte sie den Diamantanhänger auf Catherines Busen. »Ja, perfekt.« Sie drehte sich suchend um. »Wein, bitte!«

Alle anderen schienen freundlich und verbindlich,

ältere Offiziere mit ihren Frauen, Männer, die schon in der Admiralität etwas galten, als Bethune dort seine Spur zu ziehen begann.

Catherine öffnete ihren Fächer, um ihr Gesicht zu kühlen. Es ist langweilig, dachte sie. Wenn bloß Sillitoe käme. Er war nie langweilig.

Bethunes Frau war wieder da. Trotz des teuren Kleides und einiger Juwelen war sie ziemlich unscheinbar, und Catherine fragte sich nicht zum ersten Mal, was die beiden wohl zueinander gezogen haben mochte.

»Irgend etwas amüsiert Sie, Lady Somervell?«

Sie antwortete lächelnd: »Es heißt immer, uns fehlen hohe Offiziere, jedenfalls in der Marine. Doch wenn ich mich hier umschaue, dann sehe ich überall Generäle und nicht wenige Admirale. Ist das nicht seltsam?«

»Haben Sie Kinder? Aus Ihrer Ehe, meine ich.«

Catherine unterdrückte ihren Ärger. O ja, ich weiß genau, was du meinst. »Nein. Vielleicht ist das ein Vorzug.«

Bethunes Frau nickte mit schmalen Lippen. »Das könnte man denken. Aber mein Mann und ich glauben, daß Kinder das Fundament jeder Ehe sind. In der Marine sind sie manchmal alles, an das man sich klammern kann.«

Catherine sah sie direkt an. »Und welche Rolle spielt dabei die Liebe, Madame?«

Überraschenderweise verzogen ihre Lippen sich zu einem Lächeln. »Ich denke, das können Sie besser als ich beantworten.« Sie hob ihre Hand. »Mein lieber General Lindsay, Sie sehen gut aus. Ich hoffe, Sie sind wieder ganz gesund.«

Catherine spürte mehr, als sie sah, wie ein Lakai sich mit einem Tablett voller Gläser näherte. Sie nahm eines und sagte: »Warten Sie!« Sie leerte es. Es war Rheinwein, fast kühl. Sie stellte das Glas zurück und nahm ein zweites. »Das war sehr willkommen. Danke sehr.«

Wenn der Lakai ein Allday gewesen wäre, hätte er ihr sicher zugezwinkert.

Doch so murmelte er nur: »Manchmal tut so etwas sehr gut, Mylady.«

Bethune eilte zu ihr.

»Catherine, was ist los?« Er schaute zu seiner Frau hinüber, die sich mit einem stattlichen Offizier so angeregt unterhielt, als sei er ihr bester Freund.

Catherine antwortete sanft: »Ich hätte gehen sollen, als ich das von Sillitoe erfuhr!«

Was war in sie gefahren? Sie war mit Schlimmerem klargekommen, hatte Niederträchtigeres erduldet und schließlich triumphiert. Warum konnte sie ihre Verletzung jetzt nicht verbergen und ihr mit der Verachtung begegnen, die sie verdiente? Eine zufällige Bemerkung? Bestimmt nicht...

»Ich werde mit ihr reden.« Er sah auf Catherines Hand, die auf seinem Ärmel lag, erinnerte sich vielleicht, daß sie seinetwegen den Handschuh abgelegt hatte.

»Sagen Sie besser nichts. Sie haben zuviel zu verlieren.« Sie sah ihn fest an. »Ich begreife jetzt, warum Richard Sie so mag. Bitte, ändern Sie sich nie.«

Wieder wurde aufs Parkett geknallt, aber erst nach einigem Zögern schwieg man allgemein. Diesmal war es kein Lakai. Catherine meinte zu spüren, wie Bethune sich straffte. Admiral Lord Rhodes stieg schwer ein paar Marmorstufen empor.

»Wir werden in Kürze dinieren, meine Damen und Herren.«

Jemand klatschte laut in die Hände, und ein paar jüngere Damen gickelten laut.

Rhodes beachtete sie nicht. »Erlauben Sie mir bitte ein paar Worte!«

Einer von Bethunes Freunden stöhnte nur: »Um Gottes willen!«

Rhodes sah sich um, sein Gesicht glänzte im Licht der Kerzen.

»Ich bin sicher voreingenommen, und manche halten das für einen Fehler. Aber ich glaube manchmal, daß wir bei diesen Anlässen dazu neigen, allen Ruhm auf unsere Freunde in der Armee zu häufen.« Er unterbrach sich.

Der Major neben Susanna Mildmay rief begeistert: »Hurra.«

»Dabei übersehen wir gern unseren eigenen Dienst, ohne den kein einziger Soldat seinen Fuß auf fremde Erde setzen könnte oder dort bleiben würde.«

Diesmal war der Beifall ehrlich.

Catherine sah zu Bethune hinüber. Er lächelte nicht, starrte grimmig vor sich hin wie ein Fremder.

Rhodes fuhr fort: »Und weil die Helden unserer Marine nicht alle hier sein können, wollen wir an einen ganz hervorragenden und tapferen Mann denken, der seinem Land immer noch dient.« Catherine fühlte ihr Herz in der Kehle, als Rhodes fortfuhr: »Sir Richard Bolitho, Admiral der roten Flagge.« Er wies nach vorn und verbeugte sich. »Und wem noch? Der Dame unseres Helden.«

»Den soll der Teufel holen«, platzte Bethune heraus.

Catherine sah, wie Belinda Bolitho auf die Treppe begleitet wurde. Rhodes begann zu klatschen, und andere fielen ein, ohne zu ahnen, was da geschah.

Dann erstarb der Beifall, aber man schwieg immer noch.

»Catherine, ich habe das nicht geahnt.« Bethune ergriff ihre Hand. »Glauben Sie mir, bitte!«

Catherine schaute zu Bethunes Frau hinüber. Die sah sehr zufrieden aus und lächelte, ganz anders als die anderen um sie herum.

Catherine sagte: »Ich werde jetzt gehen. Entschuldigen Sie mich.«

Sie fühlte sich wie in einem Alptraum. Alles, was sie

sagen wollte, lag ihr auf der Zunge, aber sie wollte nur wegrennen.

Bethune sah sich um. Sein Gesicht war eiskalt. »Sillitoe wird bestimmt gleich hier sein!«

Sie berührte seinen Arm und sah seiner Frau direkt in die Augen. »Manche Menschen haben ein kurzes Gedächtnis, ich nicht.« Sie knickste vor den anderen, hätte sie am liebsten angeschrien, ihnen ins Gesicht gespuckt. »Sie reden von Ehre und wissen nicht, was das ist.« Sie drehte sich um, ihr Kleid wischte an einer Säule entlang.

Bethune bot an: »Ich werde Sie zu Ihrer Kutsche begleiten.«

Seine Frau rief: »Graham, wir gehen jetzt in den großen Saal!«

Bethune sah sie verächtlich an: »Du hast mich gerufen? Ich hätte dich fast vergessen.«

Dann führte er Catherine zur Treppe, seine Hand fest auf ihrem Arm. »Ich werde Sie nach Hause bringen.«

Sie fühlte die feuchte Hitze der Nacht auf dem Gesicht und den bloßen Schultern und sah den schwarzen Glanz der nächtlichen Themse.

»Nein.« Sie zwang sich zu einem Lächeln. »Es scheint, ich bin immer noch sehr verletzbar.« Sie bot ihm nicht die Hand. »Aber ich habe Kräfte, von der andere nicht einmal etwas ahnen.«

Leute waren um sie herum, und man half ihr in die Kutsche. Ein weiterer Lakai sorgte dafür, daß ihr Kleid nicht in der Tür eingeklemmt wurde.

Wie heute morgen ... War dies wirklich noch derselbe Tag?

Bethune beobachtete sie mit geballten Fäusten. Als die Pferde anzogen, drehte er sich abrupt um und ging ins Haus zurück, und sein Gesicht zeigte Haß.

Die Kutsche ratterte über das Kopfsteinpflaster, und Catherine sah aus dem Fenster auf den dunklen Fluß.

Immer neue Aussichten, immer neue Einblicke. Dort das Haus, das sie gerade verlassen hatte. Sillitoes Haus in der großen Schleife des Flusses. Ihr eigenes in Chelsea.

Weit weg auf der anderen Seite sah sie die ersten Blitze. Es schien ihr wie die ersten Schüsse einer beginnenden Schlacht, die sich im Wasser spiegelte.

Sie preßte ihre Hand um den Fächer, bis der Schmerz sie beruhigte. Dann sagte sie laut: »Gott schütze dich, mein liebster Mann.«

Vielleicht würde Richard das spüren.

Catherine schloß die Haustür hinter sich und ging ohne Umwege in ihr Zimmer. Sie hörte die Kutsche davonrattern. Der Kutscher war sicher froh, daß er Schutz suchen konnte, ehe das Gewitter losbrach.

Sie zündete noch mehr Kerzen neben ihrem Bett an. Eigentlich hätte die Haushälterin das tun müssen, aber die hatte heute ihren freien Tag und war bei ihrer verheirateten Schwester in Shoreditch.

Catherine hörte wieder das Donnergrollen, diesmal etwas näher. Vielleicht würde das Gewitter auch einfach vorbeiziehen. Sie trat ans Fenster und sah einen gewaltigen Blitz. Wie still das Haus war! Mrs. Tate würde erst um sechs Uhr morgens wieder da sein, um das Frühstück vorzubereiten – wie immer.

Sie schob einen Vorhang zur Seite, der locker vor dem Fenster hing, und zog mit der freien anderen Hand Kämme aus dem Haar. Sie versuchte sich zu beruhigen. Doch immer noch sah sie vor ihrem geistigen Auge die starren Blicke, das hämische Lächeln und die deutliche Feindschaft. Damit war sie schon öfter konfrontiert, doch bisher war es ihr gelungen, darüber hinwegzusehen. Richard durfte davon nichts erfahren. Er würde keine Ruhe geben, ehe er nicht mit dem Schuldigen, hochgestellt oder niedrig, abgerechnet hatte.

Das Fenster zitterte, als wieder ein Donner grollte. Als es erneut blitzte, sah sie auf dem Glas die ersten Regentropfen. Vielleicht würde sie beim Geräusch des Regens ruhig einschlafen. Wieder zitterte die Luft, und sie wollte den Vorhang festklemmen. Sie sah unten den Fluß. Heute würden sich da bestimmt keine Boote bewegen.

Sie sah sich im Glas gespiegelt – und spürte plötzlich ihr Herz schmerzhaft schlagen. Alle ihre trüben Gedanken waren verflogen, hatten sich im Handumdrehen verflüchtigt. Was sie sah, war wirklich. Und es war hier.

Sie drehte sich langsam um, stand jetzt mit dem Rücken vor dem Fenster, gegen das der Regen prallte und vor dem es blitzte. Der Mann stand in der halboffenen Tür, das Gesicht im Schatten, nur seine Augen blitzten im flackernden Kerzenlicht.

Er mußte schon vor ihr in dieses Zimmer gekommen sein. Wahrscheinlich war er auf Raub aus, weil er vermutete, daß sie und die Haushälterin erst in den frühen Morgenstunden zurückkehren würden.

Sie sagte nur: »Verdammt noch mal, was wollen Sie hier?« Aus dem Augenwinkel sah sie die Kommode, in der sie eine kleine Pistole aufbewahrte. Das war ihre Chance, wenn ...

Plötzlich stand der Mann im hellen Kerzenlicht. »Vergessen Sie die Pistole. Ich habe sie entladen.« Er verbeugte sich leicht. »Eine reine Sicherheitsmaßnahme.«

Sie beobachtete ihn, preßte die Hände zu Fäusten zusammen, spürte die Nägel.

Er hatte eine kühle, wohlklingende Stimme ... offenbar ein Mann mit einiger Bildung. Als er näher trat, sah sie, daß sein Hemd und seine Kniehosen gut geschnitten waren. Schuhe trug er nicht. Sie hob das Kinn.

»Was haben Sie gestohlen?«

Er schob sein lockeres Haar aus der Stirn und klang ärgerlicher, als sie erwartet hatte.

»Ich bin kein Dieb, verdammt noch mal. Ich kam, um Sie zu treffen, Mylady.«

Sie trat zwei Schritte vom Fenster weg. »Ich kann um Hilfe rufen...«

Er bewegte sich so schnell und leicht, daß sie ihm kaum folgte. Er war nicht groß, aber sehr stark. Und er schien durch seine wilde Entschlossenheit noch mehr Kräfte zu bekommen.

Er drehte sie herum und drückte ihr die Arme auf den Rücken. Seine Stimme drohte hinter ihr: »Falls Sie schreien, ist es das letzte Mal in Ihrem Leben.«

»Wer sind Sie... Was wollen Sie?«

Er murmelte irgend etwas, und sie konnte Gin riechen. Sie versuchte, ihr Erschrecken nicht zu zeigen, um ihn nicht weiter zu provozieren.

»Ich habe eben gesehen, wie Sie sich die Vorhangschnur anschauten.« Er lachte leise, und sie spürte eine Schlinge um ihre Handgelenke. Sie versuchte sich zu befreien, aber er zog die Schlinge fester zu. Er schien Experte. Sie hatte früher einmal Richards Männer dabei beobachtet.

»Das wäre erledigt.« Er drehte sie um, damit sie ihn sah. »Man sagt, Sie seien ein Hitzkopf, aber auf das Vergnügen werde ich sicher verzichten müssen.«

Sie hielt seinen Blick aus und spürte, wie er sie betrachtete. Es war eigentlich unmöglich, und doch kam ihr irgend etwas an ihm bekannt vor.

Leise fragte sie: »Sind wir uns schon mal begegnet?«

Er lachte. »Kaum, Mylady. Sie waren mit Ihrem Bewunderer Bethune beschäftigt.«

Sie beobachtete ihn genau, ohne es ihn merken zu lassen. Das war also der Kapitän gewesen, der Bethune um ein neues Kommando oder eine andere Aufgabe gebeten hatte.

Er starrte auf den Diamantanhänger, als habe der ihn plötzlich verzaubert. Er nahm ihn zwischen Zeigefinger und Daumen und hob ihn leicht ins Kerzenlicht.

Sie bat: »Bitte, den nicht. Nehmen Sie mir den nicht. Ich gebe Ihnen Geld ...«

Sie merkte nicht, daß er sich bewegte oder den Arm hob. Der Hieb traf ihren Kopf so hart, daß sie meinte, ihr Kiefer sei gebrochen. Ihr war, als fiele sie in bodenlose Tiefe – und doch bewegte sie sich nicht. Er packte sie an den Schultern und schüttelte sie, sein Gesicht nur Zentimeter von ihr entfernt.

»Red nicht so mit mir, du verdammte Hure!« Mit seiner freien Hand schlug er wieder und wieder auf sie ein, zog sie durchs Zimmer und warf sie aufs Bett.

Ihr Kopf schien sich zu drehen. Sie fühlte keinen Schmerz, nur Taubheit, vollständige Hilflosigkeit. Unter sich spürte sie das Bett und schmeckte Blut auf der Lippe, die er getroffen hatte. Sie versuchte, sich gegen eine Ohnmacht zu wehren, bei Besinnung zu bleiben. *Ich darf nicht bewußtlos werden.*

Sie spürte, wie die Matratze nachgab, als er sich neben sie setzte. Sie hörte den schweren Atem. Als sie ihre Augen wieder öffnete, sah sie ihn am Rand des Bettes hocken, seine Hände in die Leisten gepreßt. Sein Kopf bewegte sich hin und her, und er redete vor sich hin.

Dann drehte er sich zu ihr um. »Ich habe mein Schiff wegen einer Hure verloren. Dann ging noch eine gute Chance verloren, wegen einer Gefälligkeit.« Er packte ihre Schultern, seine Finger preßten sich in ihre Haut. »Wieder für einen Bolitho! Und wieder wegen einer verdammten Hure.«

Sie krümmte sich zusammen, erwartete neue Schläge.

»Das ist nicht wahr«, flüsterte sie, »davon weiß ich nichts.«

Er hörte nicht zu. »Ich sollte sein Flaggkapitän werden. Das wußten Sie doch sicher!«

Sie schüttelte den Kopf.

Was war los mit ihm? War er krank oder verrückt? Nichts machte hier Sinn.

Er sprang auf, und sie hörte ihn durch das Zimmer laufen, als treibe ihn etwas, das er nicht beherrschen konnte.

Dann kam er zurück, hob ihren Kopf und ihre Schultern und schob ein Kissen darunter.

Sie wollte den Kopf schütteln, um das Ganze begreifen zu können, aber eine innere Ahnung ließ sie starr liegenbleiben. Vielleicht würde der Kerl ja wieder gehen. Es war unwahrscheinlich, aber selbst um diese Zeit konnte immer noch ein Besucher kommen. Sie sah auf das Fenster, an dem der Regen herunterrann.

Sein Schatten fiel über sie, und sie fühlte, wie er wieder nach dem Diamantanhänger griff.

Er sagte: »Sie nehmen alles. Sie lügen und betrügen. Sie ruinieren die anderen.«

»Gehen Sie bitte, ehe es zu spät ist.«

Er fing an, ihr das Kleid von der Schulter zu zerren, ohne Eile und mit großer Kraft.

Sie versuchte, wegzukommen und spürte, wie die Schnur ihr die Haut um die Handgelenke aufscheuerte. In einem Augenblick war es so still, daß sie hörte, wie eine Spange auf den Boden fiel. Sie fühlte, wie er niederkniete, sie an sich riß, während er an ihrem Kleid herumzerrte. Er war jetzt überaus erregt. Sie fühlte auch die warme Nachtluft über ihren Beinen, seine Hände waren an ihrem Strumpfband, an ihren Strümpfen, und dann krampften sie sich in ihre Haut.

Sie wußte, daß sie nicht aufgeben durfte, selbst wenn jetzt das Schlimmste geschah und es keine Hoffnung gab.

Sie spürte, wie Übelkeit aus ihrem Magen stieg, fühlte, wie ihr die Luft wegbleiben wollte.

Seine Hände waren jetzt überall, fuhren über sie hin

und zerrten ihr dann die letzten Kleidungsstücke vom Leib.

Sie schrie und fühlte, wie ihr Kopf zurückschlug, als er wieder auf sie einhieb. Dann hielt er sie fest. Seine Hände kannten keinen Widerstand, suchten und fanden.

Plötzlich ein schwerer Donnerschlag, ein einzelner Knall, der den Raum ausfüllte.

Sie versuchte die Augen zu öffnen, ihren schmerzenden Körper zu bewegen, aber nichts geschah. Winzige Bilder wehten durch ihren Kopf wie Teile eines Alptraums. Schatten waren über ihr, Schmerzen und das Gefühl, keine Luft mehr zu bekommen. War das der Tod nach der Entehrung?

Eine Stimme sagte: »Hier ist sie. Schneid die Schnur durch, Mann!«

Eine Hand hielt ihre Hände, eine rauhe, feste Hand, die Klinge berührte die Haut kaum, und die Schnur wurde weggezogen.

Sie griff um sich, versuchte, ihre Blöße zu bedecken, aber über ihr lag schon ein Laken, und niemand fuhr ihr mehr über die Schenkel, durchs Haar. Ein feuchtes Tuch tupfte ihr über Mund und Wangen. Von weit her hörte sie Stiefel auf der Treppe.

Sie öffnete die Augen und spürte, daß ein Arm um ihre nackten Schultern lag. Sillitoe hielt sie und säuberte ihren verschmierten Mund. Er ließ nicht nach, auch als sie wieder zu sich kam und ihm das feuchte Tüchlein abnehmen wollte.

Über seine Schulter gewandt befahl er: »Kümmern Sie sich um den Kerl. Sie wissen, was man machen muß!«

Sie versuchte sich zu bewegen, aber Sillitoe hielt sie immer noch, wie ein Mann, der Frauen zu halten versteht, dachte sie.

Leise meinte er: »Ich kenne einen guten Arzt ganz in der Nähe!«

Sie schob die Arme unter das Laken und schüttelte den Kopf. »Er ist nicht ... Ich habe gekämpft, aber ich konnte nicht mehr ...«

Beide Männer waren sicher auf die gleiche Weise ins Haus gekommen, unter dem Schutz des Donners, und waren ohne Zögern in ihr Zimmer gerannt. Sonst ... Sie würgte, und er stützte sie, bis der Anfall vorüber war.

Sie wollte so viel fragen, wollte wissen, woher er wußte, was hier geschah, doch alles, was ihr von den Lippen kam, war: »Warum?«

Sillitoe nahm eine flache, silberne Flasche aus der Tasche und öffnete sie mit den Zähnen.

»Es wird in der Kehle brennen, aber es tut Ihnen gut. Fassen Sie keine von den anderen Gläsern oder Flaschen an, er könnte sie benutzt haben.«

Sie würgte wieder. Das Feuer des Cognacs auf ihren Lippen hatte den gewünschten Effekt.

Er sagte: »Sein Name ist Charles Oliphant, früherer Kommandant der *Frobisher*, Sir Richards Flaggschiff.« Seine tiefliegenden Augen verrieten nichts. »Sind Sie sicher, daß es zu keiner Verbindung kam?«

»Ja. Aber was ...«

Er sagte rauh: »Er ist krank. Im letzten Stadium der Syphilis. Er stirbt daran, Gott verdamme seine verrottete Seele.«

Sie dachte an seine Zuckungen, offensichtlich litt er Schmerzen, und sie dachte an seine wilde Verzweiflung. Er wollte Rache, aber wofür? Sie hatte von Männern gehört, die so krank waren, daß sie verrückt wurden, ehe sie starben.

Ihr war nicht klar, daß sie laut sagte: »Ich hätte mich getötet, wenn er mir das angetan hätte.«

Sillitoe hielt sie und erinnerte sich an die letzten schrecklichen Sekunden. Der Blitz hatte ihren nackten Körper wie Silber erhellt, ihre gefesselten Arme gezeigt, den knienden Mann, der ihre Beine auseinander zwang und alles um sich herum vergessen hatte. Einen Augenblick später ... *Ich hätte ihn getötet.*

Catherine lehnte sich im Liegen an Sillitoe, erschöpft, schockiert, ungläubig. Wie ein ganz kleines Mädchen, von dem sie ihm mal berichtet hatte, als er sie nach Whitechapel begleitet hatte zum Begräbnis ihres Vaters.

Auch nachdem seine Männer Oliphant auf den Boden niedergestreckt hatten, hatte Sillitoe das Bild immer vor Augen. Ihre Hilflosigkeit. Er hatte sie begehrt.

»Was geschieht mit ihm?«

Sillitoe dachte nach, ohne Wut und ohne Gefühle, was sonst nicht seine Art war.

»Lord Rhodes und seine Clique haben großen Einfluß und waschen gern in aller Öffentlichkeit die schmutzige Wäsche anderer Leute. Mal sehen, was sie jetzt machen, während sie selber ganz besonders schmutzige Wäsche zu verbergen haben.«

Sie spürte seinen Atem, fühlte die Kraft seines Arms um ihre Schulter. Sie war sicher, fühlte sich sicher bei diesem Mann, dem niemand traute.

Sillitoe hörte, wie die Kutsche zurückkehrte. Kümmerte sich in dieser Straße eigentlich niemand um das nächtliche Kommen und Gehen?

Er sah Catherines Haar, das über seinen Arm floß.

Die einzige Frau, die er nie haben würde. Die einzige, die er nie aufgeben würde.

XII

Von Angesicht zu Angesicht

Richard Bolitho wachte aus dem Traum auf und war einige Augenblicke verwirrt von den Bewegungen und Geräuschen um ihn herum. Er lag auf dem Rücken in seiner Koje, starrte in die Dunkelheit und wartete, daß das vertraute Ambiente wieder die gewohnte Gestalt annahm. Er hatte bisher geglaubt, daß er das Gefühl für eine Fregatte nie verlieren könnte.

Instinkt und Erfahrung sagten ihm, daß die *Halcyon* gerade wieder auf den anderen Bug ging. Das Laufen nackter Füße auf nassen Planken, das Krachen widerspenstiger Leinwand und das Quietschen der Blöcke sprachen für sich selbst.

Er stützte sich auf einen Ellbogen und schluckte schwer. Die Offiziere der *Halcyon* hatten ihn in ihre Messe zu einem letzten gemeinsamen Essen vor dem Landfall eingeladen. Das war schon seltsam gewesen. Nach einem großen, wenn auch reduzierten Zweidecker wie der *Indomitable* und den anderen Schiffen, auf denen er in den letzten Jahren seine Flagge gesetzt hatte, erschien ihm hier alles sehr klein, fast intim. Kapitän Robert Christie, Gast auf seinem eigenen Schiff, um den alten Traditionen zu genügen, Avery und er selber, die drei Leutnants der *Halcyon*, der Master, der Schiffsarzt und der Hauptmann der Seesoldaten hatten die Tischrunde gefüllt. Mit ihnen allen war die Messe sehr eng geworden. Auch ein Midshipman war eingeladen, der jüngste an Bord. Er hatte den Toast auf den König ausgebracht, sonst aber voller Bewunderung während des ganzen Essens und während der folgenden lebhaften Unterhaltung geschwiegen.

Es war schwierig, keine Vergleiche zu ziehen. Diese Mischung von jugendlicher Frische und Spannung hatte sicherlich auch ihn ausgewiesen, als er auf seiner ersten Fregatte das Kommando übernommen hatte, auf der *Phalarope*. Er zog die Stirn kraus und rieb sich die Augen. Mehr als dreißig Jahre war das her. War das wirklich wahr? Die Kopfschmerzen würden verschwinden, sobald er an Deck käme. Zu viel Wein ... Die seltene Chance, einmal nur mit den Offizieren zu reden, die typisch waren für alle anderen unter seinem Kommando ... Er blickte über die Seitenleiste seiner Koje und sah, daß die

Tür zur Kajüte nicht geschlossen war, sondern hin und her schwang, während die Männer die *Halcyon* wieder unter Kontrolle bekamen und sie auf den neuen Kurs brachten.

Vor dem Heckfenster meldete sich das erste Frühlicht. Im Handumdrehen würde es hell und wieder heiß sein.

Kapitän Christie kannte sein Schiff wirklich gut. Sie hatten sechshundert Meilen in weniger als vier Tagen geloggt, trotz Gegenwinden, die immer wieder aufsprangen, und der Möglichkeit, gleich darauf bekalmt liegenzubleiben. So war eben das Mittelmeer. Für den Kapitän einer Fregatte gab es kein besseres Gewässer, um sein Schiff und seine Mannschaft zu trainieren.

Er mußte an Tyacke denken und an ihr letztes Gespräch, ehe er zur *Halcyon* übergesetzt hatte. Tyacke war ganz und gar gegen seinen Besuch in Algier gewesen – vom ersten Augenblick an.

Christie hatte seine Bemerkungen auf die Schiffsführung beschränkt und auf das geplante Ziel. Mehr als den meisten anderen war ihm klar, welche mögliche Gefahr auf sein Schiff wartete, wenn man ihnen feindlich gesinnt war. Sollte sein Admiral verletzt werden oder gar fallen, würde er selbst niemals mehr befördert werden. Der Mann konnte denken und war klug.

Avery hatte vorgeschlagen, als erster an Land zu gehen, um Kontakt zum Dey oder zu seinen Beratern aufzunehmen. Wie Tyacke war auch er der Meinung, daß Bolitho sich der Risiken überhaupt nicht bewußt war.

Bolitho setzte sich auf. An weiteren Schlaf war nicht mehr zu denken. Er fühlte, wie das Schiff krängte, und spürte ebenso deutlich, wie die See unter seinem Heck aufwirbelte und sich die Segel im Wind blähten.

Er war natürlich nicht hier, um einen neuen Krieg auszulösen. Aber der Dey mußte zu der Ansicht gebracht werden, daß hier die Grenze überschritten würde, wenn er weiter zuließe, was den Berber-Korsaren und den algerischen Piraten an Scheußlichkeiten erlaubt wurde, und sie dabei sogar noch ermunterte. Trotz aller Versprechen und Verträge blühte hier immer noch der Sklavenhandel, sechs Jahre nach dem Verbot. Nach den Berichten der Admiralität wurden jedes Jahr noch zwischen fünfzigtausend und sechzigtausend Sklaven verkauft. Hier im Mittelmeer bestimmte der Dey von Algier über die Gefangenschaft von glücklosen Seefahrern und Fischern, die meisten aus Sizilien oder Neapel, bloß weil sie Christen waren. Dieses Vorgehen konnte nicht weiter geduldet werden.

Bolitho lächelte, als er hörte, daß jemand sich in der anderen Kajüte bewegte. Allday vermutete offensichtlich, daß sein Befehlshaber jetzt wach war. Er würde heißes Wasser aus der Kombüse holen – für die Morgenrasur, die zu einem rituellen Teil ihrer Beziehung geworden war.

Bolitho stieg aus der hängenden Koje und erinnerte sich gerade noch rechtzeitig, den Kopf einzuziehen. Selbst hier war die *Halcyon* viel niedriger, als es die *Phalarope* gewesen war. Er sah nach oben durch das Skylight. Es wurde schon heller. Er berührte das Medaillon unter seinem Hemd und versuchte sich vorzustellen, was Catherine jetzt tat. Ob sie wohl jetzt auch gerade aufwachte und ihn so vermißte wie er sie? Oder ...

Alldays Schuhe knarrten auf der bemalten Leinwand auf dem Boden.

»Ein schöner Morgen, Sir Richard.« Allday musterte den Schatten im Zwielicht, versuchte, Bolithos Stimmung zu erahnen, wie ein alter Seebär die Veränderungen der See prüft.

»Wir werden am Vormittag vor Anker gehen.«

Er sah, wie Allday die Blenden einer Lampe für die Rasur aufzog. Wie oft hat er das schon getan, fragte er sich? An wie vielen Morgen wie diesem?

Allday sah, wie das Licht die Kajüte erhellte. Auch die Wache an Deck würde es bemerken. *Der Admiral ist wach und aufgestanden.* Die Männer würden sich sicher fragen warum, wenn er doch in seiner bequemen Koje weiterschlafen konnte, während sie ihre Hängematten zu rollen und zu stauen hatten, um im engen Meßdeck wenigstens ein bißchen Raum zu schaffen. Die Wachen unter Deck hatten die Hängematten so dicht nebeneinander, daß sie sich bei der geringsten Bewegung berührten. Man konnte hier unten immer hören, was die anderen dachten.

Dann grinste er. Sie kannten nur den Admiral. Den Menschen würden sie nie kennenlernen.

Bolitho lehnte sich im Stuhl zurück. »Was denkst du heute über unser Vorhaben, alter Freund?«

Allday gab der Schneide am Leder die letzte Schärfe. »Ich glaube immer noch, daß es riskant ist. Vielleicht denke ich auch, es lohnt sich nicht. Soll doch jemand anderer zur Abwechslung mal die Verantwortung übernehmen oder sich eine blutige Nase holen!«

»Denkst du das wirklich?«

Kein Wunder, daß der beeindruckende Generalmajor nichts von all dem begriffen hatte. Wie konnte er auch?

»Das denken die meisten Männer hier, und da irre ich mich nicht!«

Bolitho hörte über sich den vertrauten, ungleichmäßigen Schritt an Deck. Avery war schon angezogen und oben. Da wartete also noch eine Diskussion. Aber das war immerhin besser, als alles schweigend zu schlucken. Er hatte ein paar Neuigkeiten auch über Oliphant, den früheren Kapitän der *Frobisher*, herausbekommen. Ein Mann, der das Spiel über alles liebte und häufig verlor. Ein Schürzenjäger, der die strengen Moralvorstellungen seines einflußreichen Vetters, Lord Rhodes, sicher nicht erfüllte. Vielleicht hatte der zukünftige Erste Lord erhofft, daß Oliphants Zukunft als Flaggkapitän sicher war. Irgendwie schienen bei diesem Puzzle aber die Teile nicht zusammenzupassen. Doch früher oder später würde er alle Details erfahren, die er wissen wollte. Wahrscheinlich verglich der eine oder andere Oliphant bereits mit Hugh, Bolithos eigenem toten Bruder, einem Spieler, der seinem Vater ein Vermögen und viele Sorgen gekostet hatte.

Und er mußte auch wieder an Adam denken. In ihm steckte nur wenig von Hugh, abgesehen von seinem behenden Umgang mit Säbel oder Pistole. Und von seinem Draufgängertum. *Das sagen sie mir auch nach,* fiel Bolitho ein.

Das Deck rutschte weg, die Lampe schwang träge, und dann faßte das Ruder wieder.

Allday stand mit erhobenem Rasiermesser vor ihm. Er hatte gesehen, wie ein Lichtstrahl über Bolithos verletztes Auge gefahren war und wie dieser die Hand hob, um es zu schützen. So hatte Bryan Ferguson ihn selbst erlebt, als er das volle Bierfaß heben wollte und die alte Wunde ihn umgeworfen hatte.

Immer wieder der Schmerz . . .

»Alles in Ordnung, Sir Richard.« Er sah ihn aufstehen, sein Körper paßte sich den Schiffsbewegungen an und dem Wiegen des Decks. So war es immer gewesen, und noch immer waren sie zusammen. Doch statt ihm Trost zu spenden, machte ihn der Gedanke gerade jetzt traurig.

Bolitho sah ihn an, einen unscharfer Schatten vor dem grauen Morgenlicht.

»Ich weiß, alter Freund. Mir geht's genau so!«

Allday beobachtete, wie er in seine Schlafkammer zurückkehrte, und schüttelte den Kopf.

Er konnte Leutnant Avery niemals bitten, das für ihn aufzuschreiben. Er wollte es sich aufheben und es Unis selbst erzählen, wenn alles erst einmal vorbei war.

»Südost bei Ost, Sir. Recht so!«

Bolitho blieb an der Backbordseite des Achterdecks, sah das Land voraus, das in der schimmernden Hitze fast farblos war. Der Wind war schwächer geworden und hatte leicht nach Nordwesten zurückgedreht. So hatte es länger gedauert, ihr Ziel zu erreichen, als der Master vorhergesagt hatte.

Bolitho versuchte die drückende Hitze und die glitzernden Reflexionen der See zu ignorieren. Ein böser, abweisender Ort, dachte er. Das tiefe Wasser reichte bis dicht unter das Ufer. Jedes fremde Schiff würde also ganz dicht unter den Küstenbatterien ankern müssen, von denen Generalmajor Valancy gesprochen hatte.

Er nahm dem Midshipman der Wache das Teleskop ab und richtete es sorgsam auf das nächstgelegene Land. Rauh, zerklüftet sah es aus. Er spürte fast den Staub zwischen den Zähnen und die Hitze, die aus trockener Erde aufstieg.

Das Schiff hatte man wahrscheinlich schon seit Tagesanbruch beobachtet. Ein Kriegsschiff, unerwartet und – was wichtiger war – ohne Begleitung. Es war ein Risiko, aber die Neugier war vielleicht größer als der Wunsch anzugreifen.

Er berührte unter seinem feuchten Hemd das Medaillon. Wenn nicht ...

Er sah die Männer an Deck arbeiten, einige starrten dabei nach drüben auf das Land. Auf dem Achterdeck schätzten die Offiziere sicher ihre Chancen ein. Er erinnerte sich an das, was Allday gesagt hatte: *Das denken die meisten Männer.* Er irrte sich selten.

Bolitho gab dem Midshipman das Glas zurück, und der starrte ihn an. Wahrscheinlich würde er darüber nach Hause berichten.

Christie trat auch an die Reling. Er hatte den Hut tief in die Stirn gezogen, um die Augen vor dem schmerzenden Geglitzer zu schützen.

»Wenn wir den äußersten Ankergrund erreicht haben, Sir Richard – was dann?«

»Dann schießen wir Salut, wenn wir die Zitadelle sehen. Und dann können Sie ankern!«

Christie nickte zweifelnd. »Der Wind macht mir Sorgen, Sir. Wenn er weiter krimpt, ankern wir vor einer Leeküste.« Er lächelte unerwartet. »Das könnte einen schnellen Abschied schwierig machen.«

Bolitho lächelte zurück. Er sah den Gehilfen des Masters nicht, der seinen Macker am Rad anstupste.

»Dann sind die da drüben dran.«

Christie tippte an den Hut und ging. »Der Geschützmeister soll kommen.«

Wieder so etwas Verrücktes, dachten jetzt sicher einige. Einem mordgierigen Heiden Salut schießen!

Avery fragte: »Und Ihre Flagge, Sir?« Er sah bedeutungsvoll zur Großmaststenge hoch. »Ist das klug?«

»Sie müssen uns als das erkennen, was wir sind, George. Wenn sie auf meine Flagge feuern, ohne daß wir sie reizen, kennen sie die Folgen. Ich verlasse mich ganz auf ihre Neugier.« Er lächelte immer noch und legte ihm die Hand auf den Arm.

Er mußte an Djafou denken, an das unwirtliche Land, an die Grausamkeiten des Gegners. Napoleon war geschlagen. Wenn die Verbündeten nicht zusammenstanden, konnte es zu neuen Konflikten kommen. Ein Krieg konnte auch hier beginnen.

Das Großtoppsegel blähte sich, und der Rumpf neigte sich fast unmerklich. Männer arbeiteten an Fallen und Brassen, um den Wind so lange wie möglich zu halten.

Avery meinte: »Vielleicht war der Generalmajor falsch informiert über die Zahl der Kanonen, Sir. Über sechshundert, sagte er?«

Bolitho wandte sich wieder an den Midshipman. »Geben Sie dem Flaggleutnant Ihr Glas.« Und zu Avery gewandt fügte er hinzu: »Sie werden sehen, da ist nichts übertrieben.«

Er beobachtete Avery, als der das Glas scharf stellte und die Küste absuchte. Die Hitze hatte sich etwas gehoben, und er würde die verräterischen Steinwälle der alten Verteidigungsanlagen gut erkennen können, ebenso wie die neue etwas höher an Land.

Um solche Anlagen zu erbauen, braucht man eine Armee, dachte er. *Eine Armee von Sklaven.*

Avery sagte: »Ziemlich viele Schiffe, Sir. Eines dürfte die gekaperte *Galicia* sein.«

Bolitho drehte sich um. Avery übersah selten etwas, doch er machte sich kaum Notizen. Schade wegen der schönen Susanna, schade um die Sicherheit und die einträgliche Zukunft, die sein Onkel ihm geboten hatte. Er hatte beide zurückgewiesen. *Für mich, für uns...*

Ozzard erschien im Niedergang, sah sich schnell, aber nicht neugierig in Richtung Land um und warf dann etwas über die Seite. Er gab nichts auf.

Bolitho sah, wie der Stückmeister sich mit ausgesuchten Geschützführern besprach. Einer von ihnen blickte nach achtern, und sein Gesichtsausdruck war unmißverständlich. Er hätte auch laut schreien können.

Ein richtiges Salut für die verdammten Schurken?

Doch wer immer diese langsame Annäherung beobachtete, würde genau darauf warten – auf die einzige Geste friedlicher Absichten, wenn die Kanonen der *Halcyon* leer waren. Dann wäre das Schiff der Gnade jener versteckten Batterien ausgeliefert.

»Bitte das Glas.« Ihn überraschte selbst die Schärfe in seinen Worten. »Mr. Simpson, nicht wahr?« Er sah, wie der Midshipman zuerst verblüfft und dann erfreut war, daß man seinen Namen kannte. »Ich brauche auch Ihre Schulter.«

Eigentlich war das nicht gut. Ein alter Trick. Eine Täuschung... Wenn er sich irrte, hätte dieser Junge nur noch eine Stunde zu leben. Und doch grinste er seinen Freund, den jüngsten Midshipman an, der am Abend zuvor in der Messe den Toast auf den König ausgebracht hatte.

Er stellte das Glas langsam scharf ein und sah, wie der Umriß der Zitadelle hart und fest wurde, als hebe sich Nebel. So hatte es in der Karte gestanden, und diese Information war ungefähr alles, was sie über diesen Ort wußten.

Und dann war es wieder zu sehen. Ein winziges Fleckchen Rot schwebte wie abgehoben über der Zitadelle. Die Flagge! Bolitho maß mit dem Auge die Entfernung. Eine halbe Stunde, vielleicht etwas weniger, wenn der Wind sie weiter so gut trieb.

Christie tauchte wieder auf. »Der Salut, Sir?«

Bolitho blickte weiter aufs Land. »Siebzehn Schüsse, wenn ich bitten darf.«

Christie sagte nichts, brauchte nichts zu sagen. Siebzehn Schüsse, der Salut eines Admirals. Der wünschte sicher, es wäre eine volle Breitseite.

Avery beobachtete ihn und dachte an Catherine. So wie jetzt mußte sie ihn damals gesehen haben, als sie zusammen nach dem Untergang der Fregatte im Rettungsboot gewesen waren. Jenour war Flaggleutnant gewesen und Bolitho hatte ihm anschließend ein eigenes Kommando verschafft. Aber Jenour wollte unbedingt bei seinem Admiral bleiben.

Bin ich eigentlich so anders als Jenour? Ich kenne seine Stimmungen, ich spüre, wie angespannt er ist, ich fühle nach jedem Sieg seine Niedergeschlagenheit. Und jetzt? Wir segeln immer noch gegen eine unbekannte Macht, eine Macht des Bösen. Bolitho mußte fast lächeln. So hätte auch sein Vater, der Pfarrer war, es ausdrücken können.

Und doch spüre ich keine Angst und möchte nirgendwo anders sein.

Er sah Allday neben dem Niedergang stehen, die

Arme gekreuzt. Er blickte über das Deck, kannte jede Bewegung, jede Schot und jedes Fall, die Knochen des Schiffs, wie er sie nannte. Ihr Blicke trafen sich kurz, und Allday nickte leicht. Es war wie beim ersten Mal, als Avery spürte, daß er in Bolithos Kreis verschworener Brüder aufgenommen worden war.

Bolitho reichte dem Midshipman das Teleskop zurück und sagte irgend etwas. Was wohl? Der lebhafte Bursche schien plötzlich sehr ernst. Und sehr stolz.

Bolitho drehte sich um, sah ihn an und griff nach seinem alten Säbel.

»Bald, George.«

Jemand schrie laut, nachdem ein einziger Schuß sich an Land gelöst hatte und sein Echo lange über dem Wasser hing. Alle Gläser hoben sich, aber niemand bewegte sich, als sei das ganze Schiff verzaubert.

Dann brüllte jemand: »Sie dippen die Flagge, Sir!«

Bolitho griff an den alten Säbel und starrte in Richtung Land. Sein Auge schmerzte, und so konnte er die ferne Zitadelle nicht erkennen. Aber in seinem Kopf war sie so klar wie ihr Bild im Teleskop.

Man dippte die Flagge nicht vor ihm, sondern vor Seiner Majestät, König Georg III. Sie wußten wahrscheinlich nicht, daß König Georg geisteskrank eingesperrt war. Oder vielleicht bedeutete das gar nichts. Er wollte sich das Auge wischen, aber er wußte, Avery würde es sehen und sich Sorgen machen.

Er sagte: »Beginnen Sie mit dem Salut, bitte!«

Der Stückmeister übernahm selbst das Kommando und ging von Kanone zu Kanone. Als der erste Schuß krachte und die Kanone in ihre Brocktaue zurückfuhr, war er schon bei der nächsten und wiederholte die Zeile langsam und absichtlich, um jeden Schuß genau zu zeiten.

»Wenn ich nicht schießen könnt, wär ich nicht hier. Kanone zwei, Feuer frei.«

Zwischen den Schüssen bemerkte Bolitho. »Jetzt muß man Augen und Ohren offenhalten, George.« Christie rief er zu: »Da ist ein Wachboot, Kapitän. Ankern Sie, wenn Sie soweit sind.«

Dann schaute er auf die Männer, die auf ihre Stationen rannten, um die Segel zu kürzen und sagte: »Sehr gut!«

Allday hörte es und verstand, was gemeint war. Bolitho sprach mit dem Schiff.

Kapitän Christie setzte das Teleskop ab und meldete: »Sie schicken ein Boot, Sir!«

Bolitho ging über das Achterdeck und spürte die erbarmungslose Hitze, während die *Halcyon* träge um den Anker schwoite. So nahe an Land konnte er die alten Befestigungsanlagen genau erkennen. Man würde eine ganze Armee verlieren, wenn man die Stadt von Land aus angriffe. Und eine Flotte würde ein ähnliches Schicksal erleiden unter den Kanonen in dieser Bucht.

Allday beobachtete das Boot mit deutlichem Mißtrauen. Es standen je zwei Männer am Ruder, und es glich eher einer Galeere als einem Langboot.

»Achtung, Seite!«

»Man kann sich leicht vorstellen, was die Seesoldaten sich denken, Sir«, meinte Avery.

Christie meldete: »In dem Boot ist ein Offizier, Sir!« Noch einmal blickte er schnell durch das Teleskop und rief überrascht: »Ein Weißer, bei Gott!«

Bolitho beobachtete die näherkommende Galeere, ein elegantes, doch irgendwie bedrohliches Gefährt.

Er sagte: »Wenn es schiefgeht, kappen sie die Ankerleine, Kapitän Christie, und laufen ab. Kämpfen Sie sich notfalls frei, befolgen Sie den Befehl!« Er sah sofort den Widerstand in Kapitän Christies Gesicht. »Es ist ein Befehl. Sie müssen die Vorfälle in Malta melden!«

Er trat näher an die Seite und sah wie die Riemen elegant backgehalten wurden, die Galeere hielt und dann auf die Seite der Fregatte zudrehte. Das hätte auch die Besatzung einer Admiralsbarkasse nicht besser machen können.

Die Gehilfen des Bootsmannes fuhren mit der Zungenspitze über ihre Pfeifen und schauten erwartungsvoll auf die Eingangspforte an der Reling.

»Pfeifen!«

Das Schrillen der Pfeifen verstummte genauso schnell, wie es erklungen war. Bolitho trat vor, um den Besucher zu begrüßen.

Hauptsächlich war es ein Weißer, aber er hatte offenbar auch noch anderes Blut in den Adern. Seine Uniform war überraschend unauffällig, der einzige Schmuck waren ein Paar glänzende Epauletten.

Er hob seinen Dreispitz und verneigte sich kurz vor den versammelten Offizieren.

»Sie kommen ohne Einladung, aber ich habe dennoch den Befehl, Sie willkommen zu heißen.«

Er sprach fehlerlos Englisch mit einem Tonfall, den Bolitho schon irgendwo gehört hatte.

Er sagte: »Ich bin ...«

Der Mann verbeugte sich und lächelte leicht. »Ich kenne Sie, Sir. Bo-Lei-Tho, Seiner Majestät berühmter und bekannter Admiral.«

»Und mit wem habe ich das Vergnügen, Sir?«

»Ich bin Kapitän Martinez, Berater«, wieder das Lächeln, »und Freund von Mehmet Pascha, Gouverneur und Oberbefehlshaber in Algerien.«

»Würden Sie mich in meine Kajüte begleiten Kapitän Martinez?«

Martinez hob den Hut, um seine Augen vor der Sonne zu schützen.

Sein Haar war glatt und dunkel wie das von Bolitho, seine Haut dunkel wie Leder, um seine Augen liefen tiefe Krähenfüße. Er konnte ebenso vierzig wie sechzig Jahre alt sein.

Er sah auf die Kanonen. Die Mannschaften standen mit Schwämmen und Wurmhaken noch immer da, um die Kanonen nach dem Salut zu säubern.

»Das wird leider nicht möglich sein. Mein Befehl lautet, Sie persönlich zur Zitadelle zu begleiten.« Er machte eine elegante Geste. »Sie werden mein Boot sehr bequem finden.« Seine dunklen Augen huschten über das Oberdeck. »Eine Verbesserung, wie ich sehe!«

Kapitän Christie fuhr scharf dazwischen: »Ich muß protestieren, Sir Richard. Wenn Sie in der Zitadelle sind, können wir Sie nicht unterstützen!«

Bolitho schüttelte den Kopf. »Ich bin soweit, Kapitän Martinez. Mein Adjutant wird mich begleiten.«

Martinez erhob erstaunt die Brauen, als Allday zu ihnen an die Pforte trat: »Und wer ist das?«

Bolitho sagte nur: »Er begleitet mich ständig. Ich nehme an, das genügt als Erklärung!«

»Ja.«

Bolitho grüßte die Seesoldaten und die Offiziere an der Pforte, indem er die Hand an den Hut legte. Christie und seine Leutnants, lauter Männer, die ihn besorgt und verständnislos anschauten, standen reglos. Viele kannte er kaum.

Martinez brachte sie ins Heck des Bootes. Es war reich geschmückt, hatte vergoldete Schnitzereien und einige Klappen, damit die Passagiere unter sich sein konnten.

Bolitho hörte, wie er der Mannschaft Befehle gab, in einer anderen Sprache, fließend und ohne Zögern.

Avery flüsterte: »Martinez ist kein Türke, Sir. Eher Spanier.« Er runzelte die Stirn. »Und da ist noch was...«

Bolitho nickte. »Ich glaube, er hat sein Englisch vor langer Zeit in Amerika gelernt!«

Avery sah ihn erleichtert an. »Ich glaube das auch, Sir!«

Allday lockerte das Entermesser an seiner Seite. »Ich traue nicht einer einzigen Seele hier an Bord!«

Bolitho hob eine der Klappen und stellte überrascht fest, daß die *Halcyon* schon eine halbe Kabellänge entfernt lag, so schnell hoben und senkten sich die Riemen.

Er dachte an Christies Besorgnis und hoffte, er würde seine Männer heute genau so beschäftigen wie an jedem anderen Tag. Tausende von Augen würden sein Schiff beobachten. Das leiseste Anzeichen, daß man sich auf einen Kampf vorbereitete, würde alles zerstören. Wieder berührte Richard Bolitho das Medaillon.

Es war plötzlich kühl und fast dunkel. Ihm wurde klar, daß die Galeere in eine Art Höhle eingelaufen war, einem seewärtigen Eingang zur Zitadelle, in einem Gewässer, in dem es keine Tiden gab. Es machte den Ort fast uneinnehmbar.

Dann hielten sie neben einer steinernen Pier, und Bolitho entdeckte noch mehr Uniformen. Diesmal waren es Soldaten, die die Ankömmlinge schweigend beobachteten und unsicher ihre Gewehre hielten.

Die meisten Musketen waren französischer Machart, nur ein paar kamen aus England. Die Nachfrage nach diesen Qualitätsgewehren überstieg wahrscheinlich das Angebot. Darum war vermutlich die *Galicia* gekapert worden, die Pulver und Kugeln transportierte und auch eine geheime Ladung von Gewehren dabei hatte. Die Unsitte war weit verbreitet: Quartiermeister der Armee trieben dunkle Geschäfte wie die Zahlmeister der Marine. Einem privaten Schnäppchen so nebenher waren sie nicht abgeneigt, vor allem nicht, wenn sie keinerlei Risiko dabei eingingen.

Richard Bolitho fragte sich, welche Rolle Martinez hier spielte und woher er kam? War er ein Überlebender der amerikanischen Revolution? Oder ein Unterhändler, der die Seiten einmal zu häufig gewechselt hatte?

Er ging jetzt energisch und mit erhobenem Kopf vor

ihnen her. Bolitho mußte fast lächeln: ein Mann, den man gern sah.

Er hörte Allday schwer auf den Treppenstufen atmen. Martinez' Anblick erinnerte ihn möglicherweise an den Tag, da ihn ein spanischer Säbel niedergestreckt hatte. Darunter litt er heute noch immer und schwer.

»Langsam, alter Freund. Wir können eine Pause machen.«

»Ich bleibe in Ihrer Nähe, Käpt'n.« Er schüttelte sich, ärgerte sich, daß er ihn wieder Käpt'n genannt hatte wie in jenen wilden Tagen von einst.

Türen öffneten sich für sie, und Bolitho bemerkte schwere Teppiche an den Wänden. Räucherduft zog durch das Gebäude, Bolitho roch Sandelholz.

Martinez hielt und hob die Hände. »Wir müssen jetzt alleine weitergehen, Admiral Bolitho.« Er blickte verächtlich auf Allday. »Er kann sich hier erholen.« Dann sahen seine dunklen Augen zu Avery hinüber. »Es gibt Erfrischungen für Sie. Wenn Sie wollen, auch Unterhaltung.« Er lächelte. »Das ist hier üblich.«

Bolitho sagte knapp: »Frauen? Ich dachte, der Dey sei gegen solcherlei Vergnügungen?«

Fast mitleidig sah der andere ihn an. »Gefangene Frauen, Admiral Bolitho!«

Bolitho blickt schnell auf ein offenes, unbewachtes Fenster.

Avery verzog keine Miene, aber er verstand. Und sagte: »Wir werden hier warten, Sir Richard!«

Bolitho entgegnete: »Daran habe ich nie gezweifelt.«

Hinter ihnen fielen weitere Türen zu, und dann erblickte er endlich Mehmet Pascha am anderen Ende eines großen Raumes. Wieder eine Überraschung: Er hatte ihn sich rund und verweichlicht vorgestellt, jemand, den sein Rang und die daraus resultierenden Begleiterscheinungen ruiniert hatten.

Aber der Mann, auf den er traf, war schlicht und eher

hager, hatte helle, kluge Augen und einen brutalen Mund im Gesicht eines Kriegers oder eines Tyrannen.

Martinez sagte: »Mehmet Pascha spricht kein Englisch.« Das schien ihn zu amüsieren. »So werden Sie sich auf mich verlassen müssen.«

Bolitho verbeugte sich steif. »Ich bin hier als Vertreter Seiner Britannischen Majestät, Exzellenz. Es geht um unsere beiden Völker und den Frieden, den wir gegenwärtig genießen.«

Er folgte Martinez gutturaler Übersetzung nur halb. Mehmet Pascha hörte gar nicht zu. Er hatte von Anfang an jedes Wort verstanden.

Bolitho fuhr fort: »Die *Galicia* wurde mit ihrer Ladung von einem Ihrer Schiffe aufgebracht. Ich bitte Sie, den Master der *Galicia* freizugeben, damit wir eine friedliche Lösung erreichen können.« Er sah den anderen ganz ruhig an. »Und ich bitte um die Freilassung der Besatzung.«

Martinez berührte seinen Arm und bat ihn an ein Fenster. »Da sehen Sie einige der Männer. Sie leisteten Widerstand, also wurden sie bestraft.« Neugierig sah er ihn an. »Hätten Sie nicht auch so etwas angeordnet?«

Die Leichen lagen herum, wie man sie hingeworfen hatte, wie Abfall. Als Warnung für andere oder aus totaler Mißachtung. Neben den verwesenden Leichen sah man noch die Pfützen eingetrockneten Blutes. Sie hatten fürchterlich gelitten, ehe sie gestorben waren.

Martinez ging an seinen Platz zurück und sah seinen Herrn an.

Bolitho hatte mehr als die verwesenden Leichen bemerkt. Er hatte Kanonen gesehen, die auf die Bucht hinauszeigten. Martinez hatte gewollt, daß er sie sah – wie eine Drohung.

Mehmet Pascha sprach jetzt, ohne Eile und wie es schien gänzlich ohne Gefühle.

Martinez übersetzte. »Das Fahrzeug hat illegale Ladung transportiert. Es befuhr Gewässer, die nur der Dey beherrscht, also war auch das ungesetzlich. Sie sind hier als Gast willkommen.« Sein Blick wanderte hin und her. »Sie haben in diesen Gewässern keine Autorität und keine Macht. Er hat gesprochen.«

»Ich werde seine Worte Seiner Majestät übermitteln, Kapitän Martinez. Wie die Antwort ausfallen wird, kann ich nicht sagen.«

Martinez sah weniger sicher aus und antwortete schnell: »Hier befiehlt Mehmet Pascha, Admiral Bolitho!«

Bolitho beobachtete den anderen. Er war äußerlich ruhig, ja voller Verachtung. Aber irgend etwas, so sagte ihm sein Instinkt, gab ihm noch etwas anderes zu verstehen. Mehmet Pascha wartete auf Bolithos Antwort, nicht auf die seines Übersetzers.

»Bitte sagen Sie ihm«, und Bolitho deutete aus dem Fenster auf die blitzende See und den fernen Horizont, »daß ich da draußen befehle!«

In der plötzlichen Stille konnte er das Echo seiner eigenen Worte hören, die sein Todesurteil sein konnten, falls Mehmet Pascha seinen Bluff durchschaute.

Der andere erhob sich langsam und nachdenklich aus seinem Stuhl. Er konnte jetzt jeden Augenblick nach den Wachen rufen, und Bolitho hätte nichts erreicht.

Heiser meinte Martinez: »Es gibt gleich ein paar Erfrischungen für Sie und ... Ihre Freunde.« Er verbeugte sich, als sein Herr ruhig auf eine Tür zuging und leise sagte: »Sie können die *Galicia* mitnehmen, wenn Sie segeln. Ihre Ladung aber bleibt hier.« Er sah auf die geschlossene Tür. »Sie sind ein Mann mit sehr viel Glück, wenn ich das sagen darf!«

Bolitho sah, daß Avery in den Raum geführt wurde und ihn überrascht und erleichtert aus dunklen Augen ansah.

»Einen Augenblick, Sir Richard ...«

Bolitho zwang sich zu einem Lächeln. »Wenn es denn sein muß, George. Aber es gehört sich nicht.«

Martinez blieb beharrlich. »Ihr einzelnes Schiff hat keine Chance, und das wissen Sie!«

Bolitho hob die Schultern. »Andere werden kommen, so viele, wie nötig sind – und das wissen Sie genausogut. Die rechtmäßige Freigabe der *Galicia* ist kein Ende, sondern der Anfang des Geschehens.«

Martinez sagte: »Einer meiner Offiziere wird sich um Ihre Rückkehr an Bord kümmern, Admiral Bolitho.«

Bolitho verstand. Martinez mußte wissen, was sein Herr wirklich meinte, und Bolitho begriff auch, daß man eine gehörige Portion Mut brauchte, um hier in Diensten zu stehen – aus welchem Grund auch immer. Er dachte an die verwesenden Leichen an der Mauer. Martinez brauchte sicherlich keine solchen Zeichen, um sich der ständigen Gefahr bewußt zu sein, in der er lebte.

Avery schritt neben Bolitho, hatte es eilig zu gehen und konnte wahrscheinlich immer noch nicht verstehen, daß man sie unversehrt ziehen ließ.

»Ich habe getan, was Sie wollten.« Er zeigte auf das Okular eines kleinen Teleskops in der Innentasche seiner Uniformjacke. »Den Ankergrund kann man von hier aus gut überblicken.« Er sah sich Bolitho an und fuhr fort: »Da liegen zwei Fregatten vor Anker, fünfte Klasse, schätze ich. Keine Flaggen und gut bewacht. Wußten Sie das, Sir?«

»Ich bin mir nicht sicher, George.« Er beobachtete die kleine Galeere, die wieder an die Pier glitt.

Mehmet Pascha wollte seine Besucher schnell loswerden, darum die Freigabe der *Galicia*. Aber zwei Fregatten? Woher kamen sie? Was hatten sie vor?

Er dachte an die stolze, schmale Figur auf dem Stuhl. Der andere hatte also auch geblufft.

Avery sah die Galeere halten, und ein bärtiger Offizier

in fließenden Gewändern trat an Land, sie zu grüßen. Er konnte seine Erleichterung kaum verbergen.

»Und wir hätten doch ein bißchen bleiben können, um besagte Erfrischungen zu genießen!«

Allday sah sie grinsend an.

»Nach diesem verdammten Ort würde ich sogar eine ganze Kiste Schiffszwieback mit Maden genießen, glauben Sie mir.«

Bolitho stieg in die Galeere und wartete, daß die helle Sonne sie bald wieder blenden würde. Mit einigem Glück aber könnten sie Algier bei Dämmerung verlassen. Christie müßte man dazu nicht extra treiben.

Der Admiral berührte das Medaillon und sah, daß Avery ihn beobachtete. Später, dachte er. Die ganze Sache war nur eben gut ausgegangen. Wie gut, das konnte nur Martinez wissen.

»Boot ahoi?« Auf den Bajonetten an der Gangway der *Halcyon* blitzte die Sonne.

Allday rief durch den Trichter seiner Hände: »Flagge!«

Bolitho schaute an Land und dann auf die Fregatte, auf Rumpf und Rigg.

Er war zurück. Er lächelte. Das Glück war ihm wieder einmal hold gewesen.

XIII
Gespräche

Kapitän Tyacke saß im Stuhl mit der hohen Lehne und sah, wie sein Admiral aus der Kajüte nebenan kam, Ozzard direkt hinter ihm her, wobei er vergeblich versuchte, das neue Hemd zurechtzuzupfen.

Tyacke schätzte es nicht sonderlich, daß er saß und der Admiral stand. Bolitho aber ging auf und ab und beschrieb, was er in Algier entdeckt hatte. Von Zeit zu

Zeit hielt Bolitho an, um sicherzugehen, daß sein pummeliger Sekretär mitkam und daß er nicht zu schnell für dessen Feder sprach.

Doch es ging ihm nicht um den Bericht. Tyacke hatte das schon gespürt, als die *Halcyon* gerade eine Stunde im Hafen ankerte. Wie ein Junge wollte er seine Überlegungen umsetzen, endlich wieder aktiv werden. Doch Tyacke kannte Bolitho auch gut genug, um zu wissen, daß dahinter mehr steckte. Er spürte den Drang, ja fast so etwas wie einen Zwang, sich selber und die fernen Herren in der Admiralität zu überzeugen.

Die Rückkehr des Admirals war wieder etwas, das Tyacke nie vergessen würde. Ordnung und Disziplin an Bord waren in dem Augenblick völlig zusammengebrochen, als die Männer der *Frobisher* in den Wanten und ins Rigg kletterten, um das Boot der *Halcyon* zu bejubeln, das herübergepullt wurde und mit einigem Schwung in die Ketten einhakte.

Tyacke hatte die Wirkung in Bolithos Gesicht gelesen, als dieser an Bord kletterte. Männer, die er kaum kannte, jubelten ihm zu, die Mannschaft der *Halcyon* griff es auf, und Jubel tönte auch von den anderen Schiffen, die mittlerweile zum Geschwader gestoßen waren.

Tyacke fuhr sich durchs Haar. Auch er hatte mitgejubelt und hatte in diesem sehr persönlichen Augenblick seine Sorge und seine Erleichterung vergessen.

»Der Dey weiß, daß er in einer starken Position ist, James. Gegen all die Kanonen bräuchte man mindestens eine Flotte – und auch dann würden die Kosten sicher noch den Nutzen übersteigen.« Er unterbrach sich, damit Ozzard sein Halstuch zurechtzupfen konnte. »Hätte ich vorher um Erlaubnis ersucht, dort zu ankern, wäre sie mir nie erteilt worden. Oder man hätte sich darüber, wie bei meinen Vorgängern, hinweggesetzt.«

Tyacke nickte, es war sinnlos, ihn wieder an das Risiko und die möglichen Konsequenzen zu erinnern. Bolitho würde schlicht sagen, das sei vorbei. Jetzt ging es um die Folgen.

Also sprach Tyacke von etwas anderem: »Die beiden Fregatten, was hat das zu bedeuten? Wenn sie die Flagge des Deys führen werden, müssen wir uns gegen sie wappnen. Aber wenn es Korsaren sind«, er runzelte die Stirn, »Piraten, dann werden Sie unseren Schiffen hier viel Arbeit machen.« Er blickte durch eine offene Kanonenpforte. »Wir haben jetzt sieben Fregatten, die *Halcyon* eingeschlossen, unter Ihrem Kommando. Wir haben auch ein paar Briggs und Schoner, aber die können es mit Fregatten der fünften Klasse nicht aufnehmen.« Er schaute zum Flaggleutnant hinüber, der bequem auf der Heckbank saß. »Wenn Sie denn bei Ihren Beobachtungen sicher sind.«

»Ich bin ganz sicher«, sagte Avery nur.

Tyacke berührte sein zerstörtes Gesicht. »Man sagt, Spanien wolle sich von ein paar Kriegsschiffen trennen. Das ist möglich. Aber dieser Kapitän Martinez ... Ich habe nie von ihm gehört, weder als Sklavenkapitän noch sonst.«

Bolitho trat an das schräg geneigte Heckfenster. Die Sonne stand jetzt hoch über ihnen, die Häuser am Strand glühten in einem sandigen Gelb. Das Wetter würde sich bald ändern und bis zu einer Entscheidung könnten wieder Wochen vergehen. Er spürte, wie die alte Ruhelosigkeit ihn wieder trieb. *Alles dauert immer so verdammt lange ...*

Er wandte den anderen den Rücken zu, um eine vorbeisegelnden Dau zu beobachten. Seine Gedanken wanderten wieder zu dem Brief, der mit der Kurier-Brigg gekommen war. Zeit. Auch Catherine würde an den Zeitfaktor denken. Doch diesmal ging es nicht nur darum. Der Ton ihres Briefes war verändert, war irgendwie deutlich anders. Oder war er nach der schnellen Reise von Algier nur erschöpft? Er wußte, das war nicht der Fall.

Tyacke überlegte laut: »Die Fregatten sind zu einem

bestimmten Zweck dort. Vor Anker sind sie nutzlos, bedrohen niemanden!« Was will er damit sagen, fragte sich Bolitho. *Bin ich unaufmerksam?*

Angenommen Catherine würde den Kampf aufgeben. Sie war schön – und reich, durch eigenes Vermögen. Sie brauchte unter der Trennung nicht länger zu leiden und unter der ewigen Sorge um den Geliebten. Gab es vielleicht einen anderen? Er wiederholte für sich die letzten Worte in ihrem Brief.

»Was immer Du tust und wo immer Du bist, vergiß nie, daß ich Dich liebe und daß sich daran nie etwas ändern wird.«

Er würde es noch einige Male lesen, sobald er ungestört war. Doch zuerst mußte er jetzt ...

»Hat das alles mit dem Sklavenhandel zu tun, James? Wollen wir die rauslocken?«

Tyacke lächelte, aber die Augen blieben hart: »Die *Frobisher*, Sir.«

Er schaute sich in der Kajüte um, die jetzt, mit den echten Kanonen wieder sehr viel enger war. »Man weiß, daß die *Frobisher* Ihr Flaggschiff ist. Nach Ihrem Besuch erwarten die sicher, daß wir Verstärkung bekommen. Die wollen es bestimmt nicht riskieren, die beiden Fregatten zu verlieren.« Er zuckte mit den Schultern. »Und wenn ihre Anwesenheit nichts bedeutet, haben wir nichts verloren.«

Bolitho trat vom Fenster und aus dem hellen Licht zurück und legte Tyacke eine Hand auf die Schulter: »Also wieder einmal Bluff!«

Tyacke sah die Hand auf der Schulter, stark und braungebrannt, die zu Bolitho gehörte wie Herz und Erfahrung. Er war nicht leicht zu rühren und gab sich Mühe, es auch jetzt nicht merken zu lassen.

»Wir könnten Glück haben.« Er schaute zu Avery hinüber. »Auf alle Fälle werden wir dafür sorgen, daß die Mannschaft nicht einrostet.«

Sie lachten, die Spannung war vorbei.

Bolitho dachte erneut an den großen Raum, von dem aus man die Batterie und die Leichenteile sehen konnte. *»Ich befehle da draußen«*, hatte Mehmet Pascha gesagt. Bolitho äußerte seine Gedanken: »Ein paar Männer von der *Galicia* sind mit ihr und unserer Prisenbesatzung ausgelaufen. Kapitän Christie hat sie von den anderen Männern an Bord getrennt. Vielleicht könnte man sie befragen, da sie ja wieder in Sicherheit sind.«

Er dachte an Christies Beschreibung, an den Schrecken, den Zweifel und an die Hysterie unter den wenigen Matrosen, die man nicht so brutal behandelt und zum Schluß getötet hatte wie den Master der *Galicia* und die, die sich mit ihm gewehrt hatten.

Avery spürte die enge Verbindung, das wortlose Verstehen zwischen ihnen. Er hatte beobachtet, wie Bolitho den Brief aus der Tasche mit den Depeschen genommen hatte und den besonderen Ausdruck in den grauen Augen bemerkt, während er ihn las. Der Brief mußte wie eine helfende Hand aus der Ferne sein, ihm eine Sicherheit geben, die kaum jemand begreifen könnte. Und Avery dachte an seine Susanna. Von ihr war kein Brief gekommen. Er hatte auch keinen erwartet. Er lächelte bedrückt. Da log er sich etwas vor.

»Ich werde entsprechende Befehle für das Geschwader verfassen«, sagte Bolitho, »damit kein Kommandant auch nur den leisesten Zweifel hat, mit welchem Gegner wir es zu tun haben.«

Tyacke sah ihn scharf an. *Damit du selbst die Verantwortung trägst, wenn etwas schiefgehen sollte.*

Er war froh über Christie. Die *Majestic* hatte ziemlich wenig für andere getan.

Der Posten brüllte: »Der Erste Offizier, Sir!«

Bolitho sah seinen Sekretär fragend an: »Warum grinsen Sie?«

Yovell lächelte freundlich hinter seiner kleinen Brille mit dem Goldrand.

»Ich frage mich immer noch, warum diese Seesoldaten ständig so laut brüllen müssen!«

Leutnant Kellett stand mit dem Hut unter dem Arm in der Tür. »Der Offizier der Wache, Sir!« Er wandte sich an Tyacke, aber sein freundlicher Blick ruhte auf Bolitho.

Tyacke nahm einen Umschlag von ihm entgegen und sagte dann: »Generalmajor Valancy bittet um das Vergnügen, heute abend in seinem Hauptquartier mit Ihnen zu dinieren.« Er sah von dem Blatt hoch und merkte gerade noch die Enttäuschung, die Bolitho so schnell nicht hatte verbergen können.

»Treffen Sie die nötigen Vorbereitungen, James. Es könnte wichtig sein«, fügte er hinzu.

Yovell sammelte seine Papiere ein. Es war Zeit zu verschwinden.

»Ich werde das alles sofort kopieren lassen, Sir Richard. Ich habe einen Helfer und einen der jungen Fähnriche, die einspringen.«

Avery meinte: »Ich werde Sie begleiten, Sir Richard!« Er bemerkte den stummen Protest und fügte hinzu: »Die Armee, Sir! Die erwarten so etwas!«

Er ging, und Tyacke sagte: »Sie könnten auch ablehnen, Sir!«

Bolitho lachte, eher bitter. »Die Leute glauben immer, die Pflicht macht uns Freude. In Wahrheit sind wir ihre Sklaven.«

Später lag dann die Barkasse längsseits. Die Mannschaft trug ihre besten karierten Hemden, geteerte Hüte, und Allday hockte beeindruckend groß im Heck. Die Seesoldaten und die Gehilfen des Bootsmanns waren angetreten und warteten. Der Kapitän der *Frobisher* und der Erste Offizier verabschiedeten sie ins Boot.

Allday wartete, bis Bolitho neben Avery Platz genommen hatte, und gab dann den Befehl zum Ablegen.

Er sah in den Augen der Bootsbesatzung den Stolz auf

ihren Admiral. Mit dem Schlagmann, der den Haken staute, war er nicht zufrieden.

Wie konnten die Männer auch ahnen, daß er in diesem Augenblick nur Leere spürte?

Am Tage nach Bolithos Rückkehr nach Malta ging die *Frobisher* ankerauf und lief aus. Im ersten Tageslicht waren zwei Fregatten, die *Huntress* und die *Condor*, ausgelaufen mit dem Befehl, Position vor Algier zu beziehen. Dort würde man sie sehen und ihren Auftrag sofort begreifen.

Bolitho war an Deck gewesen, um ihr beim Auslaufen zuzuschauen. Sein Herz füllte sich, denn immer noch empfand er Freude, wenn ein schlankes Schiff Segel setzte und sich in der Brise auf die Seite legte und Fahrt aufnahm. Er hätte so gern alle Kapitäne kennengelernt, aber wieder einmal wurde ihm klar, daß die Zeit ihr größter Gegner war. Die Schiffe in seinem Geschwader kannte er nur dem Namen nach oder nach ihrer Geschichte, selbst die kleine Brigg *Black Swan*, die als einzige sein Flaggschiff begleitete.

Nachdem die *Frobisher* von Land klar war, ging Bolitho unter Deck und war überrascht, daß ihn der gestrige Abend nicht ermüdet hatte, trotz des schweren Essens und Trinkens, zu dem die Armee geladen hatte. Avery war am Tisch eingeschlafen, aber er war nicht der einzige gewesen. Seine Gastgeber hatten so etwas erwartet und verkniffen sich alle Bemerkungen.

Als er auf das Schiff zurückkehrt war, wartete Kapitän Christie auf ihn in Tyackes Kajüte.

Es ging nur um eine Kleinigkeit, eine winzige Information – mehr hatte sich nicht finden lassen. Unter der Handvoll Männer, die mit der *Galicia* entlassen worden waren, war auch der Bootsmann. Als Grieche fürchtete er mehr als alle anderen um sein Leben. Er hatte Christie geschildert, wie sie angegriffen und geentert worden waren, als sei *Galicias* Kurs und Ort den Algeriern von vornherein bekannt gewesen. Jeder Mann wurde ausgeraubt, das Schiff geplündert. Ohne einen erkennbaren Grund waren zwei Matrosen getötet worden. Der Sohn des Masters war an Bord gewesen. Und weil die Angreifer vom Master keine weiteren Informationen bekamen, hatten sie seinen Sohn zuerst geschlagen und ihn dann an ein hastig errichtetes Kreuz geschlagen, an dem er elend gestorben war. Es hatte andere Schiffe in der Nähe gegeben, die aber nach Osten abgelaufen waren, als der Angriff stattgefunden hatte. Der Bootsmann war sicher, daß irgend jemand Bona erwähnt hatte. Auf der Karte war das ein kleiner Hafen, kaum mehr als eine winzige Bucht, etwa hundertfünfzig Meilen von Algier entfernt. Die *Halcyon* war erst vor ein paar Tagen dort vorbeigesegelt. Christie fluchte wahrscheinlich über sein Pech, daß er nicht gewußt hatte, daß die algerischen Piraten diesen Ort als Stützpunkt nutzten.

Tregidgo, der Master, hatte nur beigetragen, daß Bona als Schutzhafen für Fischer bekannt war und man dort wohl auch Handel trieb. Es war ziemlich wahrscheinlich, daß dort Schiffe warteten, um harmlose Händler zu überfallen.

Man mußte also Muskeln zeigen. Danach würden sie zu den beiden Fregatten vor Algier stoßen. Es war natürlich interessant zu hören, was Martinez seinem Herr dazu zu sagen hatte.

Bolitho setzte sich und dachte wieder an Catherines Brief. Er hatte ihn nach seiner Rückkehr aus der Garnison sehr genau gelesen. Die Laterne brannte hell. Das Schiff schlief, bis auf die Geräusche, die es in einem lebendigen Rumpf immer gibt. Und wieder hatte er ein Gefühl, als wolle Catherine ihn vor irgend etwas schützen, als schreibe sie nicht alles. Und doch hatte sie die Aufstände erwähnt.

»Die Rosen stehen jetzt in voller Blüte. Ich wünschte mir, das würde nie vergehen.«

In Cornwall wäre der Sommer jetzt bald vorbei. Er sah sie auf dem alten Pfad, auf ihrer beider Pfad. Sie beobachtete die leere See. Und wartete und hoffte ...

Ozzard eilte an die Tür und öffnete sie, obwohl Bolitho nichts gehört hatte.

Es war Tyacke, der äußerlich entspannt schien, glücklich, wieder auf See zu sein, auch wenn das alles ohne jeden Nutzen sein würde.

Sein schneller Blick erfaßte den unberührten Kaffee, dann sah er wieder den Admiral an.

»Die *Black Swan* ist jetzt auf ihrer Station vor uns, Sir!«

Bolitho nickte. Die Brigg würde Tyacke vielleicht an sein ehemaliges Kommando erinnern, doch ihr junger Kommandant war kein Angehöriger ihrer Welt. Ein verbissener, zu allem entschlossener junger Offizier! Er würde es weit bringen, wenn das Schicksal es gut mit ihm meinte. Falls die Flotte an Zahl und Größe reduziert würde, wäre auch er sicher nur einer in der großen Menge derer, die versuchen würden, dennoch in der Marine Karriere zu machen.

Tyacke hat deutlich gesagt, was er von ihm hielt: »Der hat eine große Klappe und einen Dickkopf.«

»Wenn Sie hier von Sklaverei hören, James, kommt dann Ihre Vergangenheit wieder hoch?« wollte Bolitho wissen.

Tyacke kniff die Augen zusammen, als die *Frobisher* ganz leicht den Kurs änderte und Sonnenlicht in die Kajüte fiel.

»Das war damals anders.« Mehr erklärte er nicht. »Aber wo es Gold gibt, gibt es Sklavenhändler. Am Ende werden sie nicht fliehen, sondern sich zum Kampf stellen. Türken und Araber, die kann man immer nur schwer unter Kontrolle halten.« Er sah Ozzard in der Pantry. »Würden Sie mir bitte eine Karte vom Master holen. Er weiß, welche!«

Ozzard hätte fast die Stirn protestierend gerunzelt, doch dann eilte er davon, als er Bolithos Gesichtsausdruck bemerkt hatte.

Als die Tür zufiel, meinte Tyacke: »Tut mir leid, dieser Trick, Sir. Ich wollte mit Ihnen allein reden. Ein Schiff ist manchmal ein öffentlicher Marktplatz, wenn man Vertraulichkeit sucht.«

Bolitho wartete. Der Augenblick war also gekommen.

Tyacke sagte: »Vor vielen Jahren gab es mal eine Frau in meinem Leben. Das war vor ...« er zögerte, »vor der Schlacht am Nil. Ich verlor sie danach. Ich hab nicht geglaubt, daß ich sie je wiedersehen würde. Oder wollte, um es deutlich zu sagen.« Er blickte auf seine Hände und sagte schlicht: »Also habe ich sie verloren.«

Bolitho hätte ihm gern versichert, daß er das verstand, aber wenn Tyacke jetzt den Schwung verlor, würde er nie wieder darüber reden.

»Sie schrieb mir. Ich habe geantwortet, aber den Brief nie abgeschickt!«

Bolitho schwieg weiter. Es war der Brief, den er in den Tresor der *Indomitable* gelegt hatte neben seinen an Catherine. *Aber wir beide haben den Tag überlebt,* dachte er glücklich.

Tyacke blickte auf die Tür, als erwarte er dort Ozzard oder jemand anderen.

»Dann hat sie mich in Portsmouth besucht, kurz bevor wir dieses Schiff in Dienst stellten.« Er streckte seine Arme von sich, als könne er das immer noch nicht ganz begreifen. »Ich wußte, das wir uns eines Tages wiedersehen würden.« Er sah jetzt Bolitho ganz direkt und unverwandt an. »Was Sie sicherlich gewußt haben, Sir!«

»Ich habe es gehofft«, sagte Bolitho nur.

»Sie schickte mir einen Brief mit dem Kurier. Ich hätte sofort antworten sollen. Aber Sie waren nicht da, die Zukunft ist unsicher, also dachte ich, ich warte besser.«

»Sie mögen sie also immer noch, James, trotz allem. Mögen Sie sie von ganzem Herzen?«

»Das ist es, Sir. Ich weiß nicht. Ich habe kein Recht... Ich habe so lange so weit weg von ganz normalen, ordentlichen Leuten gelebt, daß ich mir nicht mehr sicher bin.«

Er dachte an das Kleid, das Tyacke lange Jahre in seiner Seekiste aufgehoben hatte – für die Frau, die ihn zurückgewiesen hatte. Dieses Kleid hatte er später Catherine gegeben.

»Haben Sie ihr je von dem Kleid erzählt, James, so wie Catherine?«

Tyacke schüttelte den Kopf. »Es sind zwei Kinder da, die man bedenken muß!«

Bolitho sah, wie die Tür sich einen Spalt breit öffnete. »Ach, Ozzard, wenn Sie uns einen kühlen Wein besorgen könnten!«

Ozzard antwortete: »Der Master wußte nichts von einer Karte, Sir.« Das klang wie eine Anklage. Dann eilte er davon.

Mitfühlend fuhr Bolitho fort: »Erzählen Sie ihr dies, James, wenn Sie schreiben. Und das auch von dem Kleid.«

Tyacke fuhr sich übers Gesicht. »Ich weiß nie, was ich in einem solchen Fall tun soll. Ich weiß immer nur, was andere machen.«

Ozzard kam zurück, ohne freundlicher dreinzuschauen. »Dieser Wein hier ist wirklich kalt, Sir Richard.«

»Lassen Sie mich die Flasche öffnen.« In der unbewegten Luft fühlte sie sich wirklich kalt an. Ozzard mußte sie irgendwo in der Bilge gestaut haben. Es handelte sich um Rheinwein aus dem Laden in St. James. Vielleicht hatte die junge Frau gerade diese Flasche in der Hand gehalten, als die Sendung gepackt und nach Portsmouth geschickt wurde.

Tyacke wartete, seine Unsicherheit, seine Unfähigkeit, darüber zu reden, war im Augenblick vergessen. Sie war unbedeutend geworden.

Er würde nie besitzen, was Bolitho hatte und mit seiner geliebten Catherine teilte, die ihn damals in Falmouth an Bord der *Indomitable* geküßt hatte unter dem Jubel der versammelten Mannschaft.

Was in diesem Mann steckte, konnte er an dessen Augen erkennen. Jetzt konzentrierte dieser sich stark, um das Etikett besser erkennen zu können. Dies war ein so persönlicher Augenblick, daß Tyacke sich wie ein Eindringling vorkam.

Laut sagte er: »Ich werde es versuchen, Sir, wenn ich schreibe.« Er schaute an die Decke und spürte, daß Ozzard die Gläser leicht erreichbar plazieren würde. »Dann werden wir an den Geschützen exerzieren und die Spinnweben aus Malta entfernen!«

Bolitho hob das Glas. »Lassen Sie das Mr. Kellett erledigen, James. Er bewundert Sie sehr, wissen Sie!«

Tyacke lachte ganz unerwartet, die Spannung löste sich. Bolitho sah ihn einige Augenblicke an, der Wein stand noch unberührt da.

»Ich glaube, es wird einen Kampf geben.« Er strich sich die rebellische Locke aus der Stirn, und Tyacke sah die brennende Narbe. »Ich bin sogar ganz sicher.« Bolitho lächelte und sah so jung aus wie damals, als er Catherine zum ersten Mal begegnet war.

»Ich danke Ihnen, daß Sie mit mir darüber gesprochen haben, mich teilhaben ließen, James. Jetzt sind wir wirklich eine Mannschaft.«

Vizeadmiral Sir Graham Bethune sprang auf, empört über die Störung, als die Tür zu seinem Zimmer sich ohne Klopfen öffnete und Sillitoe eintrat, dem ein protestierender Schreiber nervös folgte.

Bethune versuchte zu erklären: »Ich hatte ja keine Ahnung, Mylord ...« Er setzte noch einmal an und ärgerte sich, daß er von diesem Mann so leicht aus der Ruhe gebracht wurde, egal wie mächtig dieser auch immer sein mochte: »Sie werden nicht erwartet.«

Sillitoe schaute sich um, schaute auch in das nächste Zimmer und wartete darauf, daß der Schreiber sich endlich zurückzog.

Er sagte: »Ich bin hier, um mit Rhodes zu reden. Ich nehme an, daß das möglich ist.«

Bethune deutete auf einen Stuhl. »Ich werde sehen, was ich tun kann, Mylord. Zu jeder anderen Zeit ...«

Sillitoe setzte sich, schien äußerlich ganz ruhig und unbewegt. »Zu jeder anderen Zeit zöge ich es vor, nicht hier zu sein. Dennoch will ich die Gelegenheit nützen, um Ihnen die Sache zu erklären.«

Bethune musterte ihn von seinem Platz hinter dem Schreibtisch. Er war ganz in Grau gekleidet, elegant, sicher, ein paar Regentropfen hingen auf seinem Rock. Er war bestimmt zu Fuß hierher gekommen, der Weg schien nicht weit gewesen zu sein. Entweder tat er dies als körperliche Übung oder er bereitete sich so auf das Treffen mit Lord Rhodes vor.

Rank und schlank, ein Mann, der ritt und lief und focht, um Geist und Körper gesund zu halten – Bethune hatte gehört, Sillitoe frequentiere ein sehr ehrbares Haus nicht sehr weit weg von der Admiralität. Ging er mit Frauen ebenso um, aus Gewohnheit oder als Bedürfnis?

Sillitoe sagte: »Ich habe gerade von einem Angriff auf Washington im letzten Monat erfahren und daß Regierungsgebäude und Vorräte zerstört oder verbrannt wurden und daß dort ankernde amerikanische Schiffe versenkt wurden.«

Bethune merkte, daß er auf der Hut sein mußte. In der Admiralität war die Nachricht erst heute morgen per Telegraf aus Portsmouth eingetroffen. Die erste Person, die informiert werden mußte, war der Prinzregent. Sillitoe mußte also zu dem Zeitpunkt bei ihm gewesen sein.

»Ich bin erfreut, daß der Angriff erfolgreich war. Aber auch überrascht.« Sillitoe übersah Bethunes Protest und fuhr fort: »Ich höre, daß Kapitän Adam Bolitho ein neues Kommando bekommen wird.«

Bethune schluckte.

Sillitoe wechselte die Themen so schnell, wie er wahrscheinlich seine Ausfälle mit dem Degen machte.

»Er wird seine Befehle bekommen haben und jetzt, in diesem Augenblick, bereits unterwegs zurück nach England sein, Mylord. Die *Valkyrie* wurde völlig marode. Sie wird aus der Flotte ausgemustert.«

Sillitoe sah ihn gelassen an, seine tief liegenden Augen verrieten nichts. »Der Geschwader-Commodore ist gefallen? Unglücklicherweise, obwohl es mir manchmal scheint, daß Offiziere, die für diese oder jene Aufgabe ausgesucht werden, keineswegs immer die richtigen sind – eben für die betreffende Aufgabe.« Er hob die Hand. »Noch etwas. Ich würde vorziehen, wenn das zwischen uns bliebe.« Er beobachtete, wie Bethune sich zusehends unwohler fühlte. Doch das befriedigte ihn nicht besonders. Wenn er überhaupt etwas spürte, dann Wut und Verachtung. Er sagte: »Lady Somervell! Sie waren doch bei dem Empfang zu Ehren des Herzogs von Wellington? Sie kümmerten sich doch um Lady Somervell, weil Seine Königliche Hoheit mich zurückhielt.« Er lehnte sich vor, als wolle er seine Worte besonders betonen. »Darum hatte ich Sie gebeten.«

»Sie ging, ehe Sie kamen, Mylord.«

Sillitoe lehnte sich zurück, den Kopf gegen die Lehne drückend. »Sir Graham, halten Sie mich nicht für einen Narren. Ich weiß das alles. Sie ging, weil sie über Bemerkungen von Lord Rhodes wütend war, über seine Arroganz, Lady Bolitho als Ehrengast vorzustellen. Es war die reinste Beleidigung.«

»Das letzte, das ich mir für sie gewünscht habe, war, daß man sie erniedrigt!«

Sillitoe sah ihn kühl an. »Man hat sie nicht erniedrigt. Sie war wütend. Wenn ich dabei gewesen wäre, hätte ich mich schon deutlich genug geäußert.«

Bethune schaute weg. »Ich weiß. Ich war nicht in der Lage, das Geschehen zu verhindern.«

Sillitoe lächelte. »Wenn Sie es vorher gewußt hätten, säße ich nicht hier.« Seine Augen blitzten. »Und Sie auch nicht, mein lieber Mann!«

Bethune erklärte: »Ich habe mich bei Lady Somervell mit einem Brief entschuldigt. Aber sie ist schon unterwegs nach Cornwall. Ich werde dafür sorgen ...«

Sillitoe wurde leise: »Ich dachte schon, Sie hätten ihre Londoner Anschrift verlegt?« Er beobachtete genau, sah aber kein Zeichen, nichts. Bethune könnte natürlich seine Frau betrügen, aber eigentlich bezweifelte selbst Sillitoe das. Er streckte die Hand aus und öffnete sie langsam. »Auf diesem Stück Papier steht ihre Adresse.«

Bethune machte große Augen.

Sillitoe sah auch Angst darin. Seine Wut kam zurück. »Es wurde bei einem Mann gefunden, den ich jetzt als Charles Oliphant kennengelernt habe. Er war früher Kommandant der *Frobisher*, vierundsiebzig Kanonen.«

Bethune starrte auf den Zettel. »Sie hat ihn mir gegeben. Für den Fall, daß ich von Sir Richard Neues höre. Ich muß ihn dort vergessen haben ...«

»Als Oliphant zu Ihnen kam und um ein neues Kommando bettelte, ehe die Wahrheit öffentlich wurde.«

»Ich verstehe nicht.« Bethune lehnte sich vor. »Bitte sagen Sie mir, ob irgend etwas geschah, das Lady Somervell belästigte. Ich muß es wissen!«

Sillitoe wartete und zählte die Sekunden. »Oliphant wartete auf sie in Chelsea. Das Haus war leer, sie war allein.« Er machte eine Pause. »Weil man sie ohne Begleitung nach Hause fahren ließ.« Er merkte, daß er Bethune damit traf. »Sie wurde angegriffen, aber ich hatte von Oliphant gehört. Leute vertrauen mir manches an. Ich kam gerade noch rechtzeitig in Lady Catherines Haus, um zu verhindern ...«

»Zu verhindern ... was, um Gottes willen?«

Sillitoe antwortete barsch: »Oliphant, der Offizier, der Sir Richard Flaggkapitän sein sollte, ist nicht nur ein Spieler und ein Dieb. Er ist so syphiliskrank, daß er nur noch Rache wollte auf die einzige Weise, die ihm noch blieb.«

»Ist sie ..., ist sie sicher, Sir?«

»Sie ist es. Aber das ist nicht das Verdienst derer, die sie hätten beschützen müssen!«

Bethune blieb beharrlich. »Und Oliphant?«

»Man kümmert sich um ihn.« Sillitoes Lippen wurden ganz schmal. »Er wird bewacht. Es sieht so aus, als würde er sehr bald sterben oder verrückt werden. Wenn nicht, wird ein Kriegsgericht über ihn tagen, und die schwerste Strafe wird gefordert werden.« Dann tupfte er sich mit einem Taschentuch über den Mund. »Und sie wird verdient sein.«

Bethune dachte an die Nacht, in der das alles geschehen war. Es war Wochen her. *Ich hätte es ahnen müssen.* Aber seine Frau war dagegen, daß er sich immer um alles kümmerte.

Sillitoe fuhr fort. »Ich möchte Lord Rhodes ein paar Anregungen geben. Ich bin sicher, daß man sie leicht durchsetzen kann.«

Bethune sah auf die Uhr. »Ich fürchte, Lord Rhodes wird schon eine Verabredung haben, Mylord. Ich versuchte zu erklären ...«

Sillitoe sagte nur: »Melden Sie mich an!«

Bethune erwiderte schwach: »Eine frühere Verabredung ...«

Sillitoe lächelte leicht. »Ich weiß. Mit dem neuen Generalinspekteur.« Er legte den Umschlag auf den Tisch. »Hier ist mein Auftrag, Sir Graham.«

Bethune starrte auf den beigefarbenen Umschlag mit dem königlichen Siegel.

»Ich werde mich sofort darum kümmern.«

Sillitoe trat an ein Fenster und schaute auf die nasse Straße hinunter, wo Leute mit gebeugten Köpfen und hochgezogenen Schultern Schutz suchten. Er sollte eigentlich mehr als Verachtung und Ungeduld empfinden. Aber alles, woran er denken konnte, war die Frau, nackt und gefesselt in dem kleinen stillen Haus in Chelsea. Sie halten, sie schützen, sie begehren ...

Die Tür öffnete sich. Rhodes trat ein.

»Ich gratuliere Ihnen, ich hatte keine Ahnung.« Er schaute schnell zu Bethune hinüber und zu einem zweiten Offizier, der ihm gefolgt war. Er lächelte. »Ich denke, unser Gespräch sollten wir ganz offen führen und festhalten, Sillitoe. Einverstanden?«

Sillitoe erwiderte sein Lächeln nicht. »Wie Sie wollen. Es gibt verschiedenes zu besprechen. Beginnen wir mit der Desertion Ihres Cousins, Kapitän Oliphant. Man hätte ein medizinisches Gutachten einholen müssen, als Sie seiner Versetzung zustimmten. Das sind alles Probleme fürs Kriegsgericht, darüber sind wir uns einig. Spielschulden, Besuche von Häusern, in denen Prostituierte verkehren; er ist so krank, daß er schon fast verrückt ist. Und eine versuchte Vergewaltigung.« Er wippte leicht auf einem Fuß. »Soll ich fortfahren, Lord Rhodes?«

Rhodes sah sich um, war kaum in der Lage zu sprechen. »Ich brauche Sie nicht mehr, meine Herren.« Als die Tür zufiel, sagte er mit belegter Stimme: »Ich hatte von der Schwere seiner Krankheit keine Ahnung, ich schwöre es. Ich wollte nur das Beste für ihn.«

»Ja, unter Sir Richard Bolitho, einem Mann, den Sie immer wieder demütigen.«

»Was erwarten Sie von mir?«

Sillitoe sah auf das Bild einer Seeschlacht mit Bethunes letztem Schiff. Männer kämpften und starben. Er hielt seine wachsende Wut im Zaum. *Für solche überheblichen Narren wie diesen ...*

»Machen Sie weiter wie bisher, Mylord, was erwarten Sie eigentlich? Ihr Cousin wird Ihnen nicht mehr zur Last fallen. Mein Wort darauf.« Er bückte sich und nahm seinen Hut vom Stuhl. »Ich bin nur der neue Generalinspektor, also weder Richter noch Geschworener.«

Rhodes unternahm einen letzten Versuch. »Wenn man mir das Amt des Ersten Lords anbietet...«

Sillitoe wartete, daß man ihm die Tür öffnete. »Seien Sie ganz sicher, Rhodes«, er lächelte kalt, »das wird nicht geschehen!«

Er verließ das Gebäude und war plötzlich dankbar für die nasse, kalte Luft im Gesicht. Er würde eine Meile zu Fuß gehen und nachdenken. Er dachte an Bethunes Frau bei dem Empfang, als er sich verspätet hatte und Catherine bereits gegangen war. So erhaben hatte er sie noch nie erlebt. Eine Frau, die ihren Mann ausnutzte, wenn er nicht damit rechnete.

Er nickte sich selber zu und merkte nicht, wie andere ihm neugierig nachschauten. Es wäre sicher besser für Bethune, für alle Beteiligten, wenn man ihm eine neue Aufgabe gäbe. Irgendwo ganz weit weg von England.

Grace Ferguson beobachtete ein Hausmädchen, das eine Vase frischgeschnittenen Rosen vor ein Fenster stellte, und nickte anerkennend.

»Habe gesehen, wie Sie selbst sie geschnitten haben, Mylady. Das tat meinem Herzen gut.«

Catherine lächelte. »Ich mag es nicht, wenn sie einfach verwelken.« Sie schaute aus dem Fenster auf den graublauen Horizont hinter der Landzunge. »Ich wünschte, sie würden so lange blühen, bis ...«

Grace beschäftigte sich mit einigen Büchern, die nicht abgestaubt zu werden brauchten. Sie hatten ihrem Mann schon einige Male ihre Gedanken anvertraut.

Aber Bryan hatte immer darauf bestanden, daß es Mylady gutgehe und sie nur Sir Richard vermisse.

Grace war sich dessen nicht so sicher, aber Bryan war eben so. Alle Männer waren so. Lady Catherine Somervell war eine wundervolle Frau, aber auch nur ein menschliches Wesen. Natürlich vermißte sie ihren Geliebten, genau wie sie selber in all den Jahren Bryan vermißt hatte, als die verhaßte Preßgang ihn und John Allday geschnappt hatte. *Und was ist jetzt los mit uns...*

Sie erinnerte sich an Catherines kürzliche Rückkehr aus London. Ihr Gesicht hatte verraten, wie mitgenommen sie war. Grace hatte ihr ein Bad gerichtet und dabei die blauen Flecken auf ihrem Arm und einen vernarbten Schnitt am Hals bemerkt. Davon hatte sie aber Bryan nichts weitererzählt.

Catherine sagte: »Lady Roxby kommt heute nachmittag, Grace!«

Lady Roxby hieß sie für den Rest der Welt, aber als Richards Schwester hieß sie für Catherine nur Nancy. Sie lebte immer noch in dem großen Haus – nur mit den Dienern. Ein Inspektor kümmerte sich um die Besitzungen. Lewis Roxby war noch überall zu spüren. Auf ihre Weise würde Nancy vermutlich also weniger einsam sein als Catherine.

Grace Ferguson sah sie jetzt an und sagte entschlossen: »Sie essen nicht richtig, Mylady. Sie verkümmern ganz, wenn das so weitergeht. Wenn Lady Roxby da ist, gibt es die Kekse, die Sie so mögen. Ich habe sie eigenhändig gebacken.«

»Ich möchte nicht, daß Sie sich darüber Sorgen machen, Grace – wir hatten davon in den letzten Jahren wirklich genug. Ich will eigentlich nichts anderes, als daß Richard hier ist, hier bei uns. Er hat schon so viel für sein Land getan – begreifen die in London das nicht?« Sie schien plötzlich von den Porträts an den Wänden bedrückt. »Ich wünsche mir, so stark und so geduldig zu sein, wie die alle es gewesen sein müssen.«

Grace antwortete schlicht: »Das sind Sie, Mylady. Ich weiß das!«

Als später die Kutsche der Roxbys in den Hof rollte, sah Catherine, daß sie zwei Besucher mit sich brachte. Nancy kam in Begleitung einer jungen Frau mit blondem Haar. Sie war sauber, aber einfach gekleidet, eine Dienerin vielleicht oder eine Gesellschafterin. Catherine hörte, wie Grace Ferguson sie begrüßte, und trat unter die Tür. Sie hoffte, daß ihre Sorgen und der fehlende Schlaf Nancy nicht so auffallen würden, wie das bei Grace der Fall gewesen war.

Nancy umarmte Catherine und sagte: »Dies ist Melwyn. Ihre Mutter näht Kleider und andere Sachen drüben in St. Austell. Ich kenne die Familie seit Jahren, seit meiner Kindheit.«

Catherine sah das Mädchen an. Sie war noch jung und blickte ernst in die Welt. Aber wenn sie lächelte, war eine elfenhafte Schönheit um sie, die sicher bald einen jungen Mann anziehen würde.

»Melwyn war die letzten paar Tage bei mir im Haus. Sie ist sehr fleißig und eine angenehme Gesellschafterin – und außerdem eine gute Schneiderin wie ihre Mutter.« Sie lächelte, und Catherine sah Richards Wärme in ihren Zügen. »Da Sophie nicht mehr da ist, dachte ich mir, daß du Melwyn vielleicht übernehmen willst.«

»Melwyn. Was für ein schöner Name«, sagte Catherine.

»In der alten Sprache von Cornwall bedeutet das schön wie Honig«, erklärte Nancy.

»Möchtest du denn von zu Hause fort?« wollte Catherine wissen.

Das Mädchen schien nachzudenken. »Ich denke schon, Mylady. Ich brauche die Arbeit.« Sie sah mit großen Augen auf ein Porträt. »Mein Vater wurde Soldat und ging nach Westindien. Da starb er. Ich denk immer noch an ihn.« Sie drehte sich um. »Kennen Sie Westindien, Mylady?«

Ungewöhnlich streng sagte Nancy: »Stell nicht so viele Fragen, Mädchen!«

Aber sanft antwortete Catherine: »Ja, ich kenne Westindien. Da habe ich meinen Geliebten wiedergefunden, den ich verloren hatte.« Sie fühlte die Schulter des Mädchens unter ihrer Hand leicht zittern. *So wie damals bei mir.*

»Man sagt, Sie haben schon die ganze Welt gesehen, Mylady.«

Catherine strich ihr über die Schulter: »Die Geschichten werden immer bunter, wenn man sie weitererzählt.«

Nancy beobachtete sie zufrieden. Melwyn war so ganz anders als die anderen Mädchen, die auf den großen Besitzungen und in den Herrenhäusern dienten. Sie arbeitete fleißig, ihre Finger konnten wie verzaubert über ein Stück Seide oder ein Stück Linnen gleiten. Manchmal schien sie in sich zurückgezogen, träumte vor sich hin. Ihre Bemerkungen über ihren Vater! Er war Sergeant in der 87er-Infanterie gewesen. Aber er war ein Freund lauter Worte, der ständig fluchte. Die Armee hatte ihn wahrscheinlich rekrutiert, als er betrunken war. Manchmal war es besser, wenn man träumen konnte.

Dann sagte Catherine: »Wenn du willst, würde ich mich freuen, dich hier zu beschäftigen!«

Das Mädchen lächelte. Sie sah jetzt schön aus. »O danke. Wenn die anderen das hören!«

Catherine blickte weg. Ihre Stimme erinnerte sie an Zenoria, obwohl es zwischen ihnen sonst keinerlei Ähnlichkeiten gab.

Die Tür öffnete sich. Grace, dachte sie, die uns mit den kleinen Kuchen verführen will. Aber es war Bryan. Ihre Hand lag noch auf der Schulter des Mädchens, und plötzlich spürte sie Kälte auf ihrem Körper, obwohl es im Zimmer sehr warm war.

»Was ist?«

»Ein Brief, Mylady. Ich habe dem Postboten gesagt, er soll warten, falls Sie ...«

Er sah sich um, irgendwie erleichtert, als seine Frau eintrat und ihm den Brief aus der Hand nahm.

Nancy sagte, sie würde bleiben, aber Catherine hörte sie nicht. Sie nahm ein Messer und schlitzte den Umschlag auf. Ihre Hand war ganz ruhig, doch sie fühlte, daß ihr restlicher Körper zitterte. Das Mädchen wollte gehen, aber Catherine sagte: »Nein, bleib bitte!« Sie fuhr sich mit der Hand übers Gesicht, ärgerte sich über die plötzlichen Tränen. Die Schrift schien jetzt unklar und war ihr fremd. Sie drehte sich mit dem Brief ins Licht und wagte kaum zu atmen.

Dann fragte sie: »Kennen Sie ein Schiff namens *Saladin*, Bryan?«

Bryan spürte ihre Stärke und Entschlossenheit und noch mehr.

»Aye, aye, Mylady. Sie ist ein großer Indienfahrer. Ein schönes Schiff. Ankerte mal in Falmouth. John Allday und ich sind extra hingegangen, um sie zu bestaunen.«

»Die *Saladin* segelt in der nächsten Woche von Plymouth.«

Alle warteten, alle hörten zu, aber sie sprach nur zu einem – zu Richard.

»Sie segelt nach Neapel, aber sie wird in Malta festmachen. Willst du mich begleiten, Melwyn?«

»Malta!« rief Nancy laut. »Wie ist denn das möglich?« Sie war den Tränen nahe und stolz, zu ihnen zu gehören, immer noch.

»Das hat ein Freund so eingerichtet.« Catherine sah sich um. Alles nahm wieder Gestalt an. Die Erinnerung an jene Nacht, als sie die nackte Gewalt spüren mußte, würde jetzt verschwinden.

Ein Freund. Sie spürte fast Sillitoes leises Lächeln.

XIV
Am Rande der Dunkelheit

Leutnant George Avery breitete die Karte auf dem Tisch in der Kajüte aus und sah, daß der Admiral erst ein paar Bemerkungen las, ehe er sich im abnehmenden Licht über sie beugte.

Am Nachmittag hatte der Wind rückgedreht und unerwarteterweise zugenommen. Tyacke hatte darüber mit Bolitho gesprochen, und sie hatten beschlossen, die großen Toppsegel der *Frobisher* zu reffen. Männer waren auf die immer gefährlichen Rahen aufgeentert, wo ein heißer Wind sie packte, der direkt aus der Wüste zu kommen schien.

Jetzt sah Avery auf die abgenutzte Karte mit ihren Peilungen und stündlichen Eintragungen, die ihren Weg von Malta zeigten. Das nächste Land war achtzig Meilen entfernt. Die kleine Brigg *Black Swan* hatte für die Nacht schon ihre angewiesene Position eingenommen, und Avery hatte sie vor kurzem noch im Teleskop beobachtet. Sie torkelte unter kleinsten Segeln wie eine Möwe in Not. Das Kommando gab dem Kommandanten viel Freiheit, doch Avery fragte sich, was der jugendliche Kapitän jetzt wohl dachte, da er unter den Augen des Flaggschiffs segelte.

Er wußte, daß Bolitho sich Sorgen machte, weil er die Kommandanten kaum kannte und mit ihnen wenig Kontakt hatte. Avery hatte ihn mit Tyacke über Norton Sackville von der *Black Swan* sprechen hören. Der war erst kürzlich zum Leutnant befördert worden, sein früherer Flaggoffizier hatte ihn sehr empfohlen. Im Alter von Anfang zwanzig lauerte er natürlich auf eine Gelegenheit, sich mit seinem Schiff besonders hervorzutun.

Tyacke hatte auf die entsprechende Frage geantwortet: »Sackville ist klug, keine Frage.« Doch dann hatte er sich an die Stirn gefaßt. »Aber es fehlt ihm ein bißchen an Weisheit!«

Unter den gerefften Bramsegeln lief das Schiff ruhiger, rutschte nur manchmal in eine tiefere Welle. Heute war alles so anders als sonst an den Tagen mit ruhiger See und schlaffer Leinwand.

Bolitho spürte, daß Avery über ihn nachdachte, sicherlich auch über die Frage, warum er sein Geschwader auf ein Gerücht hin geteilt hatte.

Vielleicht lasse ich mich von den falschen Gründen leiten, dachte er.

Das Deck zitterte, das schwere Ruder fing den Druck von See und Wind auf.

Zwei Tage und zehn Stunden bis hierher. Der Hafen von Bona lag südlich von ihnen. Näher heranzukreuzen, hieße sein Glück versuchen; eine Leeküste kannte keine Gnade, wenn man seine Position nicht exakt bestimmt hatte.

Er mußte wieder an die *Black Swan* denken und versuchte sich in Kapitän Sackville zu versetzen. Sein Ausguck würde die entscheidende Verbindung bilden, er würde zuerst Land ausmachen, und Sackville müßte vielleicht schlagartig eine Entscheidung treffen, von der er jetzt noch nichts ahnte.

Die Geräusche über und um sich herum hörte er kaum, das Surren des Riggs, das unter gewaltigem Druck stand, das wütende Flattern lockerer Leinwand. Stimmen – und harte, nackte Füße oben an Deck. Dort war auch Allday, Ozzard hielt sich in der Pantry auf. Das Schiff trug sie alle durch die Nacht.

Er sah über den Tisch und zuckte zusammen, als das Licht der Laterne ihm in die Augen fiel. Es war doch nicht etwa schlimmer geworden? Oder versuchte er wieder einmal, sich etwas vorzumachen?

»Ich habe den Arzt gebeten, herzukommen«, sagte er fast beiläufig.

Das kam so kühl, wie die Bemerkung eines Kombattanten an seinen Sekundanten kurz vor einem Duell.

Avery sicherte die Karte, aber schaute nicht hoch. »Er scheint ganz in Ordnung zu sein, Sir Richard. Keiner von denen, die wir sonst zumeist hatten!«

Sie dachten beiden an Minchin und seine blutgetränkte Schürze.

»Behindert ihre Verwundung Sie mehr als früher, Sir?« wollte Avery wissen.

Noch vor Monaten hätte er jeden angefahren, egal wie nahe er ihm stand, der ihm eine Schwäche unterstellt hätte. Jeder hätte so etwas sofort bereut. Doch jetzt war ihm das gleichgültig.

Wie aus weiter Ferne sagte er: »Sie sind nie das gewesen, was Allday einen Nordseemann nennen würde, George. So ist das immer. Das Leben gleicht dem Nebel auf dem Wasser, wenn das Licht zu stark ist. Gleich darauf ist alles vorbei. Und dann gibt es wieder Zeiten, in denen ich alles kristallklar sehe. Ich suche Gründe für alles, Erklärungen.« Er hob die Schultern. »Ich kann das nicht einfach hinnehmen. Jetzt nicht und niemals!«

Er hörte die Glocke glasen und viele Schritte, als die Wache an Deck abgelöst wurde. Er hatte es so oft beobachtet und war so oft selbst beteiligt gewesen, daß er sich alles so plastisch vorstellen konnte, als stünde er mitten unter den Männern. Nur das Schiff eben war ein anderes.

Avery machte sich wegen seiner Stimmung Sorgen. Er widerstand zwar noch, hatte aber wohl doch aufgegeben ...

Und so sagte er plötzlich: »Wenn dies alles vorbei ist, Sir ...«

Bolitho sah ihn an und lächelte plötzlich, alle Zweifel und Belastungen waren verschwunden.

»Und was machen wir dann, George? Was wird aus uns?« Er unterbrach sich, als habe er etwas gehört.

»Sie waren immer ein guter und loyaler Freund, George. Das werden wir nie vergessen.«

Er mußte nicht erklären, wen er mit uns meinte, und Avery war sehr bewegt.

Der Posten knallte den Musketenkolben auf die Planken. »Der Arzt, Sir!«

Avery sagte: »Ich bin in meiner Kajüte, Sir.«

Ihre Blicke trafen sich.

»Man wird Sie nicht stören.«

Er öffnete dem Arzt die Tür und verschwand. Sie waren sich immer noch fremd, obwohl sie dieselbe Messe teilten.

Paul Lefroy, Arzt der *Frobisher*, war rund, fast cherubinisch, erinnerte mehr an einen Landpfarrer als an jemanden, der mit den schrecklichen Bildern im Zwischendeck zurechtkam. Er war gänzlich kahl bis auf eine schmale Girlande grauer Haare, und sein Schädel hatte die Farbe von poliertem Mahagoniholz.

Er wartete, bis Bolitho in seinem hohen Lehnsessel saß, und begann dann mit der Untersuchung. Seine Finger bewegten sich um das verletzte Auge eher wie Instrumente, nicht wie Gliedmaßen aus Fleisch und Blut.

Lefroy erzählte: »Ich hatte Gelegenheit, einen jungen Kollegen zu treffen, der mal unter Ihnen gedient hat. Sie haben ihn, glaube ich, gefördert, so daß er die Hochschule für Chirurgen in London besuchen konnte.«

Bolitho starrte ins Licht, bis sein Blick unscharf wurde. »Philip Beauclerk, ja, der war bei uns auf der *Indomitable*. Ein guter und vielversprechender Arzt.« Doch erinnern konnte er sich nur an Beauclerks Augen, die blassesten, die er je gesehen hatte.

Lefroy wischte sich die Hände an einem Tuch ab. »Wir sprachen über Sie, Sir Richard, wie das Ärzte tun.« Er lächelte, ganz der Pfarrer. »Wie es Ärzte müssen, wenn sie das Los ihrer Patienten erleichtern wollen. Wir sprachen natürlich auch von dem berühmten Arzt Sir Piers Blachford.«

Wieder eine Erinnerung. Blachford und der rumgetränkte Minchin, die nebeneinander bis zur Selbstaufgabe auf der *Hyperion* geschuftet hatten, bis sie den Kampf beenden mußten, weil das Schiff unterging.

Gelassen meinte Bolitho: »Er meint, man könne nichts mehr für das Auge tun.«

Lefroy nickte langsam, seine rundliche Figur hielt sich seltsam schräg auf dem bewegten Deck.

»Jemand, der sich zurückziehen wird, der frei von den Forderungen, um nicht zu sagen, von den Risiken des Lebens eines Seemannes ist, kann jahrelang mit dieser Verletzung leben.« Er sah sich in der großen Kajüte um. Die schweren Kanonen knarrten in ihren Brocktauen, als das Schiff überholte. »Doch Ihre Aufgabe sieht so nicht aus, und das wissen Sie!«

Ozzard erschien und murmelte: »Kapitän Tyacke ist hier, Sir Richard.« Er warf dem Arzt einen besorgten Blick zu.

»Sagen Sie dem Kapitän, daß ich ihn erwarte.«

Lefroy schloß seine reichlich mitgenommene Arzttasche. »Es tut mir leid, Sir Richard. Sie könnten einen sehr viel besser qualifizierten Arzt konsultieren, wenn Sie nicht auf See wären.« An der Tür blieb er stehen, sah sich noch einmal um und sagte: »Die Tropfen, die Sie nehmen, sind exzellent, auf ihre Art, aber ...« Mit einer Verbeugung verschwand er, seine Glatze glänzte unter den schwingenden Laternen.

Die Worte blieben wie ein Echo hängen, so als habe jemand gerade eine große Tür zugeworfen. Es hatte etwas von einem Ende.

Tyacke trat ein, neigte den Kopf, um einen Zusammenprall mit den niedrigen Decksbalken zu vermeiden. Er hatte den Arzt gesehen, doch nicht mit ihm gesprochen.

Er stellte Bolitho keine Fragen. Er hatte genug Schmerz erfahren, um ihn jetzt in den grauen Augen, die ihn ansahen, wiederzuerkennen. Er sagte sich: Jetzt sind wir wirklich eine Mannschaft.

»Was morgen angeht, Sir Richard...«, sagte er laut.

Bolitho lehnte sich mit ihm über die Karte. Hier war die Rettungsleine. Alles andere konnte warten.

Allday stand ganz ruhig da, die Rasierklinge reflektierte das Licht der Laterne. Bolitho lehnte sich auf dem Stuhl nach vorne, den Kopf schräg gelehnt, als achte er auf ein neues Geräusch. Aber es gab keines. Alles klang wie immer dumpf. Doch dann bemerkten sie die Stille.

»Der Wind?«

Allday nickte. »Ja, der ist eingeschlafen. Wie beim letzten Mal und wie davor auch schon.«

Er sprach, um die Zeit auszufüllen. Er brauchte Bolitho nicht an die Launen und Verrücktheiten des Wetters zu erinnern. Die kannte dieser auch, er spürte das Schiff um sich herum, seine Stärken und Schwächen. Es war sein Leben.

Doch jetzt ging es um etwas anderes. Bolitho hatte plötzlich die Stuhllehne gepackt und sich erhoben, er war ganz auf das Schiff konzentriert und auf den Wind, der sie verlassen hatte.

Allday sah auf die Klinge. Er hatte das Messer im ersten Abwärtsstrich der Morgenrasur geführt und hatte nur einen winzigen Augenblick Zeit, es vor Bolithos Gesicht wegzureißen, damit die gutgepflegte Klinge nicht seine Wange bis auf den Knochen bloßlegte. Bolitho hatte das Messer einfach nicht gesehen.

Allday versuchte, den Schock in seinem Magen in den Griff zu bekommen. *Er hat es nicht sehen können,* sagte er sich.

Bolitho sah ihn neugierig an. Sein Blick war im Licht der Laterne klar.

»Was ist, alter Freund? Schmerzen?«

Allday wartete, daß er sich wieder zurücklehnte, konnte ihm aber nicht in die Augen blicken.

»Die kommen und gehen, Sir Richard!«

Er rasierte ihn mit großer Sorgfalt. *Das hätte ebenso gut schiefgehen können.*

Jetzt hörte man Stimmen, laut und ärgerlich. Bolitho erkannte die von Tyacke, die andere gehörte Pennington, dem Zweiten Offizier. Dann herrschte wieder Stille, das Schiff hielt den Atem an, knarrte und quietschte dann, als es zu treiben begann, die Segel flach an den Stagen.

Tyacke stand in der offenen Tür. »Tut mir leid, daß ich stören muß, Sir Richard.«

Allday tupfte das rasierte Gesicht ab und war dankbar für die Unterbrechung.

»Der Wind, James? Wir wissen, daß er einschlafen kann. Das hat man uns gesagt.«

Tyacke trat ins Licht. Sein Hemd war zerrissen und mit Teer beschmiert.

Er sagte: »Das ist es nicht, Sir. Wir haben die *Black Swan* verloren.« Er konnte seinen Ärger nicht länger zügeln. »Ich hätte das voraussahen müssen. Ich hätte den Ausguck für die Morgenwache sorgfältiger wählen müssen.«

Bolitho antwortete: »Sie haben das Kommando, James. Sie können nicht den ganzen Tag die Last jeden einzelnen Mannes tragen!«

Tyacke sah zu ihm herunter. »Die *Black Swan* weiß sehr genau, daß sie im ersten Morgenlicht in Sichtweite des Flaggschiffs sein muß, Sir. Ein Ausguck, der seine Aufgabe auch nur halb begreift, hätte erkennen müssen, daß sie ihre Station verloren hatte. Beim allerersten Frühlicht hätte das ganz deutlich sein müssen.« Erregt deutete er auf das Heckfenster, hinter dem das graublaue Morgenlicht stärker geworden war. »Verschwunden! Und der verdammte Narr hat das jetzt erst gemeldet.«

Bolitho erhob sich und spürte die trägen Bewegungen des Decks. Tyacke mußte selber in den Ausguck aufgeentert sein, um ganz sicher zu gehen. Dann hatte er, als er den Horizont leer fand, seinen Ärger an Pennington ausgelassen, so wie er sich jetzt selbst die Sorglosigkeit eines anderen zum Vorwurf machte.

Er sagte: »Der Wind kommt wieder, wahrscheinlich schneller als erwartet. Dichter unter Land könnte es immer noch genug Bewegung für die Brigg geben.«

Er wußte, was Tyacke annahm. Der übereifrige Kommandant der *Black Swan* hatte die Dunkelheit ausgenutzt, um dichter unter Land zu kreuzen, um als erster mögliche Schiffe zu entdecken. Er wollte dann rechtzeitig zurück sein und seinen Platz einnehmen, um Signale zu geben und zu empfangen. Der Wind hatte durch sein Einschlafen den Plan vereitelt. Die *Black Swan* segelte jetzt ohne Unterstützung, und die *Frobisher* war nicht in der Lage, sie auch nur zu entdecken, falls sie Hilfe brauchte.

Die Stimme des Postens polterte in ihre Gedanken.

»Der Erste Offizier, Sir!«

Kellett trat ein. Er war gefaßt, wahrscheinlich hatte ihn der bereits beschimpfte Zweite Offizier Pennington vorbereitet.

»Sir?«

Tyacke antwortete anstelle des Admirals. »Ich denke, wir sollten Boote zu Wasser lassen und das Schiff schleppen. Wir drehen den Bug und versuchen, die anderen am Treiben zu hindern, so gut es geht.«

Bolitho meinte: »Einverstanden. Ich hab's, weiß Gott, selbst oft genug gemacht.«

Er sah, daß Kellett sich bei Tyackes Worten etwas entspannte: »Teilen Sie die Bootsmannschaften ein, wie Sie es für richtig halten, Mr. Kellett. Ablösung alle zwei Stunden an den Riemen. Das ist genug, wenn die Sonne erst mal oben steht. Schicken Sie alle anderen an die

Arbeit, um die Segel zu nässen. Ich möchte keinen Windhauch verlieren.« Und als Kellett gehen wollte, fügte er hinzu: »Das war nicht Ihr Fehler. Wir erwarten alle immer zuviel!«

Kelletts milde Augen schienen etwas größer. »Ich werde den Zweiten Offizier informieren, Sir!«

Bolitho winkte Ozzard zur Seite und lockerte sein Hemd. »Noch nicht!«

Er hörte die Pfeifen schrillen und die laute Stimme des Bootsmanns, der mehr Männer an die Taljen für die Boote schickte. Sam Gilpin war ein Bootsmann von der alten Schule. Er fluchte schnell und gebrauchte gelegentlich seine Fäuste. Aber er meldete sehr selten jemanden zur Bestrafung, nur wenn es seine beiden Hilfen auch taten.

»Sicht?«

Tyacke zwang sich in die Gegenwart zurück. »Dichter Nebel unter Land, Sir. Wir stehen keine zehn Meilen entfernt, aber wir nützen damit niemandem und erreichen so gar nichts.« Er blickte sich um, als engte die Kajüte ihn wie ein Käfig ein. »Ich hoffe nur, der junge Sackville zügelt seinen Wunsch nach Ruhm einigermaßen.« Das tat ihm sofort wieder leid. »Das war unfair, ich kenne den Burschen ja kaum.«

Avery war erschienen, unterdrückte ein gewaltiges Gähnen, als er hörte, was gesagt wurde und was an Stimmen von oben kam.

Er fragte Allday schnell: »Probleme?«

Allday zuckte mit den Schultern. »Der Wind ist weg und die *Black Swan* auch!« Dann überlegte er, ob er ihm sagen sollte, was ihm eben fast mit dem Rasiermesser passiert wäre – und entschied sich dagegen.

Tyacke verließ die Kajüte, und dann hörte man ihn, wie er seinen Offizieren Befehle gab. Kurz darauf quietschten Taljen, als die ersten Boote aus ihren Stells gehoben und über die Gänge an der Reling geschwungen wurden, um sofort zu Wasser gelassen zu werden.

Avery stellte sich die Männer vor, lauter Gesichter, die ihm langsam vertraut wurden, samt dem Können, das sich dahinter zeigte.

Sam Gilpin, der Bootsmann, der nie lange schwieg, ein alter Salzbuckel, jeder Finger ein Marlspieker, hatte Allday ihn mal beschrieben. Kellett äußerlich ganz die Ruhe selbst, er würde einen guten Kapitän abgeben, falls er je die Chance bekommen würde. Und dann die Midshipmen, die *Frobisher* hatte neun an Bord in der ganzen Breite, die möglich war. Die jüngsten Quäker auf ihrer ersten Reise waren kaum zwölf Jahre alt. Und die ältesten, ernste junge Männer, standen vor dem ersten, so wichtigen Schritt ihrer Karriere, vor dem sie alle ein bißchen zitterten: der Beförderung zum Leutnant. Der Schritt würde sie aus der drangvollen Enge in die Messe bringen, was sich viele noch gar nicht für sich vorstellen konnten, außer denen, die mit Förderung oder freundlichen Einflüssen rechneten.

Diese Besatzung war so wie jede andere auch. Doch dies war ein Flaggschiff, und der Mann, unter dessen Flagge sie segelten, war eine Legende. Und das machte den wirklichen Unterschied zu den anderen Schiffen aus.

Allday hörte Männer von den oberen Rahen rufen und konnte sich auch sie gut vorstellen. Eimer um Eimer wurde Seewasser nach oben gehievt und über die locker hängenden Segel geschüttet. Das Salz würde die Leinwand härten. Wenn dann der Wind sich wieder meldete, würden sie keine einzige Mütze davon verlieren, wie Tyacke sich ausgedrückt hatte. Er hatte beobachtet, wie der Posten der Seesoldaten dazu gegrinst hatte. Ihn betraf das alles nicht.

Ozzard brachte Kaffee und hatte resigniert, wie es Avery schien. Der Admiral hatte es strikt abgelehnt, seine Uniformjacke anzuziehen und den Hut aufzusetzen.

Avery nippte an dem Kaffee. Er war stark und sehr gut. Kein Mensch würde je begreifen, was in Ozzard vorging, aber er konnte Essen und Trinken wie ein Zauberer aus dem Nichts herbeischaffen.

Er sah jetzt auf die Uniformjacke, die der Admiral nicht tragen wollte. Vielleicht wollte Bolitho nur einen Augenblick länger ein ganz gewöhnlicher Seemann bleiben. Er lächelte. Als ob er je gewöhnlich sein könnte, selbst wenn er es versuchte ...

Bolitho wartete, daß Ozzard ihm die Tasse nachfüllte. Unwillkürlich berührte er wieder das Medaillon auf seiner Haut unter dem Hemd. Avery sah es gerührt. Er und Bolitho waren sich so fern und doch so nah. Er mußte an Susanna denken. Ihr Verhältnis war hoffnungslos, doch er wußte, daß er ihr Sklave werden würde, wenn sie auch nur mit dem Finger schnippte.

Dann sagte Bolitho: »Ich gehe an Deck und mache einen Spaziergang, George, ehe wir daran gehen, unser Geld zu verdienen.«

Ozzard rannte fast zur Jacke des Admirals, doch dann legte er sie wieder weg, als Bolitho ohne anzuhalten an ihm vorbei durch die Tür ging.

Leise brummte er: »Was soll das alles?«

Allday schaute auf den alten Säbel in seinem Stell: »Was das soll? Das weiß nur Gott, und der wird's uns grade sagen!«

Ozzard schien ihm ungewöhnlich besorgt. »Aber woher weiß der Admiral, was sein wird, John? Wie kann er das wissen?«

Allday fuhr über den Säbel. Ein sicheres Zeichen für Ozzards Unruhe war, daß der ihn um seine Meinung bat, ja ihn sogar mit seinem Namen anredete.

»Ich habe noch nie erlebt, daß er sich geirrt hat.« Allday zwang sich zu einem Grinsen. »Außer bei der Wahl seiner Diener!«

Ozzard knurrte irgend etwas zurück und verschwand, schaute nur noch mal auf den liegengebliebenen Rock.

Auf dem breiten Achterdeck bewegte die Luft sich

kaum. Die nackten Oberkörper der Seeleute glänzten vor Schweiß. Das Salzwasser, das aus den laschen Segeln tropfte, fiel auf sie wie tropischer Regen.

Bolitho ging auf und ab, an allen Ringen im Deck und an allen Halterungen für die Kanonen vorbei, ohne daß er es auch nur merkte. Wie oft war er so herumspaziert? Auf wie vielen Schiffen? Leutnants grüßten schnell, als sie ihn erkannten. Ein nervöser Midshipman hätte das Halbstundenglas fast ein bißchen zu früh umgedreht, wenn ein Warnruf eines Gehilfen des Bootsmanns ihn nicht daran gehindert hätte.

Bolitho nahm dem Midshipman, der für die Signale verantwortlich war, das Teleskop ab, und nachdem er es über die ganze Länge des Schiffes hin ausgerichtet und die See vor dem Bug abgesucht hatte, sagte er wie nebenbei: »Sie sind bald dran mit Ihrer Leutnantsprüfung, Mr. Singleton. Ich nehme an, Sie kennen die Signalvorschriften unserer neuen Verbündeten gut!«

Er sah nicht, wie der Junge sich freute, erkannt und angesprochen zu werden, und hörte auch die gestammelte Antwort kaum.

Die Boote lagen vor den Schiffen, die Tampen hoben sich in regelmäßigen Abständen zum Pullen der Riemen. Es waren die Barkasse und zwei Kutter. Mehr Boote hätten nichts verbessert, sondern nur zu einem Chaos geführt. Im ersten Boot entdeckte er einen Leutnant, in den beiden anderen Midshipmen. Andere hätten einen Stock oder ein Tauende benutzt, um die Männer an den Riemen anzutreiben, aber Bolitho schätzte, daß Tyacke dies verhindert hatte.

Und dann sah er die Küste. Afrika – fest und feindlich. Nach der Karte hätte es keine Landratte erkennen können.

»Ich kann eine Landzunge ausmachen, Mr. Tregidgo. Wir sind auf dem Punkt da, wo wir hinwollten. Nicht schlecht.«

Er hörte, wie der Master ruhig zustimmte. Er klang immer noch deutlich nach Cornwall, seiner Heimat. *Und meiner,* dachte Bolitho. Langsam bewegte er das Glas und vermied dabei die Spiegelungen der See. Der Nebel verhüllte immer noch die Trennungslinie zwischen See und Land. In ihm hätte man eine ganze Flotte verbergen können. Die *Frobisher* war wahrscheinlich längst ausgemacht worden. Und ihre Machtlosigkeit war mit Freude zur Kenntnis genommen worden. Falls da überhaupt jemand war.

Plötzlich zuckte Bolitho zusammen. Ein Krähen durchdrang die Stille und wiederholte sich mehrere Male.

Es war der Schiffshahn, den sie in einem Käfig mitführten. Bolitho bemerkte, daß Kellett zu Tyacke irgend etwas sagte und daß der Erste Offizier mit einiger Verwirrung auf das Meer schaute. Tregidgo grinste breit. Er schaute dann zu Bolitho hinüber und meinte: »Der alte Jonas irrt sich nie, Sir. Er kräht immer, wenn er Wind kommen fühlt.«

Sie blickten alle nach oben, als der Ausguck rief: »Kanonenfeuer im Süden!«

Bolitho trat an die Netze und starrte auf die leere See. Sie lag da wie poliertes Glas. Also kein Wind, Jonas hatte sich geirrt.

Dann hörte man Schüsse. Scharf und unregelmäßig, gelegentlich das Echo einer großen Kanone dazwischen.

Avery meinte: »Ich begreife nicht, wie die ohne Wind manövrieren und kämpfen können.«

Bolitho gab dem Fähnrich das Glas zurück. Er hatte die Kanonen der *Black Swan* erkannt. Das nächste Krachen kam von einer sehr viel schwereren Kanone, die größeren Abstand halten und mit jedem Treffer großen Schaden anrichten würde.

Er sagte: »Schebecken, George. Großartige Segler. Wenn man sie richtig führt, sind sie jedem anderen

Schiff überlegen – ausgenommen schnelle Fregatten.« Er wußte, daß jetzt alle schwiegen und näher kamen, um ihn zu hören. »Und wenn es kaum Wind gibt, können sie ihre Riemen gebrauchen und laufen um den Gegner herum, bis sie seine Schwachstelle gefunden haben.« Wieder kam ein tiefes Echo über das Wasser. »Wie jetzt!«

Da rief Kellett: »Und hier ist der Wind, Gott sei Dank!«

Bewegung lief über die See, kräuselte sie wie Seide, und als er das Schiff erreichte, spürte Bolitho, wie neues Leben in die Segel kam. Er hörte Blöcke quietschen und das Rigg knarren, Männer riefen sich etwas zu, als das Ruder ruckte und dann zurückgenommen werden mußte.

Scharf befahl Tyacke: »Rufen Sie die Boote zurück, Mr. Kellett.« Er sah zu Bolitho hinüber: »Ja, Sir?«

»Holen Sie nur die Männer an Bord, die Boote können wir schleppen, so sparen wir Zeit.«

Mehr mußte er nicht erklären. Avery sah sofort, daß Tyacke begriff und genau wußte, was der Admiral beabsichtigte, so genau, als sei er eins mit ihm.

Bolitho sagte: »Nehmen Sie Ihr Glas, Mr. Singleton, und entern Sie auf.« Er hielt den Midshipman zurück, indem er ihn an der Schulter packte. Er spürte, wie der Wind ihm sein feuchtes Hemd gegen die Haut drückte. »Melden Sie mir, was Sie wirklich sehen, Mr. Singleton, nicht, was ich gern hören möchte.« Er drückte ihm die Schulter. »Sie ersetzen heute meine Augen!«

Die *Frobisher* hatte ihre Boote erreicht, und die Männer stiegen bereits über die Seite auf, um die Boote nach achtern zu verholen und sie dort festzumachen.

Bolitho sagte: »Wann immer Sie soweit sind, Kapitän Tyacke!« Das kam abrupt und klang sehr formell. »Machen Sie das Schiff gefechtsklar. Lassen Sie den Stückmeister Waffen ausgeben. Ich will, daß jeder Mann kampfbereit ist.«

Tyacke hob ebenso formell die Hand an den Hut. »Aye, aye, Sir!«

Bolitho spürte, wie das Heck sich leicht schräg legte, die Mars und die Bramsegel erst knallten und sich dann prall füllten und standen wie Brustpanzer.

»Südost bei Ost, Sir. Kurs liegt an!«

Der Master sah Bolitho fragend an.

»Behalten Sie den Kurs. So dicht an Land gehen wie möglich. Ich glaube nicht, daß wir Zeit zum Halsen haben werden.«

Der Rest wurde übertönt vom Rasseln der Trommeln und vom Geräusch der Füße, die über das Deck rannten: Seesoldaten und Matrosen auf Station, um das Schiff von vorn bis achtern gefechtsklar zu machen, eine schwimmende Festung unter Segeln.

»Ozzard ist hier, Sir!«

Bolitho streckte die Arme aus und schlüpfte in die schwere Jacke mit den Schulterstücken und den glänzenden Sternen. Wie hatte Catherine gelacht, als er vergessen hatte, ihr von seiner Beförderung zu berichten. Mein Admiral von England ...

Er drückte den Hut in die Stirn und hoffte, er würde so das verletzte Auge vor Sonnenlicht schützen.

»Du kannst nach unten gehen, Ozzard!«

Doch Ozzard protestierte mit aufgeplusterten Wangen: »Wegen der Piraten?« Er klang beleidigt darüber, daß er sich vor solchem Abschaum verbergen sollte.

Bolitho schaute hoch, als der Midshipman laut meldete: »Sechs Schiffe an Steuerbord voraus, Sir!« Dann ein kurzes Zögern, ehe er sich an den Auftrag des Admirals erinnerte: »Die *Black Swan* ist so gut wie entmastet!«

Tyacke fluchte leise: »Sie hatte keine Chance.« Er dachte sicher an seine eigene *Larne*, der es bestimmt ähnlich ergangen wäre.

Bolitho nahm sich ein Teleskop. Der Nebel war fast ganz verschwunden, die Schebecken waren vor der schweren Landmasse gut auszumachen. Die schmalen Rümpfe, an die er sich genau erinnerte, schienen ihm heute irgendwie wuchtiger. Die Schiffe trugen alle einen rahgetakelten Mast, um schneller zu werden. Dann erkannte Bolitho deutlich die Reihen der Riemen, die das Wasser aufwühlten – stumm im Glas über Wirbeln und Spritzern. Sie standen vor einer Leeküste und würden ihre kräftigen Riemen gebrauchen müssen, um wieder Seeraum zu gewinnen. Eine feuerte ihre schwere Kanone ab, und Bolitho sah mit schmerzender Seele, wie Splitter und Trümmer der hilflosen Brigg in die Luft wirbelten.

»Kettenkugeln, Kapitän Tyacke!« befahl er.

Er sah Tyacke nicken und spürte seinen Ärger, als er sein Schiff durch das Wasser zwang.

»Lassen Sie die Royals setzen, Mr. Kellett. Und schicken Sie mehr Männer nach oben.«

Tyacke hatte offensichtlich recht mit seiner Einschätzung des jungen Kapitäns der *Black Swan*. Der hatte die Dunkelheit benutzt, um sich vom Schürzenzipfel des Flaggschiffs zu lösen, um frei zu erkunden und zu handeln. Das war ziemlich verbreitet. *Ich hab's auf der Sparrow auch so gemacht, wie lange ist das her?*

Bolitho senkte das Glas, als mit neuen aufwirbelnden Trümmern auch Rauch sichtbar wurde. Sackville zahlte für die Freiheit seiner *Black Swan* jetzt sehr teuer. Doch immer noch antwortete eine seiner Kanonen, und Fontänen stiegen zwischen den Schebecken auf, wenn er nicht getroffen hatte.

Er spürte plötzlich Wut in sich aufsteigen. Kapitän Martinez mußte von diesen algerischen Piraten und ihren Absichten gewußt haben, wie auch von den beiden Fregatten, die er von der Zitadelle aus gesehen hatte. Die anderen wußten alles; er blieb im Dunklen.

Tyacke sagte: »Ich kann in einer halben Stunde das Feuer eröffnen, auf größte Distanz. Wenn wir länger warten, verlieren wir sie.«

»Sehr gut, James«, antwortete Bolitho. »Wenn wir die *Black Swan* nicht abschleppen können, übernehmen wir die Leute mit unseren Booten.« Er ging nach achtern, wo die Boote immer an den Leinen folgten.

Kellett rief laut: »Zwei Schebecken laufen auf uns zu, Sir.«

Er schien völlig überrascht, daß so zerbrechlich wirkende Schiffe es wagten, einen mächtigen Zweidecker anzugreifen.

Es gab einen dumpfen Knall und dann ein lautes Reißen. Eine Kugel hatte ein braun gerändertes Loch in das Fockmarssegel gerissen.

Bolitho sagte nur: »Die können immer noch beißen, Mr. Kellett.«

»Klar zum Kurswechsel nach Backbord!« Tyacke schien ganz ruhig, ganz auf seine Aufgabe konzentriert. »Kurs um drei Strich ändern. Das reicht.« Er sah Kellett an. »Sagen Sie das der Steuerbord-Batterie und sorgen Sie auch dafür, daß die auf dem unteren Kanonendeck verstehen, was wir vorhaben!«

Die Rudergänger lehnten sich zurück und sahen, wie der Besan ein wenig flappte, als er Wind verlor und die *Frobisher* auf das Ruder reagierte.

»Ost-Süd-Ost, Sir. Kurs liegt an!«

Die beiden Schebecken veränderten ihre Position, als die *Frobisher* ihren Kurs änderte und an Steuerbord alle Kanonen feuerbereit ausgerannt wurden. Die meisten Matrosen hielten es für hellen Wahnsinn, ein Schiff mit vierundsiebzig Kanonen anzugreifen. Einige Leute lehnten neugierig aus den offenen Kanonenpforten.

Aber die Schebecken bewegten sich jetzt sehr viel schneller, nutzten ihr Square-Rigg und das Lateinersegel und kamen viel höher an den Wind als jedes andere Schiff.

Tyacke begriff die drohende Gefahr. Er hatte ähnliches sicher bei seinen Kämpfen mit arabischen Sklavenhändlern erlebt. Wenn sie um die *Frobisher* herum laufen könnten, um sie von achtern anzugreifen, würde jeder zufällige Treffer die *Frobisher* ohne Ruder treiben lassen.

Also rief er: »Größter Winkel, Mr. Kellett. Wir können nicht länger warten!«

Er fand Bolitho hinter der sich duckenden Mannschaft. Er hätte laut sagen können, was der Gegner dachte: *Die wagen es nicht.*

Als wolle er seine Gedanken unterstreichen, jagte eine zweite Kugel in den unteren Teil des Rumpfs. Durch sein Glas sah Bolitho ein paar Männer in langen Roben, die im Bug der nächsten Schebecke, der spitz wie ein Rammsporn war, tanzten und die Arme in die Luft warfen. Auf dem Kanonendeck herrschte jetzt Stille. Nur hier und da bewegte sich eine Handspake, um den Winkel noch zu vergrößern oder um die Ausrichtung zu verbessern.

»Ziel aufnehmen!«

Es schien endlos zu dauern. Jeder Stückführer stand hinter seiner offenen Luke, gebückt mit straff gespannter Leine. Die Mannschaft war bereit, das Rohr sofort wieder auszuwischen und mit Kettenkugeln nachzuladen, die von denen, die sie abschossen, mindestens so gefürchtet wurden wie von denen, auf die sie trafen.

Die Schebecken liefen ihnen jetzt direkt entgegen. Wieder blitzte ein Schuß auf, und die Kugel fuhr durch die Hängematten in den Finknetzen und riß zwei Seeleute auf das Deck, ihr Blut floß wie Teer auf die hellen Planken.

»Feuer frei!«

Die Breitseite klang ganz anders, und als die Mannschaften jetzt die Kanonen neu luden, konnte man an Deck die Kettenkugeln heulen und stöhnen hören wie einen Hurrikan. Bolitho glaubte, er könne sie über das Wasser fliegen sehen, das gelegentlich in kleine Fontänen aufsprang, wenn der Schuß darüber zog.

Die nächste Schebecke schien zu stolpern, als sei sie auf ein Riff gelaufen. Die leuchtenden Segel zerrissen und wehten im Wind davon. Spieren, Reling und Männer wurden in ein blutiges Durcheinander gewirbelt. Aber einige sprangen immer noch um die große Kanone herum, auch als die Schebecke sich langsam zur Seite neigte. Sie drohten mit ihren Waffen und schrien ihre Verachtung den Angreifern entgegen.

Tyacke senkte sein Glas. »Eine wendet, Sir. Die will uns von der anderen Seite angreifen!« Er gab Kellett ein Zeichen. »Backbord-Batterie ausrennen. Die Kerle sind reichlich dicht gepackt. Wir werden ihnen etwas zu tanzen geben!«

Doch Bolitho betrachtete immer noch die erste Schebecke. Sie hatte die Breitseite irgendwie überlebt. Und nahm jetzt sogar wieder Fahrt auf, während die zweite zerrissen wurde.

Avery räusperte sich. »Sie hält direkt auf uns zu. Reiner Wahnsinn!«

Bolitho faßte an den alten Säbel an seiner Hüfte. Er erinnerte sich nicht, daß Allday ihn eingehenkt hatte.

»Die glauben das nicht, George!«

»Feuer frei!«

Der Rumpf zitterte mächtig, als die beiden Backbord-Batterien fast gleichzeitig feuerten. Die Entfernung betrug jetzt nur noch eine halbe Meile. Daran waren britische Seeleute nicht gewöhnt, die den Gegner sehr viel dichter annahmen und Breitseite auf Breitseite feuerten, bis eine der Flaggen gestrichen wurde.

Eine einzige Schebecke hatte die verheerende Breitseite überlebt und machte, wie die erste, keine Anzeichen, sich zurückzuziehen oder die Überlebenden aufzunehmen, die zwischen Trümmern und Leichenteilen im Wasser trieben.

»Seesoldaten, klar machen!«

Tyacke drehte sich zu Bolitho. Sein vernarbtes Gesicht war verblüffend ruhig. »Keine Zeit zum Nachladen, Sir!« Er zog seinen Säbel und rief dann so laut, daß die Männer, die Entermesser und Enterbeile empfingen, stutzten und ihn anstarrten: »Die wollen uns entern, Männer. Wenn einer, auch nur ein einziger, unter Deck kommt, ist das unser Ende.« Er bemerkte die Unsicherheit und den Zweifel – vor allem bei den befahrenen Männern. »Das wird deren letzter Kampf sein. Und hoffentlich nicht eurer.« Er sah auf die Flecken von dem dunklen Blut, wo die beiden Matrosen gefallen waren. »Also, haltet zusammen!«

Die Seesoldaten knieten bereits hinter den Netzen, die Musketen ausgerichtet, die Bajonette blitzten in der Sonne. Ein Seemann stand in den Webleinen und zielte mit seiner Muskete. Dann stürzte er mit offenem Mund schreiend ins Wasser.

Die Männer der *Frobisher* verließen jetzt ihre Kanonen und rannten nach oben, um die Gegner beim Entern zurückzuwerfen.

Bolitho beobachtete das alles mit unendlicher Gelassenheit, als sei er ein Zuschauer, den das plötzliche Musketenfeuer nichts anging und das dumpfe Röhren, als die erste Schebecke längsseits kam, die langen Riemen zersplitterten und Männer fielen und schrien, als die Seesoldaten von oben auf kurze Entfernung in die Feinde feuerten. Die hatten keine Chance, aber Bolitho fühlte keine Überraschung, als die Feinde nach oben und über die Gangways sprangen und mit ihren gebogenen Säbeln um sich hieben. Noch immer feuerten Musketen und Pistolen in ihre Reihen, während sie sich an die Ketten und an die Wanten klammerten und von etwas getrieben wurden, was selbst zustoßende Bajonette nicht abwehren konnten.

Avery zog seinen Säbel, Allday trat näher an Bolitho heran, das Entermesser auf der Schulter, den Blick auf der wirbelnden Menge der Kämpfenden. Doch die scharlachroten Uniformen gewannen die Überhand. Sie fielen im Gleichschritt aus, parierten und griffen mit Bajonetten an und formten so eine lebende Barriere zwischen den Algeriern und dem Achterdeck.

Ein Seesoldat rutschte auf dem blutigen Deck aus und verlor das Gleichgewicht. Wie in einem Alptraum sah Bolitho einen bärtigen Riesen in blutgetränktem Umhang seinen Säbel wie eine Sichel schwingen und hörte die Entsetzensschreie und die Schreckensrufe, als der Kopf des Mannes zwischen die Verwundeten und die Toten rollte, die auf den Planken lagen.

Leutnant Pennington, eine tiefe Säbelwunde auf der Stirn, sprang auf den Riesen zu, doch ihm wurde der Säbel aus der Hand geschlagen, und er hätte denselben schrecklichen Tod wie der Seesoldat gefunden, wenn der Admiral den Bartträger nicht abgelenkt hätte.

Mit gespreizten Beinen hob der Riese seinen Säbel mit beiden Händen hoch und starrte Bolitho an, als ob es sonst niemanden an Bord gab. Er mußte bereits verwundet worden sein, denn Blut floß aus seinem Bein. Seine Zähne blitzten, vielleicht vor Schmerzen, vielleicht vor Wut. Bolitho erschien das als ein Grinsen mit weißen Reißzähnen aus einem schwarzen Bart.

Allday rief laut: »Lassen Sie mir den, Sir Richard!« und sprang vor, aber der große Krummsäbel war schon wieder in Bewegung. Funken sprühten auf, als die beiden Klingen sich kreuzten und Allday über eine Kanone geschleudert wurde.

Von weit her war eine Stimme zu hören: »Legen Sie den Hund um, Sergeant Bazely.«

Der Knall der Muskete war betäubend, und Bolitho spürte beißend den Pulverrauch in den Augen, als der Seesoldat schoß, gerade als der Angreifer seinen Säbel wieder über den Kopf hob.

Als er wieder sehen konnte, lag der bärtige Riese zwischen den anderen, ein Bajonett machte seiner letzten, unglaublichen Kraft ein Ende. Waffen wurden weggeworfen, aber nur wenige Algerier hatten überlebt, andere hatten sich sicher nicht ergeben wollen.

Tyacke stand neben ihm, sein Hut war verschwunden, den Säbel hielt er immer noch in der Hand. Blut war auf seiner Klinge. Er sprach noch nicht gleich, die Wut und der Wahnsinn des Kampfes hielten ihn noch gepackt.

»Ein Dutzend Männer haben wir verloren, Sir Richard, vielleicht ein paar mehr. Wir bringen die Verwundeten jetzt unter Deck. Wir werden schnell genug die genauen Zahlen haben.«

Bolitho starrte in die Segel. Sie bewegten sich nicht mehr. Die *Frobisher* lag bekalmt, die übrigen Schebecken trieben neben ihr, nur von Toten bemannt.

Tyacke sprach weiter: »Ich habe die Boote zur *Black Swan* geschickt, damit sie die Leute übernehmen. Hier sind wir sicher genug.« Und mit plötzlicher Wut: »Ich freue mich schon, wenn wir diesen verdammten Ort endlich untergehen sehen.«

Avery trat zu ihnen und blickte auf den toten Riesen, als erwarte er, daß der Pirat mit der unglaublichen Kraft sich wieder erhebe.

»Der hatte es nur auf Sie abgesehen, Sir Richard!«

»Ich bezweifle das, George.« Er drehte sich plötzlich um. »Sergeant Bazely hat mir gerade das Leben gerettet. Er muß der einzige gewesen ein, der noch eine geladene Muskete hatte.« Bolitho faßte an seinen Säbel, ohne es zu merken. »Wo ist er? Ich würde ihm gern danken!«

»Ich bin hier, Sir Richard!« rief Bazely. »Hier, neben Ihnen.« Er grinste. »Wohin ein guter Seesoldat gehört.«

Bolitho drehte sich wieder um und bedeckte sein unverletztes Auge mit der Hand. Nun sah er nichts, kein Bild, weder scharf noch unscharf. Es war alles dunkel.

XV
Der nächste Horizont

Lady Catherine Somervell hielt sich an einer vibrierenden Stag fest und fühlte, wie der böige Wind ihren Mantel um ihre Beine hob. Sie hatte sich an Schiffe gewöhnt und respektierte die See, schon lange ehe sie von den Stimmungen und verborgenen Grausamkeiten des Meeres durch den Mann erfuhr, den sie liebte.

Grace und Bryan Ferguson hatten sie offen wegen ihrer Entscheidung kritisiert, nach Malta zu reisen, und selbst Nancy, die das Meer in ihrem Blut hatte, war besorgt.

Catherine war schon mit allen möglichen Schiffen gereist, im einfachen Handelsschiff ebenso wie in der unglücklichen *Golden Plover*. Keines konnte sich mit der *Saladin* messen, einem herrschaftlichen und mächtigen Schiff der East India Company. Selbst in der ungemütlichen Biskaya war die Reise auf der *Saladin* mehr ein Abenteuer als eine Unbequemlichkeit gewesen. Die *Saladin* war schließlich so groß und beeindruckend wie ein Dreidecker der Königlichen Marine.

Catherine zog den Mantel enger um sich. Es war der alte verblichene von Richard, den sie sonst während der Spaziergänge auf den Klippen trug. Er war ihr hier doppelt willkommen, fast wie ein alter Freund.

Seltsamerweise hatte sie Sillitoe kaum gesehen oder mit ihm gesprochen, seit sie vor fünf Tagen Plymouth verlassen hatten. Ein Dutzend Passagiere war an Bord, die meisten Kaufherren und ihre Frauen, die ausgewählt worden waren, um mit nach Neapel zu segeln. Dort mußten die unterbrochenen Beziehungen zwischen Großbritannien und der neapolitanischen Regierung wieder neu geknüpft werden. Neapel war der französischen Oberherrschaft entkommen und hatte sich danach an den Besatzern blutig gerächt.

Seltsam auch, daß Sillitoe dieselbe wichtige Rolle wie ihr verstorbener Mann innehatte, Viscount Somervell. Den hatte der König noch ernannt, ehe ihn seine Geisteskrankheit an weiteren Entscheidungen hinderte. Wie auch immer der jetzige Prinzregent in der Öffentlichkeit beurteilt werden mochte, er war doch wenigstens fest entschlossen, die Verluste wieder aufzuholen, die das Land in dem langen Krieg mit Frankreich erlitten hatte.

Sie hörte Matrosen lachen, die versuchten, ein paar schlagende Tampen zu bändigen. Richard hatte ihr viel über die East India Company, die ostindische Handelsgesellschaft, erzählt. Sie trieb Handel in allen Ecken der Welt, und wo ihre Flagge einmal wehte, wurde sie selten wieder eingeholt. Immer voll bemannt und gut bewaffnet, konnten es die Schiffe der Gesellschaft durchaus mit Piraten oder Kaperern aufnehmen. Sie hatten verschiedentlich sogar Gefechte mit feindlichen Kriegsschiffen für sich entschieden. Richard sprach von der Gesellschaft mit Hochachtung, wenn nicht sogar mit Neid.

»Man bezahlt und versorgt die Männer gut. Sie sind vor Preßgangs geschützt. Es sind echte Seeleute, die nicht gegen ihren Willen auf die See gezwungen wurden. Wenn dies alles mal vorbei ist, dann wird Adam vielleicht Gelegenheit haben, diese Bedingungen auch in der Marine einzuführen. Denk mal darüber nach...«

Sillitoe hatte seinen eigentlichen Auftrag in Neapel nur kurz erwähnt. Er sollte einen allgemeinen und einen Handelsvertrag unterzeichnen. Man erinnerte sich dort immer noch an Nelson und die Rolle, die er bei der Niederwerfung der Rebellen und ihrer französischen Beschützer gespielt hatte. Doch Sillitoe sprach von den Neapolitanern als »Fiedlern, Dichtern, Huren und Dieben«. Er hatte über Catherines Überraschung geschmunzelt. »Das sind Nelsons Worte, nicht meine.«

Sie beobachtete die Möwen, die über dem hohen

Heck kreuzten, und dann an die Reise im offenen Boot und ihr Überleben. Heute nacht würden diese Möwen in Afrika schlafen. Und übermorgen würde die *Saladin* in Gibraltar ankern. Vielleicht gäbe es dort schon Nachrichten über Richard und seine Schiffe.

Eines Abends hatten Catherine und Sillitoe allein soupiert. Alle anderen Passagiere waren in der Biskaya seekrank, und sogar ihre Begleiterin Melwyn war still in ihre Koje gekrochen.

Sie hörten die Seen gegen den Rumpf laufen und vom Deck die gedämpften Stimmen der Seeleute.

Sillitoe hatte ihr eröffnet: »Ich fürchte, Sie werden nicht lange auf Malta bleiben können. Wenn dieses Schiff aus Neapel zurückkehrt, müssen Sie Malta wieder verlassen.« Er hatte kurz und leichthin gelächelt. »Zusammen mit mir. Niemand wird meine Arrangements kritisieren. Sie allein genießen solchen Schutz nicht. In der Gesellschaft Maltas würde man Sie wie einen leibhaftigen Skandal behandeln. Das könnte Sir Richard schaden.« Er sah sie ganz direkt an: »Solchen Schutz gegen Neid und Mißgunst kann ich Ihnen aber immer bieten. Sie haben das ja schon erfahren. Ich kann solche Feindseligkeiten aus dem Wege räumen und Nutzen daraus ziehen!«

Bisher hatte er Oliphant nicht erwähnt und dessen Versuch, ihr Gewalt an zu tun.

Sie hatte nur mit wenigen anderen Passagieren gesprochen, aber Freude an täglichen Unterhaltungen mit dem Kapitän gefunden. Er war ein umgänglicher und sehr erfahrener Offizier, der früher als Leutnant in der Marine gedient hatte. Er schien viel älter als die Kapitäne, die sie durch Richard kennengelernt hatte. Sie waren nach dem Verstummen der Kanonen von Jungen zu Männern geworden.

Ein Gehilfe des Masters hatte ihr nachgesehen, als sie auf der Hütte spazierenging. Er ähnelte Allday sehr, war wie er ein Mann der See. Und wie so viele dieser Männer war er zu scheu gewesen, sie anzusprechen.

Er hatte unter Richard auf der Fregatte *Tempest* gedient – und teilte jetzt etwas aus seiner Vergangenheit mit ihr. Richard hatte ihr von dem Schiff und der Reise in den großen südlichen Ozean erzählt, wo er fast an Fieber gestorben wäre. Und wo Keen seine erste Liebe traf, ein Mädchen aus Tahiti, das ebendieses Schicksal ereilte.

Der Mann hatte die Hände in seine Riemen gehakt und sagte: »Wir sind alle sehr froh, daß Sie bei uns an Bord sind, Mylady. Viele von den Männern hier haben unter Sir Richard gedient oder zumindest viel von ihm gehört.« Dann grinste er und fuhr ohne alle Scheu fort: »So einen wie ihn wird es nicht wieder geben.«

Sie meinte Allday zu hören, der zu sagen pflegte: »Und das ist so!«

Sie konnte an nichts anderes mehr denken als an das Wiedersehen. Daß sie Richard so bald wieder verlassen müßte, durfte das Wiedersehen nicht belasten. Sie hatte zugestimmt – die Bedingungen für diese Reise hatte Sillitoe aufgestellt. Von einem der Offiziere hatte sie erfahren, daß die *Saladin* nur auf Sillitoes Anweisung hin in Malta ankern würde. In der Tat – ein mächtiger Mann. Zögernd streckte sie die Arme aus den Mantelärmeln und sah sich in dem hellen Licht die Gelenke an. Spuren konnte man immer noch erkennen – Erinnerung an die Schnur, mit der ihre Arme gefesselt worden waren.

Ob Richard wußte oder irgendwie ahnte ...

Wir haben voreinander keine Geheimnisse. Das sagte sich so leicht.

Sie erinnerte sich auch an die letzten Bemerkungen Sillitoes bei ihrem Souper. Um sie herum hatten See und Wind getobt, aber sie hatte sich nicht gefürchtet.

Ganz ruhig hatte er gesagt: »Ich mache bei all dem gern mit, aber Sie müssen meine Gefühle Ihnen gegenüber verstehen. Ich möchte unbedingt wissen, was Sie antreibt... Was läßt Sie all dies tun? Sir Richard ist so sicher, wie man es als Flaggoffizier nur sein kann. Er hat ein gutes Schiff, weiß Gott, und ein verläßliches Geschwader. Natürlich nicht das, an das er gewöhnt ist, aber immerhin. Also muß ich mich fragen – warum reisen Sie zu ihm?«

Sie hatte gar nicht lange nachdenken müssen und nur geantwortet: »Weil er mich braucht!«

Richard Bolitho betrat das Lazarett der *Frobisher* und zögerte einen Augenblick. Er war auf diese Helligkeit nicht vorbereitet, auf die weiß gemalten Außenwände und Zwischenwände, auf die Regale mit Flaschen und Krügen, die gelegentlich im Rhythmus mit dem Schiff klapperten. Diese Welt war von der des Schiffes gänzlich getrennt, Lefroys Reich. Es hieß sogar, er schliefe auch hier unten statt oben, wo er neben der Messe eine Kajüte haben könnte. Die war nur aus leichten Wänden gebaut, die jederzeit niedergelegt werden konnten, wenn das Schiff klar zum Gefecht machte. Das Zwischendeck lag unter der Wasserlinie und hatte seit den Tagen, da die *Frobisher* in Lorient gebaut worden war, kein Tageslicht mehr gesehen. Hier sah alles wie für die Ewigkeit aus. Auf Deck, in jener anderen Welt, die Bolitho vertraut war, war es kurz vor Mittag, am Himmel zeigte sich kaum eine Wolke. Hier unten im Lazarett hatte die Zeit kein Maß.

Lefroy sah ihn nachdenklich an, sah mehr denn je wie ein Landpfarrer aus, trotz des komischen weißen Kittels, den er bevorzugte, wenn er sich unter den Verwundeten bewegte.

»Es starb noch jemand, Sir Richard«, sagte er und seufzte. »Zwei Amputationen. Ein starker Mann, aber...« Er zuckte fast entschuldigend die Schultern. »Wunder geschehen eben zu selten...«

»Ja. Kapitän Tyacke hat mir berichtet. Fünfzehn Tote insgesamt. Zu viele.«

Lefroy hörte die Bitterkeit heraus und wunderte sich darüber. Aber er sagte: »Er hieß Quintin.«

»Ich weiß, er kam von der Insel Man. Ich habe mich eine Nacht lang mit ihm unterhalten, als er am Ruder stand.« Er wiederholte: »Zu viele.« Er sah auf die schwankenden Laternen und sagte dann: »Es wird nicht besser!«

Lefroy deutete auf einen Stuhl. »Es ist schon sehr unglücklich gelaufen, daß die Muskete so nahe an Ihrem Gesicht abgefeuert wurde. Das wird die ursprüngliche Verletzung noch verschlimmert haben.«

Bolitho nahm Platz und lehnte sich in den Stuhl zurück. »Ich könnte tot sein, wenn der Soldat nicht geschossen hätte, mein Freund.«

Lefroy wusch sich die Hände und trocknete sie ab. Er dachte dabei an die Stunden, die dem wütenden Angriff auf das Flaggschiff gefolgt waren. Er hatte bisher erst einmal unter einem Admiral gedient und konnte sich nicht vorstellen, daß jemand wie Bolitho das Zwischendeck besuchte, um mit den Verwundeten zu sprechen oder eine Hand zu drücken, wenn ein Leben aus einem Mann entwich.

»Ich werde diesen Flecken noch mal benutzen«, sagte er. Die stählernen Finger zupften einen Flecken zurecht und machten ihn über Bolithos unverletztem Auge fest. Und dann kamen wieder die Finger. Sie untersuchten, drückten, es gab eine Salbe. Bolitho fühlte die Hitze der Lampe ganz nahe, so nahe, daß er den Docht riechen konnte. Sein Augenlid wurde hochgehoben, ganz hoch, und Lefroy sagte: »Bitte nach rechts gucken. Nach links. Nach oben, nach unten.«

Bolitho versuchte, nicht die Faust zu ballen, seine aufsteigende Furcht zu bändigen. Er hatte gleich Übles geahnt, als er den Sergeanten nicht sehen konnte, der neben ihm stand. Und er wollte es nicht akzeptieren.

Lefroy fragte: »Irgendwas?«

Er biß sich auf die Lippe, als Bolitho den Kopf schüttelte.

»Nichts. Nicht mal einen Schimmer.«

Lefroy hob die Laterne. Er hielt sie jetzt so nahe, daß es keinen Irrtum mehr geben konnte.

Dann nahm er den Flecken von dem gesunden Auge und wandte sich vom Stuhl weg. Bolitho schaute sich um. Es war alles wie vorher, und doch sah alles anders als früher aus.

Leise sagte er dann: »Wie sie richtig sagten, Wunder geschehen eben zu selten.«

Lefroy antwortete nur: »Ja.«

Er sah Bolitho aufstehen, die Uniformjacke zurechtrücken und an die Seite greifen, als trage er dort noch seinen Säbel. Ein bemerkenswerter Mann, der schon einige Male verwundet worden war im Dienst für König und Vaterland, obwohl der Arzt bezweifelte, daß der Admiral das auch so beurteilte.

»Ich werde etwas für Sie anmischen, Sir Richard. Es wird Ihnen nicht unbequem sein.«

Bolitho sah in einem hängenden Spiegel sein Gesicht. War es wirklich wahr? Dasselbe Gesicht, dieselben Augen, dieselbe Haarlocke über derselben Stirnnarbe.

Er mußte an Catherine denken, als er sie in jener Nacht in Antigua wiedergetroffen hatte, als er in einem Lichtstrahl gestolpert war. Künftig würde er nicht mehr stolpern, denn es gab nichts mehr, das sein Auge täuschen konnte.

»Wenn wir nach Malta zurückkehren, Sir Richard ...«

Es überraschte ihn, als Bolitho sofort antwortete: »Morgen früh, sehr früh, wenn man Mr. Tregidgo glauben kann.«

»Ich wollte Ihnen vorschlagen, daß Sie dort einen Arzt aufsuchen. Ich bin auf diesem Gebiet kein Fachmann!«

Als Bolitho auf das Achterdeck zurückgekehrt war, stand er ein paar Augenblicke still da und sah auf das dunkelbraune Wasser. Gischt sprang über den Bug, so wie sich fliegende Fische bewegen.

Tyacke hatte auf ihn gewartet, obwohl er das nie zugeben würde, wie Bolitho genau wußte.

»Alles in Ordnung, Sir?«

Bolitho lächelte ihn an, bewegt von seiner Anteilnahme. Dieser Mann hatte so viel durchgemacht und konnte nichts von all dem je vergessen. Er war fast zerbrochen, als ihn die Frau, die er liebte, verstoßen hatte. *Und ich denke nur daran, was wohl Catherine sagen wird, wenn sie mich wiedersieht.*

Er sagte: »Ich werde mit Ihnen ein bißchen auf und ab gehen, James.« Er hielt inne. »Ohne Sergeant Bazely würde ich das nicht mehr können.«

Avery hatte sich zusammen mit dem verantwortlichen Midshipman Singleton das Signalbuch angeschaut. Bolitho war nur kurz unten im Zwischendeck gewesen, aber ihm war es wie eine Ewigkeit vorgekommen.

Er hörte, wie Bolitho sagte: »Vielleicht haben wir Post, wenn wir ankern. Das würde die Pille etwas versüßen, oder?«

Er hörte ein paar Männer lachen, und ein paar Matrosen sahen ihnen hinterher.

Midshipman Singleton sagte: »Ich habe den Ehrgeiz, so zu werden wie die beiden, Sir!«

Avery drehte sich sofort um. Ihn überraschte, wie ernst und ehrlich der Junge das offensichtlich meinte, der gerade eben noch Männer auf diesem Deck hatte schreiend sterben sehen.

Er sagte nur: »Halten Sie sich an Ihre Aufgaben, mein Junge. Eines Tages werden Sie sich daran erinnern, was Sie mir eben gesagt haben. Ich hoffe, Sie tun's.« Er schaute ins Logbuch, ohne etwas zu sehen. »Für uns alle!«

Singleton schaute immer noch den beiden Gestalten nach, die da auf und ab schritten. Er dachte wieder daran, daß der Admiral auch mit jedem Überlebenden der *Black Swan* gesprochen hatte. Es erwies sich als unmöglich, die Brigg zu reparieren, also setzte man sie in Brand, damit die Algerier sie nicht an Land bringen und wieder instand setzen konnten.

Das würde er sicher nie vergessen. Der junge Kommandant der *Black Swan* war zwar verwundet, aber er wollte nicht, daß man sich um ihn kümmerte, solange schwarzer Rauch in den Himmel stieg. Das Ende seines Schiffes – er hatte die Offiziere sagen hören, dies sei auch das Ende seiner eigenen Karriere – vor einem Kriegsgericht.

Bolitho hatte sich an den Finknetzen neben ihn gestellt und seinen unverletzten Arm ergriffen, so lange, bis der junge Offizier sich ihm zuwandte. Singleton hatte jedes Wort gehört. »Das Schlimmste liegt hinter Ihnen. Denken Sie jetzt nur an den nächsten Horizont.«

Er drehte sich zu Avery um, aber der große Leutnant mit den dunklen Augen und den grauen Strähnen im Haar war verschwunden.

Ungeduldig rief der Erste Offizier: »Wenn Sie Ihre Träume beendet haben, Mr. Singleton, wäre ich Ihnen dankbar, wenn Sie mir Ihr Log brächten.«

Singleton stotterte: »Aye, aye, Sir!«

Befehle und Routine. Aber für ihn würde von nun an nichts mehr so sein wie früher.

Daniel Yovell, Bolithos korpulenter Sekretär, ließ das rote Wachs auf einen weiteren Umschlag tropfen und versiegelte ihn so. Dann rutschte er in seinem Stuhl nach hinten und schaute durch das salzverkrustete Heckfenster. Die Sonne färbte gerade das Segel eines maltesischen Fischerbootes, als die *Frobisher* ihren letzten Schlag segelte. In der Schlafkabine bewegte sich Allday unruhig, immer noch bedrückt durch den kurzen heftigen Kampf, in dem der riesige Algerier ihm mit einem Klingenhieb den Säbel weggeschlagen hatte. Er wäre nicht mehr in der Lage gewesen, den Admiral zu verteidigen, seinen Freund.

Yovells Stirnrunzeln wurde sanfter. Er wußte, daß Leute hinter seinem Rücken über ihn spotteten, der olle Yovell und seine Bibel. Aber sie hatte ihm in der Vergangenheit mehr geholfen, als die Leute ahnen konnten. Allday hatte keinen solchen Trost.

Jetzt saß er hier und sah auf den Stapel Briefe und Depeschen, die den Admiral und Yovells Feder die meiste Zeit beschäftigt gehalten hatten, seit sie die Schebecken bekämpft hatten.

Allday fragte: »Was soll jetzt geschehen?«

Yovell rückte seine goldgeränderte Brille zurecht. »Das kommt darauf an, was für Befehle in Malta auf uns warten. Oder davon, was die Patrouillen über die beiden Fregatten in Algier herausbekommen haben. Ich frage mich, ob jemals jemand all die Informationen verarbeitet, die wir so schicken.« Und dann machte er einen zweiten, freundlichen Anlauf. »Vergiß, was da passiert ist. Du hast dein Bestes getan. Der Pirat war ein Riese, wie ich gehört habe, und ein Wilder dazu. Der war sicher randvoll mit irgend einem Teufelskraut und dem unheiligen Willen, jeden zu töten.« Sanft fügte er hinzu: »Wir werden alle nicht jünger, John. Denk dran!«

Allday knallte eine Faust gegen die andere. »Ich hätte den Hund stoppen müssen, und das nicht einem dieser kleinen rotröckigen Bullen überlassen dürfen.« Er fuhr fort: »Sir Richard scheint es gutzugehen. Ich denke, er weiß seit langem, daß ihn eines Tages sein Auge im Stich lassen würde. Es könnte schlimmer sein, viel schlimmer.« Er faltete an Bolithos Tisch die Hände. »Ich habe gebetet. Ich hoffe, ich wurde erhört.«

Allday drehte sich um und schwieg bei diesem anrührenden Satz.

Dann brummte er: »Ich denke, wir sollten jetzt Schluß machen, die Flagge einholen und irgendeinem aufstrebenden jungen Nelson die Last übergeben!«

Yovell mußte lachen. »Innerhalb von vier Wochen würdest du rumlaufen und dir irgendeine Beschäftigung suchen, bloß um was zu tun zu haben. Darauf würde ich sogar wetten, und du weißt, daß ich kein Spieler bin.«

Allday ließ sich schwer auf die Heckbank fallen und starrte den nächsten 18-Pfünder an.

»Ich möchte nicht so werden wie die alten Teerjacken, sag ich dir. Du kennst sie ja, die hauen auf den Putz und erzählen wie toll es war, von so einem blutgierigen Mussjöh beharkt zu werden und einen Sparren zu verlieren – wie der arme Bryan Ferguson.« Er schüttelte sein graues Haupt. »Niemals. Was wir getan haben, haben wir zusammen getan. Und so will ich mich auch daran erinnern!«

Die Tür ging auf, Avery trat ein. Auch er bemerkte den Stapel wartender Briefe und Depeschen und schüttelte den Kopf.

»Ich weiß auch nicht, was ihn so treibt.« Er winkte Allday zu, wieder Platz zu nehmen und sagte: »Vielleicht haben wir Post von der Flotte.« Er schaute durch ein offenes Kanonenluk. »Ich habe eben etwas Tolles gesehen. Ein großer Ostindienfahrer mit allem Zeug oben, der wie ein Schiff Erster Klasse segelte. Es war die *Saladin*, wie der junge Singleton wußte. Auf dem Weg nach Neapel. Offenbar diesmal im Auftrag des Königs, wenn ich mich nicht irre.«

»Ich weiß«, sagte Allday, »ich kenne sie. Wir haben gerade über Bryan Ferguson geredet, der zu Hause geblieben ist. Er und ich sind mal extra nach Falmouth gewandert, als sie dort ihren Haken fallen ließ.«

Avery murmelte irgend etwas Unbestimmtes als Antwort. Wie Singleton konnte ihn dieser alte, ungebeugte Seemann immer noch überraschen. Zu Hause ... Welcher Mann an Land würde je begreifen, was das für Allday bedeutete, den der Krieg ausgelaugt hatte und der noch immer nicht für den Frieden bereit war. Und wie stand es mit ihm selbst?

Er hörte Ozzard in der Pantry Gläser ordnen, falls nach dem Ankern die ersten Gäste an Bord kommen würden. Er lächelte. »Ihren Haken fallen ließ...«

Yovell sagte: »In ein paar Wochen haben wir schon wieder Weihnachten. Und wir wissen noch nicht mal, ob dieser verdammte Krieg mit den Yankees endlich zu Ende ist.«

Avery sah immer noch entspannt nach draußen, wo wieder ein Fischerboot am Heck der *Frobisher* vorbeizog. Es gab überall Beobachter. Die Nachricht, daß sie algerische Piraten vernichtet hatten, war ihnen sicher längst vorausgeeilt. Er dachte an den Kommandant der *Black Swan*, Norton Sackville. Der blieb selbst in der übervollen Messe einsam. Avery wußte, wie man sich in dieser Situation fühlte. Auch er hatte einmal auf ein Kriegsgericht gewartet und hatte gesehen, wie Freunde ihm auf die andere Straßenseite auswichen, nur um ja nicht mit ihm in Berührung zu kommen.

Ozzard erschien und meinte spitz: »Sir Richard ist also nicht hier? Muß dann wohl an Deck sein, wenn wir einlaufen.«

Allday stand abrupt auf: »Ich bringe ihm seinen Säbel.«

Das war plötzlich wichtig, und er spürte, wie Avery ihn wie mit Katzenaugen beobachtete.

Avery meinte nur: »Das wird noch ein Weilchen dauern, mindestens eine Stunde, schätzt der Master.«

Dennoch nahm Allday den Säbel aus der Stell. Dabei mußte er an die vielen anderen Male denken, die Spannung, die Verrücktheit, das Überleben. *Und immer wieder der Schmerz...*

Auf Deck war es immer noch feucht, die Luft war

überraschend kühl, und er dachte daran, was Yovell gesagt hatte. Es war jetzt November, aber an Englands nackte Bäume und seine wütende herbstliche Küste erinnerte hier nichts.

Die Wache an Deck war schon auf Station, und Allday bemerkte, daß für das Einlaufen extra Ausgucks aufgeentert waren. Er mußte an Kapitän Tyacke denken, der sich vorwarf, er habe die *Black Swan* verloren. Man konnte nicht scharf genug auf all die kleinen Fahrzeuge achten mit den sorglosen Leuten von hier. *Unter denen ist bestimmt kein echter Seemann,* dachte er mißmutig.

Er fand Bolitho neben Tyacke an der Achterdecksreling. Sir Richard hatte die Hand über die Augen gelegt und musterte das näherkommende Land sehr genau. Eine Kriegssloop ankerte in der Nähe, Rahen und Rigg voller winkender Seeleute, als das Flaggschiff langsam an ihnen vorbeizog.

Allday grinste zufrieden. So sollte es sein. Alles in bester Ordnung.

Bolitho bemerkte ihn mit dem Säbel. »Das war vorausblickend, alter Freund ... Ich habe nur den Hafen im Blick und bereite mich vor auf das, was uns erwartet.«

Allday henkte den Säbel ein. Der Riemen mußte angepaßt werden, Sir Richard verlor Gewicht. Er zog die Stirn in Falten. Unis Schweinefleischpasteten würden das wieder ändern. Jetzt eine davon essen ...

Kellett rief laut: »Lassen Sie den da wissen, er soll sich frei halten.« Er klang schärfer als sonst, schien gespannt.

Ein Gehilfe des Masters meldete: »Ein Wachboot, Sir!«

Bolitho trat an die Seite und beobachtete die elegante Pinasse. Ein Midshipman und ein Hauptmann der Seesoldaten befanden sich im Heck, um sie in den Hafen zu geleiten. Der Admiral hatte das Einlaufen in Häfen immer genossen, ganz gleich wo es war, aber sein Herz jubelte diesmal nicht. Er mußte an Keen denken, der jetzt schon verheiratet war und seine Aufgabe als Hafenadmiral übernommen hatte. Er fragte sich, wer wohl der Hochzeit beigewohnt hatte. Bethune, vielleicht Thomas Herrick. Er biß sich auf die Lippe, nein nicht Thomas. Der hatte die Kluft zwischen sich und Keen nie überwinden können.

Die Frau würde Keen guttun. Stark genug um seinem mächtigen Vater Paroli zu bieten und Frau genug, um ihn vergessen zu lassen.

»Wachboot kommt längsseits, Sir!« Der Gehilfe des Masters schien schockiert über diese Verletzung des Protokolls.

Kellett rief: »Eine Nachricht für den Admiral. Beeilen Sie sich, Mr. Armytage. Ihre Leute sind heute morgen langsam wie lahme Weiber.«

»Klar zum Einlaufen! Lassen Sie aufentern, Mr. Gilpin.«

Bolitho hob den Arm und winkte dem Wachboot zu, als die Riemen back gingen und das Heck wieder auf die sandfarbenen Festungsanlagen zudrehte.

Tyacke sagte: »Machen Sie weiter, Mr. Kellett.«

Armytage erschien auf dem Achterdeck, immer noch rot von Kelletts Anpfiff und dem Grinsen der Seeleute in der Nähe. Dies war sein erstes Kommando als Offizier.

Er sah Avery und eilte mit einem Päckchen in der Hand, in geölte Leinwand gewickelt, über das Deck.

Bolitho rief: »Gleich hierher, Mr. Armytage.«

Er spürte, wie jetzt alle auf ihn blickten. Er schien sich nicht mehr bewegen zu können, während das Schiff sie alle voran trug wie von unsichtbaren Fäden gezogen.

»Danke, Mr. Armytage.« Sorgfältig faltete er das Öltuch auf, wandte den Kopf nur wenig zur Seite, um die ungleiche Sicht wettzumachen. Dann sah er das Papier. Er behielt es einen Augenblick in der Hand. Eine sorgfältig gepreßte Rose, samtrot, wie er sie so häufig gesehen hatte. Und dann las er die Karte wieder, die

Schrift, die er so gut kannte. »Ich bin hier. Wir sind zusammen.«

Avery meldete sich vorsichtig: »Stimmt irgend etwas nicht, Sir Richard? Kann ich ...«

Bolitho konnte ihn nicht anschauen, mußte an Lefroys Urteil von gestern denken. Und dann antwortete er leise: »Ein Wunder, George. Manchmal geschehen sie eben doch!«

Sie standen nebeneinander auf einem kleinen Balkon, von dem man auf einen gepflasterten Hof schaute und auf einen Eingang mit Rundbogen von der Straße her. In der Mitte gab es einen Springbrunnen, aber er war genau so ungepflegt und wie das Pflaster voller Unkraut, das die maltesische Sonne braun verbrannt hatte. Natürlich hatten sie Bedienstete, unauffällige, unsichtbare, deren Anwesenheit nur durch frische Früchte und kühlen Wein im Raum hinter ihnen merkbar war.

Hier klangen alle Geräusche der Insel fern und gedämpft. Jemand sang mit einer seltsam zitternden Stimme. Und irgendwo klang die Glocke einer Kapelle.

Catherine drehte sich leicht in Richards Armen, die sich nicht von ihrer Hüfte gelöst hatten, seit sie auf dem Balkon standen. Sie fühlte, wie seine Hand immer noch nicht glauben konnte, daß sie neben ihm war, als fürchte er, sie wie einen Traum zu verlieren, wenn sich sein Griff löste.

Sie sagte: »Ich wollte auf die Pier gehen und dich beobachten, als du an Land kamst. Um dich zu treffen und dich zu umarmen. Ich wollte das so sehr. Statt dessen ...«

Sie blickten beide nach unten, wo ein alter Hund sich umdrehte, in der Sonne hechelte, sich erhob und sich dann an einen schattigen Platz verzog.

Er drückte sie fester, dachte an die Eile, mit der er seine offiziellen Pflichten verkürzt hatte, um an Land in diese stille Straße zu ihr zu eilen.

Sie hatte ihm von Sillitoe berichtet und daß er diese Passage arrangiert hatte. Auch dieses Haus gehörte einem seiner Freunde oder Geschäftspartner, jemandem, der ihm einen Gefallen schuldig war. Richard fühlte keinerlei Ablehnung oder Eifersucht. Ihm war, als habe er alles längst gewußt.

Als er seine schwere Uniformjacke ablegte, hatte sie ihm alles erzählt, oder jedenfalls das meiste. Wie Sillitoe und seine Männer zu ihrer Rettung erschienen waren, gerade noch rechtzeitig.

Da hatte Bolitho sie fest umarmt, hatte ihr Gesicht gegen seines gepreßt, ihr Haar gestreichelt, seine Worte blieben unverständlich. Dann hob er mit den Händen ihr Gesicht und sagte nur, gänzlich ohne Gefühle: »Ich hätte ihn getötet. Ich werde ihn töten!«

Sie hatte ihn geküßt und geflüstert: »Sillitoe ist dabei das Gesetz. Er wird sich um die Sache kümmern!«

»Er liebt dich, Kate.« Sie war unter dem vertrauten Namen zusammengezuckt. »Wer würde es nicht?«

»Ich liebe dich!«

Er mußte an den Stapel Depeschen denken, die der letzte Kurier aus England gebracht hatte. Früher waren sie mal für ihn wichtig. Jetzt hatte er sie nur kurz durchgeblättert und sie dann Tyacke überlassen, der sie genauer studieren sollte.

Sie drehte sich in seinen Armen und sah ihm direkt ins Gesicht. »Ich hätte alles Mögliche unternommen, um hier bei dir zu sein. Als unser Schiff einlief und die *Frobisher* hier nicht ankerte, dachte ich, ich würde sterben.« Sie rieb sich an ihm. »Und dann kamst du, mein Admiral!« Sie suchte nach den passenden Worten. »Kannst du bleiben? Die *Saladin* kommt in ein paar Tagen zurück. Wenn du nur...«

Er küßte ihr Gesicht, ihren Hals, der Schmerz rieselte davon wie Sand. »Es ist viel mehr, als ich je gehofft hatte!«

Sie führte ihn in den Raum und schloß die Sonnentüren. »Weiß man, daß du hier bist?«

Er nickte, und sie sagte sanft: »Dann wird man auch wissen, was wir hier tun!«

Er griff nach ihr, aber sie entwand sich ihm.

»Schenk Wein ein, ich habe etwas zu tun.« Sie lächelte und wischte sich eine Strähne Haar aus dem Gesicht. »Oh, Richard, ich liebe dich so.« Und dann war sie verschwunden wie ein Traum.

Bolitho mußte an Avery und Allday denken, die ihn an Land begleitet hatten. Beide hatten ihn ungern in einem fremden Hafen allein gelassen, und beide hatten es vermieden, ihm ihre Sorge zu zeigen.

Und sie war hier! Es war kein Traum, in dem sie ihm entschwand. Er fühlte wieder Wut und Schock, als er an ihren Bericht dachte und an Oliphant. Ihm war, als verkörpere Oliphant all jene Figuren aus einem Alptraum, die Rivalen, die Neider, die Liebhaber, die immer zur Angst gehörten.

Catherine hatte einen Mut gezeigt, den er nur ahnen konnte. Er konnte ihn nicht mit dem vergleichen, den er beim Schiffsuntergang oder bei ihrer allererste Begegnung auf der *Navarra* erlebt hatte.

Sie rief durch die Tür: »Und was ist morgen?«

»Ich treffe den Kommandeur der Garnison und ein paar andere Offizielle.«

»Und danach?«

Er spürte plötzlich seine Erregung. »Danach treffe ich ein sehr schönes Mädchen.«

Sie kam sehr leise auf bloßen Füßen in das Zimmer zurück, ihren Körper umhüllte von den Schultern bis zu den Knöcheln ein feiner, weißer Umhang. Sie legte ihm die Arme um den Hals und hielt ihn fest an sich gepreßt.

»Ein Mädchen? Wenn ich doch noch ein Mädchen wäre!« Sie atmete tief, als er ihre Schultern umfing und seine Hand langsam ihren Rücken hinabglitt.

Sie sagte leise: »Ich habe deinen Geburtstag vergessen. Es ging alles viel zu schnell. Vielleicht finde ich in Malta etwas für dich ...«

Sie stand ganz still, ihre Arme hingen herab, als er eine goldene Kordel fand, an der er sofort zog. Der Umhang war so leicht, daß er ohne Geräusch zu Boden glitt. Sie beobachtete ihn, ihre Lippen plötzlich feucht und geöffnet, als er sie im gefilterten Sonnenlicht an sich zog, sie anhob und sie auf das Bett trug.

Ihre Finger preßten sich wie Krallen in die Kissen, als er ihre Nacktheit küßte, ihren Mund, ihre Kehle, jede Brust, mit immer fordernderen Bewegungen, die sie wie im Schmerz aufstöhnen ließen, während ihre Brustwarzen zwischen seinen Lippen hart wurden. Sie hatte einmal gefürchtet, die Vereinigung würde den Ekel und die Angst jener Nacht zurückbringen. Aber nun war ihr, als habe sie kein Gedächtnis mehr und müsse nichts zurückhalten. Ihr Körper wand sich, als er zu ihr kam, sie zog ihn herab, berührte und liebkoste ihn und nahm ihn auf, als sei es das erste Mal.

Er küßte sie voller Hingabe und schmeckte etwas, was Tränen sein konnten. Aber ihr beiderseitiges Verlangen vertrieb jede Zurückhaltung und jagte alle Erinnerungen in den Schatten. Catherine drückte ihren Rücken durch, so daß er sie heben konnte, damit sie sich noch enger vereinigen konnten. Sie waren wie ein einziges Wesen.

Sie drehte ihren Kopf von einer Seite auf die andere, ihr Haar floß über die zerwühlten Kissen, ihr Gesicht war feucht wie im Fieber.

»Ich kann nicht warten, Richard ... Ich kann nicht warten ... Es ist so lange her ...«

Der Rest war verloren, als sie zusammensanken, verschlungen wie Rankenwerk, und nichts war zu hören außer ihrem heftigen Atmen.

Als sie dann wieder an der Tür mit der Sonnenblende

standen und die Schatten tiefer geworden waren, war der alte Hund unten verschwunden.

Sie tranken den Wein und nahmen nicht einmal wahr, daß die Gläser in der Sonne heiß geworden waren.

Sie legte ihm den Arm um die Schultern und sah nicht weg, als er seinen Kopf drehte, um sie genauer anzuschauen.

»Ich weiß, mein Liebster. Ich weiß es.«

Er drückte sie gegen sich und spürte, wie er sie wieder begehrte.

Sie gab sich der Laune hin. »Ich bin außer Übung. Komm, mein Liebster. Diesmal mache ich es besser!«

Sterne standen am Himmel, als sie endlich im Arm des anderen einschliefen.

Im Raum roch es leicht nach Jasmin. Das Wunder war geschehen.

XVI
Die Rettungsleine

Kapitän Adam Bolitho schritt langsam an die Achterdecksreling und legte ein paar Augenblicke die Hand darauf. Wie das ganze Schiff war sie kalt und feucht, und er fühlte einen Schauer über den Rücken laufen wie eine gespenstische Erinnerung. Das volle Oberdeck war ihm sehr bewußt. Man blickte hoch zu ihm, aber er kannte die Gesichter noch nicht, die schwankenden Linien der Seesoldaten in ihren scharlachroten Röcken, die blauen und weißen Gruppen der Offiziere und Unteroffiziere. Bald würden sie alle eine Mannschaft sein, seine Mannschaft. Gute und schlechte Charaktere aber waren an diesem bitteren Dezembertag noch Fremde. Und so war Kapitän Adam Bolitho hier ganz allein.

Auf der unruhigen Reise von Halifax nach England hatte er immer noch erhofft, er würde im letzten Augenblick abgelöst werden. Doch die einzige Hoffnung war verflogen.

Es war kein Traum. Es war keine Belohnung. Es war hier und jetzt. Was sein Onkel manchmal als *die kostbarste Gabe* bezeichnete, gehörte ihm von Rechts wegen. Seiner Britannischen Majestät Schiff *Unrivalled*, ein Schiff der fünften Klasse mit sechsundvierzig Kanonen, war in fast jeder Hinsicht bereit, zur Flotte zu stoßen und die Aufgaben zu übernehmen, die ihm zugewiesen wurden. Es hatte erst vor so kurzer Zeit die Werft und den Ausrüstungskai verlassen, daß an verschiedenen Stellen unter Deck die Farbe noch nicht einmal trocknen konnte. Doch hier oben war es – selbst für ungeübte Augen – eine vollendete Schönheit. Diese Schönheit bewegte sich ruhelos in der Strömung, ihre Laderäume waren noch mit Vorräten zu füllen, ebenso die Pulverkammer und die Kugelmagazine, damit ihr Rumpf Stabilität bekam und damit sie ihre Aufgaben erfüllen konnte.

Es war ein wichtiger Tag für die ganze Besatzung. Der fruchtlose, bittere Krieg mit den Vereinigten Staaten war fast vorbei. Die *Unrivalled* war nicht nur das erste Schiff mit diesem Namen in den Annalen der Marine, sondern auch das erste, das in Dienst gestellt wurde, nachdem der Friede sich ankündigte.

Adam blickte auf die straffen Wanten und die dunkel geteerten Stagen. Das neue Rigg war weiß von Rauhreif, der wie gefrorene Spinnweben überall hing, und er sah den Atem eines Seemanns wie Rauch über dessen Kopf hängen.

Es war immer noch neblig, und die Häuser und Befestigungsanlagen von Plymouth lagen verschwommen in der Ferne, als blicke man auf sie durch ein Glas, dessen Brennweite falsch eingestellt war.

Adam spürte, wie das Schiff sich wieder bewegte und stellte sich den Tamar vor, den er sich angeschaut hatte, als er angekommen war. Der Tamar war der Grenzfluß zu Cornwall, das westlich von ihm lag, und Cornwall war seine Heimat, dort lagen seine Wurzeln. Er hatte gehört, daß Catherine nach Malta gereist war, um seinen Onkel zu sehen, und es machte in seinen Augen keinen Sinn, über schlechte und gefährliche Straßen in ein leeres Haus zu reisen – oder gar noch weiter, nach Zennor.

Er schob den Gedanken zur Seite und zog die Papierrolle aus der Innentasche seines feuchten Uniformrocks. Hier lag alles, worauf es ankam. Es gab für ihn nichts mehr außerhalb des Schiffes – und das durfte er nie vergessen.

Er schaute die Versammelten jetzt genauer an – zum ersten Mal. Die Matrosen waren einheitlich aus der Kammer des Zahlmeisters eingekleidet worden, sie trugen karierte Hemden und weiße Hosen. Auch das war ein neuer Anfang.

Adam wußte, daß die *Unrivalled* das erste Schiff war, auf dem er diente, das keine gepreßten Männer an Bord hatte. Das Schiff war nicht ausreichend bemannt, und einige Mannschaftsmitglieder waren Verbrecher, die man bei Gericht vor die Wahl gestellt hatte, entweder in den Dienst des Königs zu treten oder deportiert zu werden. Manchen hatte noch Schlimmeres gedroht. Doch es gab auch sehr viele erfahrene Männer unter der Mannschaft, Tätowierungen oder geschickte Handarbeiten machten sie kenntlich. Adam fragte sich, warum immer noch so viele in dieser harten Welt von Disziplin und Pflicht blieben, nachdem so viele Schiffe so überaus schnell außer Dienst gestellt wurden. Wahrscheinlich war diese Welt, die einzige, der sie trauten, was immer sie dafür auch aufgegeben oder erduldet haben mochten.

Viele von ihnen hatten während ihrer Dienstzeit sicherlich schon einen Kapitän erlebt, der sich einlas. Es war immer ein wichtiger Augenblick für sie alle. Der Kapitän, jeder Kommandant, war ihr Herr und Meister, so lange wie es sein Patent vorschrieb.

Adam hatte gute Kapitäne gekannt und die besten. Aber auch Tyrannen und die Kleinkarierten, die das Leben jedes einzelnen Mannes in Elend verwandeln oder es ihm auch leicht nehmen konnten.

Er rollte das Papier auf und sah, wie die Männer sich vorlehnten, um besser zu verstehen. Es gab natürlich auch Besucher, zwei Vizeadmirale und eine kleine Gruppe kräftiger Männer in rauhen Kleidern. Sie waren überrascht, daß man sie einlud und stolz darauf. Sie hatten das Schiff gebaut, es geschaffen, ihm Leben gegeben.

Das Patent war adressiert an Adam Bolitho, Hochwohlgeboren, und in großen, geschwungenen Buchstaben geschrieben. Es hätte Yovells Handschrift sein können.

»Wir wünschen und erwarten, daß Sie sofort an Bord gehen und die Verantwortung und das Kommando als Kapitän entsprechend übernehmen.«

Ihm war, als höre er jemanden anderen, und er konnte lesen und dabei gleichzeitig die Gesichter studieren: Vizeadmiral Valentine Keen, jetzt Hafenadmiral in Plymouth, und neben ihm Vizeadmiral Sir Graham Bethune, der zu diesem Anlaß von der Admiralität in London angereist war.

Adam erinnerte sich an die Minuten, als er um das Schiff gerudert worden war, nachdem es zu seinem neuen Ankerplatz verholt worden war. Die Galionsfigur hatte ihn beeindruckt: eine schöne Frau, deren nackter Körper sich unter dem Bug zurücklehnte. Die Hände hielt sie hinter dem Kopf und unter ihrem langen Haar verschränkt, ihre Brüste drängten nach vorn und sie sah herausfordernd und verächtlich zugleich in die Zukunft. Ein berühmter örtlicher Holzbildhauer hatte sie gearbeitet: Ben Littlehales. Man hielt diese Figur für seine beste. Adam hatte von einigen Riggern erfahren, daß Littlehales immer nach lebenden Modellen arbeitete. Doch keiner wußte, wer hier Modell gestanden hatte, und der alte Holzbildhauer hat so etwas nie verraten. Er war gestorben, als die *Unrivalled* von Stapel lief.

Adam beobachtete, wie Keen und Bethune Blicke tauschten, als er zum Ende kam. Es war schon seltsam, sich vorzustellen, daß beide einmal Midshipmen bei Sir Richard Bolitho gewesen waren. Wenn er doch hier wäre ...

»... und Sie nicht und niemand anders darf seine Pflicht verletzen, weil er dafür zur Verantwortung gezogen wird.«

Er holte den Hut unter dem Arm hervor und hob ihn langsam in die Höhe. Alle Blicke folgten ihm. So viele Fremde. Selbst der Gehilfe des Stückmeisters, Jago, der seine Aufforderung angenommen hatte, sein Bootsführer zu werden, sah in seiner neuen Jacke und seiner Hose wie verwandelt aus. Jago hatte über die Ereignisse wahrscheinlich am meisten nachgedacht.

Plötzlich fiel ihm der junge John Whitmarsh ein, der in einem kurzen, blutigen Kampf gefallen war. Er wäre hier gewesen, hätte hier sein müssen. Und auch die *Anemone* fiel ihm ein, das Schiff, das er mehr als jedes andere geliebt hatte. Ob dieses Schiff und der neue Anfang beides verdrängen könnten?

Laut rief er: »Gott schütze den König!«

Der Jubel war laut und lang anhaltend, und Adam mußte sich anstrengen, seine Gefühle dabei nicht zu zeigen.

Er dachte an die Galionsfigur. Der alte Holzbildhauer hatte an den Fuß seiner Arbeit eine Zeile geschnitzt: »Niemandem unterlegen.«

Adam wollte seine Gäste in der großen Kajüte bewirten. Sie schien ihm so geräumig und so leer, strahlte nichts Gemütliches aus und enthielt im Augenblick nur ein paar Kanonen der Fregatte.

Valentine Keen trat zur Seite, als die Schiffsbauer und die älteren Zimmerleute sich um den ersten Kapitän der

Unrivalled sammelten. Adam hatte das heute gut gemacht. Keen konnte sich vorstellen, was ihm an diesem kalten Morgen bei einer Gelegenheit wie dieser alles durch den Kopf gegangen sein mochte.

Er glich seinem Onkel so sehr. Auf verblüffende Art hatte er sich verwandelt, war nicht mehr der Flaggkapitän, den er in Halifax zurückgelassen hatte. Die Sicherheit und Entschlossenheit war zwar geblieben, aber es war eine neue Reife dazu gekommen. Sie stand Adam sehr nahe.

Und was tue ich? Es war immer noch alles so neu und raubte ihm manchmal den Atem. Keen hatte einen ganzen Stab zu seiner Verfügung, zwei Kapitäne, sechs Leutnants und eine kleine Armee von Schreibern und Dienern.

Gilia hatte ihn überrascht mit der Art, wie sie dieses neue Leben arrangierte. Sie gewann Herzen schnell und konnte doch fest sein, wenn sie es wollte und es darauf ankam. Mit jedem Tag schien das alte Leben an Bord weiter weg zu gleiten. Vielleicht würde er am Ende so werden wie Bethune, den nur ein oder zwei Gemälde von Schiffen oder Seeschlachten an das Leben erinnerten, das er einst so gut gekannt hatte und für das er seinen Vater so hart bearbeitet hatte. Und das er jetzt ganz freiwillig aufgab.

Boscawen House war sehr beeindruckend, man überschaute von dort den gesamten Sund. Manchmal, wenn er allein war, stellte er sich Zenoria in den Räumen vor. *Die Dame des Admirals*... Er blickte auf das Land. Wie das Bild in seinem Kopf war es unscharf und wurde nicht klarer.

Graham Bethunde fühlte die kalte feuchte Luft auf seinem Gesicht und war froh, daß er zu dieser Feier gekommen war. Mit allem Einfluß, den er besaß, hatte er dafür gesorgt, daß die *Unrivalled* keinem anderen als Adam übergeben wurde. Er hatte das für Richard Bolitho getan, der dies mehr als alles andere gewollt hätte.

Er erinnerte sich an Catherines Stolz und ihre Wut, als Rhodes auf dem Empfang Bolithos Frau öffentlich präsentiert hatte. Und als er selber später Sillitoe gegenüberstand, mit seiner Wut und unverhohlenen Verachtung, da wußte er, daß diese Indienststellung auch Catherine galt.

Es hieß, sie sei in Malta. Wenn jemandem das gelänge, dann ihr. Er dachte an die Feindseligkeit seiner Frau, ihren Schock und ihre Verblüffung, als er sich ihr zugewandt hatte und sagte: »Ehre? Was weißt du schon davon – oder deine Familie?« Seitdem hatten sie kaum mehr ein Wort gewechselt.

Er seufzte. Aber seither hatte sie auch nichts mehr gegen »jenes Weib« gesagt.

Er ging zu Adam Bolitho und streckte die Hand aus. »Ich freue mich so für Sie. Es ist ein Tag, den wir nie vergessen werden.« Er bemerkte einen Schatten in den dunklen Augen und sagte freundlich: »Ihre Gedanken sind sicherlich hier!«

Adam nickte. Das hatte er selber auch mal zu John Whitmarsh gesagt.

»Es ist ein wunderbares Schiff, Sir Graham.«

Bethune antwortete: »Ich beneide Sie, Sie ahnen nicht wie sehr!«

Adam trat zu den anderen Gästen und ging dann mit ihnen nach achtern in die Kajüte, in der eine Gruppe Seesoldaten als Messestewards Dienst taten. Erst wenn alle Gäste von Bord waren, würde das Schiff ihn einfangen und seine Forderungen an ihn stellen.

Er hielt inne. Das erste Lachen und das Klingen von Gläsern erreichten ihn ganz ungeschützt. Es gab noch so viel zu tun, zu lehren, zu lernen und zu zeigen, ehe sie auf See auslaufen konnten.

Er zog seine schwere Uhr heraus und hielt sie in das graue Licht. Er konnte sich den Laden in Halifax noch sehr gut ins Gedächtnis rufen, hörte das Ticken und

Schlagen der Uhren und das Interesse des Inhabers an ihm, als er sich für diese altmodische, seltsame Uhr mit der eingravierten Seejungfrau entschieden hatte.

Laut sagte er: »*Unrivalled.* Niemandem unterlegen.« Er dachte an seinen Onkel und lächelte: »So soll es sein!«

Paul Sillitoe saß an seinem großen Schreibtisch und starrte unfroh durch das Fenster auf den Fluß, der hier eine wirbelnde Kurve zog, und auf die blattlosen Bäume am anderen Ufer. Alles tropfte nach einem nächtlichen Regen. Es schien, als wollte der nie enden.

Das Jahr 1815 war ganze zwei Tage alt. Sillitoe brauchte Ideen und Vorschläge, die er dem Prinzregenten bei der nächsten Besprechung unterbreiten müßte. Vielleicht sogar heute noch, falls Seine Königliche Hoheit sich wieder von einem neuen Fest genügend erholt hatte.

Der nie gewünschte und teure Krieg mit den Vereinigten Staaten war vorbei, der Friedensvertrag war am Weihnachtsabend unterzeichnet worden. Es würde immer noch Gefechte zwischen Schiffen und Armeen geben, bis die Nachricht offiziell bestätigt und überall hin verbreitet worden war. Sillitoe kannte solche Ereignisse durchaus. Sie beruhten zum Teil auf Schwierigkeiten, über Meere und Urwälder hinweg Nachrichten zu transportieren, aber auch, wie er annahm, darauf, daß die kommandierenden Offiziere nicht bereit waren, auf Kämpfe zu verzichten, wenn sie sich anboten.

Er wußte, daß sein Kammerdiener mit dem Mantel wartete. Er schob die Papiere zur Seite und ärgerte sich, weil er heute keinen Schwung für die Tagesarbeit gewinnen konnte und schon gar kein Gefühl für Eile.

Sein Kammerdiener sagte: »Die Kutsche wird in einer halben Stunde hier sein, Mylord!«

Er fuhr den Mann kurz an: »Ich weiß das. Und bin fertig!«

Wieder schaute er auf den Fluß, erinnerte sich an die Nacht, als sie in das Haus in Chelsea gedrungen waren. Er mußte ständig daran denken, und es war wie ein Fluch oder ein Fieber, das er nicht los wurde.

Sein Verhalten an Bord der *Saladin* hatte ihn allerdings selbst überrascht. Er sah und begrüßte Catherine, als seien sie sich fremd. *Was wir auch sind,* dachte er. Manchmal hatte er sich in seine Räume zurückgezogen, um ihr nicht zu begegnen, damit sie nicht glauben sollte, er erzwänge solche Treffen. Aber als sie sich trafen und besonders, seit sie allein soupiert hatten, spürte er etwas, das er vorher nicht gekannt hatte.

Er hatte sie nicht begrüßt, als sie von Neapel wieder an Bord gekommen war, sondern sie erst Stunden später an Deck getroffen, nachdem die *Saladin* den Hafen verlassen hatte und völlig bekalmt lag, die Insel immer noch in Sicht, wie Kupfer im Sonnenuntergang.

Sie hatte immer wieder laut gesagt: »Mir geht es gut! Mir geht es gut!«

Einen Augenblick hatte Sillitoe geglaubt, sie hätte ihn kommen gehört und wollte lieber allein bleiben.

Dann hatte sie sich umgedreht und ihm war sofort klar, daß sie ihn hier nicht erwartet hatte.

»Es tut mir leid, ich werde gehen.«

Sie schüttelte den Kopf. »Nein, bleiben Sie, es ist schon schlimm genug, Richard zu verlassen. Das ist eine Qual, die sich niemand vorstellen kann!«

Er hatte sich sagen gehört: »Wenn ich wieder in London bin, werde ich tun, was ich kann.« Selbst das hatte ihn überrascht, ihretwegen jemanden um etwas zu bitten. Wenn der Wunsch erfüllt würde, hätte er endgültig jede eigene Chance verloren.

Er lächelte grimmig. Wie auch immer, Vizeadmiral Sir Graham Bethune würde in wenigen Tagen ins Mittelmeer segeln, um ein Geschwader Fregatten gegen Piraten oder Korsaren zu übernehmen. Eine Abstellung auf See; Lady Bethune als Begleitung war nicht vorgesehen.

Er hatte die Befehle selber gesehen. Sie würden Admiral Sir Richard Bolitho von seiner Aufgabe entbinden, und er könnte nach England zurückkehren, zu Catherine.

Er hatte sich auch über Adam Bolitho auf dem laufenden gehalten. Er würde nie begreifen, wie ein Mann sein Leben auf See vergeuden konnte. Für ihn selber waren Schiffe Transportmittel, gut für Handel und Verbindungen, gut für Reisen. Aber selbst das ...

Er blickte ärgerlich auf. Diesmal störte ihn Marlow, sein Sekretär.

»Ja, was ist?«

»Ein paar Briefe, Mylord.« Marlow stellte mit geübtem Blick fest, daß die Morgenzeitungen noch neben dem Schreibtisch auf dem Boden lagen, daß der Kaffee und ein Glas Madeira unberührt waren. Das waren zwar unauffällige Zeichen, aber bei Sillitoe sonst so gut wie unbekannt.

Sillitoe schüttelte abwehrend den Kopf. »Ich kümmere mich später um sie. Entschuldigen Sie mich, Marlow. Ich fahre jetzt zum Prinzregenten.«

»Die nötigen Papiere habe ich hier, Mylord.« Er unterbrach sich, denn Sillitoe hatte ihm nicht zugehört.

»Danach bin ich beschäftigt.« Ihre Blicke trafen sich. »Ist das klar?«

Marlow verstand. Sein Herr wollte das diskrete, privat geführte Haus besuchen. Wo ein einflußreicher Mann sich ganz in den Armen einer Frau verlieren konnte, ohne einen Skandal oder ein Gerede befürchten zu müssen. Marlow hatte sich längst an Sillitoes schwierigen Charakter gewöhnt und an seine bissigen Bemerkungen, aber es beunruhigt ihn doch, daß er sich heute Sorgen machte wie ein ganz normaler Mensch.

Nach den Beobachtungen des Dieners hatte Sillitoe

seit jener Nacht in Chelsea das Bordell nicht mehr besucht.

Sillitoe ließ sich in den Mantel helfen und schaute sich im Zimmer um, als habe er etwas vergessen.

Dann sagte er: »Da ist ein Brief an Lady Somervell in Falmouth, Marlow. Schicken sie ihn mit der Schnellpost. Sie soll die Neuigkeiten schnell erfahren!«

Er konnte sich alles genau vorstellen, die Tränen und die Freude, mit der sie die Nachricht empfangen würde, daß ihr Geliebter nach England zurückbefohlen worden war. Er selbst konnte sich nichts mehr vormachen. Er hörte die Kutsche auf dem Pflaster und verließ das Zimmer.

Er dachte an ein Duell. Man hatte geschossen, doch der Gegner stand noch. Man hatte verloren.

Seiner Britannischen Majestät Schoner, die *Tireless*, Bote, Kurier und Überbringer guter oder schlechter Nachrichten, machte ihrem Namen alle Ehre. Sie war selten länger im Hafen, als sie brauchte, um Wasser und neue Vorräte aufzunehmen, und jagte dann in aller Eile zu ihrem nächsten Treffpunkt.

Sie war ein ansehnliches, sehr lebendiges Schiff, etwas für einen jungen Mann. An diesem Februarmorgen hatte der Ausguck die *Frobisher*, das Flaggschiff, gemeldet. Mit achterlichem Wind hatte die *Tireless* alles Zeug gesetzt, das sie tragen konnte, und auf den langsamen Zweidecker zugehalten. Leutnant Harry Penrose, Kapitän des Schoners, wußte, wie wichtig seine Depeschen waren und daß er sich einem so berühmten Mann mit perfekten Manövern nähern mußte. Er hatte den Namen schon gekannt und bewundert, noch ehe er selbst in die Marine eingetreten war.

Penrose wäre erstaunt gewesen, wenn er gewußt hätte, daß auch der Admiral der *Tireless* dem Treffen seit dem Morgengrauen mit gleichem Eifer entgegensah.

In der großen Kajüte der *Frobisher* hörte der Mann, um den es ging, den gebrüllten Befehlen zu und dem Trampeln harter, nackter Füße. Das Flaggschiff änderte gerade seinen Kurs, um dem Schoner näher zu kommen und um ihm etwas Schutz zu gewähren, obwohl die See heute kaum mehr als eine sanfte Dünung zeigte. Er ballte die Fäuste. Wochen waren vergangen ohne Nachrichten, voller Unsicherheiten und mit dem Gefühl, keine Aufgabe zu haben. Es hatte ein paar Einsätze gegeben, als Berber-Korsaren wieder kleine und hilflose Schiffe angriffen, aber die Angreifer waren längst geflohen, ehe Bolithos kleines Geschwader sie ausgemacht hatte, um sie zu vernichten. Bis mehr Schiffe aus der Kanalflotte und dem Geschwader vor den Downs hierher geschickt wurden, hatte es nicht so ausgesehen, als ob die Lage sich verbessern würde.

Vielleicht würde die *Tireless* irgend etwas Neues bringen. Doch er wagte nicht recht, darauf zu hoffen. Vielleicht einen Brief von Catherine ... Wie oft hatte er an jede Einzelheit ihres Treffens denken müssen, an den Trennungsschmerz, als die *Saladin* offensichtlich in einer Rekordreise aus Neapel zurückgekehrt war. Er mußte wieder daran denken, als Tyacke die *Tireless* meldete. Mit Schmerzen erinnerte er sich, wie der große Ostindienfahrer unter seiner gewaltigen Pyramide von Segeln, goldfarben im Sonnenuntergang, bekalmt vor dem Hafen liegenblieb, als wolle er Bolitho foppen. Er hatte das Schiff beobachtet, bis die Dunkelheit es verschlungen hatte. Und er wußte, noch ehe ein Brief aus England ihm das bestätigte, daß Catherine dasselbe getan hatte.

Sie hatte ihm auch über Adam geschrieben und über die Bestätigung seines neuen Kommandos. Und über die benommenen Reaktionen auf den kombinierten Angriff auf Washington, das Anzünden von Regierungsgebäuden als Rache für den Angriff der Amerikaner auf York. Wofür das alles? hatte Tyacke wieder und wieder gefragt. Er hatte Tyacke beobachtet, als der den Schoner mit dem Glas verfolgte. Wahrscheinlich hatte er an sein allererstes Kommando gedacht und an des Schicksals Mächte, die sie zueinander geführt hatten als Freund und Flaggkapitän. Und er dachte an Avery. Auch der würde an seinen Schoner denken, die *Jolie*, die so schrecklich geendet und ihm eine Kriegsgerichtsverhandlung eingebracht hatte. Die dunklen Augen verrieten nichts. Vielleicht hoffte er immer noch auf den Brief, der bisher nicht eingetroffen war und es vielleicht auch nie tun würde.

Die Last der Wochen auf See ohne sinnvollen Einsatz zehrte an den Nerven der Männer der *Frobisher*. Schiffe und Männer würden frei gestellt. Das war immer noch mehr ein Seemannstraum als Realität, doch solche Hoffnungen führten zu Gefühlsausbrüchen und zu Gewalt – selbst in einer Mannschaft, die so diszipliniert war wie diese. Er hörte Gilpin, den Bootsmann, seinen Leuten etwas zurufen. Sofort nachdem die Depeschen und Briefe ausgetauscht worden waren, sollte eine Gräting geriggt werden. Keiner wußte, wann die Briefe der *Frobisher* England erreichen würden.

Bolitho wußte, wie sehr Tyacke dieses Bestrafungsritual haßte, ihm selbst darin sehr ähnlich. Doch mehr noch als andere wußte er, daß die martialisch klingenden Kriegsartikel gegen die harten Burschen kaum ausreichten, wenn man lange genug allein segelte. Da waren dann die Seesoldaten auf dem Achterdeck und die Peitsche die einzigen wirksamen Möglichkeiten.

Yovell stand an der anderen Tür, die Brille in die Stirn geschoben.

»Ich habe die Kuriertasche nach oben an Deck geschickt, Sir Richard. Alles war unterschrieben und versiegelt!«

Der Mann war durch nichts zu erschüttern, und er hatte eigentlich nie richtig auf ein Kriegsschiff gepaßt.

Immer etwas amüsiert, stets freundlich und immer dienstbereit – dererlei Qualitäten waren auf einem Kriegsschiff selten.

Auch Allday war da. Er gab vor, sich um die Säbel auf ihrem Stell zu kümmern, aber er wartete gieriger als sonst auf Post aus jener anderen, stillen Welt am Helford River. Wenn ein Brief für ihn dabei wäre, würde Avery ihn wie immer vorlesen. Ihre Beziehung war ungewöhnlich und sehr eng, doch keiner der beiden verlor darüber ein Wort. Avery würde an die schöne Susanna denken – vergebens ...

Und dann Sillitoe, der Mann, von dem er nie geglaubt hatte, daß er sich seinetwegen engagierte. Er hörte Catherines Stimme im Dunklen, dachte an ihren warmen Atem an seiner Schulter. Sie hatte über die Nacht in Chelsea gesprochen, hatte sich von den Erlebnissen entfernt, sprach mehr wie ein unparteiischer Zeuge, nicht wie eine Frau, die den Schrecken am eigenen Leib erduldet hatte. Bolitho hatte mit Zweifel, Verdacht, ja Haß bei sich gerechnet. Aber Sillitoe blieb auch in der Erinnerung fern, trotz seines offensichtlichen Begehrens von Catherine.

Und ich bin hier im Mittelmeer und warte. Wahrscheinlich hatte er genausowenig Geduld wie der Seemann, der um sechs Glasen in der Morgenwache ausgepeitscht werden würde.

Avery trat durch die Tür und lüftete den Hut. »Die *Tireless* kürzt Segel, Sir Richard!« Er blickte kurz auf Allday. »Ihr Kommandant hat signalisiert, daß er selbst an Bord kommen wird.« Und dann fügte er hinzu: »Penrose, Leutnant.« Und dann etwas heiterer: »Ich hätte mir eher vorgestellt, daß er so schnell wie möglich wieder das Weite gewinnt, ehe sein Admiral ihm etwas aufträgt!«

Bolitho mußte lachen, Avery hatte also nichts vergessen.

»Sehr gut. Bringen Sie ihn zu mir, ich möchte mit ihm reden.«

Es dauerte noch eine weitere Stunde, bis die Schiffe sich so nahe waren, daß ein Boot zu Wasser gelassen werden konnte und zum Flaggschiff hinüberpullte. Der junge Leutnant Penrose wurde mit den gleichen Ehren empfangen wie ein Kapitän mit vollem Rang.

Zwei Matrosen trugen die Taschen mit der Post und den Depeschen. Als Allday schließlich in die Kajüte zurückkehrte, wußte Bolitho, daß er Glück gehabt hatte. Ein Nicken genügte, mehr brauchten sie nicht.

Leutnant Penrose hatte einen kleinen Beutel voller Briefe für den Admiral.

»Von der Kurierbrigg, als ich das letzte Mal in Gibraltar war, Sir Richard!« Er klang jetzt fast vertraulich: »Ihr Kapitän nahm mir das Versprechen ab, sie persönlich zu übergeben.«

Bolitho nahm die Briefe; es schienen insgesamt vier zu sein, die Rettungsleine. Er würde sie ausdauernd genießen.

Dann sagte Penrose: »Ich bin auf die Fregatte *Halcyon* gestoßen, Sir Richard. Kapitän Christie war auf dem Weg nach Malta, aber er hatte eine Nachricht, falls ich Sie vorher treffe.«

Bolitho hob die Augen von seinen Briefen. »Welche Nachricht?«

»Die beiden Fregatten von Algier sind ausgelaufen.« Penrose sah plötzlich sehr besorgt drein, als sei das sein Fehler.

Avery beobachtete Bolitho, der den ersten, leicht zerknüllten Briefumschlag aufschlitzte. Er drehte den Kopf, um besser lesen zu können, das verletzte Auge war jetzt wohl ganz nutzlos. Das sah man ihm nicht an, aber das Wissen darum war belastend und schrecklich zugleich.

Bolitho erinnerte sich an den Moment, als Catherine

Malta verlassen hatte. Er glaubte, es sei Tyackes Idee gewesen: Man hatte ihr die Barkasse der *Frobisher* geschickt, an jedem Riemen saß ein Kapitän des Geschwaders oder einer der Station an Land. Das Boot führte Allday.

So sahen die Leute sie, und so erinnerte man sich an sie, so sprach man von ihrer Liebe in den Bierkneipen und den Gasthäusern zwischen Falmouth und London: *Der Admiral und seine Dame.*

Bolitho blickte nun hoch: »Ich dachte, wir würden etwas über die Absichten der Kerle erfahren, aber wir haben offenbar Pech gehabt. Sie könnten jetzt überall sein, unter jeder Flagge segeln. Man bräuchte eine Flotte, um Algier zu erobern, nicht nur dieses Geschwader, und selbst dann ...«

Avery sagte: »Und selbst dann würde niemand Ihnen dafür danken, daß Sie einen neuen Konflikt ausgelöst hätten, obwohl der unausweichlich erscheint, wie auch immer man die Lage einschätzt.«

Höflich räusperte sich Penrose: »Ich muß mich verabschieden, Sir Richard. Der Wind ist günstig ...«

Bolitho reichte ihm die Hand. »Grüßen Sie Ihre Mannschaft, Mr. Penrose. Wenn wir uns das nächste Mal treffen, möchte ich Epauletten auf Ihren Schultern sehen.«

Die Tür fiel zu, als Avery den Kapitän des Schoners von Bord begleitete.

Yovell meinte: »Das war freundlich gesprochen, Sir Richard. Der junge Mann wird diesen Tag bestimmt nicht vergessen.«

Er hörte die Pfeifen schrillen und stellte sich vor, wie die Gig von der Seite des Flaggschiffs ablegte. Die *Tireless* war sicherlich bald verschwunden. Sich treffen und sich trennen, das war ihre Welt.

Dann schrillten die Pfeifen anders.

»Alle Mann, alle Mann nach achtern, einer Bestrafung beiwohnen.«

Sofort hörte er Rennen und die Schritte der Seesoldaten, die ihre Position quer vor der Poop einnahmen.

Allday ging wortlos an ihm vorbei, um das Skylight zu schließen, damit die Geräusche der Bestrafung gedämpft wurden.

Dieser Allday ist schon seltsam, dachte Yovell. Er haßte Offiziere, die ihre Macht mißbrauchten, zeigte aber kein Mitleid mit Männern, die dagegen die Hand hoben.

Bolitho sagte: »Ich werde Befehle für das Geschwader diktieren. Einiges wird schon bekannt sein, aber falls die beiden Fregatten die Berber-Korsaren verstärken gegen den Handel der Verbündeten, dann ist es wichtig, daß jeder Kapitän sie sofort als Feinde identifiziert!«

Er sah auf Catherines Briefe. Sie mußte jeden Tag geschrieben haben. So daß er ihr Leben mir ihr teilen konnte, es Woche um Woche und Jahreszeit nach Jahreszeit mit ihr leben konnte. Er verkrampfte die Hände, als die Trommeln ihr Stakkato hören ließen. Dann der Hieb, ein lautes Klatschen auf nacktem Fleisch, gefolgt von einem Ruf von M'Clune, dem Waffenmeister: »Eins.«

Wieder die Trommeln, wieder die Katze. Es ging um einen von den hartgesottenen Typen an Bord, der einen Unteroffizier bedroht hatte.

»Zwei.«

Yovell sah die verkrampften Hände unter der Tischplatte. Man braucht nur einen verrotteten Apfel, hatte Allday gemeint ...

»Drei.«

Yovell sah auf und war verblüfft, wie schnell Bolitho sich erhob. Er hielt einen Leinenumschlag in einer Hand.

Sehr besorgt fragte er: »Ist irgend etwas, Sir Richard?«

Der Ausdruck in Bolithos gebräuntem Gesicht gefiel ihm überhaupt nicht. Erschrecken, Unglauben, aber dann auch so etwas wie Erleichterung. Das alles zusammen hatte er bisher selten gesehen.

Bolitho schien ihn zum ersten Mal zu hören.

Er antwortete leise, aber selbst die dröhnenden Trommeln konnten ihn nicht übertönen: »Von der Admiralität.« Er schaute sich suchend nach Allday um. »Wir werden aussteigen, mein Freund. Wir segeln nach Hause!«

Allday atmete ganz langsam und vorsichtig aus. »So, das ist es also.«

Das lange Warten war vorbei.

XVII
Bis die Hölle einfriert

Wieder einmal endete eine Morgenwache, die Arbeitsgruppen sammelten ihre Werkzeuge und Ausrüstung ein und achteten dabei auf Unteroffiziere, die es zu genau nahmen. Der Segelmacher und seine Leute hatten mit gekreuzten Knien den Schatten gesucht, wo sie ihn finden konnten, und dabei ihre Hände und Arme bewegt wie Schneider in irgendwelchen dunklen Gassen. Der Zimmermann und seine Gehilfen filzten das Schiff, um alles aufzuspüren, was repariert werden mußte. In Stunden wie diesen hieß das Oberdeck bezeichnenderweise Marktplatz.

Achtern, unterhalb der Poop, warteten einige Midshipmen der *Frobisher* mit ihren Sextanten darauf, die Mittagssonne zu schießen. Einige grinsten vor Spannung. Sie sahen sehr wohl den Kapitän an der Achterdecksreling.

Tyacke sah im Geiste, wie langsam sich sein Schiff bewegte, Ost bei Süd und etwa hundert Meilen östlich von Sardinien. So konnte sich nur ein Seemann oder ein Navigator die Szene vorstellen. Jeder Laie sah nur die leere See, schon seit Tagen nur eine glitzernde Wüste. Schon seit Wochen. Sie hatten nur einmal eine ihrer Fregatten getroffen und hatten nur einmal Kontakt mit einem Kurierfahrzeug gehabt. Sonst hatten sie nichts ausgemacht. Tyacke sah den Ersten Offizier nach achtern kommen und eine Pause einlegen, um mit einem Gehilfen des Bootsmanns zu sprechen. Wie alle anderen Offiziere zeigte auch Kellett Zeichen von Ermüdung. Die *Frobisher* war unterbemannt, schon lange vor dem Kampf mit den Schebecken, unterbemannt schon in Portsmouth. Und das, wußte er, hatte an der Gleichgültigkeit ihres letzten Kommandanten gelegen.

Der Gedanke an Portsmouth ließ in Tyacke neuen Ärger aufflammen. Wegen Krankheit hatten ungewöhnlich viele Männer keinen Dienst tun können. Verdorbenes Fleisch, hatte der Arzt konstatiert.

Tyacke mißtraute zutiefst allen Versorgungshöfen. Er liebte die Zahlmeister nicht und hatte sie immer irgendwie in Verdacht. Wenn der Ausrüster und der Zahlmeister Hand in Hand arbeiteten, konnte verdorbenes Fleisch in Fässern an Bord gelangen, ohne daß der Kommandant es bemerkte – bis es zu spät war. Auf diese Weise wechselte viel Geld den Besitzer. Tyacke hatte oft genug gehört, daß unehrliche Lieferanten und Zahlmeister die Hälfte jedes Hafens besaßen.

Die betreffenden Fässer waren vor einem Jahr in Portsmouth an Bord gebracht worden. Wie alt sie wirklich waren, würde ein ewiges Rätsel bleiben. Die Jahresmarke, die auf jedes Faß gebrannt war, war sorgfältig unlesbar gemacht worden. Als Ergebnis fielen Männer aus. Tyacke war zornig. Doch das war noch nicht alles.

Er blickte auf die Poop und stellte sich den Admiral vor, der noch einmal die Depeschen durchlas. War das alles nur Zeitverschwendung? Wer konnte das wissen? Als Kommandant hatte Tyacke an die Bedürfnisse seiner Mannschaft zu denken, an den zunehmenden Mangel frischer Früchte und an Trinkwassermangel. Der bewaffnete Posten am Wasserfaß an Deck war ein deutliches Zeichen dafür.

Er starrte einen Midshipman an, ohne sich dessen bewußt zu sein. Der Sextant zitterte in seinen Händen. Offensichtlich entsprach dies alles nicht seinen Vorstellungen vom Dienst im Rock des Königs.

Er wandte sich ab und musterte die Bramsegel, die nur ganz knapp gefüllt waren. Das Wetter war Teil der allgemeinen Unzufriedenheit. Der übliche nordwestliche Wind wehte, aber ziemlich leblos, eher bedrückend wie der Schirokko in dieser Gegend später im Jahr.

Er dachte an die Befehle, die ihm Bolitho bereits gegeben hatte. Wenn die *Frobisher* ihren Auftrag beendet hatte, sollte sie nach Malta zurückkehren. Bolithos Nachfolger würde ihn dort bereits erwarten. Vizeadmiral Sir Graham Bethune. Tyacke hatte Bolithos Überraschung bemerkt über diese Entscheidung der Admiralität. Bolitho kannte den Offizier, sie hatten zusammen gedient. Die Marine war eben wie eine große Familie ...

Und dann stellte sich der Gedanke wieder ein, der ihn nicht mehr losgelassen hatte: Die *Frobisher* würde nach England zurückkehren. Sir Richard konnte seine Flagge einholen und jemand anderem die Last der Verantwortung übergeben. Zur Abwechslung mal.

Er hatte gehört, wie Kellett und die anderen Offiziere darüber redeten, als sie meinten, er könne sie nicht hören.

Nach Hause. Daran mußte er sich gewöhnen. Das war etwas, das er in all den Jahren auf See nie gekannt hatte. Nach Hause. Er wußte, was das für Bolitho bedeutete, auch für Allday. Doch ihm selbst war England fremd geworden, ein Land, in dem man ihn anstarrte. Er fand hier mehr Ablehnung und Schmerzen. Doch da war auch der Brief von der Frau, die er einst hatte heiraten wollen. Bewegend, warm, reif, ehrlich ... Er hatte versucht, das zu verdrängen, sich auszulachen, sicher zu sein, daß es an Land für ihn nichts zu gewinnen gab.

Im Herzen wußte er, daß Bolitho einiges davon erraten hatte, doch wenig darüber sprach. Das war ihre gemeinsame Stärke.

In der Messe war darüber gesprochen worden, Kellett hatte es zum Thema gemacht, als der Schoner hinter der Kimm verschwunden war. Alle spekulierten laut über die Zukunft. Was würde aus der *Frobisher* werden, was aus ihnen?

Tyacke hatte sich das längst gefragt. Würde sie irgendwo als Hulk enden, in irgendeiner Werft als Ausrüstungsschiff, oder würde sie noch tiefer sinken, als Schiff verwendet werden, in dem man Vorräte staute oder Gefangene einsperrte? Das war anderen Schiffen auch passiert. Bolithos alte *Hyperion* und selbst Nelsons *Victory* waren aus ruhmlosen Ecken geholt worden, um wieder in Dienst gestellt zu werden, als das Land durch Invasion oder einen zu mächtigen Gegner bedroht war. Sie sollten noch Ruhm ernten, wenn andere sie längst zum Verrotten bestimmt hatten.

Auf seine freundliche ruhige Art hatte Kellett ihn angesprochen: »Darf ich fragen, Sir, was Sie vorhaben, wenn wir zur Flotte zurückkehren?«

Und in diesem Augenblick hatte Tyacke für sich selber, ohne Vorwarnung oder Hinweis, die entscheidende Antwort gefunden. »Ich werde bei dem Schiff bleiben!«

Wegzulaufen war keine Lösung, war nie eine gewesen. Er gehörte hierher.

Marion würde ihm dabei helfen. Aus vielen Gründen, aus Gründen, über die er bisher gelacht hatte oder die er ganz abgelehnt hatte, brauchten sie einander.

Er dachte an Bolitho und Catherine. Die Liebe war das stärkste Band.

Er hörte Schritte neben sich an Deck, aber es war

nicht der Erste Offizier. Avery blinzelte über die See, zupfte an seinem Hemd, und sein Blick wanderte von Kimm zu Kimm.

»Ich muß mit Sir Richard sprechen«, sagte Tyacke. Er zögerte und suchte sorgfältig nach Worten: »Es ist meine Pflicht, ihn zu beraten!«

»Ich weiß!« Avery sah in seine blauen Augen, als Tyacke zu einem Entschluß gekommen war. »Sir Richard weiß, daß das alles so nicht allzu lange mehr weitergehen kann. Wenn wir nach Malta zurückkehren, liegt die Sache nicht mehr in seinen Händen. Aber er kann das Schiff nicht einfach so übergeben oder ruhen lassen. Irgendwo ist in der ganzen Sache ein Fehler, irgendwas paßt nicht zusammen.«

»Ich weiß, er sprach von diesem Spanier, Kapitän Martinez, den Sie in Algier getroffen haben.«

Avery nickte und fühlte, wie Schweiß seinen Rücken hinunter rann. Er mußte oft an das schöne Haus in London denken, an die liebliche Susanna. Doch auch die würde er eintauschen gegen ein Bad in sauberem klarem Wasser.

»In den letzten Depeschen der Admiralität hat man ihn kurz erwähnt. Jemand hat sich die Zeit genommen, die alten Berichte von Sir Richard zu lesen, wahrscheinlich irgendso ein unbedeutender Schreiber.«

Tyacke beobachtete Matrosen, die an einer offenen Luke warteten. Sie rochen wahrscheinlich den Rum, der bald ausgegeben werden sollte. Nachdem das Bier längst verbraucht war, war Rum mit Wasser eine ersehnte Abwechslung im tristen, heißen Alltag.

»Ein Überläufer, ein Agent der Franzosen, als sie versuchten, Spanien in den Krieg zu ziehen. Viel Ermunterung war dazu nicht nötig.« Er hörte, wie Kellett sich räusperte. »Ist das alles, was wir herausbekommen haben?«

Avery antwortete nur: »Sir Richard ist deswegen beunruhigt!«

Tyacke wandte sich an Kellett. »Sind Sie wegen heute nachmittag hier, Mr. Kellett?«

Kellett lächelte, was er selten tat. »Aye, Sir!«

»Das untere Kanonendeck. Beide Batterien. Sehen Sie zu, daß Sie ein oder zwei Minuten schneller werden!«

Und dann wandte er sich wieder an Avery und meinte ganz ruhig. »Wenn Sir Richard es wünscht, warten wir hier, bis die Hölle einfriert.« Er machte eine Pause. »Aber wir brauchen mehr als Drill an den Kanonen, um die Männer an ihre Aufgaben zu erinnern, wenn wir so weitermachen.«

Das Skylight stand offen, und Bolitho hörte Avery lachen. Tyacke war ein geduldiger Mann, der sein Handwerk besser als die meisten verstand, die Bolitho bisher getroffen hatte.

Er wandte sich wieder der Karte zu und stellte sich die *Frobisher* vor, die ruhig über ihrem eigenen Spiegelbild durch das Tyrrhenische Meer glitt. Eigentlich für ein Schiff ihrer Größe und Kraft die falsche Aufgabe. Auf dieses Meer gehörten Galeeren mit spitzem Bug und Riemen in Reihen, bärtige Krieger mit Federbuschhelmen. Ein Meer für die Götter und die Mythen Griechenlands und Roms.

Er lächelte über diesen Gedanken und wandte sich wieder seinen Notizen zu. Er hielt die Hand aus Gewohnheit über sein blindes Auge und war überrascht, daß er sich mit der Behinderung abgefunden hatte. Catherines Briefe hatten ihm Kraft gegeben und die Lords der Admiralität den Rest.

Seltsam, daß Bethune hier war. Er stand in London mit den Mächtigen und Einflußreichen doch auf vertrautem Fuß. Vielleicht hatte er jemanden beleidigt, was ja in der Admiralität schnell geschehen konnte. Lord Rhodes schien auch in den Depeschen und Befehlen totgeschwiegen zu werden. Hatte Sillitoe da ebenfalls seine Hand im Spiel?

Bolitho zwang sich, wieder an das Treffen mit Mehmet Pascha und seinem spanischen Berater Martinez zu denken. Die beiden hatten alles über die ankernden Fregatten gewußt. Nichts konnte sich dort ereignen, was der Gouverneur nicht vorher erlaubt hatte oder an dem er beteiligt war. Martinez war ein mutiger und erfolgreicher Agent für die Revolutionsregierung der Franzosen gewesen – für Napoleon.

Tyacke brauchte Vorräte und Wasser für sein Schiff, und auf Malta wartete Bethune wahrscheinlich schon, um das Kommando über das Geschwader im Mittelmeer zu übernehmen.

Ich muß nach Hause. Ihm war nicht bewußt, daß er das in der leeren Kajüte, in der die Reflexe des Wassers tanzten, laut gesagt hatte.

Es gab keinen Beweis dafür, daß Martinez mehr war, als ihm offiziell zugestanden wurde. Seine Aufgaben waren im Lauf der Jahre weniger bedeutend geworden, aber dafür gefährlicher – und in seinem eigenen Land würde man ihm nie wieder Vertrauen schenken. Bolitho mußte an Hugh, seinen Bruder, denken. Ein Verräter wird anderen immer nur für seinen Verrat im Gedächtnis bleiben.

Wenn er nur mehr Schiffe hätte, vor allem Fregatten. Sein Unternehmen glich der Suche nach der Nadel im Heuhaufen. Vielleicht trieb ihn bei all dem auch nur seine Eitelkeit, der Glaube, daß nur er und kein anderer die verborgenen Gefahren erkennen konnte.

Er konnte den Rum riechen und stellte sich die Matrosen und die Seesoldaten vor, die jetzt hier im Flaggschiff hockten, abgeschnitten von allem, ohne richtige Aufgabe und nicht mehr Teil all der großen Ereignisse, die sie bis vor kurzem noch in Atem gehalten hatten.

Er lehnte sich über die Karte und fühlte wieder nach dem Medaillon auf seiner Brust. Es würde Frühling sein, ehe er England erreichte. Wieviel Zeit hatte er wieder verloren, die er neu gewinnen mußte!

Er hörte Tyacke draußen vor der Tür und faßte plötzlich einen Entschluß.

Tyacke trat ein und nahm den Hut ab. Sein Gesicht lag im Schatten, und so konnte man von seiner schrecklichen Entstellung kaum etwas sehen.

»Trinken Sie ein Glas mit mir, James.« Wie herbeigezaubert war Ozzard erschienen. »Ich glaube, ich habe mich diesmal zu sehr auf meine Instinkte verlassen.«

Die Männer sahen, wie der Wein in die Gläser floß, und dann sagte Bolitho: »Wir könnten vor Sonnenuntergang die *Huntress* treffen. Ich würde gern mit ihrem Kapitän sprechen.«

Tyacke nickte: »Das wird möglich sein, Sir Richard!«

Bolitho hob das Glas. »Wie auch immer, wir werden nach Malta zurückkehren.« Er lächelte. »Ich wünsche Ihnen von ganzem Herz das Glück in Ihrem neuen Leben, das Sie verdienen!«

Die Gläser klangen, und der aufmerksame Ozzard sah, daß dabei Wein auf die weißen Kniehosen des Admirals spritzte. Es sieht aus wie Blut, dachte er. Doch der Admiral hatte es nicht bemerkt.

Tyacke erhob sich wieder. »Ich werde es weitergeben, Sir Richard. Das wird den Drill an den Kanonen etwas leichter machen.«

Ozzard verschwand in seiner Pantry, wo Allday saß und an einem neuen Schiffsmodell schnitzte.

Ozzard konnte gewöhnlich seine Gefühle gut verbergen, aber bei dieser Gelegenheit war er ganz froh, daß sein Freund so ganz auf das Schnitzen konzentriert war.

Er dachte an die Straße in Wapping und hörte die Todesschreie.

Leutnant Harry Penrose hielt sich am Niedergang fest, lehnte sich zurück und starrte in den Himmel. Der

Schoner *Tireless* glitt durch ein paar ruppige Seen. Das erregte ihn immer, war es doch wie der Ritt auf etwas Lebendigem. Und lebendig war sein Schiff.

Das Quadrat des Himmels, das er sah, war dunkler als gewöhnlich, und Wolken zogen wie eine ungeordnete Schafherde darüber hin. Davor konnte er die hohe Spitze des Großsegels des Schoners sehen. Auch die schien ihm dunkler. Vielleicht würde es regnen. Sie hatten genügend Wasser an Bord, aber Regen zu hören, der auf die ausgetrockneten Planken platschte und durch die Speigatten nach draußen strömte, wäre eine willkommene Abwechslung.

Er ging weiter und hörte aus einer kleinen Messe eine Fiedel. Die *Tireless* war ein kleines Schiff, ein glückliches, ein gutes Kommando für einen jungen Mann. Penrose war zweiundzwanzig Jahre alt und wußte, welches Glück er mit der *Tireless* hatte und daß es ihm schwerfallen würde, sie zu verlassen, wenn es einmal soweit war. Sie war sein Leben, von dem er seit Kindestagen geträumt hatte. Er wollte nichts anderes. Sein Vater und sein Großvater waren ebenfalls Marineoffiziere gewesen. Er lächelte. Wie Sir Richard Bolitho. Er dachte auch jetzt wieder wie so häufig an das unerwartete Treffen mit dem Admiral, als er die Depeschen auf dem Flaggschiff abgeliefert hatte. Was hatte er eigentlich erwartet? Daß der Held, die Legende der Marine, sich als eine imponierende Gestalt in Goldlametta entpuppen würde?

Er hatte seiner Mutter darüber geschrieben, die Geschichte ein bißchen ausgemalt, aber die wahren Geschehnisse hatten sich tief in sein Gedächtnis eingegraben. »Wenn ich Sie das nächste Mal treffe, erwarte ich Epauletten auf Ihren Schultern.« Das war ein Mann, mit dem man reden konnte. Solchem Offizier würde man bis in die Mündung feindlicher Kanonen folgen.

Jetzt fühlte er den Wind im Gesicht, feucht und unangenehm, aber er reichte, um die Segel des Schoners zu füllen.

Der einzige andere Offizier der *Tireless*, Leutnant Jack Tyler, deutete nach vorn.

»Der Ausguck im Mast hat gerade ein Segel südöstlich von uns ausgemacht, Sir!«

Penrose sah, wie die Seen am schlanken Bug vorüber rauschten.

»Ich habe den Ruf gehört. Wer ist Ausguck?«

»Thomas.«

»Ein guter Mann, Jack.«

Sie lösten sich Wache um Wache ab. Der Gehilfe des Masters sprang manchmal ein, wenn es nötig war. Man mußte auf einem so kleinen Schiff jeden Mann mit seinen Fähigkeiten und mit seinen Schwächen kennen.

Tyler sagte: »Er meint, es ist ein Fregatte, aber das Licht ist so schlecht, daß wir wahrscheinlich bis morgen früh warten müssen.«

Penrose rieb sich das Kinn. »Bis zum ersten Licht morgen? Dann haben wir einen Tag verloren. Es wird die *Huntress* sein, unser letztes Rendezvous.« Er dachte an die einzige noch abzuliefernde Tasche in seiner Kajüte und fügte spöttelnd hinzu: »Ohne Zweifel wichtige Sachen. Schneiderrechnungen für Offiziere, tränenreiche Briefe von Müttern an ihre Söhnchen und dergleichen mehr!«

Sie lachten, mehr wie Brüder und nicht wie ein Kapitän und sein Erster Offizier.

Sie sahen beide hoch, als plötzlich der Wimpel im Mast wie eine Peitsche knallte.

»Ich glaube, wir schaffen es vorm Dunkelwerden, Jack«, meinte Penrose. »Wenn die anderen uns ausmachen, werden sie, so schnell sie können, die Segel kürzen. Die haben sicher die Nase voll, die letzten in unserer Runde zu sein, ein Wachboot für nichts!« Er hatte sich entschlossen: »Alle Mann an Deck, Jack. Wir setzen noch Toppsegel.« Er konnte seine Erregung nicht verbergen. »Wir werden den alten Herren zeigen, wie wir hier mit einem Schiff umgehen.«

Nur eine Pfeife schrillte, die Fiedel verstummte, und das schmale Deck des Schoners war sofort voller geschäftiger Männer.

Die *Tireless* hatte kein Rad, wie die meisten Schiffe der Marine, sondern eine lange Pinne, die direkt am Ruderkopf befestigt war. Die Rudergänger hielten die Pinne zu zweit und sahen immer wieder auf das Großsegel und den Wimpel oben im Mast, schauten nur gelegentlich mal auf den Kompaß. Für den Uneingeweihten sahen die Aktionen der nächsten Augenblicke nur wie ein wirres Durcheinander aus, dann warf sich die *Tireless* unter der Kraft von Segeln und Rudern auf ihren neuen Kurs. Gischt wehte in die Fock und sprang durch die geschlossenen Kanonenpforten. Die einzige Bewaffnung, vier Kanonen, ruckten an ihren Brocktauen.

»Südost, Kurs liegt an, Sir!«

Auch der verantwortliche Rudergänger grinste, sein braungebranntes Gesicht glänzte von den Spritzern, als ob es kräftig regnete.

Wieder meldete sich der Ausguck: »Fregatte, Sir. Backbord-Bug. Die *Huntress* – ganz sicher!«

Penrose nickte. Thomas hatte Augen wie ein Falke und würde sich nicht irren. Mit der *Huntress* waren sie auf ihren endlosen Patrouillen einige Male zusammengetroffen. Penrose erinnerte sich gut an den Kommandanten. Er war älter als die meisten, die Fregatten führten, hatte auf anderen Schiffen seine Erfahrungen gesammelt, wahrscheinlich auch auf Handelsschiffen. Er war ein freundlicher Mann, aber er duldete keine Schwächen. Penrose war aufgefallen, daß sich in seiner Post immer nur offizielle Briefe befanden.

Er hob das Teleskop und wartete, daß das Bild klar

wurde. Gleichzeitig stemmte er sich fest gegen die Planken, um die heftigen Bewegungen des Schoners abzufangen. Das war ihm zur zweiten Natur geworden.

Selbst im schwachen Licht konnte er den bekannten Umriß, den glänzenden schwarz und gelben Rumpf erkennen, die dunklen Vierecke der geschlossenen Kanonenpforten. Die *Huntress* war zwar nur ein Schiff fünfter Klasse, aber ein schönes. Penrose lächelte. Diese Bewertung galt nur aus der Sicht eines jungen Mannes, natürlich.

Er sah die Flagge oben auswehen, sauber und weiß gegen den dunklen Himmel. Die Männer oben in den Rahen ähnelten Ameisen, einige beobachteten das ankommende Schiff, hofften vielleicht auf Post, die ihnen liebe Erinnerungen, ein Gesicht, eine Berührung lebendig machen würde.

Tyler stellte fest: »Die ändern ihren Kurs nicht. Wir haben die ganze Arbeit!«

Penrose grinste. Das Licht reichte noch. Sie würden die Tasche übergeben und noch vor Beginn der Dunkelheit auf dem Weg zurück nach Malta sein. Und dann? Als ob das wichtig wäre ...

Tyler sprach mit dem Gehilfen des Masters: »Wir werden sie in diesem Tempo überholen.« Er sah Penrose an. »Wir werden halsen müssen, Sir!«

»Ich weiß. Holen Sie das Großsegel ein.«

Er hob das Glas wieder, als ein winziger Farbfleck an der Besanrah der Fregatte erschien.

»Sie zeigt ihre Nummer, Sir!«

Tyler rief seinen Männern etwas zu, und Leinwand knallte und Blöcke quietschten.

Penrose bewegte sich nicht. Er erstarrte.

Dann brüllte er so laut er konnte: »Kommando zurück.« Er erkannte seine eigene Stimme nicht mehr, so hart und entschlossen klang sie.

Er stieg die glatten Planken empor und gab seine

Befehle. »Laß sie abfallen. Laufen Sie nach Süden. Das hält unsere gute *Tireless* aus!«

Er packte den Leutnant am Arm, der ihn wie einen Fremden anstarrte.

»Warum sollte sie uns ihre Nummer zeigen, um Gottes willen?«

»Sehen Sie, Sir!« Der Seemann kriegte seine Worte kaum raus. »Du lieber Gott.«

Das Teleskop fühlte sich in Penrose Hand jetzt wie Eis an. Er hatte alles gerade noch rechtzeitig wahrgenommen. Einen Augenblick später, wenn sie auf den neuen Kurs gehalst hätten, wären sie nahe genug gewesen, die Gefahr auch zu hören: das Rollen der Kanonen, das Öffnen der Luken über die ganze Länge des Rumpfs, wenn die Kanonen ausgerannt wurden, und sie hätten auch die Männer gesehen, die dahinter hockten und feuerbereit waren.

Die Segel füllten sich wieder. Das Rigg surrte und protestierte gegen den Druck, aber alles hielt.

Penrose beobachtete das andere Schiff, sein Denken war nun so kühl wie das Glas in seiner Hand. Ihm war alles klar. Die *Huntress* war erobert worden, und in wenigen Minuten wäre es auch für die *Tireless* zu spät gewesen. Jemand hatte versucht sie zu warnen, auf eine Weise, die nur ein Seemann sich ausdenken und die nur ein Seemann verstehen konnte.

Penrose spürte einen Muskel am Hals zucken, als Rauch aus der Seite der Fregatte aufstieg und sofort wieder binnenbords geweht wurde. So sah die lange Feuerzunge fast aus wie ein glühendes Stück Eisen.

Er hörte das Brüllen, als die erste Kugel über das Deck des Schoners fuhr und einen Teil der Backbordreling zersplitterte. Männer fielen, wie schwer verletzt sie waren, konnte Penrose noch nicht feststellen. Doch die Masten standen noch, und die Segel waren gespannt wie Stahl. Lediglich ein Bramsegel war durch einen zu früh abgefeuerten Schuß durchlöchert worden. Der Wind zerriß gerade die Leinwand, wie ein Riese Papier zerfetzte.

Penrose setzte das Teleskop wieder an und versuchte, die Schreie zu überhören und damit der Furcht zu entkommen, die sich sonst einstellen würde.

Die *Huntress* wendete. Kein Wunder, daß dieses Manöver erst jetzt durchgeführt wurde. Sogar hinter der Gischt und im Dämmerlicht konnte Penrose erkennen, wie schwer sie an der anderen Seite zerstört worden war. Ohne Kampf hatten sich die Männer nicht ergeben, aber der Einsatz war nicht angemessen für das, was sie aufgegeben hatten.

Er drehte sich um und sah, wie der Gehilfe des Masters das Handgelenk des Leutnants mit einem Halstuch bandagierte.

Er trat zu seinem Freund und tröstete ihn: »Halt durch, Jack.«

Er zuckte nicht, als irgendwo eine zweite Breitseite explodierte. Das schien ihm fern wie im Traum und schien jemand anderen zu betreffen.

»Wir müssen das Flaggschiff finden, Jack. Der Admiral muß es erfahren.«

Tyler versuchte zu reden, aber der Schmerz ließ ihn verstummen.

Penrose redete für ihn weiter: »Die *Huntress* war das letzte Schiff in der Patrouille. Das Wachboot.«

Tyler riß sich zusammen und stammelte ein Wort: »Elba.«

Das reichte.

Bolitho lehnte sich in seinem Sessel zurück, sein Hemd klebte feucht am warmen Leder. Hinter dem Heckfenster herrschte jetzt Dunkelheit. Hier in der Kajüte warf das Licht der einzigen Laterne Schatten auf den gestrichenen Boden, und die karierten Bodenbeläge sahen aus wie seltsame Tänzer, die sich im Takt der ungleichmäßigen Bewegungen der *Frobisher* in den Hüften wiegten.

Wie konnte es auf einem so großen Schiff so still sein? Nur gelegentlich waren an Deck Schritte zu hören, manchmal wurden Leinen dicht geholt oder gelöst, um eine Rah zu trimmen oder um Segel festzuzurren.

Bolitho wußte, daß er eigentlich schlafen sollte, und er wußte auch, daß er das nicht konnte. Er hielt die Hand vor sein blindes Auge und schaute auf den noch nicht beendeten Brief an Catherine, der auf der Seekarte lag.

Wenn er an Catherine schrieb, hatte er immer das Gefühl, mit ihr zu reden, die Tage und Nächte mit ihr zu teilen. Die *Frobisher* wäre wahrscheinlich schon auf dem Weg nach England, ehe dieser Brief beendet wurde.

Bolitho erhob sich. Er strich über eine der festgezurrten Kanonen. Das Metall fühlte sich so warm an, als hätte man sie noch vor ein paar Stunden abgefeuert.

Sie hatten die *Huntress* nicht getroffen, und Bolitho wußte, daß Tyacke ihm von vornherein nicht geglaubt hatte, daß sie die *Huntress* noch einmal sehen würden, ehe er sein Kommando übergab.

Im Morgenlicht würden sie halsen und nach Malta zurücklaufen. Bis dahin ...

Allday gab sich große Mühe, die anderen mit seinen eigenen Gedanken nicht zu bedrängen, aber er konnte sichtlich seine Freude nicht verbergen, daß sie nun auf dem Weg nach Hause waren.

Was würde Allday tun, wie würde er sein neues Leben ausfüllen? Als Besitzer einer kleinen Landkneipe würde er jeden Tag dieselben Gesichter sehen. In dieser Welt sprachen Männer über Ernten und Vieh und das Wetter mit gleicher Sachkenntnis – aber eben nicht über die See. Doch er hätte Unis und die kleine Kate. Er würde also ganz von vorne anfangen und alles neu lernen müssen.

Wie ich, sagte sich Bolitho.

Er überlegte, ob er an Deck gehen sollte, wußte aber, daß seine Anwesenheit die Wache nur verwirren würde. Auf dem immer gleichen Bug und unter reduzierten Segeln fiel es einigen sicherlich schwer, überhaupt wach zu bleiben, auch ohne daß ihr Admiral zwischen ihnen auf und ab schritt. Tyacke saß vermutlich in seiner Kajüte, bereitete sich auf das Tagesgeschäft vor und dachte vielleicht über seine eigene Zukunft nach. Tyacke war wahrscheinlich der einzige Mensch, der nie daran geglaubt hatte, daß das Glück ihm einmal die Hand entgegenstrecken würde. Dabei hatte gerade er es überreich verdient.

Und was würde Avery machen? Würde er in der Marine bleiben oder sich das Angebot seines Onkels noch mal durch den Kopf gehen lassen? Es war schwer, sich die Männer in einem anderen als in diesem Seemannsleben vorzustellen.

Avery war um diese Stunde an Deck, hielt sich bei den leeren Finknetzen auf und hörte, wie das Schiff stöhnte und arbeitete. Allan Tollemache hatte die Wache, aber er hatte sich an die Poop zurückgezogen nach zwei vergeblichen Versuchen, ein Gespräch zu beginnen.

Es lag nicht daran, daß Avery ihn nicht mochte, obwohl der Mann manchmal angab und seine Familie zu sehr herausstrich. Avery wollte schlicht allein bleiben und seinen Gedanken und Erinnerungen nachhängen. Ein Flaggleutnant hatte es schwer genug, sich in eine Messe mit ihren Regeln und Traditionen einzufügen, in der jeder Gedanke sofort Allgemeingut war. So mußte es wohl auch sein: Die Leutnants bildeten eine Gruppe für sich – die und wir. Das war alles ganz natürlich, doch Avery hatte sich nie besonders gut anpassen können – und war einsam.

Er hatte sehr gründlich über seine Zukunft nachgedacht, wenn Bolitho erst seine Flagge geholt haben würde. Beförderung und ein eigenes Kommando? Avery wußte, welche Argumente zu bedenken waren, um zu einem Entschluß zu kommen. Er diente Sir Richard. Als Flaggoffizier zu jemand anderem abkommandiert zu werden, kam nicht in Frage. Sollte er sich seinem mächtigen Onkel, Baron Sillitoe of Chiswick, anschließen? Er bewunderte ihn, weil dieser ihm eine Zukunft angeboten hatte, eine sichere Zukunft mit viel Geld. Er bewunderte ihn vor allem, weil er wußte, was es für seinen Onkel bedeutet hatte, sich so tief herabzulassen. Er lächelte und schmeckte Salz auf den Lippen. Solche Aussichten würden auch die liebliche Susanna wieder anlocken. Aber selbst arme Kerle hatten ihren Stolz, und der konnte sich hierhin oder dahin wenden.

Tief Luft holend ging Avery nach achtern, warf der dunklen Gruppe um das Kompaßhäuschen einen kurzen Blick zu und blieb dann stehen. Die Kante der Poop hing über ihm. Er sah in den Himmel. Kein Mond, nur ab und ein Stern. Dennoch war es eine schöne Nacht. Trotz der verhaßten Mittelwache. Er wollte sich gerade Richtung Niedergang begeben, als ihn etwas stoppen ließ. Er sah sich um, als habe jemand seinen Namen gerufen.

Aber da war nichts. Etwas anderes mußte sich in seine ruhigen, ausgeglichenen Gedanken gedrängt haben, und das beunruhigte ihn aus irgendeinem diffusen Gefühl heraus. Als er in seine schwankenden Koje geklettert war, blieb die Unruhe bei ihm, und er konnte nicht einschlafen.

Auf allen Kriegsschiffen, ob nun unterbemannt oder nicht, und auch auf der *Frobisher* wurden alle Mann geweckt und auf ihre Stationen geschickt, sobald es gerade genug Licht gab, die See vom Himmel zu unterscheiden. Das sorgte für Durcheinander, aber auch für klar Schiff. An diesem Morgen gab es auf dem ganzen Schiff nicht einen einzigen Mann, der nicht wußte, daß die *Frobisher*, die bisher seine Heimat, sein Lebensgrund und sein Lebenszweck gewesen war, ihren Bug bald nach Westen drehen und schließlich nach England laufen würde.

Kellett, der Erste Offizier, hatte die Morgenwache. Die Decks wurden gewaschen, und die Wasserfässer wurden mit dem letzten Vorrat gefüllt, der langsam zur Neige ging. In der trägen Brise hing der fette Geruch aus dem Schornstein der Kombüse.

Kellett sah, wie der Midshipman, der für die Signale verantwortlich war, ihn anschaute. »Auf nach oben, Mr. Singleton. Sie sollten der erste sein, der die *Huntress* endlich ausmacht. Und wenn Sie beim Klettern an etwas denken, dann daran: Nach dieser Reise werden Sie wahrscheinlich jungen Midshipmen Befehle geben, falls Sie bei der kommenden Prüfung den Kopf beisammen haben.«

Der Midshipman rannte zu den Webleinen und begann den langen Weg nach oben.

Jemand flüsterte: »Der Kapitän, Sir!«

Tyacke ging zum Kompaß, blickte dann zu den Toppsegeln und entdeckte den kletternden Singleton, der schon über das Großtopp hinaus war.

»Er wird nichts sehen, schätze ich mal.«

Kellett sah, wie die Arbeitsgruppen jetzt aufgelöst wurden, und dachte an die Arbeiten, die er für den Tag geplant hatte.

Tyacke meinte: »Wenn der Wind durchsteht, machen wir eine gute Reise!«

Kellett hörte mit einiger Neugier zu. Der Kapitän machte selten unnötige Bemerkungen, wie er sich auch in Gegenwart seiner Offiziere keine Unsicherheit anmerken ließ. Sie alle hatten sich vor Tyacke fast ein bißchen geängstigt, als er dieses Kommando angenommen hatte. Und ihn wohl auch abgelehnt. Jetzt konnten sie sich die *Frobisher* kaum noch ohne ihn vorstellen.

Tyacke beobachtete Singleton beim Hochklettern und ihm fiel ein, daß Bolitho ihm einst anvertraut hatte, wie sehr er sich als junger Midshipman vor der Höhe gefürchtet hatte. Er hatte Kelletts Bemerkung über seine Beförderung gehört und mußte sich, wenn auch zögernd, sagen, daß Singleton einen guten Offizier abgeben könnte, wenn er einen Kommandanten bekam, der ihn antrieb.

Unsichtbar für sie alle hatte der Midshipman die Dwarssaling erreicht, auf der bereits ein gebräunter Seemann mit vielen Narben im Ausguck war. Singleton hatte bemerkt, wie der Mann sich mit einem Päckchen zu schaffen machte, als er neben ihm auftauchte, und er nahm an, daß der Mann Tabak kaute, ein Vergehen auf Wache, das bestraft wurde.

Singleton befreite sich von seinem Teleskop und war froh, nicht außer Atem zu sein. Er würde den Seemann nicht melden, und der, dessen war er sich sicher, würde ihm das nicht vergessen. Er richtete das Glas mit großer Sorgfalt aus und erinnerte sich, was der Admiral ihm gesagt hatte: Sie ersetzen meine Augen.

Endlich eine Kimm, sehr dünn und hart wie glänzendes Silber.

Es wird merkwürdig sein, dieses Schiff zu verlassen, dachte er, und den Schritt vom Midshipman zum Leutnant zu machen, Mitglied der Messe zu werden. Und offen mit Offizierskameraden reden zu können, die bisher anscheinend nur darauf ausgewesen waren, den Midshipmen die Freude am Leben zu verderben.

Der alte Matrose studierte Singleton und sein ernstes Gesicht. Bei dem einen oder anderen Midshipman hätte er geschwiegen, aber dieser hier, verantwortlich für die Signale, hatte sich immer anständig verhalten.

Ruhig sagte er: »Da hinten ist ein Schiff, Mr. Singleton.«

Singleton senkte das schwere Glas und starrte ihn an.

»Wenn ich es hiermit nicht sehen kann, dann verstehe ich nicht, wie ...«, er grinste, hob das Glas wieder und fragte: »Und wo?«

»Backbord voraus, ganz klar.«

Wieder versuchte es Singleton. Nichts. Er hatte von alten Ausguckleuten gehört, die so etwas wie einen sechsten Sinn hatten.

Singleton hielt den Atem an und wartete, daß die *Frobisher* sich wieder hob. Da! Wie konnte er es übersehen haben!

Er stellte das Glas noch schärfer ein und fing von irgendwoher Licht. Ein Segel, goldgelb, stand scharf über der Kimm – wie eine Feder, dachte er.

Er sah den Alten an. »Ich hab sie.« Er lächelte. »Vielen Dank!«

Auf dem Achterdeck hoben sich alle Gesichter, als Singletons Stimme von oben herunter rief: »An Deck. Segel voraus an Backbord!«

Tyacke rief überrascht: »Das kann doch wohl nicht sein!«

Kellett fragte: »Soll ich den Admiral informieren, Sir?«

Tyacke sah ihn an: »Wenn wir etwas mehr wissen.« Und als Kellett davonging, fügte er hinzu: »Man muß es ihm gar nicht sagen.«

Erst eine Stunde später konnte der Ausguck das Schiff identifizieren. Tyacke sah Bolitho scharf an, als er ihm berichtete.

»Die *Tireless*, James? Nicht doch die *Huntress*?« Er lächelte nachdenklich. »Vielleicht hat sie Nachrichten für uns. Aber sie kommt aus dieser Richtung? Ich weiß nicht.«

Als der Admiral und der Flaggoffizier zu den anderen auf dem Achterdeck traten, bemerkte Tyacke, daß Bolitho ein frisches Hemd und eine frische Hose trug. Er sah erholt und wach aus, obwohl die ganze Nacht Licht in der Kajüte gebrannt hatte.

Avery dachte laut nach: »Vielleicht hat die *Tireless* die *Huntress* getroffen, Sir Richard?«

Bolitho antwortete nicht. Er versuchte, sich über seine Gefühle klarzuwerden. Etwas schien ihm unausweichlich. Sein Zögern, nach Malta zurückzukehren, war also gerechtfertigt.

Allday blickt ihn an. Und selbst Yovell war an diesem hellen Morgen an Deck.

Singleton rief nach unten: »Die *Tireless* hat ein Signal gesetzt, Sir!«

Leutnant Pennington murmelte: »Wir sind alle darauf sehr gespannt.«

Aber niemand lachte.

Singleton mußte sich der Wichtigkeit des Signals sehr bewußt gewesen sein, obwohl er es nicht begriff. Denn seine Stimme zitterte nicht und überschlug sich auch nicht. »Von der *Tireless:* Feind in Sicht!«

Bolitho sah Tyacke an und überhörte die überraschten und ungläubigen Reaktionen der Männer. »Jetzt wissen wir's, James. Die Falle ist gestellt. Alles andere war Täuschung.«

Er drehte sich um, eine Hand auf dem Hemd und Tyacke glaubte zu hören, daß Bolitho sagte: »Verlaß mich nicht.«

Dann lächelte er, als habe er Catherines Stimme gehört.

XVIII
Letzte Umarmung

Bolitho preßte sein Gesicht gegen das dicke Glas der Achterdecksgalerie und sah verschwommen, wie der kleine Schoner gegen den Wind ankreuzte.

Als er sich umdrehte, bemerkte er die Salzwasserflecken auf dem Fußbodenbelag, wo der Kommandant der *Tireless* gerade gestanden hatte.

Ein sehr ernster junger Mann, der vermutlich die Bedeutung des Ereignisses noch gar nicht begriff. Er hatte fast gebettelt: »Ich kann in Ihrer Nähe bleiben, Sir Richard. Ich weiß, wir taugen nichts im Nahkampf mit unseren Kanonen, aber wir könnten doch sonst irgendwie nützlich sein.«

Bolitho sagte nur: »Sie waren uns bereits äußerst nützlich. Mit Ihrem Signal zum Beispiel.«

Penrose hatte sich zu einem Lächeln gezwungen: »Ich habe gehört, Sie haben auch einmal diesen Kniff benutzt, um einen viel mächtigeren Gegner zu überlisten. Der glaubte, sie gäben befreundeten Schiffen Signale, die sich näherten.«

Woher hatte Penrose das erfahren? Doch für solche Gespräche war jetzt nicht mehr die Zeit.

Bolitho sagte: »Die *Huntress* wird nicht fliehen. Zu viel steht auf dem Spiel.« Er gab ihm die Hand. »Segeln Sie, so schnell Sie können, nach Malta. Erstatten Sie dem ranghöchsten Offizier Bericht. Ich verlasse mich auf Sie!«

Tyacke stand jetzt am Tisch, Avery am Weinkühler, als suche er dort eine Stütze. Hinter der Trennwand herrschte Stille, nur die gedämpften Geräusche von See und Rigg waren zu hören. Das Schiff hielt den Atem an.

Tyacke fragte: »Soll ich auf diesem Kurs bleiben, Sir Richard?«

Bolitho trat an den Tisch und hob eine Ecke der Karte etwas an. Sein unvollendeter Brief lag immer noch da, war durch die Karte verdeckt worden. Leutnant Penrose hätte ihn mitnehmen, hätte ihn in die Tasche seines Mantels stecken können, der feucht von der Gischt war, ehe er auf sein kleines Schiff zurückkehrte. Und Catherine hätte ihn dann früher oder später lesen können ...

Bolitho erinnerte sich an das, was Tyacke ihn gefragt hatte. Er hatte damals keinen Zweifel geäußert, hatte ihm vertraut. Jetzt erschien alles wie ein grandioser Verrat, und Bolitho wurde plötzlich wütend.

»Diese Narren in London. Was wissen die schon? Denen ist alles egal, und auf einmal ist es für uns zu spät. Die denken doch nur an große Empfänge, Adelstitel und Gratulationscouren. Wegen ihrer Arroganz und Zufriedenheit sind schon früher Männer gestorben. Und so wird es immer weitergehen.«

Avery trat vor, seine Augen leuchteten im gefilterten Sonnenlicht. Er hatte noch nie erlebt, daß Bolitho seinen Gefühlen so ungebremst Luft machte, obwohl er ihn oft genug in ärgerlicher Stimmung gesehen hatte, er ärgerte sich sehr.

Bolitho erklärte: »Die *Huntress* wurde genommen. Sie war ein entscheidendes Glied in einer Kette, die ein zu weit auseinander gezogenes Geschwader bildet. Was haben Ihre Lordschaften eigentlich erwartet? Daß der Tyrann passiv und unbeteiligt auf der Insel bleibt? Er ist kein Mensch, sondern ein Koloß. Der nahm jeden auf die Hörner und besiegte jeden, der sich ihm in den Weg stellte – zwischen Ägypten und dem schneeigen Rußland, vom Indischen Ozean bis zum Spanischen Amerika. Was zum Teufel haben die eigentlich erwartet?« Mit Mühe beruhigte er sich. »Da gibt es Hunderte, ja, Tausende von Männern, die alle ihre Macht und ihren Einfluß Napoleon verdanken. Ohne ihn, der sie lenkt und leitet, sind sie nichts.« Er dachte wieder an Penrose und die Nachricht. »O ja, sie werden jetzt wiederkommen, und wir sind bereit für sie.« Er zupfte sein Hemd von der Haut. »Aber die Falle ist gestellt. Jetzt gibt es keine Wenns und Abers mehr.« Er sah Tyacke mit direktem Blick an. »Sie dachten sicher, daß nur ein Narr ein Linienschiff angreift?«

Tyacke sah auf die Karte und entdeckte unter ihr den Brief.

Yovell erschien leise und sagte: »Also bedeutet es Krieg, Sir Richard?«

»Das werden wir bald wissen«, antwortete Bolitho.

Dann schauten sie alle auf das offene Skylight, als sie den Ausguck rufen hörten: »An Deck. Segel in Nordost!«

Bolitho wandte sich an Avery: »Nehmen Sie ein Glas, George. Ich brauche heute Ihre Erfahrung.«

Avery drückte sich den Hut unter den Arm. »Ob es die *Huntress* ist, Sir Richard?«

Wieder war eine Stimme in der großen Kajüte hörbar, diesmal wieder die Singletons: »An Deck. Ein zweites Segel in Nordost.«

Bolitho strich sich die Locke aus der Stirn. »Ich glaube nicht, George.« Dann lächelte er, und Avery spürte die Wärme darin: »Und schicken Sie Mr. Singleton runter, sonst hat er bald keinen Atem mehr!«

Die Tür fiel zu. Tyacke wartete und registrierte alles: jede Stimmung, jede Änderung der Reflexionen auf dem Wasser.

Bolitho nickte bedächtig: »Ja, James, denken Sie an die beiden, die wir in Algier sahen. Kaperer, Überläufer, Piraten, wer weiß das schon so genau? Sie werden kämpfen. Sie können es sich nicht leisten, zu verlieren.«

Tyacke schaute sich in der Kajüte um und stellte sich vor, alles, was diesem Mann wertvoll war, sei bereits verschwunden. Ein Platz für den neuen Krieg?

»Ich möchte gern zu den Männern sprechen, Sir Richard!«

Bolitho legte ihm die Hand auf den Arm und trat an die andere Seite. »Tun Sie das. Sie haben ein Recht darauf!«

Tyacke verstand. *Du würdest das an meiner Stelle auch tun,* dachte er. Und viele andere auch.

Ihre Blicke trafen sich, und Bolitho meinte: »Also zehn Minuten, das müßte reichen, denke ich.«

Tyacke schloß hinter sich die Tür, und Yovell wollte ebenfalls gehen.

Doch Bolitho bat ihn zurück. »Einen Augenblick,

Daniel. Holen Sie mir eine Feder. Und dann legen Sie bitte diesen Brief in den Schiffstresor.«

Yovell trat an den Tisch, in dessen Schublade er die Federn aufbewahrte. Pfeifen schrillten, und er war überrascht, daß er keine Furcht spürte.

»Alle Mann an Deck. Und achtern sammeln!«

Er blickte auf die hohe Gestalt am Tisch und dachte nach. Dann zog er eine Schublade auf und wußte wirklich genau, was er wollte. Er würde seine Bibel holen, sie hatte ihm bisher immer Trost gespendet. Er legte Bolitho eine neue Feder auf den Tisch und sah, wie dieser den Brief zwischen den Händen preßte. Er sah gefaßt aus, als könne er sich und seine Gedanken von dem Lärm der Laufenden und den vielen Stimmen oben völlig lösen. Rufe ertönten, Hoffnung und Sicherheit klang darin – und Yovell war bewegt.

Und dann herrschte große Stille. Bolitho dachte an den Flaggleutnant, der mit seinem Glas oben im Ausguck war und jetzt wahrscheinlich nach unten schaute. Die hier versammelten Seeleute und Seesoldaten waren selten so zu sehen.

Bolitho sah nicht hoch, als Yovell leise aus der Tür ging. Er las den ersten Teil des Briefes noch einmal sehr langsam und wünschte sich, Catherine würde seine Stimme hören, während sie die Zeilen las. Doch wie konnte er so sicher sein, daß sie seine Nachricht überhaupt bekommen und daß er heute siegen würde?

Die Feder zögerte über dem Brief. Es gab nichts hinzuzufügen.

Er schrieb: »Ich liebe dich, Kate, meine Rose.« Dann küßte er den Brief und versiegelte ihn mit großer Sorgfalt.

Er hörte, wie sich draußen der Posten bewegte, um wenigstens etwas von dem mitzubekommen, was oben der Kapitän sagte.

Die Tür vom Nebenraum schlug auf, und Allday trat

ein, um das Skylight zu schließen. Das war seine Art, Dinge, die er nicht mochte, von sich fern zu halten. Er sagte wie nebenbei: »Der junge Singleton meldet zwei Fregatten, Sir Richard.« Er blickte auf den nächsten 18-Pfünder. »Sie werden nicht viel ausrichten können, und das ist wahr, sage ich.«

Bolitho lächelte ihn an und hoffte, er spüre keine Trauer.

Aber wir wissen es besser, mein lieber Freund. Wir haben es selber getan. Erinnerst du dich nicht mehr?

Doch laut sagte er: »Das ist ein guter Tag dafür, alter Freund.« Er bemerkte, wie Allday zu den Säbeln an der Wand schaute. »Also, laß uns anfangen.«

Auch Ozzard war plötzlich da, trug auf seinen schmalen Schultern Bolithos Uniformrock. »Diesen, Sir Richard?«

»Ja.«

Es würde ein hartes Gefecht werden. Die Mannschaft der *Frobisher* mußte ihn dabei sehen können. So würde sie wissen, daß sie nicht allein war und daß einer sich um die Männer kümmerte.

Dann schlugen die Trommeln – fordernd und unaufhörlich.

»Alle Mann auf Station. Klar Schiff zum Gefecht.«

Bolitho schlüpfte in den Rock und nahm seinen Hut von Ozzard entgegen, den Catherine für ihn ausgesucht hatte in jenem zeitlosen Laden in St. James.

Mein Admiral!

Er streckte die Arme aus und wartete, daß Allday den alten Säbel einhenkte. Ozzard würde den glänzenden Ziersäbel mit nach unten ins Zwischendeck nehmen, sobald die Kanonen ihre tödliche Symphonie begannen.

Allday öffnete Bolitho die Tür, der Posten knallte die Hacken zusammen und wartete darauf, endlich von seiner Pflicht hier unten erlöst zu werden, um zu seinen Kameraden oben zu stoßen.

Aus alter Gewohnheit schloß Allday die Tür, obwohl er wußte, daß das Schiff vom Heck bis zum Bug leer geräumt wurde, alle Wände und Türen niedergelegt und alle persönlichen Besitztümer verstaut werden würden, bis ihre Besitzer sie zurückholten oder sie an die Macker verkauft wurden, die überlebt hatten.

Allday fand Zeit zu bemerken, daß Bolitho sich nicht umschaute.

Kapitän Tyacke stand mit gekreuzten Armen an der Achterdecksreling und musterte sein Schiff mit aller Erfahrung und allem Instinkt. In diesem Augenblick durfte nichts übersehen werden. Er spürte wie der Erste Offizier ihn beobachtete, auf Ermunterung wartete oder Kritik fürchtete. Aber er war ein guter Mann, der alles vortrefflich geschafft hatte. Ketten waren an die Rahen geschlagen worden, Netze waren gespannt, um Männer auf dem Oberdeck vor fallenden Trümmern zu schützen. Man hatte auch Netze gegen Enterkommandos gerigt. Die Kraft oder die Entschlossenheit des Feindes konnte man nicht voraussehen. Wenn sich die Fanatiker auf einer Schebecke ihren Weg an Deck frei schlagen konnten, durfte man diesmal niemandem eine Chance geben.

Er sah die Kanonen ausgerichtet stehen, die 18-Pfünder, die die Hälfte der Artillerie ausmachten. Bis zum Beginn des Kampfes handelte jede für sich allein. Die Stückführer ordneten die Kanonenkugeln neu. Ein guter Mann konnte eine perfekt geformte Kugel einfach dadurch ausmachen, daß er sie in seinen Händen drehte.

Bolitho sah nach oben auf die kleinen scharlachroten Gruppen auf jeder Plattform. Es waren die Scharfschützen der Seesoldaten und andere, die die todbringenden Drehbassen ausrichten und abfeuern konnten. Die Seesoldaten nannten sie Gänseblümchen-Sicheln. Denn sie konnten alles, was höher war als ein paar Zentimeter, flachlegen. Die meisten Seeleute haßten die Drehbassen. Sie waren unzuverlässig und konnten Freund und Feind gleichermaßen gefährden.

Die Decks waren gut gesandet worden. Offiziell sollte der Sand verhindern, daß die Männer ausrutschten. Doch jeder kannte den wahren Grund.

»Sehr gut, Mr. Kellett.« Tyacke nahm ein Teleskop aus dem Stell und hob es ans Auge. Ohne hinzusehen wußte er, daß Kellett sein täuschend freundliches Lächeln zeigte und zufrieden war.

Der Kapitän preßte die Zähne aufeinander, als die erste Segelpyramide vor dem haiblauen Wasser wie ein Phantom erschien. Er bewegte wieder sein Glas. Die zweite Fregatte hatte angeluvt und trennte sich von der Begleitung. Wie zu sich selbst sagte er: »Sie hoffen darauf, unser Feuer zu teilen.«

Er senkte das Glas leicht und schaute sich die Segel der *Frobisher* genau an, die Toppsegel und die Fock, Klüver und Außenklüver. Der große Besan stand quer über die Poop, und die weiße Kriegsflagge wehte unter der Gaffel aus. Er wußte, daß Tregidgo, der Master, ihn beobachtete. Er ignorierte ihn. Sie hatten heute alle ihre Aufgabe zu meistern, aber er war der Kapitän. Er fällte die Entscheidungen.

Der Wind wehte immer noch aus Nordwest, nicht stark, aber stetig. Er war stark genug für eine Wende. Sie würden noch besser segeln, wenn erst der Befehl kam, die Leinen der Boote zu kappen, die achteraus gezogen wurden. Das Oberdeck sah ohne sie seltsam leer und sauber aus. Dieser Augenblick war für Seeleute immer schlimm: Sie sahen ihr einziges Mittel, um im Notfall zu überleben, davontreiben. Aber das Risiko fliegender Splitter war viel größer.

Der Himmel klarte, anders als am Morgen, auf. Noch immer gab es lange, helle Wolkenbänke, aber die Sonne stand schon und war stärker. Die perfekte Szene.

Dann wandte er sich an Kellett. »Ich möchte, daß Sie dies hier genau verstehen. Wenn wir den Kampf mit den beiden da beginnen, erwarte ich jeden Mann an seiner Stelle. Wer gehen kann, den brauche ich jetzt. Ich dulde heute keine Passagiere. Das untere Kanonendeck entscheidet den Kampf mit schnelleren Schiffen. Sagen Sie Mr. Gage und Mr. Armytage, daß ich von ihnen schnelles Feuern erwarte, unabhängig davon, was hier oben passiert. Haben Sie das verstanden?«

Kellett nickte. Er hatte von Tyackes Geschichte am Nil gehört, als er im unteren Kanonendeck mit den großen 32-Pfündern Dienst tat. Wenn diese Kanonen richtig geladen und ausgerichtet waren, konnten sie drei Fuß solide Eiche durchschlagen. So hieß es jedenfalls.

Kellett hatte als junger Leutnant nur einmal unter Deck gekämpft. Der Lärm und das Inferno von Feuer und Rauch reichten aus, um einige Männer in Panik zu versetzen. Hier unten war der Ort, an dem nur Disziplin und gutes Training Furcht und Wahnsinn überkommen konnten. Das wußte Tyacke offenbar nur zu gut ...

Kellett sagte: »Sie führen keine Flagge, Sir.« Es war eine Bemerkung, die die Spannung verringerte.

Wieder hob Tyacke sein Glas. »Sie werden sie bald zeigen. Und, bei Gott, sie werden sie auch bald streichen!«

Er konzentrierte sich auf die führende Fregatte. Sie zeigte am Bug viel vergoldetes Schnitzwerk. Er lächelte unbewußt, sie mußte ein spanisches Schiff sein oder gewesen sein. Er fragte sich, was aus der *Huntress* geworden war. Vielleicht hatte man sie versenkt, als es nicht gelungen war, die *Tireless* in Reichweite ihrer Breitseiten zu locken? Er dachte an seine eigene, nicht ausreichend große Mannschaft. Er mußte den Feind auf Distanz halten und mindestens ein Schiff sofort verkrüppeln.

Wie leicht es doch war, fremde Schiffe als Feinde zu betrachten! Er hatte es die meiste Zeit seines Lebens getan. Plötzlich dachte er an Bolitho. Der war im Kartenraum, stand niemandem im Weg, und doch zog ihn wahrscheinlich jede Faser seines Herzens nach draußen, um das Kommando zu übernehmen, wie einst als Kapitän. Aber diesmal gab es weder Geschwader noch Flotte, wie die Männer wohl wußten. Ihr Schicksal lag in den Händen von drei Kapitänen und des Mannes, dessen Flagge von der Großmaststenge auswehte.

Tyacke hörte, wie Midshipman Singleton seine Signalgasten an der Leine instruierte. Irgendwie erschienen ihm die jungen Männer heute anders, noch nicht erwachsen, aber doch deutlich anders als sonst.

Jetzt trat er ans Kompaßhäuschen und zu der Gruppe dort. Sie waren das Rückgrat jeder Mannschaft, die in den Kampf segelte: der Master und seine Gehilfen, drei Midshipmen, die Befehle zu übermitteln hatten, vier Rudergänger am großen Doppelrad und hinter ihnen die restliche Achterdeckswache, die Seesoldaten und die Mannschaften an den 9-Pfündern. Sie waren alle praktisch nur durch eng gerollte Hängematten in den Finknetzen geschützt und stellten immer das erste Ziel für Scharfschützen dar.

Er sagte: »Konvergierender Kurs, Mr. Tregidgo.«

Der nickte. Er war kein Mann vieler Worte. »Wir werden auf beiden Seiten kämpfen.« Tyacke sah ihre Gesichter, leer und eher verkrampft. Für alles andere war es jetzt zu spät. *Ich habe entschieden.*

Er trat an die Reling und hielt sich an ihr fest. Sie war warm, aber mehr auch nicht. Wieder lächelte er. Damit wäre es bald vorbei. Noch einmal musterte er, was ihm unterstand, und der Gedanke ernüchterte ihn dabei, daß die *Frobisher* vielleicht nicht mehr allzulange sein Schiff sein würde. Am Nil war sein Kapitän gefallen an jenem blutigen Tag, mit vielen anderen zusammen gefallen. Ob Kellett das Schiff führen könnte, wenn ihm das widerführe? Er schüttelte sich ärgerlich. Darum ging es nicht. Er hatte dem Tod viele Male ins Auge gesehen und ihn angenommen. So war es eben in der Marine. Hier lernten Männer, sich dem zu stellen und das zu akzeptieren, was in Wahrheit niemand akzeptieren konnte.

Diesmal war es Marion. Der neue Glauben, die neue Hoffnung, daß jemand eine Hand nach ihm ausgestreckt hatte. Davon hatte er oft geträumt und es noch öfter befürchtet. Er dachte an Portsmouth und sah die nächste Mannschaft an der Kanone. Dort hatte alles begonnen, als sie ihn suchte und fand. Mit solcher Wärme und mit solchem Stolz.

Er mußte an Bolithos nicht beendeten Brief denken, der unter der Karte in der großen Kajüte lag. Marion würde nie begreifen, welche Kraft sie einem Mann wie Tyacke geben konnte.

Von der Poop hörte er Alldays Stimme und sah sich schnell um. Er sah Bolitho, offenbar ganz ruhig, und Allday nebeneinander gehen. Wie Freunde, wie Gleichgestellte. Tyacke lächelte. Kein Wunder, daß Fremde das nie verstanden, geschweige denn teilten.

Er grüßte mit der Hand am Hut. »Ich möchte den Kurs ändern, Sir Richard. Die beiden Schönheiten da drüben wollen uns ausweichen, weil sie auf keinen Fall entmastet werden möchten.« Er wartete. Bolitho nahm Midshipman Singleton das große Teleskop zur Entzifferung von Signalen aus der Hand, und Tyacke sah, wie er den Kopf beugte, um gut zu sehen. Man würde nie glauben, daß Bolitho auf einem Auge blind war.

»Sie setzen jetzt ihre Flaggen, Sir!«

Tyacke richtete sein Glas auf die führende Fregatte. Hatte er wirklich noch Zweifel, eine letzte Hoffnung gehegt? Er sah, wie die Trikolore im Wind auswehte. Das war mehr als eine Geste. Es bedeutete Krieg, auch wenn der Rest der Welt davon noch nichts wußte. Napoleon war seiner bestenfalls locker gehandhabten Gefangenschaft entflohen. Tyacke dachte wieder an Bolithos seltenen Wutausbruch, seine Verzweiflung über die Männer, die er geführt hatte und die jetzt in seinen Augen durch die Nachlässigkeit der Herren betrogen worden waren. Tyacke sah den Admiral jetzt genauer an und spürte die Bitterkeit in seinen Zügen, als er Midshipman Singleton das Glas zurückgab.

Bolitho sah seinen Flaggkapitän voll an. »Es ist also wieder mal Krieg, James.« Seine Stimme klang kühl. »Soweit die Restauration der Bourbonen.« Er blickte sich zu den schweigenden Stückmannschaften um, zu den wartenden Seeleuten und zu den Seesoldaten, deren Gesichter von den Lederhelmen beschattet wurden. Sehr leise sagte er: »Zu viel Blut und zu viele gute Leute.«

Dann lächelte er, seine Zähne leuchteten sehr weiß in seinem sonnenverbrannten Gesicht. Nur die Männer, die ganz in seiner Nähe standen, konnten den Schmerz und die Wut entdecken.

»Schneiden Sie also die Boote los, Kapitän Tyacke, und lassen Sie uns dem Abschaum eine Lektion erteilen. Wir werden sie lehren, wie wir das immer taten, daß wir hier sind und zu allem bereit.«

Jemand jubelte laut, und der Jubel setzte sich fort vom Achterdeck bis in den Bug, wo Männer hinter Karronaden hockten, die kein einziges Wort verstanden haben konnten.

Es war ansteckend. Es war Wahnsinn – und doch viel mehr.

Tyacke tippte mit gleicher Förmlichkeit an den Hut. »Ich stehe Ihnen ganz zu Diensten, Sir Richard!«

Allday sah die Boote, zusammengebunden, achteraus davontreiben. Jetzt jubelte niemand mehr. Jubel würde erst wieder hörbar, wenn die Flagge sank, die fremde oder die eigene. Die Regeln blieben die gleichen.

Tyacke faßte sich an die Brust, als Schmerzen ihn wie

eine Warnung durchfuhren. Dann mußte er grinsen. Also noch mal! Und noch immer waren sie zusammen.

Bolitho stand neben Tyacke und beobachtete die näher kommenden Schiffe. Der Abstand verringerte sich. Die Entfernung betrug jetzt etwa drei Meilen. Eineinhalb Stunden waren vergangen, seit *Frobisher* klar zum Gefecht gemacht hatte. Es schien eine Ewigkeit her zu sein.

Die beiden Fregatten liefen fast in Kiellinie auf sie zu, ihre Segel überdeckten sich, als gehörten sie zusammen. Das war die übliche Täuschung. Sie waren wahrscheinlich eine Meile voneinander entfernt und segelten auf den Backbordbug der *Frobisher* zu. Der Wind hatte um keinen Strich gedreht. Die Fregatten lagen hoch auf Steuerbordbug, vermutlich so hoch am Wind, wie sie laufen konnten.

»Soll ich die Kanonen ausrennen lassen, Sir Richard?«

Bolitho schaute ihn an, sah das sonnenverbrannte Profil und die festen blauen Augen.

»Ich glaube, sie werden uns einzeln vornehmen. Sie werden keinen Kampf Breitseite an Breitseite riskieren bei unserer Bewaffnung. Wenn ich drüben zu befehlen hätte, würde ich im allerletzten Augenblick wenden. Das führende Schiff würde dann dwars laufen, quer vor unserem Bug, und wir könnten nicht eine einzige unserer Kanonen einsetzen!«

Tyacke nickte und verstand die Taktik. »Wenn wir dem ersten Schiff folgen, was wir mit dem günstigen Wind könnten, greift der andere uns am Heck an. Während wir mit der ersten Fregatte beschäftigt sind, jagt die zweite eine Breitseite achtern durch die *Frobisher*. Ich meine, wir sollten die Kanonen ausrennen und eine Fregatte mit unseren schweren Kanonen lahm schießen.« Er sah zu Bolitho hinüber. »Was meinen Sie? Sie waren doch Kapitän einer Fregatte und werden es immer bleiben. Ich würde mich über den Rat eines Erfahrenen freuen.«

Bolitho lächelte. »Das haben Sie gut erkannt. Aber es ist natürlich nur ein Gefühl.« Er konnte die Spannung in seiner Stimme nicht ganz unterdrücken. »Die beiden Kapitäne setzen alles auf eine Karte, die wollen uns lahm schießen und dann zum Nahkampf kommen. Der Wind ist uns günstig, aber sie können unsere Kraft mit ihrer Beweglichkeit ausgleichen. Ich glaube, siegen wird, wer das Unerwartete tut. Wir können in den Wind drehen, könnten backstehen, und so könnten wir jedem eine Breitseite geben, ehe die anderen reagieren. Was meinen Sie, James?«

Tyacke sah zu den beiden Fregatten hinüber, die wie durch eine unsichtbare Kraft schnurgerade zur *Frobisher* gezogen zu werden schienen.

»Ich werde es veranlassen.«

Doch Bolitho hielt ihn noch am Ärmel zurück. »Wenn wir wenden, rennen Sie nur die oberen Kanonen aus, James. Halten Sie Kanonenpforten im unteren Deck geschlossen. Das wird sie irritieren.«

Tyacke lächelte. »Das könnte hinhauen. Ein guter Trick!«

Bolitho sah, daß auch Avery ihn jetzt beobachtete. Er zupfte sich nach seinem hastigen Abstieg an Deck Fasern vom Rigg von seinen Kniehosen.

»Ich werde ihn schicken, James, wenn Sie erlauben. Kapitäne und Admirale sollten manchmal auf Distanz achten!«

Tyackes Lächeln verwandelte sich in ein Grinsen – wegen des ungewöhnlichen Plans oder weil er nicht zu stolz gewesen war, um Rat zu fragen? Aber er ließ schon Kellett und die Offiziere kommen, um ihnen zu erläutern, was er vorhatte.

Avery hörte Bolitho zu, stellte keine Frage, war nachdenklich und neugierig.

Bolitho wiederholte: »Keine doppelten Kugeln, keine Schrapnells. Ich möchte, daß jeder Schuß trifft. Sagen

Sie dem Leutnant auf dem unteren Geschützdeck, er soll weiterfeuern, was immer auch hier oben passiert.« Seine grauen Augen schweiften zu den Mannschaften an den Kanonen. »Sonst wird es ein blutiger Tag.«

Avery sah zu den beiden Schiffe hinüber. Bildete er es sich nur ein, oder waren sie tatsächlich schon viel näher gekommen?

»Und Napoleon, Sir Richard? Wo ist er wohl in diesem Augenblick?«

Bolitho hörte das Krachen einer einzigen Kanone. Aber er konnte nirgendwo den Einschlag einer Kugel im Wasser sehen. Ein Signal von Schiff zu Schiff? Oder vielleicht ein Fehlschuß?

Er antwortete: »Er könnte überall sein.« Und dann leiser: »Er könnte nach Hause nach Korsika zurückgekehrt sein. Elba liegt ja nicht weit weg. Können Sie sich einen unsinnigeren Platz vorstellen, um einen solchen Mann einzusperren? Aber ich nehme an, er ist in Frankreich, wo er seine wahre Kraft entfalten wird. Die Leute werden sich erheben und ihm wieder folgen.«

»Sie bewundern ihn, nicht wahr, Sir Richard?«

»Bewundern? Das ist zuviel. Er ist der Feind.« Doch dann ergriff er Averys Arm und sagte nachdenklich: »Wenn ich Franzose wäre, würde ich ihn bestimmt willkommen heißen.«

Avery wollte gehen.

»Nehmen Sie den jungen Singleton mit, damit er Erfahrungen sammelt.« Bolitho blickte mit der Hand über den Augen zum Mast hoch. »Heute brauche ich keine Signale.«

Avery zögerte und sah, wie Matrosen an Brassen und Fallen liefen. Tyacke besprach sich mit dem Master und seinen Gehilfen am Kompaß. In wenigen Augenblicken würde das Schiff den Kurs nach Backbord ändern, in den Wind, auf den Gegner zu. Er sah auf die ferne Segelpyramide. Allenfalls noch eine halbe Stunde. Er nickte dem Midshipman zu, und beide eilten zum Niedergang.

Nach der Helligkeit auf Deck erschien ihnen das untere Kanonendeck wie ein stickiges Verlies.

Avery brauchte ein paar Sekunden, um seine Augen an die Dunkelheit zu gewöhnen und an das plötzliche Gefühl von Gefahr. Nur ganz wenig Licht sickerte durch die beiden Beobachtungsluken im Bug und kam von Laternen, die dickes Glas schützte. Die Kanonen waren geladen und bemannt, und er entdeckte gelegentlich das Glitzern in den Augen von Männern, die sich umgedreht hatten, um ihn zu beobachten. Hatte Bolitho ihm deswegen geraten, Singleton mitzunehmen? Der Midshipman, ob nun jung oder alt, war diesen Männern bekannt. Er, als Flaggleutnant, war und würde immer ein Fremder für sie bleiben.

Jetzt erkannte er auf beiden Seiten auch die großen schwarzen Verschlußstücke der Kanonen, die mächtigen 32-Pfünder – vierzehn auf jeder Seite. Winzige Lichter glimmten wie bösartige Augen. Es waren langsame Zündschnüre, die in Fässern vor sich hinglühten und sofort eingesetzt werden konnten, sollten die modernen Steinschlösser versagen.

Zwei Leutnants, die hier unten Befehl führten, traten zu ihm, Holly Gage und Walter Armytage. In der Messe hatte er sie öfter getroffen, doch sonst nie.

Er spürte, wie genau sie ihm zuhörten, als er ihnen erläuterte, was sie vorhatten.

Zweifelnd meinte Gage: »Es könnte klappen.«

Sein Freund lachte, und ein paar Männer lehnten sich vor, um mehr zu hören. »Ich werde allen sagen, daß wir heute ein Wunder brauchen.«

Avery legte ihm die Hand auf den Arm. »Wenn der Befehl kommt, wissen Sie, daß man uns entern will.« Er deutete auf die Kanonen. »Machen Sie die Kanonenpforten dicht und das Deck leer. Wir brauchen dann oben jede Hand, um die Angreifer kraftvoll zurückzuwerfen.«

Als sie wieder zur Leiter gingen, sah er in diesem schwachen Licht nun auch den Rumpf. Er war dunkelrot gepönt. Wenn feindliches Eisen ins Deck fuhr, würde die Farbe das Blut nicht sichtbar werden lassen.

»Ob es wohl klappt?« wollte Singleton wissen. Er klang ernst, aber nicht ängstlich.

Avery mußte an die vielen anderen Gefechte und Schlachten denken: »Wenn es einer schafft, dann er!«

Das Licht blendete sie auf dem Deck. Avery sah, daß Tyacke den Admiral mit halb erhobenem Arm anschaute und fragte: »Jetzt, Sir?«

Bolitho nickte und drückte den Säbel gegen die Hüfte.

»Wahrschau Achterdeck!«

»Alles klar!«

Tyacke hob seine Stimme kaum: »Ruder legen!«

Als das Rad sich drehte und die *Frobisher* sich nach Backbord drehte, rannten die Männer wie kleine Dämonen zu den Vorsegelschoten, um sie loszuwerfen und den Wind aus ihnen zu lassen, damit das Schiff in seiner Drehbewegung nicht behindert wurde.

Statt Ruhe und Bedrohung ihres Anlaufs herrschten jetzt Lärm und geordnetes Chaos. Die Segel schlugen und knallten wild, während das Schiff sich weiter drehte.

Bolitho trat an die andere Seite, um den Feind im Blick zu behalten. Der hatte wahrscheinlich erwartet, daß die *Frobisher* abfallen würde, um den Kampf mit der ersten Fregatte aufzunehmen, und daß sie dabei ihr Heck der anderen darbieten würde. Jetzt schien es, als wendeten beide und nicht die *Frobisher*, und sie trennten sich – auf jedem Bug einen Gegner.

Er blickte nach oben, wo die zitternden Segel gegen Masten und Rahen gedrückt standen. Das Schiff lag back, konnte weder auf den einen noch auf den anderen Bug gehen, aber die Fregatten befanden sich in einer noch schlimmeren Lage. Sie segelten so hoch am Wind, daß sie keine andere Wahl hatten, als den Kurs zu ändern. Die *Frobisher* lag fast beigedreht und gehorchte wahrscheinlich dem Ruder kaum noch, aber das spielte jetzt keine Rolle.

Er rief: »Ran, Männer!«

Die Klappen an Backbord schlugen hoch, und zum Schrillen einer Pfeife rannten auf dem Oberdeck die 18-Pfünder ihre Mündung ins Sonnenlicht aus.

»Ziel aufnehmen. Feuer frei!« Das war Leutnant Pennington, dessen Gesicht nach dem Kampf mit den Algeriern immer noch Wunden zeigte.

Die erste Fregatte schien abzudrehen, als der Fockmast und sein Rigg über die Seite brachen in der sorgfältig gezielten Breitseite, in der Pennington und ein zweiter Offizier jeden Schuß überwachten. Vorn wischten die atemlosen Mannschaften ihre Kanonen schon wieder aus und luden sie neu und kümmerten sich nicht um die tobende Leinwand und die Rufe der Toppsgasten hoch über ihnen.

»Ziel aufnehmen.« Tyackes Säbel blinkte in der Sonne und fuhr nach unten. »Feuer frei!«

Die zweite Fregatte hatte den Schreck überwunden und setzte bereits mehr Segel, entweder um den ursprünglich geplante Angriff auszuführen oder weiteren auszuweichen. Bolitho konnte das noch nicht einschätzen. Sie stand an Steuerbord dwars vor dem Bug und wendete, war der zerstörten ersten so nahe, daß sie die Schäden und die umgestürzten Kanonen erkennen konnte.

Bolitho rief Avery zu: »Jetzt!«

Avery rannte zum Niedergang, Singleton hinter ihm her, und zerrte eine Pfeife aus seinem Hemd und wäre dabei fast die letzten Stufen hinabgestürzt.

Tageslicht schnitt durch das Dunkel, als die Pforten geöffnete wurden und die Mannschaften sich in die

Tampen warfen, um die gewaltigen Stücke gegen den Feind auszurennen. Jede dieser langen Neuner, wie die Mannschaften sie fast zärtlich nannten, wog drei Tonnen, und auf den nackten Rücken der Männer hatte sich bald Schweiß gesammelt.

Leutnant Gage preßte sich gegen sein Beobachtungsluk und drehte sich dann mit wildem Blick um: »In der Aufwärtsbewegung feuern, Männer!«

Avery hörte Singleton noch rufen: »Halten Sie sich die Ohren zu, Sir!« Dann schien die Welt zu explodieren. Rauch waberte durch das Deck, wo die Männer schon wieder an ihren Kanonen arbeiteten. Andere warteten mit Handspaken und Rammern und wollten schneller als ihre Macker sein. Die Männer, die die Kanonen jetzt bedienten, lebten und schliefen neben ihnen. Die Kanonen waren das erste, das sie morgens sahen, und oft genug auch das letzte, das sie in ihrem Leben erblickten.

Jeder Stückführer hatte den Arm oben, und dann schrie Armytage: »Alles klar, Sir!«

»Feuer frei!«

Wieder stießen die Kanonen in ihre Brocktaue zurück. Plötzlich war eine andere Pfeife zu hören. Dieselben Männer sicherten die schweren Kanonen und schlossen die Pforten, um zu verhindern, daß der Feind durch sie eindrang und sie hier unten angriff – in ihrem Zuhause.

Wieder rief Armytage: »Waffen aufnehmen!« Und als er an Avery vorbeirannte, rief er ihm zu: »Dem ersten machen wir jetzt die Hölle heiß. Den anderen haben wir gestoppt, George.« Er grinste wild vor Erregung.

Doch Avery war nur eins aufgefallen. Zum ersten Mal hatte der andere ihn mit Vornamen angeredet.

An Deck beobachtete Bolitho die zweite Fregatte fast ungläubig. Sie war zwar der Gegner, den Haß und Rache antrieben, aber sie war auch eine Schönheit, die zwei

Breitseiten der 32-Pfünder in ein entmastetes Wrack verwandelt hatten. Er drehte sich um und sah auf den Großmast der Fregatte, die die erste, sorgfältig gezielte Breitseite abbekommen hatte, als die *Frobisher* den Feind gänzlich überraschte. Ein Zusammenstoß war nicht zu vermeiden. Die *Frobisher* hatte den Wind noch nicht wieder gewonnen, und das andere Schiff gehorchte dem Ruder nicht mehr. Matrosen und Seesoldaten rannten an die Stelle, die das treibende Schiff treffen würde, und Bajonette und Entermesser blitzten im scheinbar unbeweglichen hellen Rauch.

Es gab Hurrarufe, als immer mehr Männer von unten kamen. Sie hatten entweder schon Waffen oder holten sie sich aus den Kisten, die der Waffenmeister geöffnet hatte.

Bolitho sah den Hauptmann der Seesoldaten zu seinen Männern schreiten, nicht laufen, die bereits hinter den Finknetzen knieten und sich ihre Ziele suchten.

Schüsse krachten und pfiffen über ihren Köpfen oder fuhren durch die schwere Leinwand. Hier und da fiel ein Mann und wurde von seinen Kameraden zur Seite gezogen. Ihr Blut kochte, wer heute ihr Schiff entern wollte, würde es nicht überleben.

Er sah jetzt Singleton und Avery aufs Achterdeck eilen. Ein angriffslustiger, wildäugiger Marinesoldat hätte den Midshipman fast überrannt.

Tyacke winkte mit dem Säbel. »Rüber Männer. Holt deren verdammte Flagge runter!«

Bolitho entdeckte im Rauch, daß tatsächlich schon einige Männer auf dem Vordeck der Fregatte kämpften.

Zum ersten Mal überschlug sich Singletons Stimme: »Sie haben die Flagge gestrichen, Sir. Sie geben auf!« Er weinte fast vor Spannung.

Bolitho wandte sich Allday zu. Also wieder Krieg, aber der würde ihn nicht von Catherine trennen.

Ein rennender Seemann mit einer Pike wäre in einer

Blutlache fast gestürzt, wenn Bolitho ihn nicht am Arm aufgefangen hätte.

Der sah ihn völlig überrascht an und stammelte: »Danke, Sir Richard! Jetzt ist alles klar!«

Allday wollte etwas sagen, als er den Schmerz so heftig spürte, daß er sich nicht zu bewegen wagte. Aber es war diesmal nicht die alte Wunde. Er sah Bolitho sich umdrehen und ihn anstarren, als wolle er etwas sagen. Doch er schien keine Worte zu finden.

Er hörte Avery rufen.

»Haltet ihn!«

Dann sah er Bolitho fallen. Das schien ihm neues Leben, neue Kraft zu geben. Er sprang vor und fing ihn an den Schultern auf, hielt ihn, ließ ihn vorsichtig auf die Planken gleiten. Alles andere war jetzt bedeutungslos und unwichtig.

Männer jubelten, andere feuerten ihre Musketen in die Luft. Was hieß das schon?

Vom Steuerbord-Niedergang sah Tyacke ihn fallen, doch er wußte, er durfte jetzt seine Männer nicht alleinlassen, die seinem Befehl folgten und den Gegner enterten. Midshipman Singleton, an diesem Tag zu einem Mann gereift, sah ihn ebenfalls fallen und kniete neben ihm bei Allday und Avery.

Bolitho drehte sein Gesicht aus der Sonne, die zwischen den Wanten und den schlaffen Segeln herunterbrannte. Sein Auge schmerzte im Rauch, und er wollte es reiben. Doch als er versuchte, sich zu bewegen, konnte er es nicht. Er fühlte nichts, alles war taub.

Schatten bewegten sich vor der Sonne, und er hörte fernes Jubeln, als käme er aus einer anderen Zeit, stamme von einem anderen Sieg.

Alle waren also hier und warteten. Plötzlich packte ihn Sorge.

Wo war Herrick? Herrick sollte hier sein ...

Jemand bückte sich und tupfte sein Gesicht mit einem

Tuch ab. Er erkannte den Ärmel. Er gehörte Lefroy, dem kahlköpfigen Arzt.

Bolitho hörte Allday schmerzlich atmen und wollte ihm etwas sagen. Es würde alles wieder gut werden.

Aber als er ihm die Hand geben wollte, spürte er, daß Allday sie fest umklammert hielt. Dann sah er, wie der ihn anschaute, sah dessen wirres Haar vor dem Rauch und vor der Sonne.

Allday murmelte: »Mr. Herrick ist nicht hier, Käpt'n! Aber machen Sie sich keine Sorgen.«

Es war falsch, daß er so bedrückt war. Einer, der so viel getan hatte. Er versuchte wieder zu reden und sagte: »Langsam, alter Freund.« Er sah Allday nicken. »Keine Trauer, wir wußten beide immer ...«

Lefroy erhob sich langsam und sagte: »Er ist tot, tut mir leid!«

Tyacke war jetzt auch da, den Säbel in der Hand. Er schwieg, konnte es nicht begreifen und wußte, daß alle ihn ansahen, ihn, den Kapitän.

Dann bückte er sich und legte dem schluchzenden Midshipman die Hand auf die Schulter. Wie damals am Nil.

Und er sagte: »Holen Sie seine Flagge ein, Mr. Singleton.« Und dann erkannte er blicklos den knienden Allday. »Helfen Sie ihm. Es gibt keinen besseren für diese Aufgabe.«

Er sah Kellett und die anderen zuschauen. Der Kampf war vergessen, der Sieg sinnlos und leer.

Er drehte sich um und sagte leise: »Adieu, mein Liebster!«

Als habe Catherine durch ihn gesprochen.

Es war vorbei.

Epilog

Die Kutsche rollte in den Hof und hielt mit geübtem Schwung, und ein Stalljunge rannte herbei und faßte die Zügel. Nach so einer kurzen Fahrt vom Hafen hoch mußten die Pferde wohl beruhigt werden.

Adam Bolitho öffnete ohne Zögern den Kutschenschlag. Er mußte jetzt auf die einzige Art, die er kannte, mit seiner Situation hier fertigwerden.

Er stieg aus, blieb auf dem Kopfsteinpflaster stehen und starrte das alte graue Haus mit einer gewissen Ablehnung an.

Der junge Matthew war auf dem Kutschbock sitzen geblieben, sah niedergeschlagen und verloren aus, wie der Stalljunge – fast ein Fremder.

Es war Bryan Fergusons Idee gewesen, die Kutsche zu schicken, nachdem er erfahren hatte, daß die Fregatte *Unrivalled* in der Bucht von Carrick ankerte.

Adam sah sich um und bemerkte nichts von den Osterglocken und den Glockenblumen unter den Bäumen.

Hier war der Ort, zu dem er gekommen war und um Hilfe gebeten hatte, sein Fluchtpunkt, als seine Mutter gestorben war. Und hierher war er immer wieder zurückgekehrt auf seinem Weg vom Midshipman zum Kapitän, aus einem Leben voller Spannung und Hoffnung und Schmerz. Alles verdankte er einem Mann, seinem Onkel. Und jetzt war er tot. Es schmerzte und schien unwirklich, und doch hatte er es auf eine seltsame Art vorhergespürt.

Als die *Unrivalled* nach den ersten Wochen unter

seinem Kommando in Plymouth eingelaufen war, hatte er es gewußt. Der Hafenadmiral, Vizeadmiral Valentine Keen, war ihm persönlich in seiner Barkasse entgegengekommen, um es ihm zu sagen.

Wir wenigen Beglückten. Ein Kreis verschworener Brüder.

Napoleon war aus Elba entkommen und wenige Tage später in der Nähe von Cannes gelandet. Man hatte ihn nicht mit Feindschaft und Furcht begrüßt, sondern wie einen zurückgekehrten Helden, besonders die alten Marschälle und seine Garden, die ihren Glauben an ihn nie verloren hatten.

Adam war durch Plymouth gegangen, hatte es zu begreifen versucht und dagegen gekämpft. Sein Onkel war an dem Tag gefallen, als Napoleon wieder französischen Boden betrat.

Doch in seiner Trauer hatte Adam auch die Stimmung in diesem Hafen gespürt, der so viel gesehen hatte. Wut, Enttäuschung und das Gefühl, betrogen worden zu sein. Er verstand die allgemeine Bitterkeit. Es gab kaum ein Dorf in England, aus dem nicht jemand im Krieg gegen den alten Feind gefallen war. Und in Häfen wie Plymouth oder in Garnisonsstädten gab es viel zuviele Krüppel, als daß man den Krieg vergessen könnte.

Am schlimmsten war es in Falmouth gewesen. Falmouth lebte von der See und den Schiffen jeder Art und Größe, die mit der Tide kamen und mit ihr ausliefen. Schlechte Nachrichten galoppieren wie Pferde, hatte Ferguson gesagt. Feinde waren für diese Bürger nichts Neues. Wie es die See immer geben würde, so gab es auch immer Feinde. Aber dies hier war anders, näher, persönlich. Falmouth hatte seinen größten Sohn verloren. Die Flagge über der Kirche King Charles the Martyr wehte auf Halbmast, und Neugierige hatten den Blick gesenkt, als Adam aus seiner Gig kletterte, als könnten sie ihm nicht ins Gesicht schauen.

Auf der kurzen Fahrt vom Platz im Stadtzentrum an vertrauten Feldern vorbei hatte er Männer und Frauen im warmen Frühlingslicht arbeiten sehen. Einige hatten aufgeblickt, als die Kutsche mit dem vertrauten Wappen vorbeirollte, als glaubten sie noch, hofften sie noch ... Doch dann hatten sie sich weggedreht.

Die Freude an seinem neuen Kommando war unbedeutend geworden. Es gab niemanden, mit dem Adam sie teilen konnte. Selbst an die Namen und Gesichter seiner Mannschaft erinnerte er sich nur verschwommen, als seien sie Teil von etwas Fremdem, Unbedeutendem.

Adam war äußerlich gefaßt geblieben, zog sich zurück. Er hatte zu viele Männer beim Kämpfen sterben sehen. So zeigte er nicht, was ihn innerlich zerriß.

Er sah Ferguson aus der Kutsche steigen. Der benutzte mittlerweile seinen gesunden Arm so, als habe er nie zwei gehabt. Er war ein guter Mann, verläßlich und ein Freund. Ferguson verstand Adam so sehr, daß er ihm den Schmerz ersparte. Also begrüßten die Leute Adam nicht, die auf dem Hof und auf dem Gut arbeiteten, und auch Grace nicht, Fergusons Frau, die bestimmt ihre Tränen nicht hätte zurückhalten können.

Wie ruhig alles war, die Fenster lagen im Schatten und sahen zu.

Ferguson sagte: »Wir haben die Nachricht erst vor zwei Tagen erfahren. Ein Kutter lief ein. Ich selbst habe es Lady Catherine gesagt. Sie brach sofort nach London auf.«

Adam sah zum Stall hinüber. Die große Stute Tamara warf ihren Kopf hin und her.

Ferguson folgte seinem Blick und sagte: »Lady Catherine kommt wieder. Die läßt ihr Pferd nicht allein.« Er zögerte, seine Hand fummelte am Gürtelschloß. »John Allday, wissen Sie ...«

»Ist in Sicherheit.«

Bethune hatte Keen einen ausführlichen Bericht geschickt, wahrscheinlich ziemlich abweichend von dem für die Admiralität bestimmten Report. Aber erst, wenn die anderen nach Hause zurückkehrten, sollten sie alles erfahren.

Keen hatte berichtet, was er wußte, und Adam hatte vieles erraten können. Die *Frobisher* war nach Malta zurückgekehrt, um Tote und Verwundete an Land zu setzen. Es gab nur wenige. Bethune, Tyacke, Avery: Jemand, der Sir Richard sehr nahestand, hatte eine Seebestattung vorgeschlagen. Um das prächtige Ritual zu vermeiden, das man bei Nelsons Tod entfaltet hatte. Leute, die Nelson im Leben gehaßt hatten, zeigten bei der Gelegenheit falsche Trauer um den Verlust. Man wollte vor allem Catherine ersparen, solche Falschheiten in ihrem Schmerz um den Tod ihres Geliebten zu erdulden.

Man hatte ihn der See übergeben. Adam konnte es sich vorstellen, als sei er dabei gewesen. In seine Flagge als Admiral von England gehüllt, sank Bolitho in die See, an einer Stelle, die nur wenige kennen würden, weil sie nur auf einer einzigen Karte markiert wurde. Es gab für ihn sicher keine bessere Ruhestätte als dort, bei seiner *Hyperion* und vielen aus ihrer Mannschaft, die er nie vergessen hatte.

Adam fand sich auf den Treppenstufen wieder und wußte, daß Ferguson ihm immer noch die Tür offenhielt und ihm Zeit und Alleinsein für diese Stunde erlaubte.

Alles war genau so, wie er es in Erinnerung hatte, die ernsten Porträts, der offene Kamin, vor dem er mit Zenoria gelegen hatte, frische Blumen auf dem Tisch, die Tür zur Bibliothek leicht geöffnet, als ob dort gleich jemand auftauchen würde. Er meinte, sogar den Duft von Jasmin zu spüren.

Adam preßte die Fäuste zusammen, als er auf dem Tisch mitten in einem Sonnenflecken den Säbel liegen sah. Bethune mußte ihn mit dem Kurier geschickt haben, weil er nicht wußte, was er damit anfangen sollte. Keen hatte einen Kutter nach Falmouth geschickt mit seinem eigenen Beileidsbrief. Seltsam, daß Bethune in Plymouth nichts davon erwähnt hatte.

Sehr langsam hob Adam den alten Säbel hoch und sah das Stück Papier, das gefaltet unter der Klinge lag.

Es war Catherines Handschrift. Was mußte es sie gekostet haben, hier in ihrem Schmerz zu sitzen und an ihn zu denken.

»Liebster Adam,
der Säbel hat wieder seinen Träger überlebt. Nimm ihn mit Stolz an, so wie er es immer gewollt hat. Gott segne dich.«

Ferguson trat leise ein und wagte kaum zu atmen. Adam legte seinen eigenen Säbel ab und henkte den anderen ein.

In diesem Raum und in diesem Licht stand nicht Adam, sondern dort stand Richard in seinen jungen Jahren. Ferguson war tief bewegt.

Als er wieder aufblickte, lächelte Adam. Er streckte ihm beide Hände entgegen.

Es bedurfte keiner Worte.

Der letzte Bolitho war nach Hause gekommen.